Gerwens & Schröger
Selig in Kleinöd

PIPER

Zu diesem Buch

Auf ihre alten Tage erfüllt sich die Kleinöderin Malwine Brunner einen lang gehegten Wunsch und lernt schwimmen. Doch kaum schaut ihr Schwimmlehrer zur Seite, da treibt sie auch schon tot im Wasser. Ein betagtes Opfer, mangelnde Schwimmkenntnisse, vermutete Kreislaufschwäche: Schon bald legt die Kriminalpolizeiinspektion Passau den Fall als geklärt zu den Akten. Doch Adolf Schmiedinger, Polizeiobermeister von Kleinöd, hat ein ungutes Gefühl. Ob Franziska Hausmann dem Ganzen wohl noch mal nachgehen mag? Als sich die Kommissarin aus Landau umhört, haben die Kleinöder ganz andere Dinge im Kopf als den Tod der alten Brunnerin. Martha Moosthenninger wartet auf die Ankunft eines Vatikangesandten, der bestätigen soll, dass die verstorbene Agnes Harbinger eine Heilige war. Während die Schwester des Pfarrers von einer Basilika mit Warmwassertaufbecken träumt, züchtet die Gattin des Bürgermeisters duftende Lilien für die Hochzeit ihres Sohnes, der in den Hochadel einheiraten wird. Doch dann gibt es eine weitere Leiche ...

Katharina Gerwens wuchs in einem Dorf im Münsterland auf. Nach ihrer Ausbildung zur Journalistin arbeitete sie in verschiedenen Verlagen, ist heute als freie Lektorin und Autorin tätig und lebt mit Mann und Kater in Niederbayern.
Herbert Schröger lebt als gebürtiger Münchner mit niederbayerischen Wurzeln in München-Giesing.
Nach den großen Erfolgen von »Stille Post in Kleinöd«, »Die Gurkenflieger von Kleinöd«, »Anpfiff in Kleinöd« und »Rufmord in Kleinöd« ist »Selig in Kleinöd« der fünfte Fall mit der Hauptkommissarin Franziska Hausmann.
Weiteres unter: www.kleinoed.de

Gerwens & Schröger
Selig in Kleinöd

Kriminalroman

Piper München Zürich

Mehr über unsere Autoren und Bücher:
www.piper.de

Von Gerwens & Schröger liegen bei Piper vor:
Stille Post in Kleinöd
Die Gurkenflieger von Kleinöd
Anpfiff in Kleinöd
Rufmord in Kleinöd
Selig in Kleinöd

MIX
Papier aus verantwortungsvollen Quellen
FSC® C083411

Originalausgabe
Februar 2012
© 2012 Piper Verlag GmbH, München
Umschlag: semper smile, München
Umschlagmotiv: Thomas Dashuber / buchcover.com,
Tobias Ott / buchcover.com, Brian Roberts / stock.xchange
Satz: Kösel, Krugzell
Gesetzt aus der Scala
Papier: Munken Print von Arctic Paper Munkedals AB, Schweden
Druck und Bindung: CPI – Clausen & Bosse, Leck
Printed in Germany   ISBN 978-3-492-27281-0

Prolog

Reflexartig hatte der Bademeister den Notrufknopf gedrückt und nach einem Arzt gerufen. Irgendetwas stimmte da nicht: Seine erste und einzige Privatschülerin lag rücklings und mit weit aufgerissenen Augen im sechsunddreißig Grad warmen Wasser. Verzückte Verwunderung umspielte ihre bläulichen Lippen, und er war davon überzeugt, dass sie etwas Außerordentliches gesehen haben musste. Allerdings befand sich in der großen Schwimmhalle niemand außer ihnen beiden. Nicht einmal ein verirrter Spatz.

Es war Mittwoch, der 2. September, und die Uhr an der gekachelten Stirnwand der Halle zeigte fünf vor zwölf. Bereits um drei Minuten nach zwölf traf einer der Kurärzte ein, untersuchte die Frau im schwarzen Badeanzug, schloss ihr die Augen und stellte ungerührt den Totenschein aus.

»Benachrichtigen Sie die Angehörigen, die Leiche kann abgeholt und bestattet werden«, meinte er.

Der Bademeister schüttelte ungläubig den Kopf. »Das kann doch nicht sein.« Er ging zu seinem Spind und kam mit einem Attest zurück. »Schauen Sie, diese Frau war erst kürzlich beim Kardiologen, die ging wirklich auf Nummer sicher. Und hier haben wir ein Attest, das sie zum Hochleistungssport befähigt. Das hat sie mir stolz vorbeigebracht. ›Maximale Belastung von zweihundert Watt, die aerobe Schwelle mit Anstieg des Laktats im Blut erfolgte erst bei einhundertsechzig Watt‹.«

Der Kurarzt hob die Augenbrauen. »Was wollen Sie denn damit andeuten, Sie Besserwisser?«

»Die Frau ist vergiftet worden«, erklärte der Bademeister. »Ich rufe jetzt die Polizei.«

»Machen Sie doch, was Sie wollen«, murmelte der drahtige Kerl mit dem grauen Stoppelhaar und der randlosen Brille, wusch sich in aller Ruhe die Hände und ging zurück in die Kantine zu seinem Mittagessen.

Dem Bademeister war der Appetit vergangen. Fassungslos saß er neben der Toten und schüttelte den Kopf. Wie hatte sie ihm das nur antun können? Ausgerechnet jetzt, wo sie beide so wunderbare Fortschritte gemacht hatten …

Kapitel 1

Um viertel nach zwei läutete in der Polizeidienststelle Landau das Telefon. Hauptkommissarin Franziska Hausmann warf ihrem jüngeren Kollegen Bruno Kleinschmidt einen fragenden Blick zu, doch der war mit der Kaffeemaschine beschäftigt und zelebrierte gerade die Zubereitung seines mittäglichen Cappuccinos, indem er zwei Tassen vorwärmte, die Bohnen frisch mahlte und die Milch mit heißem Dampf aufschäumte.

»Polizeistation Landau, Mordkommission, Hauptkommissarin Hausmann am Apparat«, meldete sich Franziska formvollendet.

»Frau Hausmann, stellen S' sich des mal vor, da hat mich grad ein Kolleg aus Bad Griesbach angerufen und mir g'sagt, ich soll die Brunnerin überführen, Sie wissen scho, die Malwine. Die ist da einfach so g'storben und soll jetzt beerdigt werden. Ham die g'sagt. Aber garantiert steht da noch ihr Auto rum, und in ihrem Auto sitzt g'wiss ihr Hund, dieser Joschi. Und ich weiß ned – können Sie nicht mal mit denen reden? Des geht doch alles viel zu schnell!«

Franziska hatte die Stimme sofort erkannt. Sie gehörte dem Polizeiobermeister Adolf Schmiedinger aus Kleinöd.

»Ich? Und warum?« Verärgert hob sie die Augenbrauen. »Wieso haben die eigentlich bei Ihnen angerufen? Eigentlich müssten doch die Angehörigen informiert werden.«

Schmiedinger seufzte. »Des is a lange G'schicht. Also, der Brunnerhof ist vor a paar Wochen eingemeindet worden. Der g'hört jetzt zu uns. Und weil die Malwine keine Angehörigen mehr hat, ist jetzt die Gemeinde für ihre Bestattung zuständig. Aber wenn ich des dem Bürgermeister sag – nachad ist die alte Brunnerin im Handumdrehen beerdigt, und keiner weiß, wie und warum sie so plötzlich verstorben ist. Deswegen ruf ich Sie an. Da stimmt g'wiss was ned.«

»Das war grundsätzlich die richtige Entscheidung, Herr Kollege. Was sagt denn der Arzt?«

»Der Kollege aus Bad Griesbach hat mir den Totenschein vorg'lesen. Da steht Herzversagen.«

»Nun, dann wird es wohl so sein.« Franziska seufzte und beobachtete Bruno, der das Milchhäubchen auf seinem Cappuccino mit Kakao bestäubte.

»Ja, aber des kann ned stimmen!« Adolf Schmiedingers Stimme kippte. »Die war pumperlg'sund, der ging's endlich amal so richtig gut. Gestern hab ich sie noch g'sehn, wie sie mit ihrem Joschi hier bei mir vorbeispaziert ist. Und so freundlich hat sie gegrüßt und g'meint, ich sollt mir doch auch a Hunderl zulegen. Einen aus dem Tierheim in Passbrunn, weil die doch so besonders gut erzogen san ...«

Franziska, die ahnte, dass ein ausführlicher Vortrag folgen würde, unterbrach ihn schnell: »Was genau kann ich denn jetzt tun?«

Am anderen Ende der Leitung wurde aus tiefster Seele geseufzt, und die Kommissarin sah den Polizeiobermeister vor sich, wie er allein in seiner winzigen Kleinöder Station saß und vor Verzweiflung schwitzte, ja, sie roch ihn förmlich und hielt deshalb ihre Nase über den dampfenden Cappuccino, den Bruno vor sie hingestellt hatte.

»Die dürfen die Brunnerin ned einfach so beerdigen. Da stimmt was ned«, wiederholte der Polizeiobermeister.

»Wer ist *die*?«

»Na, die Gemeinde, also der Bürgermeister. Bittschön, können S' ned irgendwas tun?«

Franziska zögerte. Ihre Erfahrung hatte sie gelehrt, dass

der erste Eindruck, das spontane Gefühl des »Da-stimmt-was-nicht«, oft richtig war, und je mehr sie darüber nachdachte, umso eigenartiger erschien auch ihr dieser plötzliche Todesfall.

Malwine Brunner! Erst hatte sie ihren Sohn verloren, dann den Mann, schließlich die Schwester – und jetzt lebte sie selbst nicht mehr. Die letzte ihres Stammes, wie es im Dorf geheißen hatte – und die Bäuerin mit dem größten Landbesitz.

»So alt war die Malwine Brunner doch gar nicht, oder?«

»Naa, noch ned amal siebzig«, bestätigte Adolf Schmiedinger.

Franziska schwieg und biss sich auf die Lippen. Sie dachte an den Totenschein und fragte sich, ob der Herzinfarkt vielleicht nur ausgesehen hatte wie ein Herzinfarkt. Letztlich konnte das nur mit einer Obduktion geklärt werden.

Sie spürte förmlich die Ungeduld am anderen Ende der Leitung und versprach: »Okay, ich rede mit dem Staatsanwalt.«

Als habe Schmiedinger nur auf diesen Satz gewartet, fiel er ihr keuchend ins Wort: »Ja, aber schnell, ned dass die die sofort beerdigen oder gar feuerbestatten. Ist alles scho passiert, wie Sie wissen.«

»Ich rufe ihn gleich an, versprochen. Innerhalb der nächsten Stunde melde ich mich wieder bei Ihnen.«

»Dann mach ich jetzt erst mal nix?« Adolfs Stimme klang gleichermaßen ängstlich wie erwartungsvoll.

»Exakt.«

»Kleinöd?«, fragte Bruno wenig später und verdrehte die Augen. »Ich fass es nicht. Dreihundertsiebenundzwanzig Einwohner und jedes halbe Jahr ein Kapitalverbrechen! Als hätten die ein Abo auf unsere Ermittlungsdienste. Wer ist jetzt dran?«

»Malwine Brunner.« Franziska nahm einen Schluck Cappuccino. »Aber gestorben ist sie in Bad Griesbach. Und das gehört zu Passau.«

»Super, dann geht uns das nichts an. Lass bloß die Finger davon.« Bruno durchmaß das Büro mit ausladenden Schritten. »Ich hab meine nächsten Weekends schon verplant.«

»Das kann ich mir vorstellen«, murmelte Franziska und beobachtete ihren Kollegen, der in seinen Designerjeans und Edelschuhen sowie einem perfekt gebügelten Hemd durchs Zimmer flanierte wie auf einer Strandpromenade. Vermutlich hatte er die kommenden Wochenenden auf dem Golfplatz verplant oder jobbte nebenher als Model.

Alles an ihm war vollkommen. Es hatte Zeiten gegeben, da hatte Franziska sich nichts sehnlicher gewünscht, als Bruno einmal mit einem Pickel zu sehen, mit fettigem Haar oder Herpesbläschen, weniger vollkommen, vielleicht mit schmutzigen Fingernägeln, einem abgerissenen Knopf, staubigen Schuhen. Aber Bruno war immer tadellos. Tadellos gepflegt und tadellos gekleidet. Ein Mann aus einer anderen, einer besseren Welt, den es in die Niederungen des Landauer Kommissariats verschlagen hatte.

Sie seufzte und wählte die Nummer des Staatsanwalts.

»Eine Obduktion? Nein, wirklich nicht. Seien Sie mir nicht böse. Das geht nicht, erst recht nicht, wenn es schon einen Totenschein gibt und der Arzt die Leiche freigegeben hat. Was meinen Sie, was der Bundesrechnungshof dazu sagen würde? Nein, für so was kann ich unsere Steuergelder nun wirklich nicht hergeben. Das hält keiner Prüfung stand.«

Um fünfzehn Uhr dreißig an diesem 2. September wählte Franziska die Nummer der Polizeiaußenstelle in Kleinöd. Adolf Schmiedinger meldete sich sofort.

»Ja?« Seine Stimme klang erwartungsvoll.

Franziska schluckte. »Es tut mir leid, der Staatsanwalt sieht keinen Handlungsbedarf.«

Schmiedinger schien nicht gleich zu verstehen, was sie meinte. »Und was heißt des nachad?«

»Dr. Steller stimmt einer Obduktion nicht zu. Seiner Meinung nach dürfen öffentliche Gelder nicht so verschwendet werden.«

Schmiedinger schnappte nach Luft. »Verschwendung, der hat echt von Verschwendung geredet? Ich glaub's ned! Wissen S', was Verschwendung ist? Dass diese Bildhauerin bei mir nebendran, dass die einen Staatspreis nach dem andern kriegt und immer wieder geehrt wird für ihre grauslichen Skulpturen. Ja, die weiß gar ned mehr, wohin mit all dem Geld ... Aber bei der ist es dann Kultur, und für Kultur kann man Geld rausschmeißen, aber wenn da so eine arme Mitbürgerin, die keine Verwandten mehr hat und nach der kein Hahn kräht, also wenn so eine wie die Malwine hinterrücks umgebracht wird, dann wird kein Cent ausgegeben, um den Mörder zu fassen!« Er hustete vor Wut und behauptete dann kühn: »So ein Kurarzt, der hat doch noch nie eine Tote gesehen, der kennt doch gar ned die Sprache der Gewalt. Sicher hat der nur festgestellt, dass die Brunnerin hin ist, und dann schnell Herzversagen aufgeschrieben – aber warum hat ihr das Herz versagt? Des ist doch die Frage!«

»So sehe ich das auch«, stimmte ihm Franziska zu. »Wir könnten eine Privatobduktion anordnen, aber die kostet Geld.«

»Wieviel?«

»Mit tausend Euro kann man da schon rechnen.«

»Ha, die nehm ich doch von meinen Steuergeldern«, triumphierte Adolf. »Die vom Innenministerium ham mir nämlich für dies Jahr einen Sachkostenzuschuss von zweitausend Euro genehmigt, und von dem hab ich noch nix verbraucht. Weil ich so ein sparsamer Depp bin und immer denk, ich muss für unseren verschuldeten Staat sparen. Den Zuschuss, den ruf ich dann ab – und bis dahin streck ich das Geld vor. So viel ist mir die Malwine allemal wert. Und wie geht's jetzt weiter?«

Franziska, die den Polizeiobermeister an dieser Stelle eigentlich hätte aufklären müssen, dass so ein Sachkostenzuschuss wohl kaum für eine Obduktion verwendet werden durfte, sah ihren Kollegen Bruno kopfschüttelnd am Schreibtisch sitzen und wusste: Wäre der vor knapp zwei Stunden ans Telefon gegangen, hätte er den Schmiedinger Adolf samt all seiner Bedenken abgewürgt und sich vermutlich nicht einmal den Anlass des Anrufs genauer angehört. Und sie hätte nichts von dem Gespräch erfahren.

Jetzt erst recht, dachte sie trotzig und schlug ihrem Gesprächspartner am anderen Ende der Leitung vor: »Wenn das so ist, stelle ich auf meine Verantwortung eine Verfügung zur Privatobduktion aus und setz mich mit unserem Gerichtsmediziner in Verbindung. Auf Herrn Wiener ist Verlass. Wenn da irgendetwas nicht mit rechten Dingen zugegangen ist – Gustav Wiener wird es herausfinden. Ich denke, es ist am besten, wenn er direkt ins Klinikum Passau fährt. Immerhin sind die Kollegen aus Passau für diesen Fall zuständig. Ich würde mich darum kümmern, dass die sterblichen Überreste der Frau Brunner auch tatsächlich dorthin gebracht werden. Was halten Sie davon?«

»Ja, das ist gut, dankschön.« Er seufzte. »Wenn sie die Malwine bloß ned vorher verbrennen. Weil, dann ist alles zu spät.«

Noch am gleichen Nachmittag wurde der Leichnam in einen Zinksarg gelegt und durch ein Beerdigungsunternehmen von Bad Griesbach nach Passau überführt.

Er hatte sie noch nie zu Hause angerufen, was vor allem daran lag, dass er eine absolut romantische Vorstellung vom Heim anderer Menschen hatte. Er rief so gut wie niemanden zu Hause an. Geborgen stellte er sich die Feierabende der anderen vor: wenn man heimkam, und da war schon jemand und hatte Licht gemacht.

Dr. Gustav Wiener selbst hatte nie ein solches gemütliches Zuhause besessen, und je älter er wurde, desto mehr idealisierte er das Heim der anderen, stattete es mit weichem Licht, warmen Räumen und der Gewissheit des Behütetseins aus.

Während seiner spärlichen Freizeit zappte er sich in seiner lieblos eingerichteten und ungemütlichen Wohnung per Fernbedienung durch die Werbespots sämtlicher Fernsehprogramme. Einzig dort gab es heile und glückliche Familien.

Jetzt saß er in der Cafeteria des Passauer Klinikums und starrte ihre Karte an. Mit grünem Filzstift hatte sie darauf vor sechs Stunden ihre privaten Telefon- und Handynummern notiert und ihn eindringlich gebeten: »Rufen Sie mich sofort an, immer und zu jeder Zeit.« Aber was hieß das schon? Konnte er sie auch jetzt noch anrufen? Um zehn Uhr abends?

Er hatte sich drei Stunden lang mit der Leiche beschäftigt, und dabei war ihm klar geworden, dass nun die gesamte Brunnerfamilie durch seine Hände gegangen war: erst der Sohn Hermann, dann Hermanns Vater Hannes und nun auch die Mutter. Einzig der Ehemann von Malwine war nicht gewaltsam ums Leben gekommen. Dabei hatten sicher auch die Brunners auf ihrem abgelegenen Hof irgendwann einmal mit ihrer Familienidylle begonnen und sich ein gemütliches Heim geschaffen.

Der Gerichtsmediziner seufzte. Die Realität des Familienlebens war vermutlich nicht annähernd so stabil wie in seiner gedanklichen Konstruktion. Kaum gab mal einer nicht acht, schon brach das Unglück herein. Bei diesem Gedanken war Gustav Wiener froh, sich dieser Gefahr erst gar nicht ausgesetzt zu haben. In den spärlichen Rendezvous seiner Vergangenheit hatte er auf dieses Gefühl der Nähe und des unendlichen Glücks gewartet und gehofft, es möge über ihn kommen wie eine gewaltige Welle makelloser Empfindungen – aber entweder akzeptierten die Frauen ihn nicht so, wie er war, oder bei ihm selbst entstand in ihrer Gegenwart ein hohles und leeres Gefühl, sodass er insgeheim dachte, es könne, ja, es müsse noch was Besseres kommen.

Inzwischen war es zweiundzwanzig Uhr und fünf Minuten. Der Gerichtsmediziner hatte zwar in Landau eine Wohnung, aber kein Zuhause. Daher mietete er sich für die Nacht in einem Hotelzimmer ein. Mit einem Weißbier light saß er nun als einziger Gast in der Lobby und starrte auf sein Handy. Konnte er es wirklich wagen, um diese Zeit noch anzurufen?

Einzig die Vorstellung, dass sich die Dinge hinter seinem Rücken beschleunigen, dass sich Schmiedingers schlimmste Erwartungen bestätigen und jemand tatsächlich die Leiche abtransportieren und feuerbestatten könnte, und das alles, bevor der Autopsiebefund amtlich wäre, ließ ihn das für ihn fast Unmögliche tun. Er holte tief Luft, tippte eine Zahlenfolge in sein Handy und wartete ab.

»Ja, Hausmann?« Ihre Stimme klang angespannt.

»Ich bin's, Gustav Wiener.«

»Und?«

Augenblicklich bekam er ein schlechtes Gewissen. Vermutlich hatte er doch ihre Feierabendidylle zerstört. Er beschloss, es kurz zu machen, und berichtete so sachlich wie möglich: »Die Frau ist zwar an Herzversagen gestorben, aber dieses Herzversagen wurde gezielt herbeigeführt. Und zwar auf ziemlich hinterhältige Weise. Da hat sich jemand nicht nur Zeit genommen, nein, die ganze Geschichte wurde von langer Hand geplant. Malwine Brunner ist systematisch vergiftet worden. Ich weiß bloß noch nicht, womit, da muss ich noch ein paar Untersuchungen machen. Dann erfahren Sie Einzelheiten.«

»Und nun? Was schlagen Sie vor?« Ihre Stimme klang schon ein wenig freundlicher.

Gustav Wiener entspannte sich. Die Tote barg ein Rätsel, aber er würde es lösen. Und zwar mithilfe der Kommissarin. »Beschlagnahmen Sie die Leiche, und lassen Sie sie so schnell wie möglich nach Landau schaffen.« Vertraulich fügte er hinzu: »Die vom Klinikum haben mir übrigens vorhin mitgeteilt, dass die Gemeinde Kleinöd bereits ein hiesiges Institut mit der Bestattung beauftragt hat. Als könnten sie es nicht erwarten. Außerdem scheint es gar keine Verwandten mehr zu geben. Sie sehen also, die Ängste Ihres Polizeiobermeisters sind durchaus berechtigt. Ich bleibe über Nacht in Passau. Wir sehen uns dann morgen.«

Er sah die Kommissarin vor sich, wusste genau, wie sie nun die Augenbrauen hob und die Stirn in Falten legte. Und er wusste auch: Franziska Hausmann würde sich dieses Falls annehmen. Er hörte, wie sie beim Einatmen die Luft durch die Zähne zog. Dann fragte sie: »Morgen? Bei Ihnen im Krankenhaus?«

»Ja.« Er nickte.

Jetzt erst merkte er, wie hungrig er war. Er verließ das Hotel und suchte sich ein griechisches Restaurant mit Donaublick. In der Fensterfront sah er sein Spiegelbild, seinen einzigen Vertrauten, erhob sein Glas und nahm einen großen Schluck von dem harzigen Retsina, den er sich bestellt hatte.

»Hoffentlich habe ich Sie nicht aus dem Bett geholt, Herr Staatsanwalt«, sagte Franziska, griff zu ihrem Weinglas und lehnte sich gemütlich zurück. Lautlos prostete sie ihrem Mann zu und stellte in sachlichem Ton klar: »Jetzt muss der Steuerzahler wohl doch ran. Meines Wissens ist Mord keine Privatsache mehr.«

Zufrieden nahm sie wahr, wie Dr. Steller am anderen Ende der Leitung den Ton der gerade laufenden »Tagesthemen« drosselte.

»Was für ein Mord?«

»Der, für den ich heute Mittag die Anordnung einer gerichtlichen Obduktion von Ihnen wollte.«

»Die ich Ihnen nicht gegeben habe, wenn ich mich recht entsinne. Es gab doch schon einen Totenschein, oder?«

»Ja, aber meinem Kollegen erschien der plötzliche Tod dieser rüstigen Dame reichlich suspekt. Und deshalb hat er auf eigene Kosten eine Privatobduktion veranlasst. Das Ergebnis liegt nun vor. Die Frau ist vergiftet worden.«

Dr. Steller räusperte sich. »Warum haben Sie mir nicht gleich gesagt, dass es sich um die Mutter oder Frau eines Kollegen handelt?«

»Die sind nicht miteinander verwandt«, belehrte Franziska ihn. »Wussten Sie eigentlich, dass nur zwei Prozent aller Todesfälle gerichtlich untersucht werden?«

»Ich habe davon gelesen. Das heißt aber auch, dass achtundneunzig Prozent aller Menschen eines natürlichen Todes sterben.«

»So kann man es auch sehen«, murmelte Franziska.

»Was wollen Sie?« Dr. Steller klang ungeduldig.

»Beschlagnahmen Sie die Leiche, lassen Sie sie nach Landau bringen, und beauftragen Sie mich mit den Ermittlungen.«

»Das geht nicht. Der Tatort liegt im Landkreis Passau, und wir sind da nicht zuständig.«

»Ja, sie ist vielleicht in Bad Griesbach verstorben – aber vergiftet wurde sie in Kleinöd. Glauben Sie mir, Frau Brunner ist systematisch vergiftet worden, über Wochen hinweg – das hat der Gerichtsmediziner herausgefunden.«

»Frau Hausmann, es gibt für alles Regeln.« Der Staatsanwalt klang genervt. »Und daran halten wir uns. Und eine dieser Regeln heißt: Der Fundort der Leiche ist maßgeblich für die Zuständigkeit der Ermittlungsbehörde. Und jetzt: Gute Nacht.«

Ehe Franziska noch etwas sagen konnte, hatte er aufgelegt.

Sie schenkte sich ein zweites Glas Rotwein ein und tigerte wütend durch die Wohnung. »Was bildet der sich eigentlich ein?«

»Schreib ihm eine Mail, in der du darauf bestehst, dass in diesem Fall ermittelt wird«, schlug ihr Mann vor. »Und beruhige dich. Das ist doch nicht normal, dass du dich so um einen Fall reißt. Sei doch froh, wenn es bei euch im Büro mal ein bisschen ruhiger ist. Bruno ist da sicher meiner Meinung.«

»Ja, das glaube ich gern. Aber weißt du, ich kannte die Tote. Das geht mir nah. Und außerdem bin ich dem Schmiedinger so einiges schuldig. Seit Jahren versprech ich ihm einen Praktikanten, und dann vergesse ich es immer wieder. Und jetzt braucht er meine Unterstützung. Verstehst du, da will ich ihn nicht hängen lassen. ›Zuständigkeit der Ermittlungsbehörde‹«, wiederholte sie. »Zuständig sind die vielleicht, aber nicht engagiert.«

»Bleib doch mal cool«, meinte Christian. »Und außerdem: Wenn du Malwine Brunner kanntest, dann bist du sowieso befangen und solltest gar nicht ermitteln. Bitte, beruhige dich.«

Kapitel 2

Nichtsahnend war die Witwe Malwine Brunner auch an diesem 2. September in ihrem Auto mitsamt dem Hund Joschi, der ordnungsgemäß angeleint auf dem Beifahrersitz hockte und weder winselte noch bellte, die gut dreißig Kilometer nach Bad Griesbach gefahren und hatte sich in der Kabine für Damen umgezogen.

Vor den großen Panoramafenstern des Thermalbads zeigte sich der beginnende Herbst in seinen schönsten Farben. Nun lag sie rücklings, bekleidet nur mit einem schwarzen Badeanzug, in dem fast sechsunddreißig Grad warmen Wasser und wartete auf ihren ganz persönlichen Bademeister. Im flachen und muschelförmigen Becken nebenan kreischte die Besatzung des örtlichen Kindergartens, umrundet von Betreuerinnen, die immer wieder vergeblich »pscht« zischten.

Malwine Brunner war im Erwachsenenbecken die Einzige, und sie genoss ihr Privileg.

Kaum war ihre ältere Schwester Agnes gestorben und begraben gewesen, hatte die Witwe Malwine Brunner beschlossen, ihr Leben radikal zu ändern. Es begann damit, dass sie das Zimmer ihrer Schwester frisch streichen ließ und anschließend mit all jenen erinnerungsbefrachteten Dingen vollstellte, die sie traurig machen würden und die sie nicht mehr sehen wollte. Dazu gehörten Fotos von Sohn, Mann und Schwester, die ersten und so unbeholfen wirkenden Zeichnungen ihres geliebten Kindes sowie dessen wuchtiger Personalcomputer, mit dem er sich so leidenschaftlich beschäftigt hatte. Dort lagerte sie Agnes' Sammelsurium an medizinischen Handbüchern und Nachschlagewerken zur Traumdeutung. Die Gummistiefel ihres Mannes und seine gesteppten Joppen, sein Rasierzeug und sein Aftershave, das er nur an Festtagen benutzt hatte. Und nachdem all das geschehen war, hatte sie die Tür dieses Zimmers verschlossen und sich unglaublich frei und stark genug gefühlt.

Nun würde sie sich ihren allergeheimsten Lebenstraum erfüllen: Sie würde schwimmen lernen. Zunächst hatte sie sich im Dorf und vor allem im Blauen Vogel umgehört und sich letztlich für Bad Griesbach entschieden. Dort war sie in der Kurverwaltung vorstellig geworden: »Ich bräuchte einen privaten Bademeister, einen, der nur mir das Schwimmen beibringt.«

»Warum nehmen Sie nicht am Gruppenunterricht teil? Das ist weitaus billiger«, hatte die freundliche Dame in der Information vorgeschlagen und nach Prospekten gesucht.

Wie hätte Malwine ausgerechnet dieser jungen Frau erklären sollen, dass sie einmal in ihrem Leben etwas ganz für sich allein haben wollte?

»Naa«, hatte die achtundsechzigjährige Kleinöder Bäuerin deshalb furchtlos klargestellt, tief Luft geholt und dann nachdrücklich den Kopf geschüttelt. »Ich will einen Lehrer nur für mich allein.«

»Darf es auch eine Lehrerin sein?«

Und auch an dieser Stelle war Malwine sich treu geblieben und hatte standhaft auf ihrem innigsten Wunsch beharrt: »Wenn's eh so teuer ist, nehm ich doch lieber einen Mann.«

Ihr ganz persönlicher Bademeister war achtundvierzig Jahre alt und trug sein Haar so kurz geschoren, dass man meinen konnte, er habe eine Glatze. An seinem linken Ohrläppchen baumelte ein sicherheitsnadelähnliches Schmuckstück mit zwei Perlen: einer blauen und einer weißen. Die Nationalfarben der Bayern. Ihr Schwimmlehrer hatte kein Gramm Fett am Körper, und jedes Mal, wenn sie ihn sah, dachte sie, dass sie ihm mal ihr selbstgebackenes Brot mitbringen sollte, dick mit Griebenschmalz bestrichen, vergaß es dann aber immer wieder.

Jeden Montag und Mittwoch brachte er ihr zwischen zwölf und vierzehn Uhr das Schwimmen bei. Sie hatte zwanzig Doppelstunden gebucht, was genau fünf Wochen entsprach. Anschließend würde sie ihren Lehrer feierlich um ein Zeugnis bitten. »Heutzutage ist man ohne Nachweise und Qualifikationen nichts wert«, hatte neulich jemand im Radio gesagt.

Doch bis zur Zeugnisausstellung stieg der Bademeister zu ihr ins Becken, legte ihr eine Hand unter den Bauch und eine auf den Po (»Nicht das Kreuz durchdrücken!«) und achtete darauf, dass seine nicht mehr ganz junge Schülerin Arme und Beine synchron und rhythmisch bewegte. Er lobte sie und zeigte sich begeistert angesichts ihrer Lernbereitschaft und ihres Talents. »Wenn Sie als Kind schon schwimmen gelernt hätten, Sie wären besser gewesen als die kleine van Almsick, Olympiasiegerin wären Sie geworden, Schwimmweltmeisterin! Die erste Goldmedaille für Niederbayern!«, hatte er sogar einmal behauptet.

Malwine verehrte ihn.

Brust- und Rückenschwimmen hatte er ihr schon beigebracht, nun standen noch Kraulen und Schmetterlingsstil auf dem Programm.

Ihr Leben lang hatte sie es vermutet, und nun durfte sie es am eigenen Leib erfahren: Schwimmen war wie Fliegen. Und engelgleich flog sie durch das wunderbar warme Wasser der Therme von Bad Griesbach, und fast immer gehörte das große Becken ihr allein – ihr und ihrem Bademeister.

Erst in diesem Sommer, erst nach dem Tod ihrer Schwester Agnes, war Malwine das ungeheuerliche Ausmaß ihrer Freiheit bewusst geworden, und sie begann zu begreifen, dass alle vorangegangenen Abschiede notwendig gewesen waren, damit sie, Malwine, einen Neuanfang wagen konnte.

Nach dem Tod ihres Mannes und ihres Sohns waren nur sie und ihre Schwester Agnes Harbinger übrig geblieben. Agnes war nie verheiratet gewesen, zog ihr linkes Bein nach und verfügte über die Fähigkeit, Dinge vorherzusagen, Heilungen zu vollziehen und Wunder zu vollbringen. Das zumindest behauptete die Schwester des Pfarrers, die akribisch jedes Handauflegen und jede Weissagung der Harbinger Agnes in ihrem Notizbüchlein festgehalten hatte.

Diese Dokumentationen hatten aber auch zur Folge gehabt, dass Martha Moosthenninger sich ständig auf dem Hof der Brunnerin herumtrieb, mit erhabenem Eifer notierte, wie deren Schwester Agnes die Welt verbesserte und anreisende Besucher tröstete, heilte und in eine rosige Zukunft entließ. Fast ein Jahr lang hatte die Schwester des Pfarrers empfangsdamengleich vor dem Ordinationszimmer der Wunderheilerin gesessen und von angereisten Patienten Namen, Daten und Beschwerden, egal ob körperlicher oder seelischer Art, erfragt und zwischendurch Malwine Befehle erteilt, was und wie viel sie zu kochen habe.

»Koch halt gleich für mich und meinen Bruder mit, der Herr wird's dir danken – außerdem bleibt dann meine Küche sauber«, pflegte sie zu sagen, und Malwine hatte lange gebraucht, bis sie es gewagt hatte, dem einmal zu widersprechen.

Ihre unausgesprochene Angst, die Sintflut oder ein Erdbeben katastrophalen Ausmaßes würde über sie hereinbrechen, wenn sie Nein sagte, war in dem Moment wie weggeblasen gewesen, als Martha Moosthenninger eines Aprilmorgens im Stechschritt die Küche betreten und dem friedlich auf seiner Decke schlafenden Hund Joschi mit den schwarzen Stiefeletten einen Fußtritt gegeben hatte.

»Geh mir aus dem Weg, du alte Töle! Und du, Malwine, kochst uns jetzt sofort einen Kamillentee. Die Agnes hat's g'sagt. Gleich kommt ein Bedürftiger – der braucht das Getränk.«

»Da ist der Herd! Ich koch euch gar nix mehr!«, hatte Malwine gerufen und sich zu ihrem zitternden Hund unter den Tisch verkrochen. »Ich bin doch ned eure Dienstmagd!«

Martha Moosthenninger hatte selten so verwirrt geschaut, war aber seitdem vorsichtiger gewesen. Hatte »Bitte« und »Danke« gesagt, eingekauft, die Spülmaschine ein- und ausgeräumt und insgesamt Respekt gezeigt. Trotzdem, es war anstrengend gewesen, sie den ganzen Tag um sich zu haben: Martha und Agnes, beide von einer Mission erfüllt, die Malwine zunehmend suspekt erschienen war.

Des ist jetzt alles vorbei, dachte Malwine im warmen Wasser der Griesbacher Therme und lächelte. Endlich war sie mit ihrem Leben zufrieden.

Die schrill kreischenden Kinder aus dem muschelförmigen Becken hatten sich mitsamt ihren Betreuerinnen verzogen. Still war es. Wunderbar still. Nur das Wasser plätscherte leise. Gleich würde ihr Bademeister kommen. Malwine drehte sich auf den Rücken, sah in das lichtdurchflutete Oberlicht und verspürte einen eigenartigen Schmerz in der Brust. Als griffe jemand nach ihrem Herzen. Und als sie erneut zur Decke blickte, lächelte ihr Sohn ihr zu und reichte ihr die Hand.

»Hermann, mein Hermann«, murmelte sie – und das sollten ihre letzten Worte sein.

Meinrad Hiendlmayr bog an diesem Mittwoch, dem 2. September, um sechzehn Uhr zehn von der frisch asphaltierten Straße in den holperigen Feldweg ein, der zum Wohnhaus führte, als ihn ein eigenartiges Gefühl befiel.

Dabei sah alles noch genauso aus, wie er es am Morgen verlassen hatte: Das Küchenfenster war gekippt, die Rollos an den südlichen Wohnzimmerfenstern waren bis zur Hälfte heruntergelassen, um ein Ausbleichen der braunen Ledermöbel im Inneren des Raumes zu verhindern.

Draußen zwischen Hintereingang und Garten stand immer noch das kleine Zelt über dem Bohrloch. Dem »Loch des Anstoßes«, wie sie es genannt hatten.

Er stieg aus seinem Wagen und dachte: Wenn Joschi jetzt angelaufen kommt, ist alles in Ordnung.

Aber Joschi kam nicht. Und Malwine auch nicht.

Meinrad Hiendlmayr war achtundzwanzig Jahre alt und lebte seit einigen Monaten auf dem Hof der Brunnerin. »Du bist ein Verfolgter des Glücks«, hatte sie gesagt, als sie sich kennenlernten, und gelacht. »Genau wie ich. Das Glück verfolgt uns, aber es erreicht uns nicht.«

Um siebzehn Uhr saß er immer noch auf der Bank vor dem Haus und behielt die Straße im Blick. Vielleicht kamen sie ja noch, hatten sich einfach nur ein bisschen verspätet. Aber er ahnte schon, dass es keine harmlose Erklärung für das Verschwinden von Malwine Brunner geben würde.

Zehn Minuten später entdeckte er den grünweißen, schon leicht derangierten VW-Bus des Polizeiobermeisters und hielt den Atem an. Möglicherweise hatte Schmiedinger nur zufällig hier zu tun und würde nicht auf den Hof der Brunnerin abbiegen. Doch da kam der Wagen schon den Schotterweg hochgerumpelt. Schnaufend stieg Adolf Schmiedinger aus. Er stellte sich nicht vor, sondern ging fragend auf Meinrad zu: »Wer sind Sie denn?«

»Ich wohne hier.«

»Hier bei der Malwine Brunner?«

»Ja.« Meinrad nickte hilflos. »Ist was passiert?«

»Wusst ja gar ned, dass die jetzt doch einen Knecht hat«, murmelte Schmiedinger mehr zu sich selbst. »Im

23

Ort hat's geheißen, die wohnt da allein, aber so ein großes Anwesen ist natürlich allein gar ned zu bewirtschaften.«

Der Polizeiobermeister setzte sich zu dem jungen Mann auf die Bank, räusperte sich und sagte: »Die Malwine ist g'storben, heut um zwölf Uhr mittags. Jetzt ist es so, dass die doch immer ihren Hund mitnimmt, und der saß halt in ihrem Auto ...« Er bemerkte Meinrads erschrockenen Blick und fügte schnell hinzu: »Keine Angst, den haben meine Kollegen dort natürlich gleich rausg'holt und g'füttert, der Autoschlüssel war ja in Malwines Tasche, und die Tasche war in ihrem Schließfach in der Umkleidekabine, und der Schlüssel zum Schließfach war an ihrem Handgelenk. Den hat der Bademeister ihr noch schnell abgenommen, nachdem der Arzt den Tod bescheinigt hat und sie im Zinksarg abgeholt worden ist.«

Er holte tief Luft, nachdem er alle wichtigen Informationen so schnell wie möglich von sich gegeben hatte. Seufzend wühlte er in seiner Uniform nach einem Taschentuch und tupfte sich eine Träne aus dem Augenwinkel.

Meinrad zitterte.

»Ich hätt ned glaubt, dass ich hier doch noch einen lebenden Menschen antreff. Täten Sie vielleicht mit mir nach Bad Griesbach kommen und den Hund und das Auto überführen?«

Meinrad nickte.

Kapitel 3

»Warum hältst du dich da nicht einfach raus? Du hast doch selbst einmal gesagt, dass die Leut dort keinen Schutzengel haben. Und dann willst ausgerechnet du deren Welt in Ordnung bringen! Du als Schutzengel! Das ist eine Rolle, die nun überhaupt nicht zu dir passt. Ehrlich, ich versteh dich nicht.«

»Eben, gerade deshalb muss ich mich kümmern. Weil es sonst niemand macht.« Franziska packte ihre Tasche. »Außerdem bin ich's dem Schmiedinger schuldig. Ich hab ihm meine Unterstützung versprochen, und *ich* stehe zu meinen Versprechen.«

Bruno zog die makellos gebräunte Stirn kraus: »Was willst du damit sagen?«

Sie sah ihn lange an. »Nichts.« Dann verließ sie ihr Büro und wusste, über dieses »Nichts« würde er mindestens einen halben Vormittag lang nachdenken.

Im Fuhrpark ließ sie sich einen älteren BMW mit Automatik zuteilen, legte das eingeschaltete Handy auf den Beifahrersitz und machte sich auf den Weg.

Wie oft schon war sie diese Strecke gefahren? Und immer wenn sie gedacht hatte, hier draußen bleibt alles gleich, hier steht die Zeit still, nahm sie Veränderungen wahr. Wie jetzt. Dort war ein Baum gefällt, hier ein Carport errichtet worden, Vorgärten waren in den vergangenen Monaten von steinernen Mäuerchen gesäumt worden, und auf den grünen, teppichgleichen Rasenflächen fast aller Gärten hatten sich große runde Planschbecken breitgemacht, deren beste Zeit – heiße Sommertage voller Kindergeschrei – sich für dieses Jahr dem Ende neigte. Heute war sowieso kein Badewetter.

Schon tauchte Kleinöd vor ihr auf. Rechter Hand hinter dem Ortsschild stand noch immer die Weide. Wie in einem Flashback sah Franziska sich zum ersten Mal herkommen, und instinktiv verglich sie das Bild von damals mit dem, was sie nun sah. Die Weide war um einiges gewachsen, und direkt gegenüber dem ausladenden Baum stand nun ein nagelneues gläsernes Gewächshaus mit Solarzellen auf dem Dach. Direkt auf dem Grund und Boden des Bürgermeisters. Sie stellte sich vor, wie Waldmoser sich dort auf sein Rentnerdasein vorbereitete und Orchideen züchtete – oder Kakteen. Sie seufzte. Genau, Kakteen mit ganz vielen Stacheln. Das passte zu ihm.

Polizeiobermeister Adolf Schmiedinger hatte sich außerdienstlich mit ihr treffen wollen, auch um der von ihm veranlassten Privatobduktion noch mehr Gewicht zu verleihen. »Das muss fei alles genau auseinanderg'halten werden«, hatte er am Telefon erklärt. »Der Fall Malwine Brunner ist meine ganz persönliche Angelegenheit, und darüber red ich nicht im G'schäft. Kommen S' doch bittschön in den Blauen Vogel.«

Um diese Zeit war Schmiedinger der einzige Gast des Wirtshauses. Franziska, die insgeheim nach ihm und seinem ständigen Vertrauten Eduard Daxhuber Ausschau gehalten hatte, erkannte ihn erst mit Verzögerung. Später gestand sie sich ein, dass es auch daran gelegen haben mochte, dass sie sich einen Polizeiobermeister Adolf Schmiedinger ohne Freund Daxhuber eben kaum vorstellen konnte.

Grundlegende Dinge hatten sich geändert. Das sah sie in dem Augenblick, als sie ihrem Kollegen die Hand reichte. Richtig gepflegt sah er aus, zwar nicht viel schlanker, aber dafür straffer. Er trug ein gebügeltes Hemd, eine ordentlich sitzende Uniform, sein Haar war kurz geschnitten und vielleicht sogar leicht getönt? Sie wollte nicht zu auffällig hinsehen. Außerdem roch er neutral bis angenehm, der säuerliche Schweißgeruch, der ihn immer umgeben hatte, war verflogen.

Schweigend gab er ihr die Hand, schob seine Apfelschorle beiseite und versicherte ihr: »Ich hab's noch keinem g'sagt. Der Bürgermeister wird's wohl wissen, der hat ja schon mit einer Beerdigungsfirma in Passau geredet – aber die anderen ... Ned amal dem Daxhuber Ede.«

»Das war klug von Ihnen.« Sie setzte sich ihm gegenüber an den Tisch. »Es gibt ein paar Probleme. Um es auf den Punkt zu bringen: Ich habe keine Handhabe, wir dürfen nicht ermitteln, es sei denn, die Passauer Kollegen ersuchen um Amtshilfe.«

»Das tun die g'wiss ned. Die waren ja schon so stur, als ich ned glauben wollte, dass die Malwine an einem Herzinfarkt g'storben ist. ›Da hat jemand nachgeholfen‹, hab ich nur g'sagt, wie man das so sagt im ersten Schreck, und wissen S', des hat denen überhaupts ned passt, da ham die erst recht auf stur geschaltet.«

»Aber Sie hatten recht«, meinte die Hauptkommissarin. »Wenn Sie nicht auf Ihr Gefühl gehört hätten, wäre vermutlich niemals herausgekommen, dass die arme Frau Brunner vergiftet worden ist.«

Er hob die Augenbrauen: »Wirklich? Mit richtigem Gift?«

Franziska nickte. »Ich habe mit dem Rechtsmediziner gesprochen.«

»Meinen Sie, dass der ihr Knecht des g'tan ham könnt?«

Jetzt war es an Franziska, erstaunt zu schauen.

»Was für ein Knecht? Ich dachte, die lebt da oben allein, das heißt, allein mit ihrer Schwester?«

Schmiedinger schüttelte den Kopf: »Naa, naa, Sie meinen die Agnes, naa, die ist doch schon seit ein paar Monaten verstorben.« Dann besann er sich wieder auf Franziskas Frage: »Wissen S', ich bin gestern Abend zum Brunnerhof g'fahren, weil ich nach dem Rechten sehn wollt. Das Anwesen ist zwar jetzt eingemeindet worden, aber dadurch ist das natürlich keinen Meter näher bei uns. Das liegt immer noch ziemlich einsam auf'm Berg, auch wenn der Waldmoser den alten Schotterweg bis fast vor Malwines Haustür hat befestigen lassen. Also, ich hab mir denkt, ich fahr mal vorbei, schau nach, ob alle Türen verschlossen san und so. Und dann saß da der junge Mann auf der Bank.«

»Auf welcher Bank?«

»Auf der vorm Haus, wo man halt abends so sitzt.« Schmiedinger nahm einen Schluck Apfelschorle.

»Und was hat er gemacht?«

»Gewartet hat er.«

»Auf wen?«

»Na, auf die Malwine.«

»Aha.« Franziska wühlte in ihrer Tasche nach einem Bleistift. Im Gegensatz zu ihrem Kollegen Bruno, der sich alles per Palm oder Handy an seinen Computer ins Büro schickte, verweigerte sie sich der modernen Technik und lobte das gute alte Notizbüchlein, auch wenn sie ständig nach einem Stift suchen musste.

Erleichtert zückte sie nun den gefundenen Schreiber und fragte nach: »Kennen Sie den?«

»Den Knecht meinen S'? Nein, nie ned g'sehn.«

»Vielleicht war er ja noch nicht so lang bei ihr«, murmelte sie und schlug ihr Notizbuch auf. Eigenartig. Sonst wussten die Leute immer gleich, wenn sich ein Fremder in der Gemeinde aufhielt. Und hier war jemand zu Malwine gezogen, und niemand hatte es mitbekommen. Sie beugte sich vor. »Und – was ist dann passiert?«

»Ich hab ihn g'fragt, ob er mit mir nach Bad Griesbach fährt. Weil, irgendwie mussten ja der Hund und das Auto g'holt werden.« Die Kommissarin nickte zustimmend.

»Ein sonderbarer Mensch war des«, erinnerte sich Schmiedinger. »Hat fast nix g'sagt. Könnt gut sein, dass dem der Tod von der Malwine doch nahegangen ist. Auch wenn man immer hört, die jungen Leute hätten kein Gefühl mehr, ganz stimmt des ja wohl doch nicht. Ich hab mir da inzwischen meine ganz spezielle Meinung bilden können, wissen S', des ist nämlich so ...« Der sonst so wortkarge Polizeiobermeister holte Luft und setzte zu einer längeren Rede an.

»Und dann?«, unterbrach ihn Franziska. Möglicherweise war Schmiedingers ganz spezielle Meinung außerordentlich interessant, aber sie würde lieber später darauf zurückkommen. Es war schon immer so gewesen, dass man dem Adolf jede wirkliche Information einzeln aus der Nase ziehen musste, während er gleichzeitig dazu neigte, sich in Allgemeinplätzen zu verlieren. Früher hatte er für solche Fälle seinen Spezl Eduard dabeigehabt, auch wenn dieser wiederum alles besser und genauer wusste und überhaupt im Nachhinein sämtliche Verwicklungen bereits vorher gesehen haben wollte.

»In Griesbach ham mir den Hund abg'holt, die Kollegen dort ham ihn mit aufs Revier g'nommen. Sie konnten ihn ja nicht den ganzen Tag im Auto eing'sperrt lassen. Also ich sag's Ihnen, bei unseren Kollegen ging's dem richtig gut. Zwei Dosen Futter hat der Joschi auf einen Schlag verdrückt – na ja, so ein Tier weiß halt nicht, was Trauer ist.« Er seufzte und putzte sich die Nase.

Franziska, die sicher war, dass fast alle Hunde- und Katzenbesitzer dieser Diagnose tierischer Herzlosigkeit augenblicklich widersprochen hätten, übte sich weiterhin in Geduld.

»Also«, fuhr Schmiedinger fort, »als dieser Meinrad dann den Hund mitg'nommen hat, da hat sich der Joschi sakrisch g'freut. Die Kollegen aus Griesbach san mit ihm zu Malwines Auto und ham ihm den Schlüssel geben. Ich hab dann noch das Protokoll unterschreiben müssen, damit halt alles sei Ordnung hat.«

»Meinrad heißt er?« Franziska notierte sich den Namen.
»Ja, hab ich doch schon g'sagt, oder?«
»Jetzt schon.« Die Kommissarin nickte.
»Und ich«, sagte Schmiedinger, »ich bin dann endlich nach Hause g'fahrn, da muss ich mich ja auch mal wieder sehn lassen, sonst kennen die mich ja gar ned mehr.«

Das also war's! Der Polizeiobermeister Schmiedinger lebte nicht mehr allein. Franziska hatte gespürt, dass etwas anders war. Und jetzt wusste sie es. Die Aura der Einsamkeit, die ihn wie ein unsichtbares Cape umhüllt und all seinen Äußerungen etwas Fragendes und Hilfesuchendes verliehen hatte, war verschwunden. Fast fühlte sie sich versucht, nach seiner Hand zu greifen. Aber stattdessen fragte sie sachlich: »Wie heißt er denn noch?«

»*Sie* heißt Frieda«, murmelte Adolf Schmiedinger und errötete. »Und der Sohn heißt Pirmin. Den müssten S' eigentlich kennen, der hat sich früher oft im Bauwagen rumgetrieben und war a bisserl, ja, wie soll man sagen, schwer erziehbar. Aber jetzt ist er clean. Jetzt studiert er sogar.«

»Respekt«, murmelte Franziska, die sich noch gut an den jugendlichen Alkoholiker und dessen rechtsradikale Freunde erinnerte, »aber eigentlich wollte ich wissen, wie der Brunnersche Knecht mit Nachnamen heißt.«

»Ach so, der, ja ...« Schmiedinger überlegte. »Ja Kruzinesen, ich hab's doch aufg'schrieben.« Er wühlte in seiner Tasche und holte ein Notizbuch hervor, das dem der Kommissarin zum Verwechseln ähnlich sah.

»Hier steht's. Meinrad Hiendlmayr.«

»Was meinen Sie, könnte der jetzt auf dem Hof sein? Eigentlich sollten und dürfen wir uns ja nicht einmischen, aber ich würd doch ganz gern noch zu ihm fahren, wo ich eh grad hier bin. Vielleicht ist ihm ja irgendwas aufgefallen. Kommen Sie mit?«

»Ja, freilich.«

Unmerklich war die Wirtin hinter sie getreten. Ihre einst so schrille und durchdringende Stimme klang gebändigt und verbindlich. Das hat bestimmt der Otmar Kandler geschafft, ihr neuer Lebensgefährte, dachte Franziska und nickte Teres Schachner freundlich zu.

»Ja, grüß Sie Gott, Frau Kommissarin. Ich hab Sie gar ned kommen sehn. Warum ham Sie ned g'läutet? Kann ich Ihnen was zum trinken bringen?« Dann sah sie auf ihre Uhr, und ein Hauch von Blässe überzog ihr dezent geschminktes Gesicht. »Mein Gott, wenn Sie um diese Zeit kommen, am helllichten Tag – es wird doch wohl nichts passiert sein?«

»Doch.« Franziska suchte ihren Blick.

Teres erschauerte: »Wer ist tot?«

Sie scheint mich nur mit Tod in Verbindung zu bringen. Als gäb es keine anderen Verbrechen, dachte Franziska und hörte, wie Schmiedinger einsilbig Auskunft gab: »Die Brunnerin, du weißt schon, die Malwine.« Dann schnäuzte er sich vernehmlich.

»Herr Gott noch mal, wie ist denn das passiert?« Teres ließ sich auf einen Stuhl fallen.

»Gift«, murmelte Schmiedinger.

»Nein!« Die Gastwirtin gab einen erstickten Schrei von sich, und aus den Augenwinkeln nahm Franziska wahr, wie sich die Tür mit der Aufschrift »Privat« öffnete.

Otmar Kandler, Polizeivollzugsbeamter im Ruhestand und einstiger Kollege von Franziska, fühlte sich offensichtlich immer noch als Leibwächter seiner Liebsten. Langsam kam er auf ihren Tisch zu und setzte sich. Er roch nach Zigarettenrauch und staubigen Akten. Seine Finger waren nikotingelb. Früher hatte er wie ein melancholischer, aber korrekter Beamter ausgesehen, nun wirkte er wie ein heiterer und abgeklärter Lebemann, zwar etwas angewelkt, aber zufrieden.

»Doch, es war Gift. Unser Gerichtsmediziner hat Blutproben genommen und wird auch noch den Mageninhalt untersuchen und, wenn es sein muss, auf eigene Faust weiterforschen«, bestätigte Franziska. »Und der Gustav kriegt garantiert auch noch raus, was das für ein Gift war«, versprach sie.

»Malwine ist tot?«, fragte Otmar und sah betroffen aus.
Teres nickte.

»Meine Güte, erst Kreszentia, dann Agnes und jetzt auch noch Malwine. Hört das denn gar nicht mehr auf? Ich hab sie zwar nur ein paarmal gesehen, aber trotzdem.«
Er drehte sich eine Zigarette auf Vorrat.

Teres sah nachdenklich in die Runde. »Wenn einer geht, holt er gleich zwei Gefährten nach. So sagt man bei uns. Und jetzt ham mir ja die drei: meine Mama, die Agnes und nun auch noch Malwine. Damit wird dann ja wohl erst amal wieder ein wenig Ruhe sein.« Sie seufzte.

»Kreszentia?«, fragte Franziska, und erst jetzt fiel ihr auf, dass Teres ein schwarzes Kleid trug.

»Ja«, Teres schniefte und putzte sich die Nase »meine Mama ist gestorben.«

»Oh, das tut mir leid.« Franziska dachte an die beiden Frauen, die sich ständig mit Schimpfworten bedacht hatten, trotz aller Streitereien aber nicht ohne einander konnten.

»Wann?«

»Vor vier Monaten, Anfang Mai«, sagte Teres. »Grad als die Löwenmäulchen blühten. Die hat sie besonders gern g'habt. Ihren Vierundneunzigsten wollt sie in diesem April nicht mehr feiern, ›Lassts uns lieber auf den Fünfundneunzigsten warten‹, hat sie g'sagt, aber jetzt weiß ich, dass sie genau g'wusst hat, dass sie's bis dahin nicht mehr schaffen würd.«

Nachdenklich fügte Otmar hinzu: »Und danach ist sie einfach in der Küche umgefallen. Am 17. Mai. Akkurat drei Wochen nach ihrem Geburtstag.«

»Sie hat immer g'sagt: ›Eines Tages fall ich in der Küche um, und dann ist es auch gut gewesen.‹ Und genauso ist es ja auch kommen. Trotz allem fehlt sie mir so. Ich hätt nie denkt, dass ich das mal sagen würd.«

Otmar nickte und suchte Franziskas Blick. »Auch ich denk immer noch, dass gleich die Küchenklappe hochgeht, und dann steht sie da und keift und schimpft.«

Franziska dachte an Malwine. Die hätte sicher gern noch eine Zeit lang gelebt. Aber irgendjemandem schien das nicht gepasst zu haben.

Erst jetzt bemerkte sie, dass Polizeiobermeister Adolf Schmiedinger die ganze Zeit schweigend auf seine Hände gestarrt hatte. Er schien wirklich um die Brunnerin zu trauern. Sie hatte nicht geahnt, dass sie sich so nahegestanden hatten.

»Je mehr ich darüber nachdenke«, murmelte Otmar, »desto eher glaub ich, dass allein die Agnes es richtig gemacht hat. Wenn's bei mir mal so weit ist, mach ich es genau wie die. Geh irgendwohin, wo die mir versprechen, dass ich natürlich sterben darf. Ohne Infusion, ohne Notoperationen, ohne Herz-Lungen-Maschine und ohne künstliche Ernährung. Umgeben von Menschen, die mich mögen.«

»Wann ist denn die Agnes Harbinger gestorben?« fragte Franziska.

»In derselben Woche wie die Kreszentia. Genau zwei Tage nach ihr. Hochwürden Moosthenninger hatte damals sogar vorgeschlagen, eine Doppelbeerdigung zu machen – sozusagen zwei auf einen Streich.« Otmar schüttelte den Kopf über ein derart absurdes Anliegen. »Aber wir wollten unseren eigenen Abschied. Jeder braucht seinen eigenen Abschied, ebenso wie jeder seine eigene Geburt hat. Wo kämen wir denn da hin?«

Alle schwiegen.

»Fünfundsiebzig Jahre alt ist sie geworden, die Agnes«,

sagte Teres nach einer Weile und seufzte. »Seitdem kümmert sich die Martha Moosthenninger, die alte G'schaftlhuberin, um ihre Seligsprechung und steht vor deren Grab und wartet auf Wunder. Manchmal denk ich, bei uns im Dorf laufen lauter Spinnerte herum.«

»Da magst recht haben.« Schmiedinger nickte.

»Sind denn schon Wunder passiert?«, wollte Franziska wissen.

Teres hob die Schultern, verdrehte die Augen und sagte: »Angeblich ist sie der Frau vom Bürgermeister erschienen und hat der gesagt, die soll sich ein Treibhaus in den Garten stellen und Kräuter züchten. Und prompt hat der Waldmoser seiner Elise ein Glashaus kauft. Sonst funktioniert er ja ned so schnell, der Depp der. Die Frau züchtet jetzt weiße Lilien da drinnen, mit einem ganz besonderen Duft. Und zwar so, dass die akkurat bei der Hochzeit von der ihrem Sohn im nächsten Mai in der vollsten Blüte stehn. Der heiratet nämlich in den Adel hinein. Das weiß ich von unserem Briefträger, weil der immer die Blumenzwiebeln dort abliefert, die sich die Waldmoser Elise von den Chinesen schicken lässt.«

Meinrad Hiendlmayr wurde an diesem Vormittag von Joschis Gekläff und dem Lärm anfahrender Autos geweckt. Der Hund hatte die ganze Nacht vor Malwines Schlafzimmertür gelegen und auf sein Frauchen gewartet. Meinrad hätte sich am liebsten dazugelegt. Der Beagle wusste nicht, dass Malwine für immer verschwunden war. Es war nicht gerecht, dass Herrchen oder Frauchen vor ihren Haustieren starben. Überhaupt war der Tod eine verdammt ungerechte Sache.

Er schlich in die Küche, öffnete eine Dose Hundefutter und stellte sich dann hinter die zugezogenen Vorhänge seines Schlafzimmerfensters im ersten Stock.

Unten im Hof standen der Bürgermeister, der Baulöwe

Döhring und ein relativ junger Mann, der offensichtlich mit einem Lasergerät Messungen vollführte und Zahlen in sein Handy diktierte. Meinrad Hiendlmayr begriff: Die wussten gar nicht, dass es ihn gab und dass er hier lebte. Sonst hätten die doch geklingelt. Komisch, Malwine hatte gesagt, dass sie allen im Dorf von ihm erzählen würde. Und bis dahin sollten die zwei, die ihn kannten, ihr Wissen für sich behalten. Der Zwacklhuber Frieda hatte Malwine diese Verschwiegenheit zugetraut, aber sie hatte sich nicht vorstellen können, dass auch die Schwester des Pfarrers wie ein Grab schweigen würde.

Meinrad seufzte. Vermutlich hatte sie das nicht mehr geschafft. Es war ja auch alles so schnell gegangen. Aber vielleicht hatte das ja auch sein Gutes. Nur, was konnte es jetzt noch an Gutem geben?

Er sah die drei um das kleine Zelt über dem Bohrloch herumschleichen. Der junge Mann holte ein Glas mit Schraubdeckel aus der Tasche, füllte es mit Schlamm und wischte sich anschließend sehr sorgfältig die Hände an einem Papiertaschentuch ab. Döhring sagte so gut wie gar nichts, zog sich den hellblauen Kaschmirschal eng um den Hals und hielt seine spitze Nase in den Wind, als müsse er Witterung aufnehmen. Einzig der Bürgermeister redete und redete, fuchtelte mit den Händen, wies hierhin und dorthin und schien neue Welten zu entwerfen.

Meinrad verstand kein Wort. Was er aber begriff, war, dass Malwines Besitz schon jetzt verteilt wurde. Malwine hatte recht gehabt. Der Waldmoser wollte nur, dass sie ihm alles überschrieb. Deshalb war er so oft gekommen. Das war der Grund seiner Menschenfreundlichkeit. Ganz kurz überlegte er, ob er die Schwester des Pfarrers anrufen sollte. Aber würde ausgerechnet Martha Moosthenninger ihm helfen können? Vermutlich würde ihre Gegenwart das Chaos nur vergrößern.

Er schluckte und spürte, wie sich ein bisher unbekanntes Gefühl seiner bemächtigte: eiskalte Wut.

Diesmal war Schmiedinger der Beifahrer. Franziska saß am Steuer des BMW und folgte seinen Anweisungen. »Noch ein Stückerl gradaus – dann links.«

Früher waren hier unbefestigte Straßen gewesen, voller Pfützen, notdürftig mit Bauschutt repariert. Nun erstreckte sich ein asphaltiertes Band von der Biogasanlage des Bürgermeisters fast bis zum Brunnerhof.

»Des sieht nur so aus, die eigentliche Zufahrt ist immer noch ein Schotterweg«, erklärte Schmiedinger, der Franziskas verwunderten Blick bemerkt hatte.

»Ist Ihnen sehr ans Herz gewachsen, die Malwine«, stellte die Kommissarin fest.

Der Polizeiobermeister nickte. »Sie ist eine Freundin von meiner Frieda – so viele Freundinnen hat die ned.« Dann verfiel er wieder in Schweigen, und Franziska fragte sich, ob sie sich jetzt, da das Thema Freundschaft schon angesprochen war, nach seinem Freund Daxhuber erkundigen sollte, aber bevor sie einen unverfänglichen Satz gefunden hatte, murmelte ihr Beifahrer: »Neulich noch ist sie bei uns g'wesen, die Malwine.«

»Und?«

»Da hat sie was Komisches gesagt.«

»Aha.« Franziska wartete. Sie wartete genau zweieinhalb Kilometer lang.

Dann holte Schmiedinger Luft und sprudelte hervor: »Sie hat gesagt: Mit mir ist es noch nicht zu Ende.« Anschließend schwieg er wieder.

Franziska drosselte das Tempo, bog nach rechts in einen Feldweg und hielt an. »Mit mir ist es noch nicht zu Ende? Wortwörtlich?«

»Exakt.« Der Polizeiobermeister nickte.

»Und was meinen Sie, hat sie damit sagen wollen?«

»Mei, es ging halt die ganze Zeit um ihr Testament, dauernd hat sie drüber g'redet, wahrscheinlich, weil grad die Agnes g'storben war, und die hatte natürlich nix aufgeschrieben g'habt, und da hat sich die Malwine halt Sorgen g'macht. Aber die Agnes, die hat auch eigentlich nix g'habt außer ein paar Kleidern und Büchern und außerdem ein bisserl was G'spartes von der Rente.«

Er blickte nachdenklich aus dem Fenster.

»Die Malwine hat alles dem Tierheim überschreiben wollen, weil ihr Joschi von da ist. Sie hat immer g'sagt, dass ihr das Hunderl das Liebste ist, was ihr noch geblieben ist, auch wenn meine Frieda meint, dass es da schon noch jemand andern geben ham müsst. Aber nix Genaues weiß die auch ned. Tun Sie mir einen Gefallen, und erzählen Sie des mit dem Joschi bloß ned dem Pfarrer.«

»Nein, nein, mach ich nicht.« Franziska wollte sich lieber nicht vorstellen, wie Hochwürden Moosthenninger das mit der großen Liebe zu einem Hund statt zu unserem Herrn in seiner Grabrede verarbeiten würde.

»Obwohl, mit dem Pfarrer hat sie auch scho über ihre Erbschaft und das Tierheim g'redet«, meinte Schmiedinger nachdenklich. »Aber dann ist ja diese komische G'schicht passiert.«

Franziska zwang sich zur Ruhe. Gewisse Dinge brauchten nun mal ihre Zeit. Sie sah auf ihre Armbanduhr und wartete zwanzig Sekunden ab. Dann fragte sie: »Was für eine Geschichte?«

»Na, mit der Weissagung. Also das ist noch gar ned so lang her. Die Malwine hat's meiner Frieda erzählt, und die hat's wiederum mir berichtet.«

Ausführlich erzählte der Schmiedinger Adolf, wie es der Moosthenninger Martha gelungen war, nach Agnes' Tod den kryptischen Eintrag auf Seite siebenunddreißig in ihren Aufzeichnungen zu entschlüsseln, nachdem sie in der Passauer Neuen Presse einen Artikel über Koordinatenkreuze gelesen hatte. Endlich wusste sie, dass das, was Agnes ihr vor etwa zwei Jahren diktiert hatte, stinknormale Koordinaten zur Bestimmung eines Geländepunktes waren: Gemessen werden musste gen Osten, und zwar vom Ausgangspunkt jenes Runensteins, an dem der unglückselige Waldmensch damals sein Leben beendet hatte. Irgendwie hatte es die Martha geschafft, einen Landauer Geometer zu dieser Messung zu überreden, um den Ort für wer weiß was für eine Quelle zu bestimmen. Dass es eine Quelle sein würde, war Agnes' Weissagungen eindeutig zu entnehmen gewesen.

Den Geometer hatte sie mit der Aussicht geködert, ihn am Gewinn zu beteiligen. Und so hatten sie sich eines Morgens in aller Herrgottsfrüh verabredet. Schritt für Schritt hatten sie sich so vom Runenstein entfernt und waren letztendlich auf Malwines Hof gelandet.

Joschi hatte laut gebellt, und Malwine war zur Tür gestürzt. Mitten in ihrem Gemüsegarten hatte sie Martha Moosthenninger stehen sehen, die jemandem etwas zu erklären schien. Wen sie da bei sich hatte, konnte Malwine nicht erkennen. Beunruhigt hatte sie ihre Gummistiefel angezogen und war vors Haus getreten.

»Länge achtundvierzig Komma fünfunddreißig Grad Nord, Breite dreizehn Komma achtundzwanzig Grad Ost, Zeitpunkt der Bestimmung neun Uhr gemäß der Mitteleuropäischen Standardzeit. Wenn diese Daten übereinstimmen und eine Linie mit dem menschenschulterhohen Astloch der dicken südöstlichen Linde bilden, werden wir den Ort gefunden haben, aus dem das Heil kommt«, las Martha aus Agnes' Aufzeichnungen vor.

»Wollen wir es hoffen!« Der Geometer steckte brav kleine Zweiglein in die Erde und konsultierte dazu ein Ding in seiner linken Hand, das aussah wie ein Kompass.

»Was machts ihr denn da?« Die Hände in die Hüften

gestützt, hatte sich Malwine vor ihrem Gemüsegarten aufgebaut.

»Das siehst du doch«, rechtfertigte sich Martha Moosthenninger. »Ich arbeit die Notizen deiner Schwester durch. Einer muss sich ja darum kümmern, dass ihre Weissagungen in Erfüllung gehen können, dass ihr alle seht, welche Wunder sie vollbringt.«

»Hättest du angerufen, dann hätt ich ein Brot gebacken und ein Frühstück hergerichtet. Ich freu mich doch immer, wenn mal jemand vorbeikommt, ist einsam g'nug hier oben.«

»So viel Zeit ham mir ned«, erklärte Martha und blickte demonstrativ auf ihre Armbanduhr.

Das untersetzte Männlein an ihrer Seite stöhnte: »Jetzt ist mir der Nullmeridian aus dem Ruder gelaufen. Ich fürchte, ich muss den Sextanten bemühen.«

Auch wenn Malwine so gut wie nichts von seinen Ausführungen begriff, eines seiner Worte machte sie richtig wütend: »Was, Ihre sechs Tanten kommen auch noch? Und das alles ohne Anmeldung? Aber da hätt ich doch glatt einen Kuchen gebacken, also wirklich, es wär scho gut g'wesen, ich hätt Bescheid g'wusst und hätt was vorbereiten können. Was sollen die von mir denken, die Damen!«

An diesem Punkt hatte Martha Moosthenninger laut gelacht und sich in ihrem Herrschaftswissen gesonnt. »Naa, naa, nix mit sechs Tanten. Ein Sextant, das ist nämlich ein technisches Gerät, um den Ort zu bestimmen, an dem man sich aufhält. Gell, Herr Geometer?«

Das kleine Männchen nickte, packte mit verbissenem Gesichtsausdruck einen flachen Computer aus und stellte ihn auf den angerosteten Gartentisch.

Dann holte er aus seinem speckigen Lederetui ein weiteres Gerät, an dem verschiedene Fernrohre befestigt waren. Konzentriert blickte er durch eines der Gucklöcher in Richtung des Runensteins. Zufrieden setzte er den Apparat ab und verkündete den staunenden Frauen: »Wenn meine Uhr stimmt, beträgt die Zeitdifferenz zum Nullmeridian exakt, warten Sie mal ...« Der Computer piepste, und auf dem Bildschirm erschienen Unmengen von Zahlenkolonnen.

»Donnerwetter«, meinte Martha bewundernd. Der Vermesser starrte schweigend und mit zusammengezogenen Augenbrauen auf den Bildschirm.

»Wir waren nämlich erst auf dem Hügel, du weißt schon, da beim Runenstein, wo diese G'schicht mit dem Waldmenschen passiert ist«, erzählte Martha Moosthenninger.

»Armin Dobler«, unterbrach Malwine sie und seufzte. »So ein guter Mensch, er fehlt mir immer noch so sehr, jeden Tag. Ich kann's dir gar ned sagen. Der hat's gewusst, alles hat er gewusst. Alle Dinge hat der voraussehn können.«

»Ja, so ein Schmarrn aber auch!« Martha Moosthenninger schüttelte sich und murmelte vor sich hin: »Ein ung'waschnes Subjekt war das, das sagt auch der Bürgermeister, und g'lebt hat er auf unsre Kosten. Sei's drum, auf jeden Fall waren wir scho um acht Uhr in der Früh dort beim Runenstein und ham mit der Messung begonnen.«

»Was für eine Messung denn?«

»Um den Standort zu bestimmen«, belehrte Martha ihr Gegenüber und verdrehte demonstrativ die Augen über so wenig Sachverstand.

»Den Standort kann ich dir auch so sagen«, rechtfertigte Malwine sich. »Du bist ungefähr anderthalb Kilometer südöstlich von Kleinöd. Das hat mein Mann immer g'sagt, wenn jemand wissen wollt, wo wir herkommen. Aber danach musst er immer auch noch erklären, wo Kleinöd liegt. Die Leut kennen sich in der Welt einfach ned aus.«

»Ich mein mit Standort den Platz, an dem das Heil zu finden ist«, präsierte Martha Moosthenninger mit pathetischem Unterton. »Denn wenn sich die Weissagung deiner Schwester erfüllt, wird dieser Ort zu einer Quelle des Heils, zu einer Stätte, durch die Kleinöd zu Ruhm und Ehre kommen wird.«

»Ruhm und Ehre, wer braucht das schon. Und satt wird man davon auch nicht!«, antwortete Malwine trotzig und stampfte mit ihrem Gummistiefel auf. »Ruhm und Ehre stellen dir kein Frühstück auf den Tisch. Also ich koch uns jetzt erst mal eine frische Kanne Kaffee, damit der Kopf wieder klar wird.« Wütend, aber auch erleichtert über ihre Schimpferei stiefelte sie samt Joschi zurück ins Haus.

»Das ist ja eine wunderbare Geschichte«, stellte Franziska fest, nachdem Adolf Schmiedinger seinen Bericht beendet hatte. »Und ist da was dran an der Quelle?«

»Man sagt, dass die Gicht verschwindet. Einige sind schon oben gewesen.«

»Dann sollten wir jetzt auch mal hochfahren.«

Kapitel 4

Als Meinrad Hiendlmayr aus dem Bad kam, war der Spuk vorbei. Einzig die Reifenspuren erinnerten daran, dass da gerade noch drei Autos gestanden hatten. Er sah auf die Uhr, auf den Hund und dann wieder auf die Uhr. Er konnte Joschi nicht mitnehmen zur Arbeit, ihn aber ebenso wenig den ganzen Tag ins Haus sperren.

Der Hund suchte sein Frauchen. Überall. Meinrad hatte die Tür zu Malwines Schlafzimmer geöffnet, und Joschi war hineingestürzt, hatte Schränke umrundet, war winselnd unters Bett gekrochen, hatte von dort Staubmäuse ans Licht gezerrt und war schließlich mit einem ihrer Schuhe in der Schnauze und mit eingezogenem Schwanz durch den langen Flur bis in die Küche gekrochen. Meinrad öffnete ihm eine Dose seines Lieblingsfutters. Das schlabberte er wenigstens.

Dann holte er die völlig verstaubte Hundehütte aus dem Holzstadel. Malwine hatte sie schon längst verbrennen wollen, aber sie war zu sperrig für den Kachelofen. Weder er noch sie hatten Zeit gefunden, sie mit der Axt zu zerschlagen. Die Hütte polsterte er mit Malwines Kleidung aus, schleppte sie dann in den umzäunten Gemüsegarten und führte Joschi in seine Tagesfreizeit. »Da bleibst schön brav, bis ich wiederkomm. Gassi gehn kannst hier auch, gell.« Am liebsten hätte er sich neben den Hund gesetzt und gemeinsam mit ihm getrauert.

Mit hängenden Ohren und traurigen Augen sah Joschi ihm nach, als er vom Hof fuhr.

Meinrad Hiendlmayr war Lagerarbeiter im Baumarkt neben dem Großmarkt in Plattling und dafür verantwortlich, dass die Regale rechtzeitig nachgefüllt wurden. Allabendlich ging er die Listen durch, auf denen vom Warenwirtschaftssystem die Bestellvorschläge errechnet worden waren, änderte oder ergänzte hier und da eine Zahl und schickte die Bestellungen ab.

Er hatte seine Lagerhaltung gut im Griff. Sie war sein Leben. Bis vor wenigen Monaten hatte er weder Feiertage noch Wochenenden gemocht und wäre am liebsten jeden Morgen um halb sechs aufgestanden, nach Plattling gefahren und zwischen seinen Regalen abgetaucht. Wochenenden, Festtage und so schreckliche Termine wie Weihnachten, Ostern oder Pfingsten hatten diesen Rhythmus durcheinandergebracht, hatten ihn in sein Häuschen mit dem handtuchgroßen Garten zurückgeworfen und ihn in den Fernseher, das Internet oder auf die Straße starren lassen. Aber da war auch nichts los.

Seit seine Mutter vor vier Jahren an zu viel Alkohol und noch mehr Verbitterung gestorben war, hatte auch so gut wie niemand mehr bei ihm angerufen.

Einmal hatte er per Internet eine junge Frau kennengelernt. Sie hatte ihm gefallen, und er hatte ihr während des ganzen Abendessens von seinen Lagerbestandsberechnungen und den spannenden Problemen der Logistik erzählt, dabei viel zu viel Wein getrunken, was ihn ungewöhnlich gesprächig machte, und sich selbst ein klein wenig angepriesen. Verschämt hatte er sich Birgit gegenüber als Diplombetriebswirt zu erkennen gegeben, denn sie sollte wissen, was sie an ihm haben würde: Diplombetriebswirt mit eigenem Haus – das hörte sich doch vielversprechend an.

Aber die junge Frau hatte während seiner Vorträge durch ihn hindurchgesehen, ihre mittelblonden Haare gezwirbelt, ihn regelmäßig und leicht abwesend angelächelt, sich dann entschuldigt, sie müsse mal für kleine Mädchen – und war einfach nicht zurückgekehrt. Wenn er daran dachte, schämte er sich. Er hatte kein Glück bei den Frauen. Er war farblos und langweilig.

Als Kind war er von seinen Klassenkameraden um eine Mutter beneidet worden, die gar nicht wissen wollte, wie seine Noten aussahen, und erst recht nicht darauf bestand, dass er der schnellste Kurzstreckenläufer seines Jahrgangs wurde oder als Stürmer die meisten Tore schoss. Sie war in einem ihm unverständlichen Jammer verpuppt gewesen, der wie ein dunkles und schwarzes Tuch über ihr zu hängen schien. Bevor er »Mama« sagen konnte, hatte er schon gelernt, ihre gierigen Schluck- und Glucksgeräusche nachzuahmen. Manchmal fragte er sich, wie er trotz dieser Hindernisse seinen Weg bis zum Diplombetriebswirt hatte gehen können – vermutlich indem er sich versteckte, nicht auffiel und keinen Widerstand bot. Er war nun mal nichtssagend, und er hatte auch nichts zu sagen.

»Das stimmt doch gar ned. Du bist stark«, hatte Malwine einmal behauptet und ihn auf eine Art mit ihren hellblauen Augen angesehen, dass ihm ganz warm ums Herz wurde. »Glaub mir, jeder andre hätt eine solche Kindheit ned einmal überlebt. Und du hast obendrein noch studiert. Da sieht man amal, was du für zähe Gene hast.«

Er hatte diese Gespräche geliebt, sich ausgeruht in ihrer Bewunderung, sich getragen gefühlt von ihrer Zuversicht. So eine Mutter hätte er gebraucht: eine, die neugierig war und wissen wollte, was er dachte und fühlte, und die sich einen Mann und ihm einen Vater zur Seite gestellt hätte, der nur Bestleistungen erwartete und diese von einem wie Meinrad bekommen hätte. Ein solcher Vater hätte nie damit drohen müssen, dass der »Watschenbaum umfällt«, denn sein Sohn hätte ihm nichts als Freude bereiten wollen. Dafür hätte dieser Vater mit ihm geredet, wäre vielleicht sogar mit ihm angeln oder zu den Spielen vom FC Großöd-Pfletzschendorf gegangen und hätte ihn beschützt und verstanden.

Meinrad Hiendlmayr hatte von klein auf lernen müssen, nur mit sich selbst zu leben. Natürlich hatte es immer mal wieder die Sehnsucht nach einem G'spusi gegeben, und er hatte von Freundschaften und Nähe geträumt, nach der Pleite mit Birgit jedoch eher so, wie andere von Lottogewinnen träumten: ohne sich wirklich vorstellen zu können, dass es sie geben könnte.

Als kleiner Junge hatte Meinrad in jedem Mann, den er bewunderte oder der auch nur freundlich zu ihm war, einen geheimnisumwitterten Vater vermutet, der sich bedauerlicherweise aus spionagetechnischen Gründen nicht zu erkennen geben durfte und insgeheim noch mehr litt als sein Sohn.

Wenn er seiner immer grauer und knochiger werdenden Mutter gegenüber derartige Hypothesen äußerte, sah sie ihn von oben herab an, schüttelte müde den Kopf und griff zur Cognacflasche. »Du hast ja keine Ahnung. Nix weißt du, gar nix. Es war einmal eine große Liebe, und jetzt ist es nur noch ein einziger großer Schlamassel, ein hirnloser Schmarrn.«

Tatsächlich hatte Meinrad bereits als kleiner Junge die bittere Erfahrung machen müssen, dass seine Mutter nichts anderes zu lieben schien als ihre Cognac- und Wodkaflaschen. »Die verlassen mich nicht, an denen kann ich mich festhalten, die sind da, wenn ich sie brauche.«

Dabei wäre auch er so gerne für sie da gewesen. Aber sie übersah ihn mit eisiger Beharrlichkeit, und so lernte er mit der Zeit, sich in die Kategorie jener Menschen einzuordnen, die nicht wahrgenommen werden.

Wäre Meinrad Hiendlmayr vor einigen Monaten danach befragt worden, wie er sein Leben fände, so hätte er vermutlich mit einem gleichgültigen »Passt scho« geantwortet, auch wenn er selbst seine Existenz als eine verdammt traurige Angelegenheit empfand, über die er lieber nicht nachdenken wollte. Damals jedoch gab es niemanden, der ihm diese Frage hätte stellen können.

Und dann war plötzlich etwas passiert, was sein Leben von einem Tag auf den anderen auf den Kopf stellen sollte.

Er erinnerte sich noch genau an den letzten aller langweiligen und unendlich öden Sonntagnachmittage im Mai. Es hatte gegen fünfzehn Uhr bei ihm geklingelt, und er, der davon ausging, dass sich die Nachbarskinder einen kleinen Scherz erlaubten, war unrasiert und ungeduscht in einem gestreiften Schlafanzug zur Haustür geschlurft.

Eine ältere Frau stand vor ihm und strahlte ihn an.

»Ja?« Er war davon überzeugt, dass sie sich in der Hausnummer geirrt hatte.

»Sie kennen mich ned«, verkündete die Fremde. »Aber

ich hab eine gute Nachricht für Sie und auch einen leckeren Kuchen.«

Misstrauisch war Meinrad einen Schritt vor die Tür gegangen und hatte sich nach allen Seiten umgesehen. Er befürchtete, als zufälliges Opfer der Fernsehsendung »Verstehen Sie Spaß?« ausgesucht worden zu sein, vor allem deshalb, weil er am Abend zuvor eine Zusammenfassung der absurdesten Episoden dieser Serie gesehen und sich geschworen hatte, von nun an selbst bei der kleinsten Unregelmäßigkeit besonders wachsam zu sein. Er würde sich nicht zur Primetime im Abendprogramm als Volldeppen vorführen lassen. Er nicht!

Aber vor der Tür seines kleinen Häuschens stand nur das schwarze Auto seiner Besucherin, und weit und breit waren weder versteckte Kameras noch Übertragungswagen zu sehen.

»Kann ich reinkommen? Hätten S' vielleicht eine Tasse Kaffee für uns?«

Er blieb vorsichtig. »Aber ich kenn Sie doch gar ned.«

»Das macht nix«, beruhigte sie ihn, immer noch mit diesem strahlenden Lächeln und den kleinen weißen blitzenden Zähnen, die so regelmäßig standen, dass sie nicht echt sein konnten. »Wir sollten uns unbedingt kennenlernen. Irgendwann sieht man sich doch immer zum ersten Mal, gell? Martha heiß ich, Martha Moosthenninger. Und Sie sind garantiert der Meinrad Hiendlmayr?«

Er hatte keine Ahnung, was sie von ihm wollte. Sie sah nicht aus wie eine Verbrecherin und hätte vom Alter her seine Großmutter sein können, allerdings eine sehr jung gebliebene. Überwältigt von der Erkenntnis, dass jemand ihn, ausgerechnet ihn, gesucht und gefunden hatte, hatte er genickt und war zur Seite getreten.

Im Wohnzimmer dokumentierte das Fernsehgerät ein Autorennen. Meinrad riss die Fenster auf. Winzige Staubpartikel wirbelten durch den Raum.

»Sportlich sind wir also auch«, stellte seine Besucherin zufrieden fest und wischte einen Berg Zeitungen vom Tisch, um Platz für ihren Kuchen zu schaffen.

»Das läuft nur so«, antwortete Meinrad, schaltete das Gerät aus und bediente in der Küche die Kaffeemaschine. »Bin glei wieder da!«

Als er rasiert, geduscht und in Freizeitkleidung zurückkam, hatte sie bereits Teller und Besteck aus dem Trockengestell neben der Spüle genommen, den runden Wohnzimmertisch gedeckt und ihren Kuchen aufgeschnitten. Sie sah sich in den Räumen um, als sei es ihre Aufgabe, seinen Ordnungssinn zu kontrollieren. Da sie immer noch lächelte, ging er davon aus, auch diese eigenartige Prüfung bestanden zu haben. Aber – was wollte die nur von ihm?

»Sind Sie wirklich Meinrad Hiendlmayr, könnt ich mal Ihren Pass sehn?«, fragte sie und entschuldigte sich im gleichen Augenblick: »Wissen S', das ist nur zu unser aller Sicherheit, nicht dass ich hier schlafende Hunde weck oder gar den falschen Fisch an Land zieh, das gäb nur unnötigen Ärger.« Brav und wie immer gut funktionierend war er in die Diele gegangen, hatte seine Brieftasche aus der Lederjacke geholt und schweigend seinen Personalausweis neben ihre Kaffeetasse gelegt.

»Dankschön auch, es muss halt alles seine Richtigkeit ham, vor allem, wenn's um eine solch wichtige Sache geht.«

Meinrad spürte, wie er langsam neugierig wurde. Doch er fragte nicht nach. Das Leben hatte ihn gelehrt, dass seine Fragen sowieso nie beantwortet wurden.

Sein Schweigen schien sie nicht zu irritieren. In aller Ruhe wühlte sie in ihrer kolossalen Handtasche und legte schließlich einen braunen Umschlag auf den Tisch. Andächtig faltete sie dann ihre unberingten Hände, legte sie auf das Kuvert und seufzte theatralisch. »Es geht um eine Erbschaft.«

Spätestens in diesem Augenblick hatte er gewusst, dass sie sich vertan haben musste. Bei ihm war nichts zu holen. Das wenige, was seine Mutter besessen haben mochte, war zur Gänze in den Spirituosenregalen des Supermarktes versickert.

Damit sie nicht gleich ihren Irrtum bemerkte und ebenso plötzlich wieder verschwand, wie sie gekommen war, schenkte er ihr Kaffee nach und setzte sich erwartungsvoll an den Tisch. Sein Lächeln war jetzt müde und resigniert. Wenigstens würde dieser Sonntagnachmittag nicht so tödlich langweilig sein wie sonst.

Die Fremde berichtete lang und breit von ihrer Freundschaft zu einer Frau namens Agnes. Meinrad erfuhr, dass diese Agnes inzwischen verstorben war. Da er sie eh nie gesehen hatte, war ihm das ziemlich egal, doch er hörte ihr weiterhin zu, ohne sie ein einziges Mal zu unterbrechen.

»Also diese Agnes, was ja meine Freundin g'wesen ist, also die hat eine Schwester gehabt, wobei die Schwester zum Glück immer noch lebt und Malwine heißt, Malwine Brunner. Verstehen S', die Malwine ist die Tochter Ihres Großvaters, also quasi Ihre Tante.«

Sie hob den Kopf und sah ihn erwartungsvoll an.

Er wurde blass, und sein Herz klopfte bis zum Hals. Mit eigenartig heiserer Stimme wollte er wissen: »Sie kennen meinen Vater, wo find ich den?«

»Nein, nicht direkt.« Sie schüttelte den Kopf und wühlte erneut in ihrer riesigen Handtasche. Schließlich brachte sie etwas zutage, was wie eine biblische Schriftrolle aussah.

»Jetzt putzen wir erst amal den Tisch ab«, kommandierte sie, räumte Teller und Tassen beiseite und sah zu, wie er erst feucht wischte und dann trocken nachpolierte. Sie setzte ihre Lesebrille auf und entrollte das Papier.

»Sodala, jetzt schaun S' amal. Das hier nämlich ist der Stammbaum der Familie Harbinger. Es hat mich ziemlich viel Aufwand gekostet, das alles hier zusammenzutragen und in die richtige Ordnung zu bringen. Sogar auf dem Standesamt bin ich g'wesen, und der Wilhelm hat mir nach langem Zureden seine Kirchenbücher überlassen. Fast vier Tag hab ich an dem Ding geschrieben.«

Immer noch sprachlos starrte er auf die Stammtafel. Harbinger, was ging ihn das denn an? Nicht ein Mal hatte seine Mutter diesen Namen erwähnt.

Sie lächelte verständnisvoll. »Okay, Sie haben sicher noch nie so was g'sehn. Sie müssen jetzt auch nicht gleich alles studieren. Aber schaun S' mal, hier steht meine Agnes und dort ihre jüngere Schwester, die Malwine.« Sie wies mit dem Zeigefinger auf zwei eingekastelte Namen. »Und die beiden hatten doch zwei Brüder. Der eine von denen, der erstgeborene Sohn eben, also der hat den Hof übernommen, aber irgendwie hat's bei dem ned klappt: Die hatten halt nie einen Klapperstorch zu Besuch.« Sie zwinkerte verschwörerisch.

»Hm«, murmelte er.

»Und meine Agnes, also die ist ja jungfräulich g'storben, weil sie so ein herzensguter Mensch war und auch eine Heilige, also immer nur für die andern da. Erst als Krankenschwester und dann als Wundertäterin. Also die hat auch keine Kinder – sonst wär es ja ein fast so großes Wunder wie bei unserer Gottesmutter ...«

Ehrfürchtig schwig sie einen Augenblick.

»Also, da ham mir die Agnes und den ältesten Bruder – beide kinderlos. Malwine hat dann den Brunner Hannes g'heiratet und ihm einen Sohn g'schenkt, aber der ist ziemlich früh verstorben. Schaun S' hier.« Sie wies mit dem Zeigefinger auf eine Stelle unterhalb von Malwines Namen.

»Hermann Brunner« stand dort mit Geburts- und Sterbedatum. Meinrad sah auf einen Blick, dass dieser Hermann gerade mal dreißig Jahre alt geworden war, doch noch bevor er nach der Todesursache fragen konnte, schnellte Marthas Finger eine Zeile höher. »Da ham mir also schon drei von den vier Geschwistern – alle ohne noch lebende Nachkommen –, aber hier gibt's noch den Andreas, und das müsst Ihr Vater sein.«

Meinrad Hiendlmayr sah sie lange an, schluckte und gab dann die bittere Wahrheit preis: »Ja mei, Harbinger, das kann scho sein, aber damit habe ich nix zum tun. Ich heiß doch Hiendlmayr.«

»Sagen mir jetzt erst einfach mal nix.« Gelassen rollte sie ihren Stammbaum wieder zusammen, umwickelte ihn mit einem gelben Seidenband, drapierte dieses zur Schleife und seufzte verständnisvoll. »Es braucht halt seine Zeit, bis man eine solche Nachricht an sich herankommen lassen kann. Vor allem, weil ich mit meinen Informationen Ihr ganzes Leben auf den Kopf stelle, gell? Aber da müssen Sie durch, und Sie schaffen es auch.«

»Steh ich denn auch auf Ihrer Stammtafel? Dürft ich's noch mal sehn?«, fragte Meinrad zuvorkommend und wusste, dass sie spätestens jetzt ihren Irrtum einsehen musste.

Bereitwillig entknotete sie das so sorgfältig gebundene Band und breitete ihre handskizzierte Stammtafel erneut vor ihm aus. »Normalerweise zeichnet man die ja wie einen Baum, aber ich kann nun mal nicht malen«, gestand sie und wies auf den eingerahmten Namen »Andreas Harbinger«. »Das da ist Ihr Vater. Sehn Sie, der hat auch g'heiratet, aber mit der Angelika Kalkhölzl hat er keine Kinder, und deshalb geht auch unterm Kasterl von Ihrem Vater kein Zweig ab auf die nächste Generation. Aber diese gestrichelte Linie da, die hab ich dann scho mal eingezeichnet, denn ein Kind hat er dann nämlich doch bekommen, und zwar mit Ihrer Mutter, der Hiendlmayr Beate. Sie sind ein kleiner Bankert. Was sagen S' denn dazu?«

Jetzt war ihr Lächeln liebevoll. »Na ja, ein inzwischen

ganz schön groß gewachsener kleiner Bankert! Mei, ich bin ja so froh, dass ich Sie g'funden hab und dass Sie ein durchaus seriöser Mensch sind.«

Aha, jetzt wusste er wenigstens, was ihre Kontrollblicke zu bedeuten hatten.

»Hier steht alles drin!«, behauptete sie nun und wies auf das braune Kuvert neben ihrer Kaffeetasse.

Meinrad Hiendlmayr schluckte und sah erneut hin. Plötzlich hatte er eine Familie. Da er aber auch unter dem Namen seines Vaters ein Todesdatum entdeckt hatte, war er im gleichen Moment auch schon wieder Vollwaise. Er fühlte sich noch einsamer als zuvor.

Als habe sie seine Gedanken lesen können, erklärte Martha Moosthenninger nun: »Die einzige lebende Blutsverwandte, die Sie noch ham, das ist die Brunner Malwine. Und deren Schwester Agnes« – hier legte Martha eine kleine andächtige Pause ein und richtete ihre Blicke himmelwärts –, »also die Agnes hat mir ausg'richtet, dass Sie die Malwine kennenlernen sollen und sich ihrer annehmen. Wenn Sie immer noch zweifeln, können wir auch gern einen DNA-Test machen. Heutzutag kann man ja alles nachweisen, auch so eine Verwandtschaft wie die Ihre. Vor allem jetzt, wo Ihre Tante noch lebt.«

Würdevoll reichte sie ihm den Umschlag. »Das ist die Bestätigung von dem Landauer Ahnenforscher Günther Hellmann. Der hat wirklich schnell und diskret gearbeitet, also den kann ich Ihnen nur empfehlen. Der hat die Harbinger-Sache für mich recherchiert und dabei geheime Aufzeichnungen gefunden, aus denen Ihre Abstammung klar und deutlich hervorgeht. Das können Sie hier alles nachlesen. Und damit lass ich Sie jetzt erst einmal allein.«

Anschließend war Martha Moosthenninger in ihr kleines schwarzes Auto gestiegen und davongefahren.

Den Kuchen hatte sie ihm dagelassen.

Es war kurz vor zwölf, als Franziska und Schmiedinger die Zufahrt zum Brunnerhof erreichten. Rot leuchteten die herbstlichen Blütenstände der Fetten Henne und die hübschen Früchte des Pfaffenhütchens. Ein Herbsttag wie aus dem Bilderbuch, dachte Franziska. An den blauen Himmel hatten die Kondensstreifen von Flugzeugen Striche hingetuscht, die wie geheimnisvolle Botschaften wirkten.

Adolf Schmiedinger räusperte sich und wies mit ausgestrecktem Zeigefinger auf die weiß lackierte Bank rechts von der gläsernen Eingangstür.

»Dort hat er gestern g'sessen, der Meinrad.«

»Jetzt sitzt da aber niemand mehr«, stellte Franziska klar. Schon als sie die Türen des Wagens zuschlugen, hörten sie das Bellen.

»Jessas, der Joschi!«, rief Adolf aufgeregt. »Er wird das arme Tier doch wohl ned eingesperrt haben, der Hundsbua, der damische! Mein Gott, das arme Viecherl.«

Franziska beruhigte ihn. »Aus dem Haus kommt das Gekläff definitiv nicht.« Sie stellte sich mitten auf den Hof und sah sich nach allen Seiten um. So viel war geschehen, seit sie das erste Mal hier oben auf dem Einödhof ermittelt hatte. Und nichts hatte sich zum Guten gewendet, auch wenn es immer hieß, alles habe einen tieferen Sinn und folge einer höheren Ordnung. Gleichmütig waren die Bäume weitergewachsen und höher und dichter geworden und im Vergleich zu einer Eiche, Buche oder Kastanie, ja möglicherweise sogar aus Sicht eines Pfaffenhütchens, umfasste so ein Menschenleben nur eine winzige Zeitspanne.

»Der Hund ist im Garten«, riss Schmiedinger sie aus ihren Gedanken. »Der hat ihm ein richtiges Gehege gebaut, mit Auslauf und Hütte zum Schlafen. Hat alles mit Malwines Kleidern gepolstert. Scheint doch ein ganz patenter Kerl zu sein, der Knecht.«

»Aber wo steckt er denn nun, Ihr Knecht?«

Schmiedinger hob die Schultern.

»Vielleicht ist er ja gar kein Knecht, sondern ein Untermieter, der hier wohnt und von hier aus jeden Tag zur Arbeit fährt. Ein entfernter Verwandter möglicherweise«, gab sie zu bedenken. »Hat er Ihnen eigentlich gesagt, was er hier macht?«

Schmiedinger schüttelte den Kopf. Tatsächlich fragte er sich die ganze Zeit schon, was und worüber er gestern eigentlich mit dem jungen Mann geredet hatte. Sie hatten eine Stunde nebeneinander in seinem Dienstwagen gesessen, und die Fahrt war keineswegs schweigend verlaufen. Aber in Erinnerung geblieben war ihm nichts außer dem ohnmächtigen Gefühl geteilter Trauer.

»Aber die Verwandtschaftsthese schließen Sie aus?«

Er nickte. »Das hätt er mir doch sagen können, denn dann wär ja jetzt dieser Meinrad für Malwines Bestattung zuständig und ned der Bürgermeister, also ned die Gemeinde.«

Sie gingen ein paar Schritte über den Hof und standen plötzlich vor einem kleinen Zelt, das über einem Loch von etwa vierzig Zentimeter Durchmesser errichtet worden war.

Fachmännisch umkreiste der Polizeiobermeister Zelt und Loch. »Das könnt das Bohrloch sein, von dem ich Ihnen schon erzählt hab. Vielleicht ist doch was dran an der G'schicht!« Er schüttelte den Kopf. »So ein deppertes Zelt nutzt aber gar nix, wenn er nicht auch noch ein Warndreieck davorstellt. Hat doch jeder in seinem Auto.«

»Apropos Auto«, unterbrach Franziska ihn. »Was ist mit Malwines Wagen?«

»In der Garage steht er, wo der Meinrad ihn gestern hat abstellen sollen«, verkündete Adolf Schmiedinger beflissen. »Das hab ich natürlich als Erstes gecheckt. Geklaut hat der Meinrad den nicht. Hätt er ja leicht machen können, ich hab ihm nämlich den Schlüssel ned abg'nommen.

Da sieht man scho wieder, wie durcheinand ich g'wesen bin – soll ich mal schaun, ob da ein Warndreieck drinnen ist? Die Malwine war mit solchen Sachen immer sehr genau. Sogar der Joschi hat sich anschnallen müssen, wenn er vorn neben ihr auf dem Beifahrersitz saß, also hat s' den Sicherheitsgurt durch sein Halsbandel g'zogen.«

Als er seinen Namen hörte, begann der Beagle erneut zu bellen. Er sprang Franziska freudig entgegen. Seine gelbrote Leine war wie eine Girlande um eine hölzerne Hundehütte gewickelt worden. Sie leinte ihn an und ging mit ihm zurück zum Loch.

»Frau Kommissarin, soll ich nun nach dem Dreieck suchen oder ned?« Schmiedingers Stimme klang gereizt.

Sie streichelte den Hund. »Ja, machen Sie nur. Ein Warndreieck schadet auf gar keinen Fall.«

Franziska schob das Zelt beiseite, und Joschi beschnüffelte die Ränder des Loches. Es war etwa zwei Meter tief und erinnerte die Kommissarin an Fallgruben, die sie als Kind mit ihren Freundinnen ausgehoben hatte. Nun hielt sie ihre Nase über das Loch und schnupperte. Kein Schwefel, keine heißen Dämpfe – nichts, was medizinisch oder nach Apotheke oder überhaupt gesund roch. Aber ein anderer Duft stieg ihr in die Nase und weckte unangenehme Erinnerungen.

In dieser Sekunde entdeckte sie am Rand des grauen Zelts etwas Weißes, von dem offenbar der penetrante Geruch ausging: Es war eine mit zwei Büroklammern an die Zeltplane geheftete Visitenkarte. Die Schrift war so groß, dass sie gar nicht erst nach ihrer Lesebrille fahnden musste. In Druckbuchstaben stand dort: »Eigentum der Gemeinde Kleinöd. Missbrauch wird strafrechtlich verfolgt.«

Als sie die Karte umdrehte, entdeckte sie auf der Rückseite das Dorfwappen von Kleinöd und daneben den Namen des Bürgermeisters: Markus Waldmoser. Das hätte sie sich ja denken können! Sie pfiff anerkennend. Der hatte wirklich äußerst schnell reagiert. Aber was war mit Missbrauch gemeint?

»Hey, wussten Sie, dass der Hof schon konfisziert ist? Ihr Bürgermeister hat alles, was hier kreucht und fleucht, unter seine Fittiche genommen. Wahrscheinlich auch den Hund.« Sie streichelte Joschi.

»Was sagen S'?« Adolf Schmiedinger kam mit einem gewaltigen Schlüsselbund aus der Garage und besah sich kopfschüttelnd das Kärtchen. »Ja Bluatsakra! Ich hab's doch g'wusst. Der kann's wirklich kaum erwarten. Also wenn wir da nicht eingegriffen hätten, so hätt der inzwischen die Malwine schon verbrennen lassen, und niemand hätt diesen Mordfall aufgeklärt.«

»Was kann der kaum erwarten?« Franziska horchte auf.

»Dass er den Hof erbt und der Brunnerin ihre Ländereien. Deswegen war er so scharf auf die Eingemeindung. Alles zum Wohl der Gemeinde, würd er sagen, aber wer dann seinen Mais auf der Malwine ihre Felder anbaut und in seine Biogasanlage schafft, das ist unser Bürgermeister persönlich, und ob der da nicht auch noch was an den Gewerbesteuern dreht ...« Er seufzte verbittert. »Und auch die Quelle hier, auf die ist der besonders scharf g'wesen, und deswegen hat er sich ja auch dauernd hier herumgetrieben.« Er wies auf das Bohrloch. »Und das da, das ist der Malwine gar nicht recht g'wesen.«

»Woher wissen Sie das?«

»Sie hat's meiner Frieda verzählt, und die hat sich mit mir besprochen. Wir reden viel miteinand.« Den letzten Satz betonte er, als wolle er damit das Besondere an seiner Beziehung herausstellen. »Seit ein paar Wochen hat er sie dauernd besucht, also der Herr Bürgermeister die Malwine. Und die Malwine wollt dann von meiner Frieda wissen, ob sich das so g'hört. Ob alle Gemeindemitglieder jeden Dienstag und jeden Donnerstag vom Bürgermeister aufg'sucht werden. Unter uns: ›heimg'sucht‹ hat sie's genannt. Das sag ich Ihnen, je älter die wurde, umso weniger Respekt hatte die.« Nachdenklich hielt er inne und fügte dann hinzu: »Technisch möglich wär das ja, denn so viele sind wir ja ned mehr, aber ob der Waldmoser dann noch zum Arbeiten kommen tät? Also die Frieda und mich, uns hat er noch kein einziges Mal b'sucht.«

Was wollte der Bürgermeister nur von ihr?, fragte sich Franziska. Aus reiner Menschenfreundlichkeit tat der Waldmoser nichts. Ob er vielleicht gehofft hatte, die Brunner Malwine würde ihm – beziehungsweise der Gemeinde – bereits zu Lebzeiten alles überschreiben? Sie gab diese Überlegung zu bedenken, aber Adolf Schmiedinger schüttelte vehement den Kopf.

»Niemals, mit warmen Händen gibt sie nix her, das hat sie zu meiner Frieda g'sagt. Und schon gar ned dem Waldmoser. Dass der damals ihren Hermann ned auf unserm Friedhof hat begraben lassen wollen, des vergisst sie ihm nie. Obwohl er ja nun doch da liegt, der Bua. Der Bua, der Mann und die Harbinger Agnes, was ja Malwines Schwester war. Mei o mei, bald liegen da mehr begraben, als hier oben rumlaufen.«

»Da haben Sie recht.« Franziska blinzelte in die Herbstsonne.

Der Polizeiobermeister rückte nun mit weiteren Details heraus. »Wissen S', zu meinem Spezl, dem Eduard, hat er mal gesagt, dass er eh zweimal in der Woche nach den Rohstoffen für seine Biogasanlage schaun muss, also unter uns g'sagt, nach dem depperten Genmais. Und wenn er da hinfuhr, dann lag die Malwine direkt auf seinem Weg, auf halber Strecke sozusagen. Und Geschenke hat er ihr immer mitgebracht, und so dumm rumg'redt, dass sie ja jetzt ein Mitglied der Gemeinde ist, ein ›Kleinöder Kindl‹, und damit sie recht lang g'sund und munter bleibt und auch brav ihre Steuern zahlt, hat er ihr immer was mitgebracht. Kräuterlikör und Badezusätze und gedörrte Gewürze und Kletzenbrot und so – alles aus dem Glashaus von seiner Frau, der Elise. Man könnt fast meinen, dass er in sie verliebt war, dieser Depp, denn Malwine wollt ja nix von ihm wissen. Einmal hat sie g'sagt, wenn sie das g'wusst hätt, dass der dauernd nervt, hätt sie weder sich noch ihren Hof zu Kleinöd schlagen lassen. Denn vorher hat s' wenigstens ihre Ruh g'habt.«

Franziska lächelte. »Malwine scheint ja richtig Humor gehabt zu haben.« Dann wies sie auf das Bohrloch. »An dem Ding war er also auch interessiert?«

»Und wie!« Schmiedinger nickte. »Vielleicht hat er ja Gicht und will sich immer seine Finger in dem Schlamm da waschen. Meine Frieda sagt allerweil, die Gicht kommt vom vielen Schweinefleischessen. Deswegen gibt's bei uns jetzt an fünf Tagen in der Woch vegetarisch zum essen.« Er seufzte leicht, versicherte aber dann der Kommissarin: »So schlecht schmeckt des gar ned.«

»Ich weiß«, sagte Franziska und beugte sich über das Bohrloch zu ihren Füßen. »Ich nehm mal was mit von dem Zeug hier, fürs Labor. Die sollen mir erst mal sagen, ob das wirklich eine besondere Substanz ist. Wir müssen uns an Tatsachen halten, Schmiedinger, an reale Fakten. Nicht an Erzählungen von angeblichen Wundern. Auch wenn das hier grad mal wieder Hochkonjunktur hat.«

Als sie sich suchend umsah, entdeckte sie am Stamm eines Walnussbaums einen langstieligen Apfelpflücker, nur dass am Stiel kein Pflücknetz, sondern eine Schöpfkelle befestigt war. »Wie praktisch. Haben Sie eine Dose oder so was?«

Der Polizeiobermeister zog aus seiner rechten Anzugjacke einen hellblauen Plastikbehälter und gestand verschämt: »Meine Brotzeitdose. Die macht die Frieda mir jeden Tag. Dabei bin ich doch schon lang kein Schulkind mehr. Warten S' kurz.« Er entnahm einen Apfel und zwei dick mit Käse und Tomaten belegte Vollkornbrote, dann reichte er ihr die Dose.

Franziska spürte, wie ihr das Wasser im Mund zusammenlief. »Das sieht aber lecker aus.«

Er nickte. »Die Frieda will, dass ich g'sund bleib. In den Blauen Vogel geh ich deshalb auch ned mehr so oft. Frieda sagt, zu viel Bier ist ungesund. Ich glaub, der Eduard ist deswegen schon leicht verärgert. Früher ham mir uns immer abends dort getroffen. Na ja, man kann nicht alles haben. Seit die Frieda bei mir wohnt, zieht's mich gar ned mehr so zum Schafkopfen hin. Man will ja auch a bisserl Familie ham, oder?«

»Genau.«

Die Kommissarin zog sich Latexhandschuhe über und holte mit der langstieligen Kelle eine schlammige, aber geruchlose Flüssigkeit aus dem Bohrloch, die sie in die hellblaue Brotzeitdose des mittlerweile so gesund lebenden Polizeiobermeisters füllte.

Schmiedinger nahm den Schlüsselbund wieder zur Hand. »Die Malwine hat in ihrer Garage für jedes Schloss in Haus und Hof mindestens einen Zweitschlüssel aufbewahrt«, verkündete er und fügte hinzu: »So eine war das, die Malwine. Alles doppelt und dreifach, damit sie nie jemanden fragen muss. Damit keiner auf die Idee kommt, dass ausgerechnet sie Hilfe bräucht.«

»Na ja, bis hier Hilfe gekommen wäre – das hätte schon eine Zeit lang dauern können.« Franziska schloss die Dose und zog die Schutzhandschuhe aus.

»Sollen wir ins Haus gehen und nach diesem Meinrad suchen? Ich tät wirklich zu gern wissen, wo das Bürscherl abgeblieben ist.«

»Dazu haben wir keine Befugnis, erstens ist keine Gefahr im Verzug, zweitens sind wir nicht mit den Ermittlungen betraut, und drittens ist dieser Meinrad in keinster Weise verdächtig«, wies Franziska ihn zurecht.

Adolf Schmiedinger schluckte, schwieg und starrte auf das braune Zelt über dem Bohrloch. Der beim Umfüllen auf den Asphalt getropfte Schlamm war eingetrocknet und gab winzige weiße Kristalle frei, in denen sich das Sonnenlicht brach.

Die Kommissarin brachte den Hund in seinen Auslauf, befreite ihn von der Leine und kippte einen kleinen Nachschlag Trockenfutter in den halb leeren Napf. Dann ging sie in die Hocke und lobte Joschi, der brav sein Wasser zu schlabbern begann. Als sie sich wieder aufrichtete, stand plötzlich Schmiedinger hinter ihr.

»Wissen S' was, ich fahr heut auf d'Nacht noch amal vorbei. Auf der Heimfahrt zu meiner Frieda mach ich einen kleinen Schlenker. Vielleicht ist er dann ja daheim. Zumindest scheint er sich um den Hund zu kümmern. Soll ich Sie anrufen, wenn er da ist?«

Sie lächelte, und eigenartigerweise fühlte er sich augenblicklich wieder mit der Welt versöhnt. So ging es ihm auch mit seiner Frieda. Unglaublich, über welche Fähigkeiten die Frauen verfügten. Die Kommissarin schien ihn also doch zu schätzen. Er war wichtig für sie.

»Gern«, sagte sie. »Machen Sie einen Termin mit diesem Meinrad. Er soll bei mir vorbeikommen, sobald er Zeit hat. Am besten gleich morgen.«

Vielleicht hätte er sich krankmelden sollen. Es ging ihm ja auch wirklich nicht gut. Sein Kummer verwirrte ihn. Einst war er so geübt darin gewesen, allein zu leben und sich einzurichten in Langeweile, Mittelmaß und der sonntäglichen Kunst des Zeittotschlagens. Damals ging die Welt ihn nichts an, und in jener verstrichenen Ära hatte ihn auch nichts erschüttern können. Aber dann? Freiwillig hatte er diesen so sicheren Raum aufgegeben und war zu seiner Tante gezogen. Alles im Leben wurde bestraft. Für einen wie ihn hatte das Schicksal kein Glück vorgesehen.

Mit eiskalten Fingern tippte er den Warenbestand an Holzregalen in seine Liste und sah, dass das Frühwarnsystem blinkte. Jetzt würden die Leute wieder Zwetschgen einmachen und Kürbisse einlegen und ihre Speisekammern winterfest machen. Dabei wurde erfahrungsgemäß so manches Regal erneuert. Es war an der Zeit nachzubestellen.

Seine Hände zitterten. Auch seiner Tante hatte er eine neue und geweißelte Speis versprochen und dafür das lange Wochenende um den 3. Oktober eingeplant. Das würde jetzt nicht mehr nötig sein. Er schluckte.

Malwine hatte ihn aufgenommen wie einen Sohn, und er hatte gespürt, dass er tatsächlich ein wenig ihren verstorbenen Sohn zu ersetzen schien. Aber sie hatten nie darüber gesprochen. Jetzt war sie wieder bei ihrem Kind und auch bei ihrem Mann – vielleicht.

Für den Tod einer Tante war in der Betriebsvereinbarung des Baumarktes kein freier Tag vorgesehen. Nur für Vater, Mutter, Kind. Beim Tod seiner Mutter hatte er auf diesen zusätzlichen Urlaubstag verzichtet, denn Beate Hiendlmayr hatte sich schon so lange und so weit von ihm entfernt, dass ihm ihr letzter Atemzug wie das sanfte Zufallen einer Tür erschienen war. Da war kein Kummer zu spüren gewesen, eher so etwas wie stille Resignation und die Bestätigung des uralten Wissens, dass alles irgendwann einmal vorbei war.

Er hatte sie nachts um vier husten hören und war, entgegen seiner Gewohnheit, aufgestanden, um nach ihr zu sehen. Mit verzerrtem Gesicht lag sie in ihrem Bett. Um sie herum standen ein Dutzend halb leerer Flaschen wie besorgte Verwandte. Sie hatte um sich geschlagen und »anders« gelallt – und erst jetzt, hier im Baumarkt, in genau dieser Sekunde, wurde ihm klar, dass sie nicht »anders« gerufen hatte, sondern »Andreas«.

Den Namen seines Vaters.

Anders, hatte er damals gedacht, sie will, dass alles anders ist, und sie hat so verdammt recht damit. Er hatte auf sie hinuntergesehen, wie sie in ihrem grauen Baumwollnachthemd dalag, das verschwitzt war und voller Flecken, und er hatte sich nicht getraut, sie aus ihrem Albtraum herauszuholen oder ihre Hand zu halten. Ihm war klar geworden, dass er sich vor ihr fürchtete.

Eine Stunde später war sie tot.

Erst um sieben Uhr morgens hatte er den Hausarzt angerufen, den er nicht vorher aus dem Schlaf hatte reißen wollen. Der hatte was von gebrochenem Herzen gesagt und dass dieses Mutterherz nun für immer stillstehe. Dürftige Beileidsbezeugungen waren über seine Lippen gekommen, während er in seiner Arzttasche nach einer Karte des Bestattungsdienstes suchte. Verwundert hatte Meinrad ihm zugesehen und sich gefragt, ob da möglicherweise Provisionen flossen.

Wenig später hatte er zwei schwarz gekleideten Herren mit trauerumflorten Mienen seinen Haustürschlüssel in die Hand gedrückt und war anschließend wie immer zur Arbeit gefahren. Wohin auch sonst? Als er nach acht Stunden heimkam, lag der Schlüssel wie abgesprochen im Briefkasten, und sie war fort. Alle Zimmer schienen plötzlich größer und heller zu sein.

Einen Tag später lag sie aufgebahrt in der kleinen Leichenhalle am Friedhof. Entspannt, sauber und ohne diesen gierigen Zug um den Mund. Sie sah aus, als habe sie endlich Ruhe gefunden. Als er dort neben ihr stand und auf ihre rosenkranzumwickelten Hände sah, war ihm erneut klar geworden, dass sie nichts miteinander zu tun hatten. Zu Lebzeiten nicht und jetzt erst recht nicht mehr. Niemand schien um sie zu trauern.

Er hatte sie in der Abteilung Sterbe- und Geburtenregister des Kleinöder Gemeindeamtes abgemeldet, während neben ihm eine Frau stand, die ihr gerade vier Tage altes

Kind anmeldete, das den eigenartigen Namen Eulalia-Sophie Halber tragen würde. »Halber, wie *ganzer* Kuchen«, hatte die junge Frau gesagt und gelacht. So nah also lagen Leben und Tod beieinander.

Nach Malwines Tod aber war alles anders. Er konnte sich nicht konzentrieren, und er machte Fehler. Dauernd ging ihm seine Tante durch den Kopf. Wo war sie eigentlich jetzt? Was machten sie mit ihr? Er hätte sich gleich kümmern müssen.

Kapitel 5

»Was?« Der ständig gerötete Kopf des Bürgermeisters wurde um eine winzige Nuance dunkler. Schweißperlen glänzten auf seiner Stirn, und er schnappte nach Luft. »Ich fass es nicht! Ja Herrschaftszeiten! Was soll das denn nun schon wieder?« Mittlerweile schrie Markus Waldmoser so laut, dass seine russlanddeutsche Sekretärin Olga Oblomov besorgt die Tür öffnete und ins Zimmer spähte.

Ihr Chef hielt sich das Telefon ans linke Ohr und umrundete mit stampfenden Schritten seinen Schreibtisch, auf dem sich die Aktenberge türmten. Wütend schnaubte er in den Hörer: »Und da sagen S' mir ned Bescheid, nein, wieso auch, Sie ham's ja ned nötig, gell? Seit gestern Vormittag wart ich auf eine Nachricht. Wenn ich jetzt ned nachgefragt hätt, dann hätten S' mir wieder nix verzählt. Eine Ungeheuerlichkeit ist das. So also wird mit trauernden Angehörigen umgegangen. Eine Schande ist das, eine echte Schande.« Er seufzte ausgiebig und lauschte ein paar Sekunden lang der Stimme aus dem Telefon. Sein Tonfall wurde plötzlich ein wenig kleinlaut. »Wie? Unregelmäßigkeiten? Was meinen Sie? Keines natürlichen

Todes? Ja, so ein Schmarrn aber auch! Jetzt hören S' mir mal zu. Dieser Arzt da aus dem Kurbad in Griesbach hat mit mir gesprochen und hat gesagt, dass sie ein Kreislaufversagen hatte und dann noch ein zusätzliches Herzversagen. Und er hat mich angerufen, weil die Brunner Malwine zu unserer Gemeinde gehört und er nicht wusst, wen er benachrichtigen soll. Aber ich kann ja auch keinen benachrichtigen, weil die Brunnerin ja keine Angehörigen mehr hat. Was muss sie auch auf ihre alten Tage noch schwimmen lernen, die g'spinnerte Urschel. Und dann hat der Doktor mir versichert, dass er sie nach Kleinöd überführen lässt, ihre sterblichen Überreste halt. Also dass er sich ausnahmsweise mal drum kümmert, weil ich ihn so nett darum gebeten hab. Und zwar sofort. Das war vorgestern. Vor achtundvierzig Stunden! Wir müssen auch planen, wir ham auch unsre Termine. So eine Trauerfeier will organisiert sein. Verstehen S', mir haben auch nicht alle Zeit der Welt.«

Er schluckte, hörte einen Augenblick zu und wurde unvermittelt blass.

»Was? Wohin? In die Gerichtsmedizin, nach Passau? Wer hat das denn veranlasst? Und wieso wurde ich nicht informiert? Eine Sauerei ist das, eine echte.« Seine Schimpferei klang nicht mehr ganz so überzeugend. Schnaufend erreichte er den Bürodrehstuhl aus schwarzem Leder und ließ sich erschöpft darauf nieder.

Olga Oblomov hatte genug gesehen. Sie würde ihm heute einen Latte Macchiato zubereiten. Keinen Espresso, denn der regte ihn garantiert nur noch mehr auf. Der Arme. Leicht hatte er es als Bürgermeister wirklich nicht. Dabei war er so ein guter Mensch und Ehemann – leider. Nur in ihren Träumen gelang es Olga, ihn zu verführen. Dafür ging es dann aber so richtig zur Sache.

Die verchromte Espressomaschine hatte der Bürgermeister ihr und damit ihrem gemeinsamen Büro zu Weihnachten geschenkt, und sie nahm sie täglich mindestens zweimal in Betrieb, putzte sie hingebungsvoll und fühlte sich, wenn sie das Kaffeepulver mit leichtem Druck gegen die dafür vorgesehene Rundung presste und den Filter in seine Halterung einrasten ließ, wie eine Frau von Welt, eine Grande Dame in einem eleganten Café mit vornehmem Publikum. Wenn sie sich langweilte, drapierte sie die Kaffeetassen und -becher exakt nach Form und Größe in ein extra dafür aufgestelltes Regal.

Olga Oblomov liebte ihren Beruf. Sie bezeichnete sich selbst als Assistentin und Dolmetscherin des Gemeindevorstands. Hier hatte sie Gelegenheit, bei Verhandlungen mit Saisonarbeitern ihre polnischen und rumänischen Sprachkenntnisse einzusetzen. Ihr persönlicher Bürgermeister pries sich glücklich und war stolz auf sie, als sie in Dingolfing die Verwaltungsfachprüfung I bestand und zahlte ihr seitdem jede Fortbildung, die sie sich wünschte. Endlich stimmte auch ihr Gehalt. An den Abenden besserte sie in Fernkursen ihr Bulgarisch auf. Man konnte ja nie wissen. Sicher würden irgendwann auch Bulgaren kommen und die Gurkenflieger besteigen. Die Welt war ein großer und offener Raum, in dem sich alle möglichen Nationalitäten trafen und in dem es an kompetenten Übersetzern mangelte. Sie, Olga, würde Expertin für osteuropäische Sprachen werden und irgendwann so viel verdienen, dass sie ihren Sohn Oleg auf ein feines Internat schicken konnte. Dort sollte er erstklassige Leute kennenlernen, die ihm seinen Berufsweg ebneten. Beziehungen waren alles. Das hatte sie in Kleinöd bei ihrem Bürgermeister gelernt. Augenblicklich allerdings saß der Oleg noch in der Justizvollzugsanstalt Laufen-Lebenau ein – aber nicht mehr lange.

»Ist halt mal kurz vom rechten Weg abgekommen«, hatte Waldmoser Olegs Verfehlungen souverän kommentiert und seine persönliche Referentin deswegen um keinen Deut schlechter behandelt. Er war ein guter Bürgermeister. Sie verehrte ihn.

Jetzt öffnete sie die Tür und stellte die aufgeschäumte Milch mit dem dunklen Espressofleck auf den extra dafür freigeschaufelten Platz seines Schreibtischs.

Er wischte sich mit einem Taschentuch die Stirn und murmelte: »Eine einzige Katastrophe ist das.«

»Probleme?«, fragte sie, wobei sie auf unnachahmliche Weise das R rollte.

Waldmoser nickte. »Die geben die Brunnerin ned zur Bestattung frei.«

»Warum denn nicht?«

»Irgendein Depp hat sie in die Gerichtsmedizin nach Passau bringen lassen. Und die haben Unregelmäßigkeiten g'funden. So ein Schmarrn aber auch. Der Tod ist immer eine Unregelmäßigkeit. Des g'hört zu seiner Natur. Wäre alles regelmäßig weitergegangen, dann würd Malwine noch munter wie ein Fisch in ihrem Thermalbecken schwimmen. Ach, sag doch bittschön den Leuten vom Bestattungsdienst ab, die ich für heut hierherbestellt hab, und mach mir gleich einen Termin beim Moosthenninger. Jetzt hatt ich schon für morgen eine Trauerfeier gebucht – aber ohne Leiche geht das ja wohl ned. Mei o mei, wenn ich da in Griesbach nicht ang'rufen hätt, keiner hätt mir was g'sagt.«

Sie telefonierte von seinem Apparat, und er trank währenddessen seinen Latte Macchiato. Der weiße Milchschaum blieb an seiner Oberlippe kleben – ein blütenweißes Schnurrbärtchen.

Sie hätte gern noch ein wenig mit ihm geplaudert. Wenn er sich aufregte, behandelte er sie wie eine Vertraute und ließ sie an seinen vielfältigen Gedanken teilhaben, aber der Pfarrer hatte gesagt, dass er gerade jetzt vor dem Mittagessen noch eine halbe Stunde Zeit habe und dann erst morgen wieder. Olga Oblomov fragte sich, womit so ein

Pfarrer wohl den ganzen Nachmittag beschäftigt sein könnte. Vielleicht mit beten?

Als Martha Moosthenninger dem Bürgermeister die Tür öffnete, sah sie ihm an, dass er ungewöhnlich wütend war. Aber Hochwürden Moosthenninger, ihr Bruder, schien nicht der Anlass seines Zorns zu sein, sondern eher jemand, mit dem er seine Empörung zu teilen hoffte.

»Ich muss ihn dringend sprechen – dauert auch ned lang«, schob Waldmoser die Schwester des Pfarrers brüsk beiseite und stapfte über den mit einem roten Sisalteppich ausgelegten Flur Richtung klerikales Arbeitszimmer. Er kannte sich hier aus.

Sie nickte ergeben und schickte sich an, in die Küche zu verschwinden. Sollte er ruhig glauben, dass sie mit Kochen beschäftigt war. Dabei stand der Auflauf schon im Ofen, und die Suppe köchelte auf dem Herd. Bis zum Mittagessen gab es zum Glück nichts mehr zu tun.

Sie lehnte sich in den Türrahmen und lauschte. Die Welt war gleichberechtigt. Auch hier in Niederbayern. Und wenn Brüder und Ehemänner den Frauen nicht von sich aus erzählten, was sie beschäftigte und ihre Träume so vergiftete, dass sie morgens bleich und zitternd nach der Kaffeetasse tasteten, so war ein kleiner Lauschangriff durchaus legitim, ja eigentlich unumgänglich und als gutes Werk der Kategorie »selbstlose Fürsorge« zuzuschreiben.

Klar, dass es um Malwine ging. Martha Moosthenninger nickte zufrieden und dachte erneut, wie gut es doch war, dass sie sich rechtzeitig um alles gekümmert und vor allen Dingen auf Agnes' Weisung geachtet hatte.

»Sag niemandem etwas von dem Neffen, auch deinem Bruder nicht«, hatte es von oben geheißen. Und wenn Agnes ihr einen Rat gab, so hielt Martha sich daran.

»Und deshalb musst du die Beerdigung verschieben!«, dröhnte die Stimme des Bürgermeisters nun durch die verschlossene Tür, worauf ihr Bruder leise etwas zu fragen schien.

»Auf wann?«, donnerte Waldmoser los. »Ja, wie soll ich das denn wissen, wie lang so was dauert? Was meinst du? Vielleicht sollten wir's der Gemeinde noch gar ned sagen, dass sie von uns gegangen ist. Wer weiß es denn schon? Nur du und ich und der Schmiedinger Adolf, aber der ist mir quasi unterstellt, na ja, ned wirklich, sondern eher moralisch, wenn du verstehst, was ich meine, und den kann ich zum Schweigen verpflichten. Weißt, solche Informationen regen unsere Bürgerinnen und Bürger nur unnötig auf. Gerichtsmedizinische Untersuchung, ausgerechnet bei der Malwine – wer weiß, was die sich dann denken, womöglich denken die noch an Mord, als hätten wir hier nicht schon genug mit Mord und Totschlag zu tun gehabt, mei o mei, einmal muss ja wohl auch damit Schluss sein.«

Wilhelm Moosthenninger schien zu nicken.

»Kann ich mal dein Telefon haben? Dann würd ich gleich direkt von hier mit dem Adolf reden. Nicht dass sich unser Polizeiobermeister noch verplappert und für Unruhe in der Bevölkerung sorgt. Man weiß ja nie!«

Unruhe in der Bevölkerung, bei dreihundertsiebenundzwanzig Einwohnern, dieser Angeber, grummelte Martha despektierlich in sich hinein und achtete darauf, dass der Türrahmen an ihrer linken Schulter nicht knarzte. Und von diesen Einwohnern lebten sowieso die meisten im Neubaugebiet und hatten keine Ahnung, wer Malwine Brunner überhaupt war, vielmehr: gewesen war. Sie hatten zwar früher in deren Bioladen eingekauft, die Malwine aber nur als Verkäuferin, nicht als Mitglied der Gemeinde wahrgenommen.

Aber zur Beerdigung würden die sicher alle kommen wollen, die aus dem Neubaugebiet. So waren die nun mal, diese Zugezogenen. Hatten auch keine Ahnung von Agnes und deren Wundertätigkeiten. Martha wusste es genau. Schließlich war sie von Tür zu Tür gegangen und hatte um Unterschriften gebettelt, um eine Petition zur Seligsprechung einzureichen. »Kenn ich nicht, unterschreib ich nicht«, war die Reaktion fast aller gewesen. Banausen! Aber das würde sie auch ohne diese Unterschriften schaffen. Agnes' Seligsprechung war ihre Lebensaufgabe – und sie würde sie erfüllen.

»Was?«, schrie der Bürgermeister ins Telefon. »Mit wem hast du gesprochen?«

Stille.

»Und wann?«

Am anderen Ende schien der Schmiedinger Adolf zu antworten.

»Wer ist das?«

Waldmoser wartete offenbar die Antwort ab, ehe er lospolterte: »Ich glaub's nicht! Das kann nicht sein. Ich hab all meine Unterlagen überprüft. Ich hab den optimalen Überblick. Das Standesamt ist bei mir und wird von meiner Olga verwaltet. Die hat auch nix g'funden. So ist des. Da gibt's keine Verwandten, weder einen Neffen noch eine Nichte. Du fällst aber auch auf jeden Schmarrn herein!«

Vor der verschlossenen Zimmertür triumphierte Martha.

»Hiendlmayr? Meinrad Hiendlmayr? So soll der heißen? Was für ein depperter Name! Nein, den kenn ich nicht. Natürlich kenn ich den ned. Nie von dem gehört! Der ist auch ned bei mir gemeldet, der zahlt also auch keine Gebühren und Abgaben bei uns, der Sauhund, der g'scherte. Und wieso wohnt der bei der Brunnerin und seit wann?«

Der Bürgermeister schnaufte ausgiebig, während sein Telefonpartner eine Erklärung abzugeben schien, die ihn offensichtlich nicht überzeugte, da er unvermittelt und mit Donnerstimme auf den Polizeiobermeister einbelferte: »Das eine sag ich dir, so einer, der ned offiziell angemeldet ist, der hat was zu verbergen. Auf einen hundsg'meinen Erbschleicher und Heiratsschwindler bist du reingefallen! Und die Malwine dann ja wohl auch. So einer ist das nämlich, ein ganz ein gemeines Schlitzohr. Du aber glaubst ihm diese unschuldige G'schicht mit dem Neffen. Wie blöd bist du eigentlich?«

Martha wusste, dass sich ihr Bruder bei diesem Geschrei demonstrativ beide Ohren zuhielt. Wilhelm war in jüngster Zeit so lärmempfindlich. Er wurde älter, wie sie alle.

Erneut legten sich ein paar Sekunden Stille über Arbeitszimmer und Flur, wenige Augenblicke, in denen Schmiedinger anscheinend sämtlichen Thesen des Bürgermeisters widersprach.

»Ach, jetzt hör doch auf mit deinem ›Der-hat-bei-ihr-gewohnt‹. Dann hätt ich den doch g'sehn, oder sie hätt ihn mir zumindest vorgestellt, wie man das unter ordentlichen Leuten macht. Ich war schließlich oft g'nug bei ihr. Die sitzt auch so einsam da oben auf ihrem privaten Hügel, der ja inzwischen zum Glück zu Kleinöd gehört. Das hab ich ihr dann auch g'sagt. Dass sie jetzt zu uns g'hört, zu unserer großen Gemeinschaft. Und nie, ned ein einziges Mal, hat sie was verzählt von einem Neffen.«

Waldmoser schnaufte tief durch, dann fuhr er fort: »Auch über die Quelle haben wir gesprochen. Ganz große Pläne ham mir damit g'habt. Bald schon, hat sie g'meint, kommt sie mal rum, und dann bereden wir alles. Aber was ihr am meisten am Herzen lag und was ich ihr in die Hand versprechen musste, war, dass sie bei ihrem geliebten Sohn und bei ihrem Mann beerdigt würd, wenn es denn mal so weit ist, und ich hab ihr beim Leben meiner geliebten Elise geschworen, dass ich mich drum kümmer.«

Die lauschende Martha zweifelte keine Sekunde daran, dass er mit dieser Information auch klarstellte, wer bei Malwines Trauerfeier das Sagen haben würde.

»Und wenn sie mir schon so viel anvertraut«, fuhr der Waldmoser Markus fort und schien sich nun auch an den Pfarrer zu wenden, »dann hätt sie mir garantiert auch das mit dem Neffen erzählt. Weil, es war ihr schon eine Last, dass sie nun gar keinen Erben mehr hatte, und wir ham oft drüber gesprochen, was aus dem Hof werden könnt, wenn sie nicht mehr ist. Ich hatte da schon meine Vorstellungen, und darüber ham wir auch miteinand geredt. Die Malwine, die hat keine Geheimnisse g'habt vor mir. Die hat mir alles erzählt. Und von einem Neffen hat sie nie was gesagt, weil es den nämlich gar ned gibt.«

Eisige Stille schien sich im Arbeitszimmer des Pfarrers auszubreiten und durch das Schlüsselloch bis in den Flur herauszuquellen.

Martha schluckte und hörte, wie ihr Bruder mit sanfter Stimme einwandte: »Halt mal, Waldmoser, eins interessiert mich aber nun doch: Hat denn jetzt dieser angebliche Neffe die Leiche verschleppt, und wenn ja, warum?«

»Genau!« Der Bürgermeister schien den Zeigefinger zu heben und ging wieder auf seinen Telefonpartner los. Martha fragte sich, ob er an der Qualität des kirchlichen Fernsprechers zweifelte. Denn er schrie so laut, als müsse er die knapp neunhundert Meter Luftlinie zur Polizeistation ohne technische Hilfe überbrücken. »Dass die Malwine nun gar ned begraben werden kann, weil irgendein Depp sie in die Rechtsmedizin nach Passau hat schaffen lassen, das weißt schon, oder? Also wenn ich den erwisch! Wenn da dieser saubere Herr Neffe seine Finger mit im Spiel hat, also das wird noch ein Nachspiel geben.«

Der Polizeiobermeister schien etwas einzuwerfen.

»Was? Du hast das veranlasst?«, brüllte Waldmoser. »Du hast die Untersuchung mit deinem Geld gezahlt, privat sozusagen? Ja spinnst du denn? Du bist mir unterstellt, nur mir! Du kannst nicht eigenmächtig unsere Leichen verschwinden lassen.«

Schweigen.

»Ist mir doch wurscht, dann ist es eben nur eine Leich. Aber das sag ich dir, die Brunnerin gehört mir, und ich bin allein für deren Bestattung zuständig. Du hättst mich informieren müssen! Lässt der einfach so die Leich abtransportieren, ja, wo san mir denn?«

Er schien auf Hochwürdens Zustimmung zu warten. Stille.

Martha fragte sich, warum der Waldmoser Markus nicht einfach den Hörer aufknallte, wie er es sonst so gern tat. Er schien trotz seiner Wut an Schmiedingers Informationen interessiert zu sein und sich weiterhin aufregen zu wollen – vielleicht brauchte er das ja auch, sich einmal am Tag so richtig zu empören und herumzuschreien, brauchte es so, wie ihr Bruder seine morgendlichen Gebete. Männer! Unverständliche Wesen.

»Ja, bist du denn total verrückt, die Kommissarin hast auch informiert? Wieso das denn? Diese großkotzige Kuh, die immer alles besser weiß? Was hat die denn mit uns zum tun? Gar nix.«

Wieder bekam Schmiedinger offenbar die Chance, sich zu rechtfertigen.

»Ja, logisch«, rief der Bürgermeister Augenblicke später. »Logisch wittert die da ein Kapitalverbrechen, schon von Berufs wegen – weil, sonst wär sie ja arbeitslos. Mei, wie blöd bist eigentlich? Das sieht doch ein Blinder mit Krückstock! – Hochwürden, du hältst dich da raus«, meinte der Waldmoser ganz plötzlich, und Martha ahnte, dass ihr Bruder sich anschickte, vermittelnd einzugreifen. »Das ist mein Polizist, und dem darf nur ich die Leviten lesen.«

Martha fand, dass das zu weit ging. Niemand gehörte irgendjemandem. Wenn man Glück hatte, bekam man die Zugehörigkeit zu einem anderen Menschen geschenkt. Und das hieß dann Freundschaft und war eine Gnade.

»Nein, nein, mit der Kommissarin musst schon du reden«, hörte sie nun wieder den Bürgermeister. Seine Stimme war nicht mehr ganz so laut. Anscheinend war die Phase der allergrößten Wut inzwischen abgeklungen. Oder Waldmoser war erschöpft, von seinem eigenen Gebrüll. »Jetzt pass mal auf: Ich will, dass du sofort klärst, wann wir unsre Malwine z'ruckkriegen, damit ich die Trauerfeier ausrichten kann. Nicht erst morgen brauch ich die Ansage, sondern sofort. Schließlich bin ich grad hier beim Pfarrer, um die Termine festzumachen. Und hier rufst mich dann auch z'ruck. Dass das klar ist. Wir legen jetzt beide auf, und du sprichst sofort mit der Hausmann. Und lass dir bloß ned irgendeinen Schmarrn einreden. Die Brunnerin ist unsere Sach. Ist das klar? Ich wart hier.«

Dann knallte er den Hörer aufs Telefon.

Martha schlich in ihre Küche zurück und deckte hörbar Suppentassen und Teller auf. Dazu ein wenig Geklapper mit dem Besteck. Der Nudelauflauf duftete aus dem Backofen und hatte bereits eine goldgelbe Kruste. Sie fragte sich, was ihr Bruder wohl von diesem Gespräch beim Mittagessen berichten würde. Vermutlich nichts. Wie immer.

Aber dann kam es doch so anders, dass Martha beschloss, wieder an Wunder zu glauben. Ihre Agnes saß da oben und regelte alles. Es ging doch nichts über eine Freundin und Fürsprecherin im Himmel.

An diesem Nachmittag stand der Hiendlmayr Meinrad persönlich in der Tür zum Pfarrhaus und ersuchte um einen Termin mit Wilhelm Moosthenninger. Schmerzerfüllt lächelte er Martha an, und sie reichte ihm die Hand und murmelte ein seelenvolles »Beileid«, nicht ohne leise hinterherzuschieben: »Mir kennen uns fei ned, wir ham uns nie g'sehn, gell?«

Er nickte und putzte sich die Nase. In diesem Moment

öffnete Wilhelm Moosthenninger die Tür zu seinem Arbeitszimmer und trat in den Flur.

»Der Schmiedinger und die Frau Hausmann haben mich zu Ihnen geschickt«, erklärte Meinrad. »Meine Tante ist gestorben, vorgestern schon. Die Malwine Brunner. Das zeige ich hiermit an, damit sie aus dem Kirchenbuch ausgetragen wird. Beim Bürgermeister war alles schon geschlossen, da geh ich dann am Montag hin.«

»Ja, ja, hab schon g'hört. Die arme Malwine. Und Sie sind der Neffe?« Moosthenninger schüttelte verwundert den Kopf. »Sachen gibt's. Können Sie mir das auch beweisen, dass Sie verwandt sind mit der Brunnerin?«

Martha sah, wie Meinrad nickte. Sie war sich sicher, dass er die Unterlagen des Vilstal-Forschers Günther Hellmann dabei hatte, in dessen Gläsernem Vilstal alle Ahnentafeln der Region mit sämtlichen Verästelungen und Verstrebungen, also auch mit allen »wilden Früchtchen«, wie er die unehelichen Kinder zu nennen pflegte, zu finden waren. Ein genialer Mann und ein akribischer Forscher. Auch den hatte sie mit Agnes' Hilfe kennengelernt.

Der Pfarrer hatte seinen Besucher mit ins Arbeitszimmer genommen und resolut die Tür hinter sich geschlossen. Aber Martha hatte schon seit Langem herausgefunden, wo sie sich hinstellen musste, um jedes da drinnen gesprochene Wort zu verstehen. Vor sich selbst rechtfertigte sie dies als reine Fürsorge. Es könnte ja sein, dass ihr Bruder irgendetwas Wichtiges vergaß oder dass sie irgendwann als Zeugin gebraucht würde. Und zwar nicht als Augen-, sondern als Ohrenzeugin.

Jetzt hörte sie die Stimme ihres Bruders. Sie hatte diesen rätselhaften Seelsorgerklang. Gleichzeitig streng und gütig. Und sie ahnte sein sanftes und zugewandtes Lächeln, als er seinem Besucher sagte: »Sie wissen schon, dass der Schmiedinger Adolf die Malwine aufschneiden lassen will? Wenn Sie wirklich ein Verwandter sind, sollten S' des verhindern. Und zwar um jeden Preis. Die Totenruhe darf nicht gestört werden, und wenn Gott seine Dienerin zu sich ruft, so soll der Mensch sich bescheiden und sich seiner begrenzten Lebenszeit bewusst werden, anstatt ...« Und hier wurde er etwas lauter. »... die Leich so mir nix, dir nix auseinanderzunehmen. Ja, wo san mir denn?«

Meinrad klang erschrocken. »Davon weiß ich nichts. Wer hat das denn angeordnet?«

»Der Schmiedinger und die Kommissarin«, klärte Hochwürden ihn auf.

»Das kann nicht sein. Ich war doch heute früh bei Frau Hausmann, die hätte mir das doch gesagt. Da müssen Sie was verwechseln. Die Kommissarin ...«

»Die Kommissarin, die Kommissarin«, unterbrach Moosthenninger ihn und klang um einiges ungeduldiger. »Die Kommissarin hat keine Ahnung von den Wegen des Herrn. Soll sie sich lieber noch ein bisschen ausruhn, denn wissen S', die nächste Leiche kommt bestimmt – und um die kann sie sich dann kümmern.«

Die Schwester des Pfarrers bekreuzigte sich vor der geschlossenen Tür und murmelte in sich hinein: »So was sagt man nicht, so was darf man nicht einmal denken.«

Nicht einmal vierundzwanzig Stunden später würde sie ihrem Bruder hellseherische Fähigkeiten unterstellen, denn tatsächlich geschah ein Mord – gerade mal fünfhundert Meter vom Pfarrhaus entfernt.

Kapitel 6

Dass Gertraud von einem Tag auf den anderen Witwe und ihr Kind Eulalia-Sophie zur vaterlosen Waise würde, und das alles, bevor Hochzeit und Adoption stattgefunden hatten, war die eigentliche Tragik ihres Lebens.

Dabei hatte der Tag so wunderbar begonnen. Schon vor dem Frühstück hatte Günther sie auf ihrem Handy angerufen und gefragt, ob sie Lust auf einen langen Samstagsspaziergang habe. »Altweibersommer«, hatte er gesagt und von glitzernden Spinnweben geschwärmt. »Die Kleine wird sich über glänzende Kastanien freuen, und sie wird entzückt sein von den flinken Eichhörnchen. Vielleicht regt das Hin und Her der Tierchen Eulalia an, und sie beginnt endlich zu laufen?«

Gertraud hatte in ihrem Bett gesessen und ihm zugelächelt, obwohl er das nicht sehen konnte. Er war schon ein ungewöhnlicher Typ, dieser Günther, eine Frohnatur und ein begnadeter Träumer. Was hatte sie für ein Glück, dass sie ihm begegnet war!

Kennengelernt hatte sie ihn an einem dunklen Novembervormittag in der Amtsstube des Kleinöder Rathauses. Er war gekommen, um sich mit Waldmosers Sekretärin über die Lebensdaten der Kleinöder auszutauschen, und er hatte eine lange Liste von Namen mitgebracht, die er abzuarbeiten gedachte.

Die Oblomov hatte ihn mit einem »Grüß Gott, schon wieder neue Fragen?« begrüßt, und Gertraud musste lächeln, weil sich dieses russisch akzentuierte »Grüß Gott« einfach zu komisch anhörte.

»Dann wollen wir mal«, sagte Olga und beugte sich bereitwillig über ihren Computer, um erste Namen und rudimentäre Daten in ein Suchfeld einzugeben.

Er sah interessant aus. Ein wenig untersetzt mit weichen Gesichtszügen und Brille, schütteres Haar. Er sah aus wie einer, der gerne kochte und vor allem gerne aß. Seine Augen waren grau mit grünen Sprenkeln und eingefasst von einem Delta an Lachfältchen. Sie wusste, dass er ihrer Tochter wunderbare Geschichten erzählen würde.

Schon die Art, wie er in Olgas Büro gekommen war, hatte was von einer Geschichte. Mit solchen Szenen fingen schicksalhafte Filme an. Eine Tür wurde geöffnet, und von einer Sekunde zur nächsten war nichts mehr so wie vorher. So würde sie es immer wieder allen erzählen.

Gertraud hatte gerade ihr Familienstammbuch abgeholt und in ihre Handtasche geschoben, als er seinen Auftritt hinlegte und ihr Herz zum Klopfen brachte. Deshalb blieb sie einfach stehen. Später würde sie ihm gegenüber behaupten: wie vom Blitz getroffen – aber das war eine kleine Lüge. Sie blieb stehen, weil es draußen immer noch regnete, weil so selten mal ein Fremder nach Kleinöd kam – und weil sie neugierig war und sowieso nicht wusste, wie sie diesen Tag einigermaßen hinter sich bringen sollte.

Das Kind war bei Tante Charlotte, wo es ihm immer wunderbar ging. Trotzdem: Die Kleine brauchte einen Vater – eine richtige Familie. Möglicherweise hatte ihr Unbewusstes schneller reagiert als sie selbst und augenblicklich erkannt, dass das hier der richtige Kandidat war.

»Günther Hellmann«, stellte er sich vor und reichte ihr die Hand, vermutlich weil er dachte, dass auch sie zum Bürgermeisteramt gehörte.

Strategisch klug hatte sie ein paar Augenblicke lang erstaunt geguckt und gezögert, und als er schon etwas irritiert um sich blickte, hatte sie mit verführerischer Stimme: »Ja, irre, das ist der Wahnsinn!« gemurmelt und lächelnd den Kopf geschüttelt.

Er hatte verständnislos die Stirn gekraust. »Wahnsinn? Was meinen Sie damit? Was ist der Wahnsinn?«

»Ja, so ein Zufall, sehen Sie, unsere Initialen sind gleich. G und H, Sie heißen Günter und ich Gertraud, Sie Hellmann, ich Halber. Das hat sicher was zu bedeuten. Garantiert!«

Sie war nun mal ein spontaner Mensch. Das sollte er gleich wissen.

Er hatte zweifelnd die Schultern gehoben. Breite Schultern in einem rostroten Strickpullover. Schultern zum Anlehnen.

»Eine Bedeutung? Meinen Sie?«

»Logo!« Sie hatte genickt und sich wohlgefühlt, als er sie lange und ausgiebig betrachtete. Es stimmte, der Schwangerschaftsspeck war noch nicht ganz weg, aber dafür hatte sie weibliche Formen, die er nicht zu verachten schien.

»Hm. Wenn das so ist, lad ich Sie auf einen Kaffee ein, damit wir die Dinge noch weiter klären können.«

Im Blauen Vogel, bei einer Kürbiscremesuppe mit Croutons, waren sie sich nähergekommen. Er hatte von seiner Arbeit als Bibliothekar erzählt, von all den Büchern, die er gelesen hatte und dass er sich hobbymäßig einem Projekt widmete, das er für sich Gläsernes Vilstal nannte und mit dem er schon die Wände seines Wohnzimmers bedeckt, also bereits fünfundvierzig Quadratmeter weißer Wand beschrieben hatte.

Dann reichte er ihr seine Visitenkarte. In das Bild eines stilisierten aufgeschlagenen Buches waren rechts sein Name sowie seine Handynummer eingetragen: »Dr. Günther Hellmann«. Links waren seine Tätigkeitsfelder aufgelistet: Ahnenforschung – Genealogie – Ermittlung von Verwandtschaftsverhältnissen in Erbfällen (schnell und diskret) – Stammbaumanalyse und kompetente Hilfe bei der Erstellung von Familienstammbäumen.

»Donnerwetter.« Gertraud blieb ein paar Sekunden lang sprachlos. »Was für ein interessantes Hobby! Da beneide ich Sie. Mit so was kriegt das Leben doch richtig Sinn, oder?« »Na ja, kann man schon sagen«, murmelte er und wurde ein klein wenig rot. Wann zuletzt hatte ihm jemand so intensiv zugehört, wann war jemand so interessiert an ihm gewesen? »Ganz so einfach ist es aber auch nicht, gerade die Geschichte des Vilstals ist komplex und vielgestaltig.«

Und dann erzählte er, dass das Gebiet um Landau an der Isar bereits seit mehr als fünftausend Jahren durchgehend besiedelt war und klagte darüber, dass ihm nur Dokumente der letzten tausend Jahre zur Verfügung standen. Davor hatte niemand etwas aufgeschrieben.

»Wirklich schade«, meinte Gertraud voller Teilnahme, und er gestand ihr begeistert: »Der erste, den ich so richtig einordnen konnte, war Ludwig, Herzog von Bayern, der die Stadt Landau um 1200 erbauen ließ. Ihm habe ich übrigens einen Ehrenplatz in meinem Gläsernen Vilstal eingeräumt.«

»Wohlverdient, wie ich meine.« Gertraud fühlte sich wie eine Frau von Welt.

»Landau ist die sechstälteste Stadt Niederbayerns und kommt noch vor Deggendorf und Dingolfing. Ein ganz schrecklicher Tag für die Geschichte Landaus war übrigens der 29. Juni 1504.«

»Wirklich? Was ist da passiert?«

»Im Landshuter Erbfolgekrieg wurde unser schönes Städtchen fast vollkommen niedergebrannt, einfach plattgemacht, und dabei verlor es sein mittelalterliches Flair. Für mich als Genealoge wird's jedoch ab 1859 so richtig interessant, denn in diesem Jahr wurden die Englischen Fräulein bei uns aktiv und gründeten eine ›Rettungsanstalt für Waisen und verwahrloste Kinder in Landau‹. Auf meiner Karte des Gläsernen Vilstals sehen Sie Clusterbildungen und Häufungen, da können Sie Verbindungen herstellen, dass Ihnen Hören und Sehen vergeht.«

Sie sah ihn bewundernd an und verstand zwar nicht genau, was er meinte, glaubte ihm aber.

»Es liegt glücklicherweise in der Natur der hier geborenen Leute«, fuhr er fort, »dass sie sich nicht zu weit von ihrem Herkunftsort entfernen. Insofern bin ich ganz zuversichtlich, dass ich irgendwann alle Verwandtschaftsverhältnisse aufgedeckt haben werde.«

»Auch meine?« Sie klang kokett.

»Ja, auch Ihre, gerade Ihre.« Er blieb ernst.

Als die Juniorwirtin Teres Schachner das nächste Mal vorbeikam, bestellte er den vierten oder fünften Kaffee des Nachmittags sowie zwei Teller mit Zwetschgendatschi und viel Sahne und bot Gertraud das Du an. Sie gaben sich verstohlene Küsse auf die Wangen. Gertrauds Herz hüpfte. Sie hatte einen so dicken Kloß im Hals, dass sie kaum sprechen konnte. Er suchte ihren Blick und nahm dann ihre Hand.

»Und was ist mit dir? Erzähl doch mal aus deinem Leben.« Er schien wirklich interessiert.

Sie schluckte und begann zu berichten. Gab Auskunft über alles. Nur nicht über das Kind. Dafür war es noch zu früh.

»Was, beim Landauer Anzeiger arbeitest du?« Er schien es als Pluspunkt zu verbuchen.

Sie nickte. »Ja, aber momentan mach ich eine kleine Pause – sozusagen um zu mir selbst zu finden.«

Das Wort Elternzeit hätte ihn erschrecken können.

»Ein Sabbatical, ja, darüber habe ich auch schon oft nachgedacht«, gestand er. »Da bewundere ich dich, dass du dir das einfach so nimmst. Aber du machst es richtig.«

Und dann war er wieder auf sein Lieblingsthema zurückgekommen: auf sein Gläsernes Vilstal.

Dass sie eine Tochter hatte, erfuhr er erst zu Weihnachten. Gertraud hatte ihm ihr Kind in den ersten Wochen der

Verliebtheit rigoros verschwiegen. Wenn sie spätnachts heimkam und sich über die Kleine beugte, quälte sie das schlechte Gewissen. Tante Lotti aber fand ermutigende Worte: »Ihr braucht nun mal Zeit. So eine Liebe muss wachsen, und wozu gibt es das Weihnachtsfest, das Fest der Geburt Christi, das Fest aller Neugeborenen? Das bietet sich doch regelrecht an, um ihm die Kleine vorzustellen.«

»Meinst du wirklich?«

Sie nickte.

Und so organisierte Charlotte Rücker das erste gemeinsame Weihnachtsfest von Günther und Gertraud in ihrem Haus in Kleinöd. Gertraud dachte gern daran zurück. So schön war alles geschmückt. Überall flackerten Kerzen. Es duftete nach Weihnachtsgebäck und Zimt. An die Fensterscheiben hatten sie Scherenschnittsterne geheftet, für deren Herstellung sie mehrere Nachmittage gebraucht hatten. Wunderbare Nachmittage mit intimen Gesprächen von Frau zu Frau.

Damals hatte Charlotte ihrer Nichte gestanden, dass die Ehe mit Bernhard Döhring ein Irrtum war, und ihr versichert, dass sie sich diesen Günther ganz genau ansehen werde, schon um Eulalia-Sophies willen.

»Nicht dass es bei euch so endet wie bei uns. Wir leben nebeneinander her wie zwei Leute in einer Wohngemeinschaft, die nichts mehr voneinander wissen wollen, aber aus wer weiß welchen Gründen nach außen hin die heile Welt spielen. Aber ich hab mich arrangiert.« Sie hatte traurig ausgesehen.

Bernhard war aber auch ein Ekel. Wie er sich über alles aufregte! Über die Papierverschwendung bei der schönen Fensterdekoration und sogar über die Energieverschwendung bei der Weihnachtsplätzchenbackerei. Er war das genaue Gegenteil von seiner Frau. Das fing schon mit dem Aussehen an. Tante Charlotte war eine gestandene Frau mit üppigen Körperformen. Alles an ihr war weich und einladend und offen. Ihr Gatte dagegen war ein dürres, knochiges Männlein, das sich nichts gönnte – außer Kaschmirschals und Kaschmirpullover. Als Tante Charlotte ihn kennenlernte, hatte sie gedacht, wer sich so kleidet, versteht es auch, die schönen Seiten des Lebens zu genießen. Was für ein Irrtum. Liebe machte anscheinend tatsächlich blind. Denn wenn es einer nicht verstand, das Leben zu genießen, so war das Bernhard. Immer jammerte er, und immer ging es ums liebe Geld.

Er, der Baulöwe der ganzen Region, hatte Charlotte geheiratet, um ihrer beider Vermögen zusammenzulegen. Allerdings war es allein Charlottes Barschaft, mit der er seitdem waghalsig an der Börse spekulierte. Gleich nach dem Frühstück verschwand er in seinem Studio unter dem Dach und verschanzte sich hinter den drei Bildschirmen seiner drei Computer, von denen jeder ein »Parkett« im Blick hatte. Dann ließ er sich den ganzen Tag nicht mehr blicken.

Wenigstens hatte er an diesem Heiligen Abend seinen Beobachtungsposten verlassen und war in dunklem Anzug und mit himmelblauem Kaschmirpullover zu ihnen ins geschmückte Wohnzimmer gekommen. Auch Gertraud hatte sich fein gemacht. Sie trug ein etwas zu enges schwarzes Kleid und um den Hals – allerdings nur als Leihgabe – Tante Charlottes dicke Goldkette. Günther kam in gebügelter Jeans und im Shetlandwollpullover, und weil das nicht ganz so elegant war, verschwand Charlotte bei seinem Eintreffen in ihrem Zimmer, entledigte sich taktvoll ihres Brokatdirndls und zog stattdessen eine graue Flanellhose und ein türkisfarbenes Oberteil an, auch wenn sie wusste, dass sie so etwas hausbacken wirkte.

Stoisch und ohne eine Miene zu verziehen, hatte Bernhard die ganze Weihnachtszeremonie über sich ergehen lassen. Erst wurde gesungen, und Gertraud hatte Gelegenheit, dabei ihren Kirchenchorsopran zur Geltung zu bringen. Günther brummte ergriffen mit, Eulalia-Sophie starrte verzückt auf die Kerzen und die Weihnachtskugeln an der geschmückten Nordmanntanne, und Tante Charlotte bemühte sich um die zweite Stimme.

»Was für ein entzückendes Baby«, stellte Günther fest, der das Kind zu diesem Zeitpunkt noch nicht zuordnen konnte.

»Ja, das ist Eulalia-Sophie«, hatte Gertraud errötend gestanden und ihn dabei anmutig und – naturgemäß – etwas schuldbewusst angesehen. »Den Namen hat sie sich selbst ausgesucht. Wir hatten vorgeburtlichen Kontakt.«

Später fragte sie sich oft, warum Günther gar nicht auf diesen Satz reagiert hatte, mit dem sie sonst alle Leute zur Verzweiflung brachte. War er schon so sehr der Kleinen zugewandt gewesen, dass er ihre Worte nicht mehr gehört hatte? Egal. Er schloss das in rosafarbene Rüschen eingepackte kleine Bündel gleich ins Herz.

In der Küche, während sie die Weihnachtsgans zerteilte, zwinkerte Charlotte ihrer Nichte zu. »Da hast du dir einen ganz einen lieben Menschen ausgesucht. Einen so guten Mann. Ich freu mich für dich und wünsch euch alles erdenklich Gute.«

»Das wünsch ich uns auch.« Gertraud seufzte und musste eine Träne verdrücken. Dann packte sie das Essen auf den Servierwagen und fuhr ihn in das festliche Wohnzimmer.

Geduldig hatte sich Bernhard Döhring zwischenzeitlich Günthers Ausführungen zum Gläsernen Vilstal angehört und gelegentlich zustimmend genickt: »Interessant, da könnte sich durchaus so manche Verbindung offenbaren, die eine neue Geschichtsschreibung erfordert.«

»In der Tat!« Günther war in seinem Element und sprach ein wenig lauter als sonst. »Also was ich bisher schon herausgefunden habe! Ich habe die wahren Verbindungen aufgetan. Ich weiß, wer mit wem verwandt ist und über welch verzwickte Wege sich die Bande des Blutes miteinander verflechten und wo – natürlich unwissentlich – Inzest stattgefunden hat.«

»Verlassen Sie sich eigentlich nur auf die Kirchenbücher und die Unterlagen vom Standesamt?«, wollte Bernhard wissen.

Günther beugte sich vertraulich vor. »Natürlich nicht! Das wirklich Interessante sind die geheimen Aufzeichnungen der Hebammen. Irgendwie verleiten sie die ledigen Mütter in ihrer schwersten Stunde dazu, den Namen des Kindsvaters preiszugeben, indem sie zwischen den Wehen die besorgte Frage aufwerfen: ›Falls dir was passiert, an wen kann ich mich wenden, wer sollte informiert werden?‹ Ist doch klar, dass eine Gebärende dann unter Schmerzen den Namen des Vaters herauspresst und der Geburtshelferin das heilige Versprechen abringt, ihn hinterher bitte sofort wieder zu vergessen. Wissen Sie, als Bibliothekar werde ich immer wieder zu Haushaltsauflösungen gerufen, und in solchen Fällen habe ich alle Bücher erst einmal mitgenommen. Man weiß ja nie. In einigen waren Geldscheine versteckt, in anderen schmachtende Liebesbriefe oder peinlich-kitschige Gedichte, und zwischen all diesen Werken fand ich dann auch die Notizbücher der Hebammen. Was meinen Sie, wie viel Mühe mich das gekostet hat, die zu entziffern.« Er seufzte. »So bin ich erst auf mein Projekt gekommen.«

Günther lächelte Gertraud zu, die zu Tisch bat, beugte sich über Eulalia-Sophie und fragte: »Und du, meine Süße, wann wirst du in meinem Gläsernen Vilstal stehen?«

»Bald«, antwortete Gertraud stellvertretend für ihre Tochter und fügte hinzu: »Sie ist übrigens in Landau zur Welt gekommen. Und in Landau haben wir auch eine eigene Wohnung, die Eulalia und ich. Aber weißt, nun, da ich noch in Elternzeit bin, da wohnen wir doch lieber bei der Tante auf dem Lande.«

Endlich. Nun war das Unwort gefallen. Elternzeit statt Sabbatical. Günther nahm es gelassen, ließ sich von Charlotte Knödel und eine Gänsekeule auf den Teller laden und griff hungrig nach dem Rotkraut.

Gertraud beschloss an diesem Heiligen Abend, dass Dr. Günther Hellmann Eulalias Vater werden solle. In der Schule würde man die Kleine um ihren studierten Vater beneiden, und allein wegen Günthers Titel würden die Lehrerinnen der kleinen Eulalia eine hohe Intelligenz unterstellen und sie in dem Maße fördern, wie es ihr gebührte. Dass Eulalia ihre Existenz dem Achsenbruch eines Lastwagens und dem daran anschließenden One-Night-Stand ihrer Mutter mit einem angetrunkenen Trucker verdankte, ging wirklich niemanden was an. Gertraud selbst hatte es schon fast vergessen und ihrer Hebamme gegenüber hartnäckig geschwiegen, als diese nach engen und bisher verschwiegenen Angehörigen fragte, die im Falle eines Falles zu benachrichtigen seien. Ins Kleinöder Geburtenregister hatte sie in der Rubrik leiblicher Vater den Begriff »In-vitro-Fertilisation« eintragen lassen, ein Wort, das sie für Olga Oblomov extra buchstabieren musste.

Das junge Glück sollte nicht einmal neun Monate dauern. Am Samstag, dem 5. September, gegen neunzehn Uhr, wurde Dr. Günther Hellmann direkt neben seinem auberginefarbenen Honda hinterrücks von einer Kugel durchbohrt. Die Beifahrertür stand noch offen, er hatte sich ins Auto gebeugt, um einen Stapel Kinderbücher für Eulalia-Sophie herauszunehmen.

Nun lag Günther rücklings in der Einfahrt des Döhringschen Anwesens und starrte so lange mit großen und erstaunten Augen in einen sich verdunkelnden Himmel, bis sein Blick brach.

Gertraud hatte den Knall gehört und augenblicklich gewusst, dass etwas Schreckliches geschehen sein musste. Ihr war eiskalt geworden, und ihr Herz hatte ein, zwei Schläge ausgesetzt. Der Schrei, den sie eigentlich ausstoßen wollte, war ihr in der Kehle stecken geblieben.

Sie hatte augenblicklich gewusst, dass von nun an nichts mehr so sein würde wie es war. Alles hatte sich verändert. Alles.

Kapitel 7

Franziska Hausmann ließ Wasser in die große Wanne laufen und fügte nachdenklich einen Badezusatz mit der Aufschrift »Entspannung für Leib und Seele« hinzu. Sie hoffte, dass die ätherischen Öle möglichst rasch ihre Wirkung entfalteten. Entspannung war bitter nötig.

Dabei hatte der Tag so ungetrübt begonnen. Weil es Samstag war, hatten sie und ihr Mann ausgeschlafen, lange und ausgiebig gefrühstückt und dann einen Bummel über den Wochenmarkt gemacht. Hinterher hatten sie auf einer Bank gesessen und sich von der kräftigen Sonne wärmen lassen, und Christian hatte sich geduldig und mit detaillierten Zwischenfragen alle Vermutungen seiner Frau zum plötzlichen Tod der Malwine Brunner angehört.

Doch dann hatte er gesagt: »Wenn die Kollegen aus Passau ermitteln, ist das deren Ding. Du würdest es auch nicht mögen, wenn Kommissare aus anderen Landkreisen in deinen Fällen herumstocherten.«

Na gut, gestand sie sich ein, während sich beruhigende Lavendeldüfte im Bad ausbreiteten und ihr Kater hochbeinig und mit äußerster Vorsicht auf dem Wannenrand balancierte, möglicherweise hatte er recht, aber hätte er nicht spüren müssen, wie nah ihr die Geschichte mit Malwine ging? Und wäre es nicht seine Aufgabe gewesen, ihr Mut zu machen? »Ja, kümmer du dich um diesen Fall, dann wird er auch bald gelöst! Ich glaube an dich!« Das hätte er sagen müssen. Auf diesen Satz hatte sie gewartet.

Aber er schien eindeutig nicht zu wollen, dass sie sich mit dem Mord an Malwine befasste. Anderes Revier – was hieß das schon? Ging es nicht darum, global zu arbeiten, sich zu vernetzen, grenzüberschreitend Informationen auszutauschen? Aber nein, ihr Kollege Bruno, der Staatsanwalt und sogar der eigene Mann verboten ihr, der Sache nachzugehen. Und gleichzeitig dozierten sie über Gleichheit, Brüderlichkeit und weltumfassende Reformen. Unglaublich.

Sie waren zusammen durch die Isarauen spaziert, und jedes Mal, wenn Franziska den Kopf hob, um aufstiebenden Wasseramseln nachzusehen, war ihr Blick auf das Sporthotel Landauer Hof gefallen, das auf einem Felsvorsprung der oberen Stadt thronte und dessen Panoramafenster direkt auf die Isarauen wiesen. Und jedes Mal hatte es ihr einen Stich gegeben.

Christian bemerkte es nicht und überlegte weiter laut vor sich hin: »Warum sollte jemand diese nette alte Dame umbringen wollen? Sie hat doch niemandem etwas getan.«

Er hakte sich bei ihr ein und schlug vor, den schmalen Aufstieg am Isarufer zu nehmen, um in der Lounge des Sporthotels einen Kaffee zu trinken.

Sie zuckte empört zusammen. »Nein! Niemals!«

Erstaunt hatte er sie angesehen, kopfschüttelnd geseufzt und beide Hände in den Manteltaschen vergraben.

Sie hatte geschluckt. Ihr »Nein!« war wirklich etwas zu entschieden gekommen. Wenn sie so weitermachte, verriet sie sich letzten Endes noch selbst. Denn bisher hatte Christian keine Ahnung, welche Rolle der Landauer Hof für sie gespielt hatte. Er wäre nicht im Traum darauf gekommen, dass ihre Ehe dort vor gar nicht so langer Zeit auf der Kippe gestanden hatte.

Dass sie ihren Mann, der zu jener Zeit ständig unterwegs und kaum erreichbar gewesen war, mit dem Kollegen Alexander Konrád aus Prag betrogen hatte, empfand sie als weniger schlimm. Ihr schlechtes Gewissen rührte daher, dass sie tatsächlich für den Bruchteil einer Sekunde in Erwägung gezogen hatte, Christian für immer zu verlassen und mit Alexander ein neues Leben zu beginnen. Andere Leute dachten in ihrem Alter über Rentenansprüche und einen angenehmen Lebensabend nach – sie aber hatte gleich von einem ganz neuen Leben aus erster Hand geträumt.

»Lass uns zu Hause Kaffee trinken«, murmelte sie entschuldigend. »Außerdem ist mir nach einem Wannenbad.«

»Schon gut.« Christian Hausmann lächelte geistesabwesend.

Franziska hatte sich oft gefragt, warum sie ihrem Mann die Geschichte mit Alexander bisher verschwiegen hatte. Und warum sie sie ihm weiter verschwieg. Vermutlich deshalb, weil sie das alles weder sich noch ihm erklären konnte. Immer wieder ermahnte sie sich, das alles als Kurzurlaub vom Alltag zu verbuchen, als das einmalige Hineinschnuppern in eine andere und offensichtlich aufregendere Welt. Als das kurze Abgleiten in ein Paralleluniversum, von dem sie alsbald wieder ausgestoßen wurde, weil es dort keinen Platz gab für solche wie sie.

Was genau ihr solche Angst machte, hätte sie nicht sagen können. Alexander würde nicht im Landauer Hof sitzen und auf sie warten. Niemals! Alexander lebte sein eigenes Leben in einer anderen Stadt und in einem anderen Land und hatte sie ganz bestimmt längst vergessen – auch sie sollte ihn vergessen. Wenn das nur so leicht wäre!

Franziska ließ sich ins Badewasser gleiten. Das tat gut! Sie schloss die Augen und tauchte so weit unter, dass ihr Kopf ganz unter Wasser verschwand. Großäugig und offensichtlich verständnislos starrte der Kater auf sein im Schaum versinkendes Frauchen.

Als sie wieder auftauchte, stand Christian direkt neben der Wanne und hielt ihr das Telefon entgegen. »Für dich. Hört sich nach Arbeit an.«

»Ja?« Sie presste den Hörer ans Ohr.

»Frau Hausmann? Ich weiß, es ist Samstag, und es tut mir auch leid, aber jetzt müssen Sie wirklich ermitteln.« Staatsanwalt Dr. Steller druckste herum und gestand dann: »Und zwar genau da, wo ich Sie eigentlich gar nicht hinlassen wollte. Grad hat mich der Polizeiobermeister Schmiedinger angerufen. Die haben in ihrem Weiler da einen erschossen.«

»Erschossen? Wen denn?«, fragte Franziska erschrocken und registrierte, dass sich diese Frage so anhörte, als sei sie mit jedem einzelnen Bewohner des Dorfes per Du und kenne alle Namen.

»Hellmann heißt er, Dr. Günther Hellmann. Er ist übrigens der Leiter unserer Stadtbibliothek, das heißt, er war es. Sie haben ihn sicher schon mal gesehen. Wissen Sie, eigentlich wohnt und arbeitet er hier in Landau, und da fragt man sich doch wirklich, was der ausgerechnet in Kleinöd zu suchen hat. Ich versteh es nicht. Jetzt liegt er in diesem Unglücksort in der Einfahrt von Haus Nummer sieben. Und zwar tot.« Er schien verständnislos den Kopf zu schütteln.

Franziska hatte sich inzwischen in das Badetuch gewickelt, das Christian ihr gereicht hatte, und sich gegen die Heizung gelehnt.

»Was, bei der Rücker? Dort ist es passiert?«

»Donnerwetter, Sie kennen aber Ihre Pappenheimer.« Staatsanwalt Albrecht Steller war sichtlich beeindruckt.

»Na ja, die paar Häuser im Ortskern sind mir schon noch gegenwärtig.« Sie gestand ihm lieber nicht, dass sie das Gefühl hatte, auf magische Art mit Kleinöd verbunden zu sein, irgendwie nicht loszukommen von diesem Ort, seitdem sie damals zum ersten Mal dort ermittelt hatte und in der dörflichen Enge, aber auch im dörflichen Zusammenhalt, eine völlig neue Welt entdeckt hatte.

»Ich habe Herrn Schmiedinger gesagt, dass ich Sie schicke. Das ist Ihnen doch hoffentlich recht?«

»Natürlich.«

Dabei passte es ihr ausgerechnet heute gar nicht. Noch vor wenigen Minuten hatte sie sich wohlig im Wasser geräkelt. Und sie hätte lieber mit Christian in Ruhe zu Abend gegessen, ein oder zwei Gläser Wein getrunken und nach diesem schwierigen Nachmittag Beziehungspflege betrieben.

»Rufen Sie den Kleinschmidt an oder wen immer Sie brauchen. Von meiner Seite aus haben Sie grünes Licht, und wenn Sie irgendwelche schriftlichen Verfügungen oder Anweisungen benötigen, so können Sie mich jederzeit erreichen. Ich bin das ganze Wochenende zu Hause.«

»Ja, ja, mach ich.«

Sie legte auf und murmelte griesgrämig vor sich hin: »Ich wäre auch gern mal ein ganzes Wochenende zu Hause«, wusste aber, dass das so nicht stimmte. Es würde erst dann wieder stimmen, wenn sie geklärt hatte, was mit Malwine Brunner geschehen war.

Christian fuhr gerade seinen Computer hoch. »Dann werd ich wohl auch ein bisschen arbeiten, wenn du schon wieder weg musst.« Er klang beleidigt.

»Tut mir leid.«

Er sah sie an, als würde er ihr nicht glauben. »Na ja, wenigstens hatten wir einen netten Spaziergang. Die Ruhe vor dem Sturm.«

Sie ging ins Schlafzimmer, wühlte im Kleiderschrank

nach dicken Pullovern und einer Wollstrumpfhose und rief: »Du kannst wenigstens zu Hause arbeiten und musst nicht hinaus in die feindliche Welt.«

»Mag sein, aber dieses Buch über das Multiversum und die Viele-Welten-Theorie ist auch nicht aus dem Effeff zu übersetzen. Da muss ich mich erst mal wieder in Physik und zusätzlich in die Metaphysik einarbeiten. Ehrlich: Ich hatte so gehofft, heute Abend mal nichts tun zu müssen.«

»Kannst du doch immer noch. Entspann dich einfach. Setz dich mit dem Kater und einem Glas Wein vor den Fernseher. Schiely würde sich freuen. Warum nimmst du auch immer so schwierige Themen an? Übersetz doch mal ein Kinderbuch«, rief sie zurück. Sie merkte, dass ihre Laune besser wurde. Die Zeit der Untätigkeit war vorbei, sie hatte eine Aufgabe.

»Guter Vorschlag«, konterte er. »Das mach ich, sobald du wieder eine Uniform anziehst und Falschparker aufschreibst.«

»Sorry, I am not at home. Mi dispiace, ma non sono a casa. Leider bin ich nicht daheim. Bitte sprechen Sie nach dem Pieps.«

»Bruno, wo steckst du?« fauchte Franziska ins Telefon. »Dein Handy ist abgeschaltet, und zu Hause läuft dein AB. Was soll das?« Sie sah auf ihre Uhr. Zwanzig nach acht. Wenn sie sich beeilte und ihren eigenen Wagen nahm, könnte sie gegen einundzwanzig Uhr am Tatort sein. »Bruno? Wir haben einen aktuellen Fall. Da soll jemand erschossen worden sein. Also, ich fahr jetzt nach Kleinöd, und zwar zur Hausnummer sieben. Da wohnen die Rücker und der Döhring. Du müsstest dich noch an die zwei erinnern. Falls du heute noch deine Geräte abhörst, ruf mich auf dem Handy an. Ansonsten erwarte ich dich morgen früh – ja, ich weiß, das ist ein Sonntag – um neun an deinem Schreibtisch, alles klar?«

»Der macht's richtig«, rief ihr Mann, der das Gespräch mit angehört hatte. »Dein Kollege hat dir eins voraus. Er kann wirklich abschalten.«

»Abschalten?« Franziska wickelte sich einen grünen Schal um den Hals. »Red lieber von Einschalten. Der hat all seine Geräte eingeschaltet, nur um dreisprachig zu verkünden, dass er nicht zu sprechen ist: Anrufbeantworter, Mailbox und was weiß ich.«

»Eben, einschalten, um abschalten zu können.« Christian nickte nachdenklich.

»Dann muss ich halt vorerst mit dem Schmiedinger Adolf zusammenarbeiten. Nach all der Zeit könnte man uns fast als eingespieltes Team bezeichnen.« Ihr Lächeln wirkte ein bisschen gequält.

»Weißt, am besten löst ihr dann diesen Malwine-Brunner-Fall gleich mit – dann lohnt es sich wenigstens.« Mit hängenden Schultern zog sich Christian in sein Arbeitszimmer zurück.

»Du bist wirklich finster drauf«, murmelte Franziska und schüttelte den Kopf. Die Viele-Welten-Theorie hatte ihn offensichtlich etwas mitgenommen.

»Christian«, rief sie. »Ich bin dann mal weg! Kann später werden.«

»Ich weiß.«

Hinter ihr fiel die Tür ins Schloss.

Franziska hasste es, nachts zu fahren. Die Dunkelheit hier draußen auf dem Land schien dichter und kompakter zu sein als in der Stadt. Oder lag es daran, dass um diese Zeit außer ihr so gut wie niemand mehr unterwegs war? Gerade zum Fahren hätte sie Bruno gebraucht. Nachts und allein in ihrem Wagen hatte sie immer das Gefühl, mit dem Scheinwerfer die Straße, ja die ganze Welt neu erfinden zu müssen. Und wehe, sie war nicht wachsam! Dann gäbe es plötzlich keine Straße mehr, und sie fiele in ein schwarzes Loch. Auch wenn sie wusste, dass das Schwachsinn war – die Angst blieb.

Zur gleichen Zeit saß Polizeiobermeister Adolf Schmiedinger in seiner Dienststelle hinter dem Schreibtisch und wartete auf »seine« Kommissarin aus Landau. Sie hatte sich hier mit ihm verabredet, und das war ihm nur recht, denn so hatte er vorher noch kurz mit Frieda sprechen und sich von ihr beruhigen lassen können.

»Ich versteh des ned, wieso immer bei uns? Drüben in Großöd-Pfletzschendorf ist noch nie jemand gewaltsam ums Leben gekommen, zumindest ned in den letzten fünfzig Jahren. Das tät ich nämlich wissen! Dorthin hätt ich mich versetzen lassen sollen, damals, als ich zurückwollte in mein Dorf. Einfach fünf Kilometer weiter. Da hätt ich einen ruhigen Job gehabt und müsst grad einmal pro Jahr in einem Fahrraddiebstahl ermitteln.«

»Schau, Adolf, dafür kriegst ja jetzt auch Hilfe«, sagte Frieda. »Du schaffst das schon. Du hast schon so viele komplizierte Fälle gelöst, da packst auch diesen. Ganz gewiss.«

Der Schmiedinger Adolf aber war sich überhaupt nicht sicher.

Die Spurensicherung hatte Scheinwerfer in die Einfahrt des Anwesens Döhring-Rücker gestellt und platzierte nun ihre Nummernschildchen für die Tatortfotos. Durch das Glas der Eingangstür sah man in der hell erleuchteten Diele eine verzweifelt weinende Gertraud Halber. Neben ihr stand, kreidebleich und mit hochgezogenen Schultern, Charlotte Rücker und schüttelte sprachlos den Kopf. Derweil bemühte sich die kleine Eulalia-Sophie um die Aufmerksamkeit ihrer Mutter. Sie hatte ausgerechnet heute laufen gelernt, und vor noch gar nicht so langer Zeit waren ihre ersten tapsenden Schritte bejubelt und wie ein Weltwunder gefeiert worden. Jetzt aber weinte die Mama, und auch Tante Charlotte war nicht ansprechbar, und draußen lag der nette Onkel und wurde von Scheinwerfern angestrahlt, während der alte Onkel schon wieder in sein Studio unter dem Dach verschwunden war.

Auch die Nachbarn Eduard und Ottilie Daxhuber standen in der Einfahrt des Unglückshauses und verfolgten akribisch die Handlungen der Spurensicherung. Als hätten sie wartend hinter ihrer Tür gestanden, waren sie bereits beim ersten Schrei der unverheirateten Witwe aus dem Haus gestürzt und überwachten seitdem die Arbeit der Kriminaltechnik.

»Wie, die Kommissarin kommt zu dir in die Dienststelle?«, hatte Eduard diensteifrig die spärlichen Informationen seines Freundes Adolf kommentiert und gleich einen guten Ratschlag parat gehabt: »Dann ist es schon besser, du gehst auch dahin und wartest dort auf sie. Wir passen so lange auf.«

Dabei wäre das gar nicht nötig gewesen, denn die Kriminaltechnik hatte alles im Griff, und inzwischen hatten sich schon das halbe Dorf, zumindest aber sämtliche Gäste des Blauen Vogels an der Unglücksstelle versammelt. Da wurde geraunt und verhalten geflüstert. Fremde waren nicht dabei. Der Blaue Vogel hatte sich zu einem Vertreterhotel gemausert, was bedeutete, dass dort nur von Montag bis Freitag Durchreisende nächtigten. Und heute war Samstag.

Adolf sah währenddessen aus dem Fenster in die dunkle Nacht und murmelte vor sich hin: »Erst Malwine und jetzt dieser Mann, mitten aus dem Leben gerissen, ich versteh das alles nicht.«

Vorgestern noch war die Ermittlung zum Tode der Brunner Malwine eine Art Privatangelegenheit zwischen ihm und Franziska Hausmann gewesen, und nun hatte der Staatsanwalt ihn persönlich gefragt, ob er der Kommissarin bei den Kleinöder Ermittlungen im Falle Hellmann zur Seite stehen würde, falls es mit dem Personal eng würde.

Darauf war Adolf schon ein bisschen stolz, trotz allem – auch wenn der Anlass schrecklich war.

»Des hätt's wirklich ned braucht, einen neuen Toten«, hatte er vorher noch seiner Frieda gestanden.

»Man kann's sich nicht aussuchen«, hatte die Frieda erwidert.

»Wenn ich nur wüsst, wer das ist, die Leich. Also g'sehn hab ich den schon ein paarmal, der war früher auch öfters beim Bürgermeister, glaub ich, aber dann zu den ganz offiziellen Dienstzeiten, sodass ich immer denkt hab, das wär auch einer vom Amt. Also was der an einem Samstag bei uns im Dorf macht – keine Ahnung. Und weißt, Frieda, stell dir vor, die Halber Gertraud, also die hat behauptet, dass das ihr Verlobter ist. Wusstest du, dass die ein G'spusi g'habt hat?«

»Das erklärt doch einiges«, meinte Frieda. »Wenn das ihr Verlobter ist, dann kommt er sie natürlich am Wochenend besuchen.«

»Meinst, dass den jemand aus Eifersucht niedergeschossen haben könnt?«, fuhr Adolf dazwischen und wartete auf den Kommentar seiner Freundin. Aber wenn er ganz ehrlich war, konnte er sich das einfach nicht vorstellen. Eifersuchtsdramen – das war was für Filme und für die Oper. Mit Frieda und dem Großöd-Pfletzschendorfer Kulturverein hatte er vor einigen Wochen eine Busreise nach Verona gemacht. Dort hatten sie in der Arena La Traviata gesehen. Es war eine ewig lange Veranstaltung gewesen, aber danach hatte es eine köstliche Pizza gegeben. Das konnten sie, diese Italiener!

Diese kränkelnde Violetta in der Hauptrolle machte echt alle Männer verrückt, konnte wunderbar singen und tanzen und starb dann einfach nach drei Stunden Aufführung. Adolf Schmiedinger musste sich eingestehen, dass er das irgendwie gerecht gefunden hatte. »Es gibt einfach zu viele depperte Weibsbilder, die nie g'nug kriegen können«, hatte er auf der Heimfahrt doziert: »Aber weißt, was ich überhaupt ned verstehn kann, wieso die ausg'rechnet bei diesem komischen Stück so viele berühmte Lieder gesungen ham.«

Nun saß Adolf Schmiedinger in seinem Büro und fragte sich, ob mit der Erderwärmung wohl auch die Leidenschaft nach Niederbayern gekommen war. Wenn wir jetzt hier schon so ein Klima haben wie die Italiener vor hundertfünfzig Jahren, könnt das doch sein, dachte er. Nun hatte die Halber Gertraud aber nicht die Ausstrahlung einer Violetta, außerdem hatte er sie bisher weder singen hören noch tanzen sehen – sie wirkte eher so, als sei sie weder für das eine noch für das andere besonders talentiert. Nein, die war nicht der Typ, um die man kämpfen würde.

In diesem Augenblick leuchteten Scheinwerfer auf, und ein Auto hielt vor seiner Dienststelle. Endlich, die Kommissarin war da!

Adolf Schmiedinger stürzte auf die Straße und winkte ihr zu: »Fahrn mir am besten gleich weiter, Frau Kommissarin, mei, bin ich froh, dass Sie gekommen sind. Die Leich ist da drüben.«

»Schrotkugeln«, sprach Gustav Wiener in sein Diktiergerät und begrüßte die Kommissarin mit einem Nicken. »Niedergestreckt wie ein Stück Niederwild. Da ist nichts mehr zu machen.« Dann beugte er sich wieder über den Gegenstand seiner Untersuchung.

Franziska sah sich schweigend am Tatort um.

Da parkte der auberginefarbene Honda des Opfers, die Beifahrertür stand immer noch offen, neben dem Toten lagen zwei Bilderbücher, eines davon war aufgeklappt und zeigte ein watschelndes flauschiges Entenküken auf knatschgrüner Wiese. Inmitten des Scheinwerferlichts und des Dauerklickens von Fotoapparaten, in all diesem

Durcheinander von Gemurmel und abrupten Anweisungen, wirkte das gelbe Entlein eigenartig friedlich.

In seiner Eigenschaft als unmittelbarer Nachbar des Unglückshauses sowie als engster Vertrauter des Polizeiobermeisters trat Eduard Daxhuber nun an die Kommissarin heran. Er fühlte sich offensichtlich zu einer Erklärung verpflichtet und wies mit der rechten Hand auf die Bücher. »Die wollt er grad holen, weil die Kleine heut ihre ersten Schritte gemacht hat, sagt die Gertraud, wissen S', als Belohnung für des Butzerl. Und kaum war er vor der Tür, da hat's auch schon geknallt. Meine Otti und ich, wir standen grad im Hausflur und haben den Schuss gehört, ein Schuss war es nur – und wir sind natürlich gleich naus – aber g'sehn ham wir nix mehr, war ja auch schon a bisserl dunkel. Mei o mei, ein Unglück jagt des andre.« Er schüttelte den Kopf.

»Kennen Sie den Toten?«

»Vom Sehn halt, richtig kennen tun mir den ned. Aber soweit ich weiß, ist das wohl der Freund oder gar Verlobte von der Halber Gertraud, was ja die Großnichte von der Rücker Charlotte ist, und die wohnt hier während ihrer Elternzeit. Hab ich g'hört. Also seit dem Frühjahr ist die sicher schon mit dem beisammen ...« Nachdenklich vollendete er seinen Satz mit einem »gewesen«.

»Gar nicht wahr«, unterbrach ihn seine Frau Ottilie, die sich mit einer tragischen Geste die rechte Hand auf die linke Brust gelegt hatte. So wusste jeder auf Anhieb, dass sie es am Herzen hatte. »Wissen Sie, Frau Kommissarin, Weihnachten war der nämlich auch scho da. Ja, so ein netter Herr aber auch und so fürsorglich mit dem Kind. Mei, immer trifft's die Besten.«

»Was willst denn nachad damit sagen?« Eduard sah sie fragend an.

»Nix!« Sie schniefte und suchte nach einem Taschentuch.

»Vom Sehen hab ich den auch gekannt«, raunte Adolf Schmiedinger der Kommissarin zu und vergrößerte in seiner Eigenschaft als Ordnungshüter den Radius um das Opfer und um die Leute von der Spurensicherung.

»Herrschaftszeiten, nun geht halt amal a bisserl zur Seiten, wie solln mir denn da arbeiten, wenn ihr alle eure Schatten werft!«

Der Gerichtsmediziner winkte die Kommissarin zu sich und hielt ihr zwischen Daumen und Zeigefinger etwas entgegen. »Schauen Sie mal, offensichtlich wurde das Opfer durch eine Garbe solcher Schrotkugeln tödlich getroffen. Ich schätze, das war eine doppelläufige Schrotflinte Kaliber zwölf. Ich kenn so was von Treibjagden. In einer Patrone können bis zu zweihundert Kügelchen stecken. Das wird noch eine Pusselarbeit!« Er seufzte demonstrativ und mit klammheimlicher Zufriedenheit. Sein Wochenende war gerettet. Er musste nicht zurück in seine ungemütliche Wohnung und Zeit absitzen. »Grob geschätzt«, fuhr er fort, »würd ich sagen, dass der Schütze höchstens acht bis zehn Meter vom Opfer entfernt gestanden hat. Auf keinen Fall weiter weg. Sonst hätte es nicht so große Einschläge gegeben.«

Franziska sah sich um. Nach Gustav Wiener also hätte sich der Todesschütze in den gegenüberliegenden Vorgärten oder hinter der Buchenhecke des Rückerschen Grundstücks aufhalten müssen. Möglicherweise hatte er sich vor dem Anschlag auf dem bereits winterfest eingepackten Grundstück der Bildhauerin hinter einer der Skulpturen verschanzt und in aller Ruhe das Auftauchen seines Opfers abgewartet.

»Wo ist eigentlich die Frau Binder in diesem Jahr?«, wollte sie vom Polizeiobermeister wissen.

Bevor Adolf Schmiedinger antworten konnte, hatte Eduard Daxhuber schon das Wort ergriffen und sich gestikulierend vor der Kommissarin aufgebaut. »Stellen Sie sich des mal vor. Die ist doch tatsächlich vom koreanischen Kulturinstitut in dene ihr Land eing'laden worden und stellt ihre grauslichen Gestalten nun bei den Schlitzaugen vor. Die werden dann garantiert denken, dass alle deutschen Leut so aussehen wie der Binder ihre Figuren. Aber des ist vielleicht auch ganz gut so. Wer weiß. Dann kommen die ned mehr in unser Land, weil die sich fürchten vor uns. Auf jeden Fall macht sie da jetzt eine drei Monate lange Tournee – dabei ist die doch weder eine Opernsängerin noch ein Popstar. Ich versteh's ned, na ja, muss ich auch ned verstehen. Es geht mich ja auch nix an.«

Nachdenklich sah Franziska auf das Haus der Bildhauerin und die üppigen Blumen und Sträucher, die ausschließlich weiße Blüten trugen. Immer, wenn sie hier gewesen war, hatte es auch ein kleines Gespräch mit der großartigen Künstlerin gegeben. Sie vermisste die Binder und stellte sich vor, dass die Kunstprofessorin, als eine Art Erinnerung an sich selbst, kurz vor ihrer Abreise die gewaltige Skulptur in ihren Vorgarten gestellt hatte, hinter der sich der Todesschütze versteckt haben mochte: eine relativ schlanke Riesin, nackt und mit hochgezogenen Schultern, aus deren Kopf Lorbeerblätter zu wachsen schienen – kein Lorbeerkranz, sondern einzelne, ungeordnete Blätter. Und obwohl die Gesichtszüge sanft waren, ging von der Gestalt etwas Beunruhigendes, Bedrohliches aus. Als versteckten sich noch immer schießwütige Schufte hinter ihren stämmigen Oberschenkeln.

Sie schüttelte den Kopf und fuhr die Kriminaltechniker ungewöhnlich harsch an: »Ich hoffe, ihr habt alles sorgfältig fotografiert und ausgemessen, damit wir später die Richtung rekonstruieren können, aus die der Schuss gekommen sein muss. Ich brauche absolut präzise Angaben, um den Schusskanal zu rekonstruieren. Also, keine Schlamperei!«

»Das wird schwierig sein.« Gustav Wiener richtete sich

auf und zog seufzend seine blutigen Handschuhe aus. »Wenn mich nicht alles täuscht, stand unser Opfer an seinem Wagen und hatte gerade die Bücher in die Hand genommen, als er von den Kugeln durchbohrt wurde. Dann hat er sich reflexartig noch mal aufgerichtet und ist erst danach zu Boden gegangen. Wir können also nur annähernd berechnen, wie er sich beim Aufrichten bewegt hat. Tut mir leid, aber das mit dem genauen Schusskanal können Sie eigentlich schon wieder vergessen.«

»Mist!« Franziska holte tief Luft und wandte sich der Gruppe von Schaulustigen zu. Es machte sie aggressiv, die ganze Zeit von einem Pulk tuschelnder Menschen umgeben zu sein.

Mit schneidender Stimme erkundigte sie sich deshalb bei den Zuschauern: »Hat hier jemand heute Abend gegen neunzehn Uhr eine Person mit einen Jagdgewehr gesehen?«

»Eine?«, fuhr der inzwischen eingetroffene Bürgermeister sie an. »Wir waren mindestens elfe oder zwölfe. Ich hab nämlich heuer meine erste Treibjagd gegeben. A sauberes Kesseltreiben war des. Und erlegt wurden Hasen, Fasanen, ein Reh und sogar eine Wildsau. Wenn Sie wollen, können Sie meine Strecke betrachten. Liegt alles noch im Garten, direkt vor der Elise ihrem Treibhaus. Mei, und ein Superwetter ham mir auch noch g'habt.« Er sah auf die inzwischen von einem weißen Tuch bedeckte Leiche und fügte hinzu: »Von meinen Leuten war das keiner, so ein hinterhältiges Rumgeballere ist unsere Sache nicht. Wir kümmern uns um die Jagd und um die Hege und Pflege von den Tieren des Waldes halt. Was wir geschossen ham, hat entweder vier Beine oder ein Federkleid, aber ein Zweibeiner, so wie der da einer ist, so was ist nicht darunter.« Er lachte ein wenig zu laut und sah sich beifallheischend um. Einige seiner Claqueure grinsten gequält. Franziska merkte sich deren Gesichter.

Jetzt kannte sie diesen Waldmoser schon seit einigen Jahren, und er wurde ihr immer unsympathischer. Dieser selbstgerechte Herr von eigenen Gnaden, Herrscher von und über Kleinöd, Bürgermeister, Gurkenbaron und Vorsitzender des örtlichen Fußballvereins in einem. Was für ein überhebliches und eitles Mannsbild! Er und seine Familie hatten hier seit Generationen das Sagen, und das ließ er jeden Einzelnen spüren. Vermutlich war es eine ungeheure Ehre, zur Waldmoserschen Treibjagd eingeladen zu werden. Wer auf dieser Liste stand, hatte es geschafft und durfte zur rechten Zeit mit den richtigen Tipps und Vergünstigungen rechnen. Aber nicht mit ihr.

Schade, dass Bruno nicht da war. Ihr eleganter und in jeder Lage eloquenter Kollege. Mit seiner selbstverständlichen Arroganz hätte er den Bürgermeister angesehen, ab und zu ein klein wenig den Kopf erhoben, unmerklich die Nasenflügel gebläht und den Wortschwall des Waldmosers mit gut platzierten »Ahas«, »Ohos« und »Ach-was« an genau den Stellen unterbrochen, die sich dann als offensichtlicher Schwachsinn offenbaren würden.

Sie, Franziska, konnte so etwas nicht. Leider. Diese Fähigkeit hätte sie zu gern besessen. Andererseits war es vielleicht besser, nicht gleich verhärtete Fronten aufzubauen, sondern sich in dieser Situation den Einfluss des Bürgermeisters zunutze zu machen. Sie bemühte sich um einen sachlich-kollegialen Ton: »Wenn Sie hier schon alle kennen: Die Ersten, die über diesen Fall etwas an die Presse oder überhaupt nach draußen geben, das sind wir, und das heißt in diesem Falle: ich. Da verlasse ich mich auf Sie! Damit das klar ist! Sie können diese schreckliche Geschichte gerne untereinander besprechen, aber Telefonate, SMS, E-Mails oder was weiß ich an Personen, die nicht hier am Tatort sind, verbitte ich mir. Sie wollen doch auch, dass der Fall so schnell wie möglich geklärt wird, oder? Und wir haben die besten Chancen, wenn nicht alles gleich an die große Glocke gehängt wird.«

Waldmoser nickte und sah seine Gefolgschaft streng an. »Habt ihr das gehört?«

»Ja, logisch«, murmelte es.

»Gut, dann verlass ich mich auf Sie«, meinte Franziska. Dann wollte sie wissen: »Wer war denn heute alles mit Ihnen auf der Jagd?«

»Na ja, so gut wie alle, die hier stehen«, gab Waldmoser zurück. »Mir haben uns nämlich zum Schüsseltreiben im Blauen Vogel verabredet. Das machen mir immer so. Nach dem Kesseltreiben an der frischen Luft kommt das Schüsseltreiben im Wirtshaus. Und jetzt sind mir auf dem Weg dahin.«

»*So gut wie alle* genügt mir nicht. Ich brauche alle Namen.« Franziska sah ihn streng an.

Waldmosers Augen wurden schmal. »Sie verdächtigen doch wohl nicht einen von meinen Gästen oder gar aus meiner Familie?«

»Sagen wir es so, bei all Ihren Gästen, die ein Gewehr haben, würd ich gern kriminaltechnisch ausschließen lassen, dass sie auf Herrn Hellmann geschossen haben.«

»Das kann ich Ihnen auch so versichern. Was meinen Sie denn? Glauben Sie etwa, dass ich mit Mördern auf die Jagd gehe – oder gar mit Schwätzern?«, fügte er eingedenk ihrer Ermahnung hinzu und lief rot an.

»Ihr Gewehr brauche ich natürlich auch.« Franziska straffte sich. Sauber, das hatte gutgetan.

Waldmoser schnappte nach Luft.

Die Kommissarin suchte in ihrer Tasche nach Block und Kugelschreiber.

»Also, ich höre.«

Eine gute halbe Stunde später hatte sie alle Jagdteilnehmer notiert. Es waren nur Männer. Typisch, dachte Franziska.

Gender Mainstreaming und Frauenquote waren noch nicht bis hierher vorgedrungen. Hier war die Welt noch in Ordnung. Die Frauen zerlegten das erjagte Wild und marinierten Rehschlegel und Hasenrücken entweder in Rotwein oder in Buttermilch. Abgehackte Hasenpfötchen wurden als Glücksbringer verschenkt. Nur die Männer gingen auf die Jagd. Wie seit Ewigkeiten schon.

Sie steckte ihren Kugelschreiber wieder ein und reichte das Notizbuch an Adolf Schmiedinger weiter. »Hier, passen Sie gut drauf auf. Schauen Sie, bei denen, die nach Angaben des Herrn Bürgermeister mit einem Gewehr unterwegs waren, hab ich ein kleines Sternchen vor die Namen gemalt. Die müssten auch alle einen Jagdschein besitzen.«

»Logisch«, unterbrach der Polizeiobermeister sie diensteifrig und überflog die Liste. »Jeder von denen hat eine Waffenbesitzkarte. Und ich überprüf regelmäßig, ob die Nummer am Lauf mit der auf dem Papier übereinstimmt. Das ist sozusagen Routine. Und zwar immer dann, wenn's Herbst wird und ehe die Saison beginnt.«

Dass er sich diese Routine ausgedacht und vom Bürgermeister hatte absegnen lassen, um sich gegen Langeweile zu wappnen, verriet er der Kommissarin besser nicht. Es gab Tage in seiner Dienststelle, an denen er mit keinem Menschen sprach, weil in ganz Kleinöd weder ein Unrecht noch eine Gesetzwidrigkeit zu vermelden war. Und das wiederum zeigte, wie diszipliniert diese kleine Gemeinschaft fast immer vor sich hin lebte. Er wusste beispielsweise schon jetzt, dass sich alle an das Redeverbot halten würden. Und zwar nicht, weil der Bürgermeister das so wollte, sondern weil alle einen Heidenrespekt vor der Kommissarin hatten, die es ja immerhin von morgens bis abends mit den schlimmsten und finstersten Subjekten zu tun hatte.

Allerdings hatte Adolf Schmiedinger es sich verboten, an den langweiligen Tagen in der Polizeiwache die Frieda anzurufen – erstens, weil dann das Diensttelefon besetzt war und er im Notfall nicht erreichbar sein würde, und zweitens, weil Frieda zu den Menschen gehörte, die nicht immer reden wollten. Einmal hatte sie nachdenklich zu ihm gesagt, man müsse nicht jede Stille mit Worten füllen. Schweigen und Ruhe brächten einen zu sich selbst.

Seitdem überlegte er sich jedes Wort so lange, bis er schon fast vergessen hatte, was er eigentlich sagen wollte.

Friedas Sohn Pirmin brauchte er auch nicht anzurufen, denn der hatte nie Zeit für ein kleines Schwätzchen. Seit er im Entzug gelernt hatte, dass Alkoholismus eine Krankheit war, trank er nur noch Wasser und Früchtetee, hatte sich an der Fernuniversität Hagen eingeschrieben und studierte mit einem Eifer Physik, als müsse er die Jahre des Deliriums innerhalb von wenigen Monaten wieder aufholen. Das war einerseits schön, und die Frieda war auch ziemlich stolz auf ihren Buben, der es sicher noch zum Professor bringen würde, nur: eine freundschaftliche Beziehung zwischen Adolf und Pirmin würde unter diesen Vorzeichen wohl niemals entstehen.

Der Einzige, mit dem er sich noch über Alltäglichkeiten austauschen konnte, war sein langjähriger Freund Eduard Daxhuber. Eduard half ihm bei seinen Ermittlungen und unternahm gelegentlich auch mal selbst einen Kontrollgang, um das nächtliche Verschwinden von Obst und Gemüse auf den umliegenden Feldern zu verhindern. »Gestern hab ich fei wieder zwei Feldwilderer erwischt«, meldete er nach solchen Aktionen ordnungsgemäß, und Adolf Schmiedinger ließ sich die Namen nennen, um die Missetäter offiziell und schriftlich aufzufordern, dieses Verhalten – Diebstahl von Obst und Gemüse – in Zukunft zu unterlassen. Andernfalls würde es zu einer Anzeige kommen.

Das wirklich Ungeheuerliche an dieser ganzen Geschichte war, dass vor allem die Großkopferten und die

Reichen aus der Neubausiedlung nachts durch die Felder streiften und schwarz ernteten.

»Sie kennen ja Ihre Leut besser als ich«, sagte die Kommissarin nun. »Falls also jemand ohne Jagdschein an der Treibjagd teilgenommen hat, brauche ich diese Flinte natürlich auch. Verstehen wir uns?«

Adolf nickte und sah Hilfe suchend zu Eduard Daxhuber hinüber. »Könnt ich vielleicht meinen Freund mitnehmen, den Eduard? Wissen S', es ist schon besser, wenn mir zu zweit auftauchen, wegen der Zeugen. Nachad steht sonst eine Aussage gegen die andere, und dann ham mir den Salat.«

»Ja, das ist eine gute Idee!«, lobte sie ihn.

Er wurde rot.

Ganz kurz überlegte sie, ob sie Adolf Schmiedinger statt dem Daxhuber Eduard vielleicht doch eher Otmar Kandler zur Seite stellen sollte. Immerhin war der jetzige Lebensgefährte der Wirtin des Blauen Vogels vor seiner Pensionierung Polizeimeister gewesen, und sie kannte ihn als einen besonnenen Kollegen.

»Ich weiß ned.« Eduard Daxhuber wand sich wie ein Aal und gestand: »Wissen S', ich war ja auch auf derer Jagd, und da könnt ich doch befangen sein, oder? Nämlich als ich grad die Waffe in den Stahlschrank weggeschlossen hab, da hat's da draußen diesen Knall geben, und meine Otti hat gesagt: ›Jessas naa, da ist was passiert‹, und scho sind mir auf die Straße g'rannt. Und dann ...« Er schluckte und wies auf den Toten.

»Haben Sie irgendetwas Ungewöhnliches bemerkt, jemanden weglaufen sehen, war irgendwas anders als sonst?«

»Ganz komisch still war's nach dem Schuss. So still, dass wir gleich g'wusst haben, da ist was passiert. Totenstill – jetzt weiß ich, was das heißt. Das ist nämlich genau die Stille, wenn jemand tot ist.«

Franziska nickte und beschloss, den Daxhuber nicht auskommen zu lassen. »Ja, das Gefühl kenne ich. Ich verstehe auch Ihre Bedenken. Trotzdem, Herr Daxhuber, der Vorschlag von Herrn Schmiedinger ist gut. Dass Sie selbst Jagdteilnehmer waren, macht das Ganze noch authentischer. Deshalb schlag ich vor, dass wir mit Ihrer Waffe beginnen. So sehen die Leute gleich, dass hier nicht mit unterschiedlichen Maßstäben gearbeitet wird.«

»Sag ich doch!« Adolf nahm seinen Freund am Arm. »Dann holen wir mal als Erstes dein Gewehr. Und weißt was, die Fingerabdrücke, die nehmen wir auch gleich von allen. Was mir ham, das ham mir.«

Die Kommissarin sah ihnen nach. Ganz korrekt war es nicht, den Polizeiobermeister mit inoffizieller Begleitung loszuschicken – aber besser, er hatte jemanden bei sich, als dass er alleine ging, und außerdem war diese Situation wie geschaffen, um es dem Daxhuber heimzuzahlen, denn bisher hatte der sich immer ungefragt in ihre Angelegenheiten gemischt, Ermittlungen durcheinandergebracht und alles immer schon besser gewusst, geahnt oder *akkurat* vorausgesehen.

Immer mehr Schaulustige hatten sich inzwischen am Unglücksort versammelt und ließen sich vom Bürgermeister in das Schweigegebot einweisen. Außerhalb der Scheinwerferkegel herrschte finstere Nacht. Wie das illuminierte Fenster eines riesengroßen Adventskalenders war der Eingangsbereich der Rückerschen Diele in unwirkliches Licht getaucht, und am Türrahmen lehnte Gertraud Halber und hatte den Blick so unverwandt auf das weiße Leintuch gerichtet, als hoffe sie, den Toten dadurch wieder zum Leben erwecken zu können.

Franziska suchte den Blick des Rechtsmediziners. »Haben Sie was zur Beruhigung dabei? Ich möchte die junge Frau in diesem Zustand lieber nicht allein lassen. Und wo stecken eigentlich die Rücker und der Döhring?«

»Die Alte bringt das Kind ins Bett, soweit ich das mitgekriegt hab«, meldete sich einer der Kriminaltechniker, »und der ältere Mann ist schon seit einer Stunde nicht mehr aufgetaucht.«

Franziska nickte. Für Bernhard Döhring war der Tote in seiner Einfahrt vermutlich nichts anderes als eine lästige Unterbrechung seiner Geldgeschäfte.

»Klar habe ich was dabei«, sagte Gustav Wiener. »Valium. Hilft immer.« Er zog ein Tablettenröhrchen aus seiner Arzttasche. »Übrigens bin ich jetzt fertig. Sie können ihn abholen und in die Rechtsmedizin bringen lassen. Da gehe ich dann ins Detail. Mehr können wir hier vor Ort eh nicht tun. Morgen kriegen Sie dann genauere Informationen.«

Kapitel 8

Bruno wirkte, als hätte er den ganzen Samstag lustgewandelt und sich dabei wunderbar erholt. Noch bevor Franziska etwas sagen konnte, beschwerte er sich: »Dass mir diese Kleinöder schon wieder ein Wochenende verderben, nein, das verzeih ich ihnen nicht. Weißt du, Franziska, ich war so weit weg von unserem Job, ich war so entspannt. Man braucht auch mal Abstand von all diesem Polizeikram.«

»Wo bist du denn gewesen?«, fragte sie halbherzig und ahnte, dass seine Antwort kostbare Arbeitszeit einfordern würde. Und wollte sie es wirklich wissen?

Bruno strahlte. »Ich war in Grafenau, der ältesten Stadt des Bayerischen Waldes, direkt am Nationalpark. Und super war's, echt. So was von super.« Er seufzte sehnsuchtsvoll. »Mein Freund hat mich zu einem Überraschungswochenende eingeladen. Das solltest du auch mal machen.«

»Dich einladen?« Sie schüttelte den Kopf.

»Nein, eine kleine Reise planen und jemanden damit überraschen.«

»Mir langt Kleinöd. Das überrascht mich schon genug«, konterte sie und hoffte insgeheim, er möge sich der Arbeit zuwenden.

Aber Bruno war in seinem Element. »Fahr doch mal mit deinem Mann weg! Kein großer Urlaub, nur mal ein, zwei Tage Alltag schwänzen. Wenn du mir rechtzeitig Bescheid sagst, pass ich auch auf euren Kater auf.«

»Wir sind nicht geschaffen für Überraschungen«, murmelte Franziska. Für sie war es schon schwierig genug, mit Christian einen Spaziergang zu machen. Um sich abzulenken fragte sie: »Grafenau, das liegt doch ziemlich nah an der Grenze, oder?«

Bruno nickte begeistert: »Ja, mit einem schnellen Auto bist du von dort in knapp drei Stunden in Prag.«

»Wer will schon nach Prag?« Franziska schluckte. Sie spürte, dass jetzt genau das passierte, was sie seit Monaten zu verhindern suchte und was sich gestern Nachmittag wie ein Keil in ihr Leben gezwängt hatte: Sie musste an Alexander denken. Der lebte in Prag. Warum nur kostete es so viel Kraft, sich die Erinnerung an ihn vom Leib zu halten?

»Also, der Typ, mit dem ich dort war«, schwärmte Bruno nun. »Ein Traum! So was von kultiviert, so was von rücksichtsvoll, so klug – und er kennt sich aus: das beste Hotel, das beste Restaurant, wunderbare Weine. Hätt ich bloß nicht meinen Anrufbeantworter abgehört. Glaub mir, falls ich noch mal mit dem verreise, nehm ich gar nichts mit. Egal ob ich Bereitschaft hab oder nicht. Er war auch ganz schön enttäuscht. Dieses Kleinöd hat uns vierundzwanzig Stunden gestohlen!«

Franziska fragte nicht, welcher Name sich hinter diesem »Er« verbarg. Bruno hatte alle drei, vier Monate einen neuen Freund und war jedes Mal bis über beide Ohren verliebt. War sie, Franziska, mit Mitte dreißig auch so gewesen? Sie konnte sich nicht erinnern. Frauen waren da vielleicht anders gestrickt, eher auf Beständigkeit aus, denn auf Abenteuer.

Nun denn. Bruno war also wieder mal verliebt, und sie, Franziska, hatte an diesem Sonntagmorgen allein gefrühstückt, misstrauisch beäugt von ihrem Kater Schiely, der sich nach ausgiebigem Fressen und kurzer Katzenwäsche wieder zu Christian ins Bett gekuschelt hatte.

Als sie gestern kurz vor Mitternacht heimgekommen war, hatte ihr Mann eine Flasche Wein geöffnet und gesagt, dass er jetzt, um diese Zeit, nicht mehr reden wolle. Weder reden noch zuhören. Er wollte einfach nur neben ihr sitzen und guten Wein trinken und nichts denken. Aus der Musikanlage klangen ihr die Goldbergvariationen entgegen – gespielt auf einem Akkordeon. »Komm, setz dich«, hatte Christian gesagt und war auf dem Sofa ein wenig zur Seite gerückt, sogar Schiely hatte ihr Platz gemacht. Aber sie konnte nicht ruhig dasitzen.

Zu gern hätte sie geraucht, dabei hatte sie schon vor einiger Zeit damit aufgehört. Glücklicherweise waren keine Zigaretten im Haus.

Dann war sie ins Bad gegangen und hatte noch mal geduscht. Während die barocken Töne der Goldbergvariationen leise durch die Schlafzimmerwände drangen, tauchte immer wieder das völlig verstörte und fassungslose Gesicht der Gertraud Halber vor ihr auf.

Als sie sich später ins Bett legte, konnte sie nicht einschlafen. Auch sie hätte sich von Gustav Wiener Valium geben lassen sollen. Und dann musste sie an den Gerichtsmediziner denken: Wenn Gustav Wiener heimkam, wartete niemand auf ihn. Wie das wohl war, sich in einem

Leben ohne Partner und Freunde einzurichten, mit einer Mutter auf dem Friedhof und einem Vater im Pflegeheim?

Franziska seufzte und war sich fast sicher, dass Gustav sich mit der Leiche in die Rechtsmedizin zurückgezogen hatte und dort die Nacht verbringen würde. Bei seiner Behauptung, nach mindestens zweihundert Schrotkügelchen suchen zu müssen, hatte er fast ein wenig erleichtert geklungen. Die Toten machten ihm weniger Angst als seine leere Wohnung.

Und während sie noch darüber nachdachte, ob und wie Gustav zu erlösen sei, war Kater Schiely auf ihr Bett gesprungen und hatte es sich zu ihren Füßen bequem gemacht. Um ihn nicht zu verscheuchen, blieb sie ganz still liegen – und musste dann doch eingeschlafen sein.

»Wir wollten heute auf den Lusen steigen, um aus der Höhe von tausendvierhundert Metern übers Land zu schauen«, fuhr Bruno fort. »Er hat gesagt, dass wir bei dieser Wanderung so viele Klimazonen durchqueren, als würden wir von Bayern bis nach Nordschweden wandern. Aber weil ich Depp auf meinen AB geschaut habe, gab's keinen *Lusen*, sondern nur zwei *Loser*. Das hat er gesagt. Dass wir zwei Verlierer sind.« Bruno sprach dieses »Er« aus, als existiere es nur in Großbuchstaben.

»Komm«, beruhigte Franziska ihn. »Dieser Lusen geht euch nicht verloren. So ein Berg verschwindet nicht so schnell. Warst du eigentlich schon in der Technik?«

»Ja.« Er nickte. »In der Technik und in der Gerichtsmedizin.«

»Und?«

»Die haben alle elf Gewehre untersucht, und es wurde aus allen geschossen – außerdem, man glaubt es kaum, auch noch aus allen elfen mit exakt der gleichen Munition. Nämlich mit der Munition, die deinem Bibliothekar zum Verhängnis wurde.«

»Willst du damit etwa sagen, dass alle Männer, die an Waldmosers Jagd teilgenommen haben, durch die Bank verdächtig sind?«

Bruno nickte. »So ist es.«

»Und wenn noch einer an der Jagd teilgenommen hat, einer, dessen Namen wir nicht kennen und der uns verschwiegen wird?«

»Das Einzige, was ich mir vorstellen kann, ist, dass einer unserer Jäger seine Waffe nicht ordnungsgemäß weggeschlossen hat, sie erst einmal blauäugig im Hausflur stehen gelassen hat, um zu duschen oder einen Kaffee zu trinken. Und das könnte der Täter gesehen und die Gelegenheit genutzt haben, um auf ...« Bruno zog sein Notizbuch aus der Jeanstasche. »... auf diesen Dr. Hellmann zu schießen. Aber warum?«

»Wenn wir das wüssten, wären wir schon einige Schritte weiter.« Franziska seufzte. »Ehrlich gesagt, vorstellen kann ich mir das bei keinem von den Jägern. Die hatten auch definitiv nichts mit dem Hellmann am Hut. Das war doch nur der Freund oder besser Verlobte der Halber, und ich glaub nicht mal, dass einer der Waldmoserschen Jagdgesellschaft den gekannt hat.«

»Vom Sehen vermutlich schon«, gab Bruno zu bedenken. »Die Gertraud hat sich diesen Typen ja schon Ende des letzten Jahres aufgegabelt. Und ich möchte nicht wissen, wie oft der sie in Kleinöd besucht hat. Womit die den bloß bezirzt hat?«

Franziska sah ihn erstaunt an. »Woher weißt du denn das alles?«

Er verdrehte die Augen. »Sie hat es in der Redaktion des Landauer Anzeigers erzählt. Du weißt doch, ich hab überall meine Informanten sitzen. Kaum war das Baby da, war sie schon wieder an ihrem alten Arbeitsplatz, an der Rezeption der Zeitung, und hat sich wichtig gemacht. Dass dieses Kind Eulalia ihr Leben verändert habe – nicht nur, weil jedes Kind grundsätzlich das Leben einer Mutter verändert, sondern auch, weil sie dank dieses Kindes einen wunderbaren Mann kennenlernen durfte. Der Georg hat es mir erzählt. Ehrlich gesagt hatte der auf diesen Hellmann ziemlich viel Hoffnung gesetzt.«

Franziska unterbrach ihn. »Hoffnung? Wieso das? Und sag mal, dein Georg, ist der nicht inzwischen Chefredakteur?«

»Ja, der hat's geschafft. Chefredakteur vom Landauer Anzeiger. Da hat man schon ein bisschen Macht, kann mit seiner Berichterstattung sogar die Lokalpolitik ein bisserl steuern. Aber trotzdem kann er die Halber nicht einfach so rausschmeißen, auch wenn sie nervt und sich aufspielt, als sei sie die Herausgeberin persönlich. Als die in Elternzeit gegangen ist, hat der ganze Stab aufgeatmet und eine Redaktionssekretärin eingestellt, mit der alle wunschlos glücklich sind. Dann kam die frohe Botschaft von Gertrauds Verlobtem, und natürlich hat ihr jeder von Herzen gewünscht, sie möge in ihrer Rolle als Hausfrau und Mutter aufgehen und ihren Herrn Doktor heiraten, damit die jetzige Redaktionssekretärin einen festen Job bekommt. Aber Pustekuchen. Der Traum ist ausgeträumt. Den Verlobten gibt's ja nun nicht mehr. Das wird Georg hart treffen.«

»Aber warum? Ein Eifersuchtsdrama?«

»Das wüsste ich auch gern. Und ich denke, den Georg würde das auch brennend interessieren. Soll ich mal mit ihm Kontakt aufnehmen?« Bruno griff zum Telefon.

Die Kommissarin wehrte ab. »Später, die sollen erst mal ihre Montagsausgabe in Druck geben. Wenn der Landauer Anzeiger am Dienstag über das Verbrechen berichtet, ist es noch früh genug, zumal wir dann den ganzen Dienstag mit den Anrufen und E-Mails übereifriger Zeitungsleser belästigt werden. Ich kenn doch meine Pappenheimer. Allerdings kann ich mir im Moment beim besten Willen kein Mordmotiv zusammenreimen. Günther Hellmann war ein netter, freundlicher Bibliothekar, klug, belesen und harmlos.«

»Er muss auch naiv gewesen sein, sonst hätte er einer wie Gertraud nicht den Hof gemacht.« Bruno schüttelte den Kopf. »Ich fass es einfach nicht!«

»Du weißt doch: Auf jeden Topf passt ein Deckel. Mir tut diese Gertraud leid. Du hättest sie gestern sehen müssen.«

»Es heißt aber auch: Leere Töpfe machen den größten Lärm«, konterte Bruno. »Sie muss dir nicht leidtun. Vielleicht hat sie sogar selbst die Finger im Spiel. Ich hab sie als ziemlich raffiniertes Weibsbild kennengelernt.«

»Du magst sie nicht.« Franziska stellte sich ans Fenster und sah auf die Straße. Alles wie immer. Nur das Leben von Gertraud Halber war aus den Fugen geraten.

»Mögen oder Nichtmögen, das sagt sich so leicht.« Bruno suchte nach einem Taschentuch und putzte sich ausgiebig die Nase.

Franziska drehte sich zu ihm um. »Du kennst sie, und du magst sie nicht. Wie soll ich dich dann losschicken, damit du mit ihr sprichst, kannst du mir das verraten?«

»Ach, daher weht der Wind.« Bruno schaltete die Espressomaschine an und holte zwei Tassen. »Gib mir eine andere Aufgabe, und mach mit ihr ein Frauengespräch. Das kommt eh besser.«

Schweigend warteten sie, bis der Espresso in ihren Tassen dampfte.

»Lass uns noch mal über die Jäger sprechen«, meinte Franziska dann. »Alle elf haben ihre Waffe benutzt? Alle?«

Bruno nickte. »Ja. Was erstaunt dich daran so sehr? Auf so einer Jagd schießen selbst die, die kein Wild vor der Nase haben, zumindest schießen sie einmal in die Luft. Und weißt du, warum alle die gleichen Schrotkugeln des Herstellers Frankonia hatten, alle Kaliber zwölf?« Er grinste. »Weil der Bürgermeister die en gros gekauft und an die gesamte Jagdgesellschaft verteilt hat. Wenn's nach der Munition geht, kommen alle elf infrage.«

»Wir wissen doch beide, dass eigentlich keiner von den elf verdächtig ist. Lass uns aber trotzdem noch mal kurz darüber reden. Also, der Erste auf meiner Liste ist der Daxhuber Eduard. Der kann es aber nicht gewesen sein, denn der hat den Schuss gehört und ist sofort aus dem Haus gerast – hat allerdings vorher seine eigene Waffe ordnungsgemäß weggeschlossen. Beide, die Rücker und auch der Schmiedinger, haben mir bestätigt, dass unser Hilfssheriff aus eigenen Gnaden sofort an Ort und Stelle war, quasi bereits in dem Moment, in dem der Schuss fiel. Aber geschossen hat der definitiv nicht.«

»Und seine Frau wird dann ja wohl auch nicht zur Waffe gegriffen haben, zumal er die Knarre weggesperrt hatte«, gab Bruno zu bedenken.

»Exakt.« Franziska nickte. »Außerdem würd ich wetten, dass die Daxhuber Ottilie nicht einmal weiß, wie man so ein Gewehr bedient. Als Nächstes hätten wir dann den Nachbarn von gegenüber, den Langrieger Sepp.«

»Was?« Bruno zog die Augenbrauen hoch. »Sag bloß, der ist auch noch mit auf die Jagd gegangen? Der trägt doch keine Brille, sondern zwei Vergrößerungsgläser. Der sieht doch nix.«

»Ich sag's doch. Dabeisein ist alles.« Zum ersten Mal an diesem Tag lächelte Franziska. »Aber könntest du dir vorstellen, dass der sich in sein Fenster legt und auf den armen Hellmann schießt? Einfach mal schräg über die Straße hinweg?«

Bruno schüttelte den Kopf. »Nee, und warum auch?«

»Eben. Er kam später zur Unglücksstelle und war wirklich schwer betroffen. Hat immer nur gesagt: ›Das hätt's nicht braucht, das ned auch noch!‹ Sein Sohn Beppo hat sich wirklich rührend um ihn gekümmert. Hat gesagt:

»So, Papa, nun trinkst erst mal einen Schnaps, bist ja ganz blass um die Nasen.‹«

»Der Beppo war ja auch bei der Jagd dabei«, merkte Bruno an.

»Ja, ja, der Langrieger Beppo, gehört jetzt wohl auch zum Kleinöder Establishment. Laut Daxhuber war der ziemlich schnell da, schließlich ist der freiwilliger Ersthelfer und ehrenamtlich beim Roten Kreuz. Der hat gleich Erste Hilfe angeboten. Doch es war schon zu spät. Gustav Wiener hat dann auch gesagt, dass es ziemlich schnell gegangen sein muss. Der arme Hellmann hat vermutlich den Knall gehört, im gleichen Moment einen Wahnsinnsschreck und einen plötzlichen Schmerz verspürt, und in der Sekunde, als er sich umdrehte, war er auch schon bewusstlos. Er ist innerlich verblutet. Also der Beppo als Mörder? Nein! Der schießt vielleicht mal auf einen Hasen oder in die Luft, aber niemals auf einen Menschen.«

»So seh ich das auch. Wen haben wir dann noch im Angebot?«

»Den Sohn des Bürgermeisters«, seufzte Franziska. »Der war mal wieder aus München angereist und hat mit seinem Papa Hof gehalten. Schließlich heiratet er demnächst in Adelskreise ein und rekrutiert sich vermutlich jetzt schon seinen Hofstaat. Unsere Experten Schmiedinger und Daxhuber haben grad noch seine Knarre und seine Fingerabdrücke sichern können, bevor der wieder mit seinem silbergrauen BMW nach München zurück ist. Dieser Wichtigtuer wird ja wohl mitsamt seines gräflichen Titels der nächste Chef vom Dorf und muss rechtzeitig in die Arbeit mit den Wählern eingewiesen werden.«

»Wenn die nicht doch irgendwann bei einer anderen Partei ihr Kreuzerl machen.« Bruno grinste.

»Ja, aber ob wir das noch erleben?« Franziska sah auf ihre Notizen. »Beppos Sohn war auch dabei, der Langrieger Frank. Alle drei Generationen der Langriegers hat der

Waldmoser antanzen lassen. Ob das mit der nächsten Wahl zum Gemeinderat zu tun hat?«

»Garantiert.« Bruno rümpfte auf unnachahmliche Weise seine perfekte Nase. »Wenn dieser Bürgermeister gute Werke tut, dann niemals uneigennützig. Aber das Langrieger-Bürscherl? War der nicht damals auch in diese schreckliche Sache mit den Rechtsradikalen verwickelt?«

»Ja, das war er. Ebenso wie der jetzige Ziehsohn unseres Kollegen Schmiedinger. Pirmin heißt der, kannst du dich noch an den erinnern?«

Bruno nickte.

»Also, der Pirmin war definitiv nicht dabei«, erklärte Franziska. »Damals, nach dieser Geschichte im Bauwagen, haben alle Jungs uns geschworen, sich nie wieder auf was Ungesetzliches einzulassen. Und ehrlich gesagt, das nehm ich ihnen ab. Ganz unter uns: Traust du das dem Langrieger Frank zu? Dass er mit der Knarre ans Fenster geht und kaltblütig den Hellmann abknallt?«

»Nein. Aber wie ich schon sagte, das trau ich niemandem auf deiner Liste zu. Oder könntest du dir etwa vorstellen, dass der Realschullehrer Lothar Blumentritt, Geschichtsspezialist und bekennender Pazifist, in Kleinöd als hinterhältiger Schütze auf der Lauer liegt?«

Franziska hob die Schultern. »Eigentlich nicht. Aber dass der Blumentritt überhaupt an der Jagd teilgenommen hat, das hat mich schon etwas irritiert. Weißt, ich dachte immer, Lehrer seien friedfertige Menschen und gingen uns allen mit gutem Beispiel voran?«

»Du hast vielleicht Ansichten«, belehrte Bruno sie. »Jagen ist kein sinnloses Abknallen von Tieren. Es geht vor allem darum, den Bestand zu wahren und für Ordnung im Revier zu sorgen. Bei einer Jagdprüfung wird das Hauptaugenmerk auf Hege und Pflege gelegt. Jäger sind – na ja, wie soll ich das sagen – sehr engagierte Umweltschützer.«

»Ach was?« Franziska zog ironisch die Augenbrauen hoch. »Gehörst du etwa auch dazu?«

Er wurde rot. »Ja, ich hab auch einen Jagdschein, wenn du das meinst.«

Sie nickte. »Das meinte ich. Dann greife ich nun also auf dein Expertenwissen zurück und stelle fest, dass dieser Lothar Blumentritt ebenso wenig als Mörder infrage kommt wie Waldmosers Privatförster, der Lukas Reschreiter nebst seinem immer dicker werdenden Dackel Lumpi. Unglaublich, dieses Tier, wenn ich den anseh, denke ich immer, dass der bald mit seinem Bauch den Boden scheuert.«

»Wusstest du eigentlich, dass der Reschreiter ein Genie ist im Ausstopfen von Tieren? Für seine Tierpräparationen hat er sogar vom niederbayerischen Jägerverband Hubertus e. V. eine Taxidermie-Medaille bekommen. Seine Tiere würden am natürlichsten aussehen, nicht wie totes Wild, sondern eher wie frisch auf der Wildbahn und grad auf dem Sprung ... Außerdem ist der Reschreiter eine Seele von Mensch. Es heißt, dass der sich sogar noch bei den Bäumen entschuldigt, bevor er sie auslichtet und beschneidet ... Und der Lumpi ist deshalb so fett, weil der Reschreiter es nicht erträgt, ihn hungrig zu sehen.«

»Vermutlich wird er irgendwann auch seinen Dackel eigenhändig ausstopfen«, unterbrach die Kommissarin ihn. »Trotzdem versteh ich deine Logik nicht. Willst du damit etwa sagen, dass einer, der für seine Präparationen geehrt wird, grundsätzlich über jeden Verdacht erhaben ist?«

»Wir waren uns doch darüber einig, dass eigentlich keiner von deiner Liste infrage kommt«, wiederholte Bruno. »Nicht einmal der Waldmoser in seiner Eigenschaft als Ekelpaket und Bürgermeister, obwohl ich den am liebsten mal ins Kreuzverhör nehmen würde. Und seinen Sohn gleich dazu.«

»Ich auch, glaub mir, ich auch. Gestern hat der sich wieder aufgeführt! Na ja, du kannst es dir ja vorstellen! Und immer hat er seinen eigenen Fanklub hinter sich stehen. Aber der kann's nicht gewesen sein. Als der Schuss fiel, stand er nachweislich mit seinem Sohn und diesem Dr. Maronna von der Autofabrik vor dem Glashaus der Waldmoserin und hat die Strecke begutachtet. Ein paar Treiber waren auch noch dabei. Und weißt du, wer das alles bezeugen und nachhaltig bestätigen kann? Unser Otmar!«

»Wie, der pensionierte Polizeimeister Otmar Kandler?«

»Genau der.« Franziska strich sich das Haar zurück und reckte sich. »Ich nehme an, dass die gute Teres beschlossen hat, dass er nun zum Dorf gehört. Schließlich lebt er mit ihr zusammen und zeigt sich jeden Abend im Wirtshaus an ihrer Seite. Vermutlich wissen einige immer noch nicht, wie sie mit ihm umgehen sollen. Ich seh die Teres vor mir, wie sie ihm nahelegt, erstens den Jagdschein zu machen und sich zweitens mit den Honoratioren anzufreunden. Alle sollen es erleben und bittschön auch weitersagen, dass Otmar ein richtig netter Kerl ist, nicht ›was Besseres‹, dem man eher aus dem Weg geht. Und mit Otmar haben wir natürlich einen wunderbaren und vor allem glaubwürdigen Zeugen.«

»Das stimmt, damit sind praktisch alle, die beim Streckelegen dabei waren, aus dem Schneider.« Bruno wandte ihr den Rücken zu und besprühte seine Zimmerlinde mit Wasser. Sie heftete ihren Blick auf seinen edlen taubenblauen Kaschmirpullover und ertappte sich dabei, dass sie über dessen Preis nachdachte.

»Weißt du denn auch, wer alles als Treiber geladen war?«, erkundigte sich Bruno.

»Gut, dass du es sagst!« Franziska setzte sich an ihren Computer. »Der Waldmoser wollte mir gestern Abend noch seine Einladungsliste mailen. Warte, ich schau mal kurz nach. Genau, hier haben wir sie!«

Für Bruno unverständlich, murmelte sie eine Reihe von Namen vor sich hin und stutzte dann plötzlich. »Ich glaub's nicht.«

»Was denn?« Der junge Kommissar drehte sich zu ihr um. Franziska schnaufte empört: »Der hat auch noch diesen Meinrad eingeladen. Hat ihn Freitag zum ersten Mal gesehen und ihn gleich zu seiner Jagd bestellt. Der Waldmoser! Keinen Anstand hat der, unglaublich! Kannst du dich an den jungen Mann erinnern? Meinrad Hiendlmayr kam rein, als du dich grad ins Wochenende verabschiedet hast. Er hatte einen Hund dabei. Ihr müsstet euch noch begegnet sein.«

Bruno nickte. »Stimmt, da ist mir jemand entgegengekommen. Der Hund war ein Beagle mit schwarzem Halstuch. Aber frag mich nicht, wie sein Herrchen aussah.«

»Unscheinbar«, sagte Franziska. »Ich habe noch nie jemanden getroffen, bei dem das Adjektiv unscheinbar so gut passt wie bei diesem Meinrad. Als arbeite er an der Erfindung der Tarnkappe und stünde kurz vor dem entscheidenden Durchbruch.«

Bruno lächelte. »Vielleicht gibt es ja auch so etwas wie eine Tarnkappe der Mittelmäßigkeit?«

»Nein, mittelmäßig ist der nicht. Der scheint von Kind an gute Gründe gehabt zu haben, sich unauffällig zu verhalten.«

Sie dachte an das Gespräch vor zwei Tagen zurück. Offenbar hatte Schmiedinger dem jungen Mann nahegelegt, sich bei »unserer Frau Hausmann« zu melden. Und zwar so schnell wie möglich.

»Sie wohnen auf dem Hof der Brunnerin?«, hatte Franziska gefragt.

Meinrad hatte genickt.

»Seit wann?«

»Am 1. Juli bin ich zu ihr gezogen. Ich wollt erst noch mein Haus verkaufen, aber das ging nicht so schnell.«

»Und warum sind Sie zu Frau Brunner gezogen?«

»Weil wir verwandt sind.« Seine Stimme hatte leise geklungen, als schäme er sich dafür oder als sei diese Verwandtschaft der Ursprung allen Unglücks.

»Verwandt?«

»Sie ist meine Tante. Ich habe es auch erst vor ein paar Monaten erfahren.«

»Und dann?« Franziskas Frage hatte strenger geklungen als beabsichtigt.

»Nichts. Diese Frau Moosthenninger, Sie wissen schon, die Schwester vom Pfarrer, also die hat uns zusammengeführt, und weil wir beide allein waren, haben wir beschlossen zusammenzuziehen. Bei ihr ist halt mehr Platz. So ist das gekommen. Außerdem mochten wir uns. Von Anfang an. Malwine war eine tolle Frau.« Er seufzte.

»Martha Moosthenninger?« Franziska hatte ungläubig den Kopf geschüttelt. »Was hat denn die damit zu tun?«

»Der ist das wohl aufgetragen worden von meiner anderen Tante, der Agnes, die ja seliggesprochen werden soll. Agnes, also Malwines Schwester, spricht wohl aus dem Jenseits zu Martha Moosthenniger und regelt solche Dinge.«

Meinrad Hiendlmayr hielt kurz inne und streichelte den Hund. Franziska beobachtete ihn genau. Glaubte er an das, was er sagte?

Ruhig fuhr er fort: »Aber auf ihre eigene Schwester scheint die da oben nicht besonders gut aufgepasst zu haben. Vielleicht wollte sie in ihrem Himmel ja auch ein bisschen Gesellschaft.« Er versuchte sich an einem Lächeln, doch es misslang. »Wissen Sie, die Malwine hat das natürlich auch nicht alles geglaubt. Nicht dass Sie denken, die sei auf diesen Quatsch abgefahren. Aber sie hat gesagt: ›Egal, ob da was dran ist – Hauptsache, wir haben zueinander gefunden.‹«

Er suchte in den Tiefen seiner Lederjacke nach einem Taschentuch und putzte sich ausgiebig die Nase.

»Wir hatten eine gute Zeit. Sie hätte nicht von uns gehen dürfen!«

»War Ihre Tante in den vergangenen Wochen anders als sonst? Hat sie Sorgen gehabt, vielleicht gesundheitliche Probleme?«

»Nein, nein, die war fit. Grad jetzt, wo sie angefangen hat zu schwimmen. Und glücklich war sie auch, zumindest hat sie das gesagt. Malwine hat mich gleich mit offenen Armen empfangen, damals, als Martha uns im Frühling miteinander bekannt gemacht hat. Es war wie ein Nachhausekommen.« Er schluckte. »Es hat gestimmt. Für uns beide.«

»Sie hatten vorher kein richtiges Zuhause«, stellte Franziska fest und wusste in dieser Sekunde, dass dies der Grund für seine Tarnkappe war. Meinrad Hiendlmayr hatte sich verstecken müssen. Um ihn herum war bedrohtes und vermintes Land gewesen, erbitterter Kleinkrieg. Wer so aufwachsen musste, verlernte es, an Schutzengel zu glauben und hatte Angst vor dem Glück.

»Jetzt hab ich auch kein Zuhause mehr«, stellte Meinrad klar. »Das ist nicht in Ordnung, dass sie gestorben ist, einfach so. Da stimmt was nicht, glauben Sie mir.«

»Haben Sie eigentlich Ihre Unterlagen dabei, ich meine, irgendetwas, was beweist, dass Sie ein leiblicher Verwandter sind?«

»Natürlich nicht. So was schleppt man ja nicht dauernd mit sich rum. Aber ich besitze einen Auszug vom Stammbaum und Kopien aus einer Seite des Hebammenbuches. Angeblich lebt auch die Ehefrau meines Vaters noch. Deren Adresse hat mir die Martha gegeben. Die Witwe meines Vaters weiß zwar von meiner Existenz, hat aber offenbar kein Interesse daran, mich zu sehen. Schon komisch, das alles.« Er war ein wenig aufgetaut. »Wissen Sie, Malwine hat immer in meinem Gesicht und in meinem Verhalten nach Zügen ihres Bruders gesucht. Ich hätte ihn gern kennengelernt, meinen Vater. Ich glaube, Malwine mochte ihn.«

In diesem Moment hätte Franziska ihm zu gerne anvertraut, dass Zweifel an einem natürlichen Tod seiner Tante bestanden und dass Gustav Wiener merkwürdige Substanzen in ihrem Körper gefunden hatte. Aber vorher musste das Verwandtschaftsverhältnis eindeutig geklärt sein.

»Können Sie morgen noch mal vorbeikommen und mir die Unterlagen vorlegen?«

Er hatte gezögert und den Kopf geschüttelt. »Wissen Sie, jetzt, wo die Malwine nicht mehr da ist, habe ich nur noch meinen Job. Und den darf ich auf keinen Fall verlieren. Und morgen habe ich Dienst im Baumarkt. Von neun bis achtzehn Uhr. Tut mir leid.«

Schon wieder so einer, der nichts als seine Arbeit hat und sich an sie klammert, als wäre sie ein Rettungsring, dachte sie.

Erwartungsvoll und mit gefalteten Händen saß der verwaiste Neffe ihr gegenüber und machte keinerlei Anstalten zu gehen. Franziska spürte, dass Malwines Tod ihn ohne Vorwarnung aus all seinen Sinnzusammenhängen gerissen hatte. Der da log sie nicht an. Aber sie brauchte trotzdem seine Dokumente.

Als die Stille unerträglich wurde, fragte sie: »Was machen Sie jetzt? Bleiben Sie in dem Haus?«

»Ich denk schon. Ist ja auch Joschis Zuhause. Und wo soll ich sonst hin? So ist es wenigstens für den Hund noch vertraut.«

»Sie haben Ihr eigenes Haus verkauft?«

»Das von meiner Mutter, von der Frau, die damals ein Verhältnis mit Malwines Bruder hatte. Meine Güte, warum hat sie mir nur nie davon erzählt?« Er seufzte und fügte ungewöhnlich gesprächig hinzu: »Ich hätte ihn eben so gern mal getroffen, meinen Vater, wissen Sie.«

»Das glaube ich Ihnen«, entgegnete Franziska. »Unsere Wurzeln sind wichtig. Wenn wir nicht wissen, woher wir kommen, finden wir nur ganz schwer heraus, wohin wir gehen sollen. Das hab ich schon oft erfahren. Vergangenheit ist nicht nur eine Last. Sie gibt uns auch Halt. Wissen Sie, Stammbäume stell ich mir oft wie ausladende Eichen oder riesige Buchen vor. Man kann sich anlehnen, sich vielleicht sogar ein Baumhaus bauen.«

»Wenn ich nicht mehr bin, ist der Stamm der Harbingers und der Brunners auf einen Schlag ausgelöscht. ›Seit 1628 wurschteln wir hier in der Gegend umeinand‹, hat die Malwine gesagt. ›Und nun, aus is! Es sei denn, du suchst dir schnell eine Frau und machst viele Kinder!‹« Sein Lachen hatte einen bitteren Beigeschmack. »Sie hätte sich so gefreut. Mei, so oft hat sie von ihrer Bekannten, einer Charlotte, erzählt, die das Glück hat, die eigene Großnichte aufziehen zu dürfen. Und immer wenn sie von der schwatzte, musste ich versprechen, dass ich meine Kinder niemals Eulalia oder Hannes nenne.«

»Ihr Mann hieß Hannes«, sagte Franziska.

»Ich weiß. Haben Sie den gekannt?«

Sie schüttelte den Kopf. »Ich hab mal mit ihm gesprochen, damals, als der Sohn der beiden starb und ich dort ermittelte. Aber wirklich kennengelernt habe ich ihn nicht.«

»Sie war nicht glücklich mit ihm, oder?«, stellte Meinrad fest.

Franziska hob die Schultern. »Ich weiß es nicht. Sie war damals anders. Hilflos und ziemlich sprachlos.«

»Sprachlos?« Meinrad lächelte erstaunt. »Mei, die konnte toll erzählen. Von früher, von ihrem vogelwilden Bruder, der mein Vater ist. Von Agnes mit ihren Wundertaten. ›Kommt sicher auch aus der ihrer Wundertüte‹, hat sie immer gesagt, wenn etwas Komisches passiert ist. Besonders komisch fand sie das ›Loch des Anstoßes‹, und wir haben manchmal davor gesessen, gekichert und uns gefragt: Was will uns die Agnes nur damit sagen? Seit die Martha diese Quelle gefunden hatte, ist dauernd der Bürgermeister vorbeigekommen, und Malwine hat den Verdacht gehabt, die Agnes wolle sie mit diesen Besuchen strafen.«

Franziska sah ihn nachdenklich an. »Wissen Sie, ich frag mich, warum der Waldmoser ständig zur Malwine gegangen ist. Das passt so gar nicht zu ihm. Und aus reiner Menschenfreundlichkeit macht der doch gar nichts.«

»Da wüßt ich schon einen Grund. Weil sie zu seiner Gemeinde gehört, das hat er zumindest immer zu ihr gesagt, und weil er extrem scharf auf dieses Bohrloch ist. Vielleicht ist ihm ja auch die Tante Agnes erschienen und hat ihm eine wichtige Mission aufgetragen. Zumindest war der Bürgermeister schon mal mit einem Hydrogeologen da und hat den mit einer Expertise beauftragt. Und allen hat er erzählt, dass er, der Waldmoser höchstpersönlich, die Kosten der Untersuchung trägt – wobei ich mit Ihnen wetten würde, dass er die Gelder dafür aus der Gemeindekasse genommen und als Sonderausgabe verbucht hat.«

Franziska war aufgestanden und hatte für sie beide einen Tee gemacht. Nun stellte sie eine dampfende Tasse vor Meinrad und wollte wissen: »Was hat Ihre Tante denn von früher erzählt? Irgendwelche eigenartigen Vorkommnisse, etwas, was Sie stutzig gemacht hat?«

Meinrad schüttelte den Kopf. »Ich wohn ja noch nicht so lange bei ihr. Und außerdem hab ich sie dauernd nach meinem Vater ausgefragt. Warum wollen Sie das wissen?« Er hob den Blick und sah sie verunsichert an. »Da stimmt was nicht mit ihrem Tod, gell? Da stimmt was nicht! Ich hab es ja gleich gewusst. Ermitteln Sie jetzt? Bitte, klären Sie das auf. Die war doch total gesund.«

»Es gibt ein paar Ungereimtheiten. Mehr kann ich momentan nicht sagen. Um Sie über weitere Details zu informieren, brauche ich vor allem die Bestätigung, dass Sie wirklich mit Malwine Brunner verwandt sind.«

»Ich kann Ihnen leider nur die Aufzeichnungen der Hebamme zeigen, also die Kopie davon, und den Stammbaum, den die Martha für mich gemacht hat. Andererseits lässt sich so was inzwischen doch auch über die DNA nachweisen, oder? Also wenn Sie da vielleicht was machen könnten, wär ich Ihnen dankbar. Malwine und ich hatten auch darüber nachgedacht – ich hatte sogar schon mit einem Labor für Abstammungsgenetik Kontakt aufgenommen. Sie wollte wissen, wie viel Harbingerblut in meinen Adern fließt – ob dreißig oder siebzig Prozent, damit sie mich auch im rechten Maß lieb hat. So war sie.« Er schluckte.

Franziska war aufgestanden. »Wir sehen uns dann am Montag?«

Er nickte und versuchte erneut ein Lächeln. »Montag, ja das passt. Wenn ich samstags arbeite, habe ich montags fast immer frei. Wie die Friseure.«

»Hey, Franziska, träumst du? Jetzt hab ich schon zweimal deinen Namen gerufen.« Bruno fuchtelte vor ihrem Gesicht herum. »Wir waren beim mittelmäßigen Hiendlmayr, von dem du behauptest, er sei gar nicht mittelmäßig. Was ist mit ihm?«

»Er kommt am Montag vorbei. Ich hätt ihn auch für heut bestellen können. Aber am Freitag wusste ich ja noch nicht, dass wir eine Sonntagsschicht einlegen müssen.«

»Und warum kommt er vorbei?«

»Um zu beweisen, dass er mit Malwine verwandt ist.«

»Wenn ich das schon wieder höre. Malwine!« Er regte sich demonstrativ auf. »Wir ermitteln jetzt im Mordfall Hellmann, und damit haben wir genug zu tun. Lass also bitte diese Malwine Brunner aus dem Spiel. Die hat sich einfach überanstrengt auf ihre alten Tage. Ist ein paar Meter zu weit geschwommen. Soll es alles geben!«

Franziska schüttelte den Kopf. »Da hat jemand nachgeholfen, glaub mir. Ich hab das im Gefühl. Und Gustav Wiener ist auf der gleichen Spur. Und wenn der sucht, so wird er finden. Das weißt du auch.«

Ihr Kollege verdrehte die Augen. »Du und dein Gefühl.«

»Nur zu deiner Information: Ich habe den Hiendlmayr am Freitag noch zum Bürgermeister und zum Pfarrer geschickt. Er hatte zwar keine entsprechenden Papiere bei sich, aber ich wollte, dass er sich schon mal als Malwines Erbe zu erkennen gibt. Denn falls es bei ihrem Tod nicht mit rechten Dingen zugegangen sein sollte, könnte diese Information für einige Unruhe sorgen.«

»Und?« Er sah sie erwartungsvoll an.

»Keine Ahnung, aber wir sollten die Sache im Auge behalten. Was ich auf jeden Fall sehr verdächtig finde, ist, dass der Bürgermeister den mutmaßlichen Brunnererben sofort zu seiner Treibjagd einlädt. Weißt du, wie ich das nenne? Anbiedern. Ich sehe es richtig vor mir: Vermutlich hat der Waldmoser auf seine schleimige Art gesagt: ›Mein herzliches Beileid zum Tode Ihrer Tante, war eine gute Seele, die Malwine. Also, wenn S' Lust haben, kommen S' doch morgen mit auf meine Jagd, da lernen S' gleich alle wichtigen Leute der Gemeinde kennen. Ich brauch eh noch ein paar Treiber, und so sind S' auch gleich a bisserl abgelenkt.‹« Sie versuchte, Waldmosers polternde Stimme zu imitieren. »Glaub mir, der Waldmoser will an den Brunnerhof, und vor allem will der an diese komische Quelle. Das kann ich riechen.«

»Kann schon sein.« Bruno betrachtete die Kopie der Einladungsliste auf seinem Computer. »Dieser Meinrad steht übrigens nur als Eingeladener auf der Liste, da ist aber kein Häkchen für die Teilnahme. Dass er dem Ruf des Bürgermeisters nicht gefolgt ist, zeigt, dass er Charakter hat. Hat eigentlich auch jemand aus dem Trauerhaus an der Treibjagd teilgenommen?«

»Ja, ja, klar, der Döhring. Müsste auch auf deiner Liste stehen.«

»Was für eine Spezlwirtschaft«, brummte Bruno unwillig und scrollte die Liste auf seinem Bildschirm runter.

»Der Döhring war aber im Haus, als der Schuss fiel. Der kann es nicht gewesen sein« sagte Franziska.

»Der Döhring.« Bruno seufzte. »Glaub mir, den hab ich gefressen. So einer macht sich nicht selbst die Finger schmutzig. Wenn der seinen zukünftigen Schwiegerneffen oder was auch immer das für ein Verwandtschaftsgrad ist, aus dem Weg haben wollte, hätte der schon jemanden gefunden, der die Drecksarbeit für ihn übernimmt, und das hätte er sich sogar was kosten lassen, dieser alte Geizkragen.«

»Aber warum? Das war doch so ein netter junger Mann, der Bibliothekar, der tut doch keinem was. Ich verstehe es einfach nicht. Bruno, weißt du was, wir recherchieren jetzt erst mal, was für ein Typ dieser Hellmann war. Wie hat er gelebt, was sagen seine Freunde über ihn? Hat er sich möglicherweise bedroht gefühlt in letzter Zeit, war er irgendwie anders als sonst? Das könnte ich übernehmen, weil du ja nicht mit der Halber sprechen willst. Dafür gehst du zum Bürgermeister und sprichst mit ihm über die Treiber. Warte, ich druck dir schnell die Liste aus. Der Waldmoser soll zu jedem seiner Treiber was sagen: Warum er ihn eingeladen hat, wie er zu ihm steht und was das für ein Typ ist. Kleine Charakterkunde. Wir können gemeinsam rausfahren und uns dann im Gasthaus Blauer Vogel wieder treffen.«

Bruno gab ihr recht. »Genau, dort ist ja auch der Otmar, und der wird sicher gerne seinen Senf zur ganzen Sache geben.«

Kapitel 9

Martha Moosthenninger räumte gerade das Geschirr ihres karitativen Mittagessens in die Spülmaschine, als es an der Haustür klingelte. Wie an jedem Sonntag hatte sie auch heute wieder für die Armen und Bedürftigen gekocht, wobei es inzwischen leider nur noch einen Notleidenden in ihrer Gemeinde gab, und der würde vermutlich auch nicht mehr lange kommen, denn Leopold Schmiedinger, der bettelarme Vetter des Polizeiobermeisters, hatte schon angekündigt, dass er bei seinem Cousin mitessen konnte. »Wissen Sie, der hat jetzt endlich wieder eine Frau.« Doch so lange er noch kam, genoss sie es, für zwei Herrn zu kochen und mit zwei Männern zu Mittag zu essen. Na ja, der Begriff Männer musste in diesem Falle etwas relativiert werden.

Der eine war ihr Bruder und Pfarrer, also ein sehr neutrales und schon fast heiliges Wesen, und der andere hatte mehr als vierzig Jahre seines Lebens in der Justizvollzugsanstalt Straubing verbracht und somit keine Ahnung vom wirklichen Leben und schon gar keinen Plan, wie man mit einer Dame, wie sie es war, umging.

»Jessas naa, da wird doch wohl keiner im Sterben liegen, heute am heiligen Sonntag«, murmelte sie, nahm sich im Gehen die Schürze ab und eilte durch den langen Flur zur Haustür.

Im Gang roch es nach Sauerbraten, und sie dachte, sie hätte lüften müssen. Immer wieder vergaß sie zu lüften. Ihre Herren erinnerten sie nicht daran, weil sie nicht so feine Nasen hatten. Zudem hatte sich Wilhelm gleich nach dem Dankesgebet mit wohlig gefülltem Magen schlafen gelegt, und der Leopold war auf direktem Wege wieder in sein Gartenhäuschen zurückgekehrt, weil er seine beiden Wellensittiche nicht so lang allein lassen wollte.

»Ja?« Sie öffnete die Tür vorsichtig und bemühte sich darum, betroffen, aber auch ein wenig fürsorglich zu schauen. Man wusste ja nie, welche Hiobsbotschaften einen am helllichten Sonntag erwarteten.

Den jungen Mann, der sie anlächelte und sich höflich verbeugte, hatte sie noch nie gesehen.

»Sind Sie Frau Moosthenninger?«

Sie nickte.

»Ich heiße Ägidius Alberti und bin im Auftrag des Bistums Regensburg hier. Es geht um Ihre Eingabe wegen einer Seligsprechung.«

»Das wurde aber auch mal Zeit«, rutschte es ihr heraus. Sie griff ihn am Ärmel und zog ihn in den Flur. »Kommen Sie herein.« Sie führte ihn in das Besprechungszimmer ihres Bruders und offerierte ihm einen Kaffee.

»Da sag ich nicht Nein.« Er war ein wenig blass um die Nase, vermutlich schon seit dem frühen Vormittag unterwegs, und sicher hatte er auch noch nichts gegessen, so dünn wie der war.

»Momenterl!«

Während sie in der Küche die Kaffeemaschine bediente, triumphierte sie. Man musste sich halt mit allem gleich an die richtige Stelle wenden. Seit mehr als drei Monaten schon wartete sie auf eine Nachricht des Bischofs, aber kaum hatte sie dem Papst persönlich geschrieben, schon kamen die Dinge ins Rollen.

In ihrem Brief an den Heiligen Vater hatte sie klugerweise als Erstes darauf hingewiesen, dass sein Geburtsort Marktl am Inn und ihr jetziger Wohnort Kleinöd kaum vierzig Kilometer auseinanderlagen, sodass sie, in Relation zur ganzen Welt gesehen, ja quasi Nachbarn gewesen waren. Außerdem hatte sie ihn mit ihrer weiblichen Logik zu überzeugen versucht: Beim Johannes Paul II. ging's doch auch ganz schnell mit der Seligsprechung, und im Himmel sind alle Seligen gleich nah bei unserm Herrn, egal, ob sie vorher Papst oder – wie meine Agnes – Krankenschwester waren.

Dieses Schreiben, über das sie lange nachgedacht und an dem sie viele Samstagnachmittage am kirchlichen Computer gearbeitet hatte, während ihr Bruder im Gotteshaus nebenan die Beichte abnahm, war richtig gewesen. Das zeigte das Auftauchen dieses jungen Mannes. Auf seine Landsleute konnte man sich letzten Endes doch am ehesten verlassen. »Danke, Heiliger Vater«, flüsterte sie und richtete ihren Blick zum südlichen Fenster, da sie in dieser Richtung die Stadt Rom vermutete. Auf Benedikt konnte man bauen.

»Wie heißen Sie noch mal?« fragte sie, als sie ihrem Gast Kaffee und Kuchen hinstellte. »In all der Aufregung hab ich Ihren Namen vergessen.«

»Mein Ordensname ist Bruder Ägidius.«

Er sah so jung aus – oder lag es daran, dass sie selber immer älter wurde? Als habe er ihren Gedanken gelesen, fügte er hinzu. »Ich bin schon achtundzwanzig, auch wenn ich jünger wirke, ich weiß. Aber ich habe ein abgeschlossenes Theologiestudium und bin vom bischöflichen Ordinariat in Regensburg hierher geschickt worden, um die Beatifikation der Agnes zu überprüfen. Es ist mein erster größerer Einsatz, und das zeigt, dass man Vertrauen in mich setzt.«

»Ja, ja, ist schon gut. Ich bin ja so froh, dass Sie endlich gekommen sind«, unterbrach sie ihn und hatte mit einem Mal Angst, dass er sie wieder verlassen könnte. Er war so furchtbar förmlich, und wenn sie nur einen Fehler machte, würde er möglicherweise von heute auf morgen verschwinden. Das durfte nicht geschehen.

»Ich plane exakt so lange zu bleiben, bis wir die Sachlage geklärt haben und entweder weitere Schritte unternehmen oder das Ganze vergessen«, fügte er wie einstudiert hinzu. »Ist Ihnen das recht?«

»Ja, sehr, Sie werden sehen, meine Agnes ist eine Heilige. Was die für viele Wunder wirkt, fast täglich. Vor allen Dingen jetzt, da sie so nah bei unserm Herrgott ist.«

Sie registrierte, dass ihr Gast sich gerade das vierte Stück Kuchen nahm. Dieses arme Priesterchen musste ja total ausgehungert sein. Sie fragte sich, ob er während seines Studiums gehungert habe, weil Hungern ja angeblich zur Erleuchtung beiträgt. Warum sonst sollte es die Fastenzeit geben?

»Schmeckt es?«

»Sehr gut. Wunderbar. Darf ich?« Er nahm ein fünftes Stück.

Sie nickte. »Wären Sie nur ein bisserl früher gekommen«, fügte sie fürsorglich hinzu, »dann hätten Sie mit uns zu Mittag essen können.«

»Danke, ich hab schon im Gasthaus gegenüber gegessen. Gute Küche übrigens. Hervorragende Rindsrouladen.«

»Ich finde, die Küche dort wird überschätzt, eindeutig«, sagte sie spitz.

Konzentriert verfolgte sie die Bewegungen seiner schmalen Hände, die ein Eigenleben zu führen schienen, mechanisch das Gebäck auf dem weißen Porzellanteller in Stücke brachen, dann zum Mund führten und sich erneut Richtung Teller bewegten. Als hätten sie nichts mit ihm zu tun. Sie war noch nie jemandem begegnet, der so viel essen konnte. Sollte er doch den ganzen Kuchen verspeisen!

Ihr Bruder, der seinem sonntäglichen Mittagsschlaf frönte, würde dann eben leer ausgehen. Martha empfand das in diesem Moment als gerechte Strafe dafür, dass Wilhelm nichts von der Seligsprechung ihrer Freundin Agnes hielt. Für ihn waren all die ungewöhnlichen Dinge, die sich seit ihrem Tod ereignet hatten, nichts als dummes Geschwätz und lächerliche Gerüchte.

Gut, dass dieser Ägidius nun da war. Er war zwar verdammt jung, aber er kam von der bischöflichen Kongregation, die ihn wiederum auf direkten Befehl des Papstes nach Kleinöd geschickt hatte. Wenn Bruder Ägidius erst einmal mit seinen Ausführungen begann, so würde Wilhelm dem mehr Glauben schenken als seiner eigenen Schwester.

»Das ist mein Verhängnis, dass ich immerzu essen muss und niemals satt werde. Laster und Strafe zugleich«, gestand Ägidius mit Leidensmiene, sah zu Martha Moosthenninger auf und schnitt sich ein weiteres Stück Kuchen ab. Dann erklärte er mit vollem Mund: »Ich bin hier, um die mögliche Seligsprechung von Agnes Harbinger zu prüfen und ihren Ruf der Heiligkeit sowie den Ruf der Wundertätigkeit entweder zu bestätigen oder zu verwerfen. Meine Empfehlungen werden vom Bischof geprüft und alsdann unserem Heiligen Vater vorgelegt. Der trifft mit Gottes Hilfe die rechte Entscheidung.«

Martha schluckte beeindruckt. »Sie werden erkennen, dass das eine ganz eine Selige ist, fast schon heilig! Sie werden sehen.«

»Wo kann ich denn hier wohnen?«, wollte Ägidius wissen. »Dieser Landgasthof ist mir ein wenig zu teuer und auch zu laut – man weiß ja nie, wie lange so eine Überprüfung dauert. Gibt's hier im Dorf jemanden, der Ferienzimmer vermietet?«

»Sie wohnen natürlich hier«, schoss es aus ihr heraus. Ihr Bruder würde sich schon einverstanden zeigen, schließlich gehörten sie ja alle zur gleichen großen katholischen Familie. »Für solche wie Sie haben wir immer ein Gästezimmer.«

Er nickte zufrieden, und sie beglückwünschte sich insgeheim zu diesem spontanen Vorschlag. Wenn er bei ihr wohnte, würde sie die Seligsprechung ihrer Freundin sicher beschleunigen können.

»Das Gästezimmer ist aber noch nicht gemacht und auch noch nicht geheizt«, entschuldigte sie sich. »Ich hab nicht damit gerechnet, dass Sie einfach so kommen, ohne vorher zu telefonieren oder einen Brief zu schicken. E-Mail wär auch gegangen, direkt ans Pfarramt. Wissen S', ich mach meinem Bruder nämlich auch noch das Büro.«

Er bedachte sie mit einem strengen Blick. »Sie waren es doch, die mich angefordert und in ihrem Schreiben die Dringlichkeit der Angelegenheit betont hat.«

Sie presste die Lippen aufeinander. Dass jemand so Junges schon so streng schauen konnte, beeindruckte sie. Vermutlich war er ein Ausersehener. Vielleicht sogar ein zukünftiger Heiliger, denn es war ja wohl logisch, dass der Heilige Vater nicht gleich jeden Deppen losschicken würde, um eine so heikle Sache wie eine Seligsprechung zu überprüfen. Für so was musste man auserwählt sein. Andererseits: Wenn zu ihr, Martha Moosthenninger, ein Ausgewählter kam, war sie damit nicht auch automatisch auserwählt? Diese Erkenntnis traf sie wie ein Schock.

Er riss sie mit einer völlig profanen Frage aus ihren Gedanken. »Und wo kann ich parken?«

»Sie san mit dem Auto da?« Sie starrte ihn an, als sei es unvorstellbar, dass so einer wie er Auto fahren könne. Hätte er gefragt, wo er seine Himmelsleiter abstellen könne, wäre ihr das tausendmal plausibler erschienen.

»Ja, wie denn sonst?«, gab er ungehalten zur Antwort und sah streng über sie hinweg.

Kommissar Bruno Kleinschmidt hielt vor der protzigen Villa des Bürgermeisters und überprüfte im Rückspiegel des Wagens sein Aussehen.

»Also, ich steig hier aus und nehm mit dem Waldmoser die Treibertruppe von gestern durch. Und du kannst den Wagen dann gleich beim Blauen Vogel parken. Da treffen wir uns dann. Okay?« Er sah auf die Uhr. »In zwei Stunden?«

Franziska nickte. »So machen wir das.«

Am Rückerschen Haus waren die Rollos zur Straße hin alle heruntergelassen. Franziska stand in der Einfahrt und zögerte ein paar Sekunden. Das braun gestrichene Garagentor war fest verschlossen, auf dem Natursteinpflaster ließen sich noch die mit hellem Markierungsspray fixierten Umrisse des Toten erkennen sowie mehrere dunkle Flecken. Es war gespenstisch ruhig.

Sie klingelte. Nach einer Zeit, die ihr wie eine Ewigkeit erschien, kam eine schwarz gekleidete Charlotte Rücker an die Tür. Sie hatte tiefe Schatten unter den Augen und sah aus, als habe sie seit Wochen nicht mehr geschlafen.

»Kommen Sie rein«, murmelte sie und führte die Kommissarin durch die dunkle Diele in ein noch dunkleres Wohnzimmer. Lediglich das Fenster zum Garten war nicht abgedunkelt, vermutlich weil der davorstehende Wald aus Topfblumen und Zimmerpalmen sowieso kaum Licht hereinließ.

Gertraud Halber lag auf der senffarbenen Wohnzimmercouch und jammerte leise vor sich hin. Zu ihren Füßen saß das Kind mit dem eigenartigen Namen Eulalia-Sophie und zerriss mit finsterer Miene die Seiten eines Hochglanzmagazins in winzige Fetzchen.

»Ich brauche noch ein paar Informationen zum gestrigen Tag«, begann Franziska, und Gertraud heulte auf.

Charlotte schluckte hilflos und erklärte anstelle ihrer Nichte: »Die waren spazieren, alle drei. Vormittags hat er angerufen und sich mit ihr und der Kleinen verabredet. Und als sie zurückkamen, waren sie so was von glücklich, also echt, stocknarrisch waren die, weil Eulalia-Sophie ihre ersten selbstständigen Schrittchen gemacht hat. Und die Kleine war auch ganz aufgeregt und wollte es immer wieder aufs Neue probieren. Von einer Hand zur anderen laufen. Sogar auf meinen Mann ist sie zu. Der kam aber grad von der Jagd und hatte noch sein Gewehr in der Hand. Ich hab ihm dann gesagt, dass er das erst mal wegschließen soll. Denn was ist das für ein Anfang, wenn ein Kind seine ersten Schritte auf ein Gewehr zu macht? Außerdem ist es gefährlich mit so einem Trumm in der Hand.«

Sie schnäuzte sich.

»Wie gefährlich, das haben wir ja dann gesehen. Na ja, und viel später, also da war es fast schon dunkel, da hat der Günther gesagt, dass er ein Geschenk für die kleine Eulalia hat, jetzt, da sie das Laufen gelernt hat, und ist raus vor die Tür und zu seinem Wagen. Das muss so gegen siebene gewesen sein, genau, mein Mann hatte gerade die Nachrichten eingeschaltet – und dann haben wir den Knall gehört. Die Gertraud ist ganz blass geworden und hat gesagt: ›Da stimmt was nicht. Die Jagd ist doch schon vorbei.‹ Und mein Mann, also der Herr Döhring, hat das bestätigt und gesagt: ›Klar, um halb fünf wurde das Halali-Has-in-Ruh geblasen. Und er selber war ja auch schon um fünf daheim gewesen, weil er sich noch um seine Finanzgeschäfte kümmern wollte.«

Charlotte Rücker seufzte und sah bekümmert in den rückwärtigen Garten.

»Und dann?«

»Ja nix. Wir haben auf den Günther gewartet. Konnte ja keiner wissen, dass der Knall bei uns auf dem Hof losgegangen ist. Außerdem ist die Eulalia grad auf den Nachrichtensprecher im Fernsehen zugelaufen und war ganz enttäuscht, weil der ihr nicht die Hand entgegengestreckt hat.«

Bei der Erinnerung daran huschte ein Lächeln über Charlottes Gesicht, verschwand aber augenblicklich, als sie hinzufügte: »Mit einem Mal ist der Daxhuber Eduard im Haus gestanden und hat gesagt, dass da was Furchtbares passiert ist und ob wir denn nicht den Schuss gehört haben. Natürlich haben wir den gehört, aber wir haben uns nix dabei gedacht. Der war so bleich, der Ede, also ich hab mir denkt, der kippt gleich um. Wir also alle raus, und dann haben wir es gesehn ... Die Daxhuberin stand direkt neben dem Auto, und zu ihren Füßen lag unser Günther.«

Sie schluchzte auf. Gertraud hielt sich mit beiden Händen die Ohren zu, während das Kind stoisch das Modemagazin zerriss.

»Mein Mann war noch oben in seinem Büro. Deshalb hat der Daxhuber Eduard mit dem Handy den Schmiedinger Adolf angerufen«, erzählte Charlotte weiter. »Und als der kam, hat er uns allen als Erstes verboten, irgendetwas anzufassen, und die Spurensicherung verständigt. Dabei hatte keiner von uns was angefasst. Dann hat der Adolf mit der Dienststelle in Landau telefoniert. Die haben ihn aber wohl direkt mit dem Staatsanwalt verbunden, weil sonst keiner zu erreichen war an diesem Samstag.«

Ganz kurz hatte es den Anschein, als sei sie stolz darauf, dass ihretwegen eine so hohe Dienststelle kontaktiert werden musste.

»Und der hat dann wohl Sie angerufen«, fügte Charlotte Rücker nach einer winzigen Pause hinzu. »Weil, sonst wären Sie ja wohl nicht gekommen.«

Franziska nickte.

»Mei, und die ganzen Leut«, jammerte Charlotte plötzlich. »Ich weiß gar ned, wo die alle so schnell hergekommen sind. Aber die haben dem Günther auch nicht mehr helfen können. Keiner. Nicht mal der Langrieger Beppo, obwohl er doch Ersthelfer ist. Das alles kann doch nur ein Versehen sein, denn wer sollte dem Günther was tun?«

Gertraud setzte sich auf. Ihr Gesicht war vom vielen Weinen fleckig und aufgedunsen.

»Wir wollten heiraten«, sagte sie tonlos.

»Das tut mir leid«, sagte Franziska und ärgerte sich.

Warum sagte sie so etwas! Tat es ihr etwa leid, dass die beiden heiraten wollten? Es hätte nicht passieren dürfen, dass solche Phrasen aus ihr herausrutschten. Sie schämte sich.

»Wir haben uns geliebt«, schob Gertraud nach.

Franziska nickte schweigend. »Frau Halber, Sie haben Günther Hellmann doch gut gekannt. Was war er eigentlich für ein Mensch? Was hat ihn ausgezeichnet?«

»Er war wunderbar.« Gertraud begann erneut hemmungslos zu schluchzen.

»Ein herzensguter, kluger und freundlicher Zeitgenosse«, ergänzte Charlotte. Franziska hatte den Eindruck, als habe sie sich diesen Satz zurechtgelegt oder als würde sie ihn am heutigen Tage nicht zum ersten Mal sagen.

Plötzlich war es eigenartig still. Eulalia-Sophie hatte aufgehört, Papier zu zerreißen, und steckte sich stattdessen die Fetzen in den Mund.

»Wer macht so was nur? Und warum? Das kann doch nur ein Versehen sein!« Gertraud putzte sich die rote Nase. »Aber wen haben die sonst erschießen wollen, vielleicht den Bernhard?«

»Meinen Bernhard?« Kopfschüttelnd wandte sich Charlotte an ihre Nichte. »Der hat zwar seine Fehler, aber so schlimm ist er nun auch wieder nicht. Also wenn ich den erwisch, der dir das angetan hat! Der wird sein Lebtag nicht mehr froh.«

»Um das herauszufinden, bin ich ja hier.« Franziska zeigte auf das Kind: »Sie sollten ihr die Zeitschrift wegnehmen. Schauen Sie mal, Ihre Tochter steckt sich Schwermetalle, Cadmium und Blei in den Mund. Das ist ungesund!«

Mit matter Stimme murmelte Gertraud: »Lass das, Eulalia, das ist giftig. Gib der Mama die Schnitzelchen.«

Brav sammelte Eulalia-Sophie das Papier ein und schob das Häuflein über den Couchtisch zu ihrer Mutter.

»Er wollte auch das Kind adoptieren – damit es einen angemessenen Platz in unserem Gläsernen Vilstal findet«, murmelte Gertraud und strich der Kleinen über den Kopf.

»Im Gläsernen Vilstal?« Franziska hob die Brauen. »Was ist denn das?«

»Das war seine Leidenschaft«, erklärte Gertraud. »Ohne die hätten wir uns niemals kennengelernt. Das hat uns miteinander verbunden.«

Sie wurde ein wenig ruhiger. Es schien ihr gutzutun, über Günther zu sprechen. Franziska ließ sie reden und wunderte sich über all die Einzelheiten, die Gertraud zu berichten wusste. Als habe sie jedes Detail dieser Beziehung, jeden Satz, den Günther gesagt hatte, in ihrem Gedächtnis gespeichert.

»Seine Arbeit am Gläsernen Vilstal hat damit angefangen, dass ihm alte Tagebücher in die Hände gefallen sind«, berichtete Gertraud. »Ihn hat interessiert, wer mit wem verwandt ist – und zwar nicht nur auf dem Papier, sondern auch vom Blut her. Im Grunde genommen ist das ein einziger riesiger Stammbaum, und wir alle sind irgendwie miteinander verwandt. Dem Günther seine Aufzeichnungen beginnen vor etwa tausend Jahren. Weiter zurück konnte er nicht in der Geschichte.« Sie stand auf. »Warten Sie einen Moment.« Kurz darauf kam sie mit einem Kärtchen zurück. »Schaun Sie, das ist seine Visitenkarte, das war sie.« Erneut begann sie zu weinen und ließ sich wieder auf das Sofa fallen.

Beeindruckt studierte Franziska die zahlreichen Tätigkeitsbereiche des Dr. Günther Hellmann. »Donnerwetter, das alles hat er noch neben seinem Beruf als Bibliothekar gemacht?«

Gertraud nickte stolz.

»Und hat er viel hier in der Gegend geforscht?« Franziska hatte plötzlich das Gefühl, dass diese Nebenbeschäftigung des Ermordeten etwas mit seinem Ableben zu tun haben könnte.

»Na, der letzte Fall war im Sommer oder vielleicht schon im Mai?« Sie sah ihre Tante fragend an. Die hob die Schultern. »Ist ja auch egal, aber da hat er sich gewundert, denn so einen Auftrag hatte er noch nie, und er hat noch erzählt, dass sich gerade in diesem Fall sein Gläsernes Vilstal bezahlt gemacht hat.«

Franziska horchte auf. »Inwiefern?«

»Na ja, als er mir erzählt hat, wer da bei ihm angefragt hat, wusst ich sofort, dass das nur die Martha Moosthenninger sein kann. Die war ja so was von verrückt wegen dieser Quelle auf dem Brunnerhof und wollte um jeden Preis verhindern, dass der Malwine ihr Anwesen an die Gemeinde und somit an den Waldmoser fällt. Und deshalb hat sie ihn um die Erforschung von irgendwelchen Verwandtschaftsverhältnissen gebeten.«

»Und hat er ihr helfen können?«, fragte Franziska.

»Der Günther konnte allen helfen.« Tränen traten ihr in die Augen. »Nur sich selbst nicht.«

»Und was ist herausgekommen?«

Gertraud hob die Schultern. »Das weiß ich nicht. Er wollte nicht darüber sprechen. Ab und zu ist ihm was rausgerutscht, das war ihm schon peinlich genug. Deshalb hab ich auch nie nachgefragt.«

»Kind, beruhige dich«, sagte Charlotte und griff eigenartig hilflos nach der Hand ihrer Nichte. »Glaub mir, alles wird wieder gut.«

»Das ist nicht wahr. Nichts wird wieder gut«, heulte Gertraud auf und schluchzte hemmungslos.

»So, Herr Bürgermeister, kaum sieht man sich ein Jahr lang nicht, schon bin ich wieder da.« Bruno versuchte sich an einem Grinsen.

»Bei unserem letzten Fall hab ich Sie gar ned g'sehn.«

Markus Waldmoser erinnerte sich. »Den hat Ihre Kollegin mit unserer Hilfe dann ja auch sehr schnell lösen können.«

»Auch unsereiner macht mal Urlaub. Aber jetzt bin ich wieder da und würde gerne mit Ihnen die Liste Ihrer Treiber durchgehen. Die hatten Sie ja schon an Frau Hausmann gemailt.«

»Kein Problem. Kommen Sie rein.«

Waldmoser führte den jungen Kommissar an dem gläsernen Gewächshaus vorbei.

»Das steht hier auch noch nicht so lange, oder?«, bemerkte Bruno.

»Mei!« Der Bürgermeister schüttelte den Kopf. »Das war vielleicht ein G'schiss mit dem Trumm hier. Es ist meiner Elise nämlich im Traum erschienen. Eines Morgens sitzt sie aufrecht im Bett und sagt: ›Du, die Agnes will, dass wir ein Gewächshaus baun, ein gläsernes, und darin Kräuter und exotische Gewürze züchten. Und die Agnes sagt auch, wenn wir das machen, dann ruht da ein Segen drauf. Dann wird der Bua eine gute Partie machen, und zu seiner Hochzeit muss ich Lilien züchten.‹ Daraufhin hab ich gesagt: ›Das mit der Agnes ist mir wurscht.‹ Und da ham mir uns zum ersten Mal in unsrer Ehe richtig g'stritten. Sie wollte nicht mal mehr für mich kochen. Als ich das dem Döhring erzählt hab, der ja Vizepräsident von meinem Fußballverein ist, hat der gesagt, er kennt eine Gärtnerei, die grad in Insolvenz gangen ist und bei ihm sakrisch viel Schulden hat und dass es für ihn kein Problem ist, da mal ein kleines Treibhaus zu organisieren. Und seitdem steht das Ding hier, und ich krieg wieder was zu essen, und der Bua hat sich tatsächlich in die Enkelin des Grafen Narco von Landau verliebt – und was noch besser ist, sie sich auch in ihn. Vielleicht ist an der Agnes ja doch was dran!«

»Darf ich mal reinschauen?«

»Na klar, wenn S' wollen.«

In dem Glaskasten herrschte tropische Wärme. Entlang der gleißenden Außenwände blühten Oleanderbüsche und Engelstrompeten. Auf hölzernen Tischen warteten unendlich viele mit Hinweisschildchen versehene Schalen auf die Hausfrau, die, so erklärte es Markus Waldmoser, die Setzlinge auf Geheiß von der Agnes des Nachmittags mit klassischer Musik zu beschallen und mit Wasser zu bestäuben hatte. Überall standen Sprühflaschen.

»Erinnert mich ein bisschen an das Treibhausatelier der Binder«, sagte Bruno und sah sich anerkennend um. »Zumindest ist es bei der auch so heiß.«

»Aber bei uns gibt's vernünftigere Sachen als der ihre damische Kunst«, widersprach Waldmoser, und es klang so, als sagte er diesen Satz nicht zum ersten Mal. »Bei uns gibt's Salat und Kräuter, weiße Lilien und exotische Früchte – schauen S' mal, hier hat meine Elise einen echten Feigenbaum stehen und da einen Olivenbaum und das hier ist ein Granatapfel.«

Bruno überlegte kurz, ob er einwenden sollte, dass Kunst und Natur ja wohl schwerlich miteinander verglichen werden konnten, beschloss dann aber, das Thema Ilse Binder und ihre Skulpturen lieber nicht weiter zu vertiefen. Vor ein paar Jahren war Bürgermeister Waldmoser in fast allen Zeitungen der Republik und sogar in den Fernsehnachrichten erwähnt worden, weil er im Rahmen der Aktion »Unser Dorf soll schöner werden« in einer Nacht-und-Nebel-Aktion sämtliche Kunstwerke der Bildhauerin und Kunstprofessorin Ilse Binder aus deren Vorgarten hatte entfernen und ins Feuerwehrgerätehaus einschließen lassen. Er war als Banause des Jahres in die Geschichte eingegangen und würde sicher nicht gerne an diesen peinlichen Vorfall erinnert werden.

»Wissen S', meine Frau macht inzwischen ihre ganzen Geschenke aus eigenem Anbau – so gesehen hat sich die Anschaffung des Gewächshauses auf jeden Fall rentiert, auch wenn ich nicht versteh, warum die Agnes da oben grad uns beim Sparen unterstützen will.« Er lachte ein wenig zu laut. »Sodala. Und hier liegt noch unsere gestrige Strecke. Deswegen sind Sie ja extra gekommen, oder? Um zu sehen, was wir alles gejagt haben. Aber das sag ich Ihnen gleich, und Ihrer Chefin hab ich's auch schon gesagt, den jungen Mann da in der Einfahrt von der Rücker, also den haben wir nicht erlegt.«

Bruno blieb unbeeindruckt. »Die Leute mit dem Jagdschein haben wir schon überprüft, und die meisten davon sind uns ja nicht nur namentlich bekannt, aber können Sie mir vielleicht noch Näheres zu den Treibern sagen? Da bräuchte ich die Adressen und vielleicht auch ganz kurz Ihre Einschätzung. Sie sind doch ein guter Menschenkenner, könnt ich mir vorstellen.« Bruno log, ohne rot zu werden.

Stolz strahlte Markus Waldmoser ihn an. »Ja, logo, da nehmen wir doch am besten gleich alle durch, alle miteinand. Wollen S' vielleicht einen Kaffee, Herr Kommissar?«

»Da sag ich nicht Nein.«

Kaum hatten sie das Haupthaus betreten, da rief Waldmoser schon: »Elise, machst uns einen Kaffee, bittschön!« Dann führte er seinen Besucher ins Wohnzimmer.

»Eigentlich haben alle Mannsbilder aus dem Dorf an der Jagd teilgenommen«, verkündete Waldmoser stolz. »Die Jungen und die Alten. Bei uns ist das Brauch, weil so etwas die Leut halt auch zusammenschweißt. Wie nennt ihr das? Ein Event – oder? Bei uns heißt das noch ganz normal Treibjagd. Na ja, ist eh wurscht. Nur der Schmiedinger Leopold hat gesagt, er will lieber nicht mitkommen, weil er schon in dem Gefängnis, wo er so lang gesessen hat, also da drüben in Straubing, oftmals Angst um sein Leben gehabt hat, und er hat gemeint, wer weiß, ob nicht doch noch irgendeiner dabei ist, der meint, er müsse ihm eine Garbe Schrot auf den Pelz brennen.«

Leutselig tippte der Bürgermeister Bruno Kleinschmidt an die Schulter und wies auf einen der braunen Ledersessel: »Setzen Sie sich doch. Wissen S', wenn ich ehrlich bin, ist mir das dann auch ganz recht gewesen, weil, so richtig hätt der zu meiner Truppe ned gepasst, ist ja auch dieser Dr. Maronna von der Autofabrik dabei, aber fragen muss man ja wohl, sonst heißt's wieder, man grenzt bestimmte Teile der Bevölkerung aus und fühlt sich über die Unterschicht erhaben. Sogar den Schmiedinger Adolf hab ich gefragt, auch wenn ich weiß, dass der am Samstag immer Dienst hat. Bin hingegangen und hab ihn freundlich eingeladen, und wissen S', was dann passiert ist?«

Bruno schüttelte den Kopf.

»Da schiebt der mir doch einfach so den Zwacklhuber Pirmin unter, obwohl der bis vor Kurzem noch gar nicht zu unserer Gemeinde gehört hat. ›Der vertritt mich würdig, gell, Pirmin, das machst! Ist gar ned gut, wennst immer nur daheim hockst und studierst, du musst auch amal an die frische Luft.‹ Der Schmiedinger Adolf hat sich nämlich mit der Zwacklhuber Frieda zusammengetan. Das ist doch echt ein Ding, oder? Hartz-IV-Empfängerin wird Polizeiobermeistersgattin. Was sagen Sie dazu?«

»Das freut mich für den Pirmin. Wenn er sogar studiert, heißt das ja auch, dass er nicht mehr säuft. Was für ein Glück!«

Der Bürgermeister zuckte zusammen und fuhr dann fort: »Zur Jagd ist der Pirmin aber nicht gekommen. Weil er ein Pazifist ist, wie er sagt. Pazifist, das sagen alle, die zu blöd sind, um eine Waffe zu halten.«

»Die, die eine Waffe gehalten haben, sind schon überprüft«, sagte Bruno. »Jetzt sollten wir endlich mal über die Treiber reden. Also, wer war dabei? Ich höre.« Er legte sein Aufnahmegerät in die Mitte des Kaffeetischs.

Elise Waldmoser kam herein und stellte eine Thermoskanne mit Kaffee auf den Tisch. »Der Sonntagskuchen ist noch im Ofen«, murmelte sie in Richtung ihres Mannes und wandte sich höflichkeitshalber an Bruno. »Müssen Sie auch am Wochenende arbeiten, Sie Armer?«

»Aber wenn der Kuchen fertig ist, bringst uns schon ein Stückerl, gell?«, vergewisserte sich der Bürgermeister.

Sie nickte.

»Und Sie verarbeiten grad das Wild?«, wandte Bruno sich an die Frau des Bürgermeisters.

Elise zuckte zusammen. »Ist das etwa verboten?«

»Ganz schön viel Arbeit«, merkte Bruno an. »Mit dem Wild und dem Treibhaus haben Sie ja volles Programm. Da ist es Ihnen vielleicht gar nicht so recht, wenn die ganze Strecke bei Ihnen landet.«

Elise Waldmoser biss sich auf die Lippen und wich einen Schritt zurück.

»Wollen Sie vielleicht einen kleinen Hasen?«, bot der Bürgermeister an und wandte sich an seine Frau: »Geh, Spatzerl, zieh doch einem von den Hasen schnell mal das Fell über die Ohren, und pack's dem Kommissar ein. Dann hat der auch einen Sonntagsbraten.«

Kapitel 10

Martha Moosthenninger war an diesem Montag bereits um sechs Uhr dreißig in der Früh aufgestanden und hatte sich gleich an die Frühstücksvorbereitungen gemacht. Man wusste ja nie, wann die erste Mahlzeit des Tages beim Bischof oder innerhalb des Klosters eingenommen wurde, und sie hatte vergessen, bei ihrem Gast nachzufragen.

Um Punkt sieben erschien Ägidius Alberti. Hohlwangig und mit großen hungrigen Augen.

»Gibt's schon Frühstück?«

»Natürlich.« Sie strahlte ihn an. »Wie haben Sie geschlafen?«

»Geht so.« Er zog die Stirn kraus und sah mürrisch an ihr vorbei.

»Setzen Sie sich doch.« Sie wies auf einen Stuhl und kam eilfertig mit der Kaffeekanne. »Mein Bruder müsste auch gleich kommen. Er braucht morgens immer a bisserl länger. Ist halt auch nicht mehr der Jüngste.«

Ägidius schwieg. Er war überhaupt nicht besonders gesprächig, hatte Martha festgestellt. So hatte er beim gestrigen Abendbrot ziemlich einsilbig auf Wilhelm Moosthenningers Fragen geantwortet, und Marthas Bruder hatte immer finsterer vor sich hin gestarrt und später ihr, seiner eigenen Schwester, die bittersten Vorwürfe gemacht: »Was quartierst du den einfach hier ein? Wir wissen doch gar nicht, was das für einer ist. Möglicherweise ist das mit der Heiligkeit von deiner Agnes nichts als ein Vorwand, und der ist gekommen, um mich auszuspionieren. Und du lässt ihn auch noch hier wohnen! Ja, denkst du denn gar nicht mit?«

Nie zuvor war Martha so erschrocken gewesen. Betroffen wollte sie wissen: »Ja, hast du denn was zu verbergen?«

»Nein, natürlich nicht. Trotzdem!« Und er war an diesem Abend nicht wie sonst jeden Sonntag in den Blauen Vogel gegangen, sondern hatte sich in sein Büro zurückgezogen, um seine Kirchenbücher zu schreiben. Und genau diese Auskunft sollte sie dem Agenten des Bischofs geben, falls der nach ihm fragte.

Aber Ägidius hatte nicht gefragt.

Martha beobachtete ihren Gast, der eine frisch aufgebackene Frühstückssemmel dick mit Butter und Käse bestrich und schweigend in sich hineinstopfte. Ein Blick auf den Brotkorb verriet ihr, dass das schon seine zweite Semmel sein musste. Sie gönnte sie ihm, wusste aber gleichzeitig, dass Wilhelm wütend sein würde, wenn er nicht auch seine zwei Frühstückssemmeln bekam, und sie hatte nur vier aufgebacken. Schnell schaltete sie den Backofen wieder ein und legte weitere vier Brötchen nach. Solange dieser Mann bei ihnen zu Gast war, würde sie kochen, als habe sie sechs Personen zu versorgen. Während sie diesen Entschluss fasste und in Gedanken ihr Haushaltsgeld überschlug, lehnte sie sich gegen den Backofen und lächelte das junge Bürscherl schüchtern an.

Vielleicht hatte der ja eine Art Schweigegelübde ablegt oder zumindest ein halbes – wenn es denn so etwas gab. Und da er gestern Nachmittag schon so viel mit ihr geredet hatte, waren gegen Abend alle Worte verbraucht gewesen.

Sie beschloss, ihn heute nicht mit Fragen zu behelligen. Das Reden könnte sie ja übernehmen. Für sie beide. Er sollte sich erst einmal ein wenig einleben. Und wie exakt sie seinen heutigen Tag verplant hatte, würde sie ihm auch erst nach dem Frühstück verkünden. Eins nach dem anderen.

In aller Ruhe griff Ägidius Alberti nach der dritten Semmel. Er sah nun schon etwas zufriedener aus.

An diesem Montag klopfte es um genau neun Uhr an der Bürotür von Franziska Hausmann und Bruno Kleinschmidt.

»Ja, herein?«, rief Franziska.

Als die Klinke heruntergedrückt wurde, eroberte als Erstes der Beagle Joschi den Raum. Ihm folgte Meinrad Hiendlmayr, der nicht mehr ganz so blass aussah wie am vergangenen Freitag und der Kommissarin verhalten zunickte. Er trug eine abgewetzte braune Aktentasche unterm Arm.

Bruno, der gerade damit beschäftigt war, sein Aufnahmegerät zu installieren und an die Lautsprecherboxen des Computers anzuschließen, verdrehte demonstrativ die

Augen und zischte seiner Kollegin zu: »Für deinen völlig haltlosen Brunner-Verdacht haben wir nun wirklich keine Zeit. Du musst dir meine Aufnahmen von gestern anhören. Also, schick ihn weiter. Ich will mit dir über die Treiber sprechen und auch über die Fingerabdrücke an den Gewehren der Jäger. Da hab ich eine neue und durchaus interessante Theorie. Und glaub mir, das alles hat absoluten Vorrang.«

»Eins nach dem anderen.« Franziska warf ihrem Kollegen ein galantes Lächeln zu und wandte sich an den Besucher: »Herr Hiendlmayr, wie schön, dass Sie kommen konnten!« Sie reichte ihm die Hand.

»Ich hab alle Unterlagen dabei, die Sie wollten«, sagte Meinrad. »Und wenn Sie die gesehen haben, erzählen Sie mir bittschön, was mit der Malwine ist.«

»Nichts ist mit der«, fuhr Bruno dazwischen. »In dem Alter kommt es halt schon mal vor, dass man sich überanstrengt. Sie war ja nicht mehr die Jüngste, Ihre Malwine.«

»Sie war erst achtundsechzig«, murmelte Meinrad.

Die Kommissarin wies auf den Besucherstuhl: »Jetzt setzen Sie sich erst mal. Und dann schauen wir uns an, was Sie mitgebracht haben.«

Demonstrativ verließ Bruno den Raum.

»Die Frage ist nur, ob das geheime Tagebuch einer Hebamme wirklich beweist, dass Sie der uneheliche Sohn von Andreas Harbinger sind«, sagte Franziska, nachdem sie die kopierte Seite studiert hatte.

Meinrad hielt ihr seinen Arm hin: »Dann zapfen Sie mir doch Blut ab. Noch können Sie es mit dem von Malwine abgleichen, der Letzten, in der Harbingerblut floss. Nicht dass Sie denken, ich sei so scharf darauf, zu dieser Sippe zu gehören. Wer so lange wie ich nirgendwohin gehört hat und sich alles selbst erkämpfen musste, der hat das Überleben gelernt.« Er schwieg einen Moment und biss sich auf die Lippe. Dann suchte er ihren Blick. »Wissen Sie, was ich gestern gemacht hab?«

Franziska schüttelte den Kopf.

»Ich war bei der Kiesgrubenbesitzerin Angelika Kalkhölzl, also bei der Frau, mit der mein leiblicher Vater verheiratet war.«

»Warum?« Franziska runzelte die Stirn.

»Es war an der Zeit«, antwortete er mit auffällig ruhiger Stimme. »Malwine hat es nicht gewollt. Sie wollte es einfach noch ein bisschen für sich behalten, dass ich ihr Neffe bin. Sie wollte mich wohl mit niemandem teilen. Aber jetzt ... auf jeden Fall bin ich gestern zu ihr.«

Franziska sah ihm an, dass ihm diese Geschichte auf der Seele brannte. »Wollen Sie mit mir darüber reden?«

»Haben Sie denn noch Zeit?«

»Die nehm ich mir. Also, wie war die Begegnung?«

»Schrecklich. Wissen Sie, von Malwine und Martha hab ich ja schon viel über sie und natürlich auch über meinen Vater gehört. Die Martha Moosthenninger kennt sich in sämtlichen Dorfgeschichten aus – man könnte fast den Eindruck haben, dass ihr Bruder es mit dem Beichtgeheimnis nicht ganz ernst nimmt. Was natürlich so nicht stimmen kann, denn sie hat uns glaubhaft versichert, dass sie das alles auf ihren monatlichen Teekränzchen und bei den Vorbereitungen zu Wohltätigkeitsveranstaltungen erfahren hat. Ich erinnere mich noch ganz genau, wie wir eines Abends, etwa vier Wochen nachdem ich bei Malwine eingezogen war, bei offenen Fenstern in der Küche saßen. Und da haben mir Malwine und Martha die Geschichte meiner Entstehung erzählt. Aus ihrer Sicht, vielleicht auch aus der Sicht anderer Dorfbewohner.«

Und so erfuhr Franziska an diesem Vormittag, dass Andreas Harbinger, Malwines jüngerer Bruder, mit Anfang zwanzig auf Brautschau gegangen war und schließlich Angelika, das einzige Kind eines Kiesgrubenbesitzers, geheiratet hatte. Malwine war damals schon dem Bauern Hannes Brunner versprochen worden, ihre ältere Schwester Agnes ging in die Stadt, um Krankenschwester zu werden und sich einen Professor an Land zu ziehen – was ihr aber offensichtlich nicht gelungen war –, und der gesamte Hof und alle Ländereien der Harbingers waren an Malwines ältesten Bruder gefallen, den Erstgeborenen.

»Ich glaub, die Angelika hat der Andreas vor allem wegen dem Geld geheiratet«, hatte die Moosthenningerin bemerkt. Meinrad hatte fragend zu Malwine gesehen, die versonnen genickt hatte. »Geld, die hatte richtig viel Geld«, sagte sie. »Für Andreas war das ein gewichtiges Argument. Aber ein bisserl gemocht hat er sie schon auch.«

Die Ehe war kinderlos geblieben, was unter anderem wohl daran lag, dass die Kiesgrubenerbin ebenso hart und herzlos war wie die auf den hauseigenen Deponien lagernden Steine.

Glücklicherweise war der Harbinger Andreas kein Kind von Traurigkeit und hatte im Lauf der Zeit eine Perfektion darin entwickelt, die regelmäßig auf ihn niederprasselnden Gardinenpredigten seiner Frau nicht nur gelassen zu ignorieren, sondern sogar in freundlichere Bahnen umzulenken. Zwölf Jahre lang hatte er im Windschatten seiner kalten Frau sein Leben genossen und aushäusig ein Feuer nach dem anderen entfacht und dabei nichts ausgelassen, wie man zu sagen pflegte, bis ihm irgendwann sein Schicksal begegnet war. Es trug den Namen Beate, war exakt halb so alt wie er, dafür aber zwanzig Zentimeter größer.

Kennengelernt hatte er die siebzehnjährige Hiendlmayr Beate beim Volksfest im Schlosspark von Adlfing. Sie kam aus dem vierzehn Kilometer entfernten Simbach. Es musste wohl wirklich die ganz große Liebe gewesen sein, die den Harbinger Andreas wie ein Naturereignis erwischte und ihn all seine Prinzipien und sämtliche Hintertürchen vergessen ließ. So versprach er ihr die Ehe und schenkte ihr einen goldenen Ring, in dessen Innenseite ein ewiges Treueversprechen eingraviert war. Der Harbinger Andreas redete von Scheidung und Neuanfang, und im Rausch eines ungeahnten Glücks beschloss Beate Hiendlmayr, die Frucht ihres Leibes auszutragen und zur Welt zu bringen.

Klar, dass sich die Frau mit dem Herzen aus Stein dieser Entwicklung im Leben ihres Mannes widersetzte. Sie sperrte all seine Konten, verbot ihm das Haus, nahm ihm sämtliche Schlüssel, auch die der Privatwagen und der Kieslaster, ab und machte ihn zum Gespött der Gemeinde. Er besaß nicht einmal mehr so viel Geld, dass er sein abendliches Bier im Blauen Vogel bezahlen konnte.

Und dennoch wähnte er sich vier lange Monate im Glück. Dann erst vermisste er seine Bequemlichkeit und die bis dato reichlich fließenden Mittel und machte sich zum ersten Mal in seinem Leben Gedanken darüber, ob und wie er seine neue Familie ernähren könnte.

Im Gegensatz zu anderen Frauen blühte Beate während ihrer Schwangerschaft nicht auf. Sie wurde auch nicht schöner. Sie bekam Pickel, fettige Haare und watschelte auf eine Art über die Straßen, die an überfütterte Mastgänse kurz vor Martini denken ließ. Ihr Bauch machte ihr Angst, und sie hielt sich an dem goldenen Ring ihres Liebsten fest, als verheiße der Rettung. Ihr ganz persönlicher Rettungsring. Sie fühlte sich hässlich und nichtswürdig. Den Harbinger Andreas dagegen ereilte angesichts seiner immer näher rückenden Vaterschaft ein erstaunliches Gefühl der Verantwortung. Mit jedem neuen Menschen würde eine neue Welt geschaffen, pflegte er begeistert zu verkünden und sich aufzuführen, als sei ausgerechnet sein Kind zur Rettung der Welt ausersehen. Er zweifelte nicht eine Sekunde daran, dass es ein Bub werden würde. Und der sollte Meinrad heißen.

Aber dann kam die Frau mit dem steinernen Herzen

und sagte: »Ein Kind machen kann ein jeder, aber einen Hof führen und klug wirtschaften, das ist die Kunst. Und wenn du mit der Schlampen zusammenziehst und dich scheiden lässt, so siehst du keinen einzigen Pfennig mehr und kannst schaun, wo du bleibst. Dann ist der Ofen aus. Und zwar für immer. Und in der Hölle wirst auch dereinst schmoren!«

Fatalerweise hatte ihm am Abend zuvor auch noch Kreszentia, die Wirtin des Blauen Vogels, die Monatsrechnung präsentiert. Knapp neunzig Mark.

»Her mit dem Geld, ich muss auch sehn, wo ich bleib«, hatte sie gesagt und die Hände in die Hüften gestemmt.

Im Gastraum war es still geworden.

Obwohl er wusste, dass er grad noch eine Mark vierunddreißig besaß, griff Andreas souverän in seine Hosentasche, holte den Geldbeutel hervor, öffnete ihn und tat verwundert: »Ja, Kruzifix, wo ist denn das ganze Geld geblieben?«

»Jetzt tu doch ned so, als hättest noch was. Wie willst mich je bezahlen? Deine Frau steht nicht mehr für dich grad«, hatte Kreszentia mit eisiger Stimme festgestellt. »Wenn du deine Rechnung ned binnen einer Woch begleichst, gibt's Lokalverbot.«

Bis dahin hatte er nicht gewusst, was Scham ist und wie sehr man sich schämen kann.

Er spürte die Blicke der anderen. Eisigen Speerspitzen gleich glitten sie ihm unter die Haut und ließen ihn frösteln.

»Für neunzig Mark hat er mich verraten«, sollte Beate der Hebamme anvertrauen, und die wiederum vermerkte diese Aussage in ihrem Tagebuch. »Für lumpige neunzig Mark.« Der Harbinger Andreas ging zurück zu seiner Frau und versprach seiner Geliebten: »Ich sorg für euch, versprochen. Sag dem Kind, dass ich ein lieber Onkel bin. Du kriegst auch jeden Monat Geld.«

Aber Beate wollte keinen Onkel für ihr Kind. Sie wollte eine Familie. Voller Bitternis vertraute sie der Hebamme an, dass sie sich zu jenen Unglücklichen zählte, die immer genau das ereilt, was sie am meisten fürchten.

Das alles wusste Meinrad Hiendlmayr zu erzählen, und als Franziska fragte, wie es denn mit dieser Geschichte weitergegangen war, berichtete Meinrad das, was er von seiner Tante erfahren hatte, nämlich dass die Frau mit dem steinernen Herzen nie wieder ein Wort mit ihrem Mann gewechselt haben soll, er aber bei ihr bleiben musste. Bis zu seinem Tod. Und der kam ziemlich schnell.

»Sehen Sie«, sagte Meinrad und wies auf den Registerauszug des Kleinöder Geburts- und Sterberegisters. »Er wurde nicht einmal vierzig.«

»Das bedeutet, dass Ihre Mutter nicht gerade lange von ihm unterstützt wurde«, stellte Franziska nachdenklich fest.

Meinrad nickte. »Aber nicht wegen des fehlenden Geldes ist ihr Leben aus dem Ruder gelaufen, sondern weil sie es nie verwunden hat, dass sie so enttäuscht wurde. Sie wollte mit ihm alt werden, immer mit ihm zusammen sein. Als ich noch ein Kind war, hat sie mir jeden Abend davon erzählt. Manche Kinder bekommen Gutenachtgeschichten vorgelesen und Märchen mit Happy End. Doch bei der Geschichte, die meine Mutter mir erzählte, wusste ich immer schon um ihren tragischen Ausgang, Tag für Tag, Abend für Abend. Was hätte ich als Kind dafür gegeben, einmal ein anderes Ende zu hören oder, besser noch, zu erleben. Einen Vater zu haben!« Er seufzte.

Franziska schluckte. Sie konnte sich diese Kindheit gut vorstellen. »Das hört sich nicht gerade rosig oder gar nach heiler Welt an.«

»Vielleicht bin ich deshalb zur Witwe meines Vaters gegangen, um ihr das vorzuwerfen«, murmelte Meinrad nachdenklich. »Als kleiner Junge hab ich immer gedacht, irgendjemand hat all dieses Unglück zu verantworten, einer trägt die Schuld. Und als ich dann in diesem Sommer von der Kalkhölzl erfuhr, dachte ich, ich fahr zu ihr, beschimpfe sie und zahl ihr alles heim. Aber das ist gar nicht mehr nötig.«

Franziska spürte, wie sich ihr die Haare aufstellten. »Was?« Sie erschrak vor ihrer eigenen Frage. »Haben Sie ihr was angetan?«

»Nein, ich habe ihr nichts getan.« Meinrad lächelte bitter. »Das macht sie schon selbst. Sie säuft. Meine Mutter hat sich die Welt schön getrunken, die da aber trinkt, um sich systematisch zu vernichten. Komisch, der Alkoholismus ist das Einzige, was diese Frauen gemeinsam haben und was sie zerstört. Der Alkohol – aber vielleicht auch dieser Mann, der mein Vater war. Ich weiß es nicht. Jedenfalls hat sie sofort gewusst, wer ich bin. Als hätte sie mich beobachtet, all die Jahre lang. Und sie hat mich mit einem Blick angesehen, nein, den kann ich gar nicht beschreiben. Nicht mal böse, sondern eher verwundert – als wäre ich ein Außerirdischer. Und sie schien Angst zu haben. Angst vor mir!«

»Hat sie was gesagt?«

»›O Gott‹, hat sie gemurmelt. ›O Gott, o Gott‹. Es war Mittags um zwei, und sie war so betrunken, dass sie nicht einmal mehr gerade stehen konnte. Und wissen Sie was? Auf einmal hat sie mir leid getan. Trotz allem. Das hab ich dann wiederum so unheimlich gefunden, dass ich gehen musste. Und ich hab mir gedacht: Auf mich wartet wenigstens ein Hund. Auf die aber niemand.« Er seufzte. »Das war's schon, ich brauchte nur jemanden, dem ich das erzählen konnte. Danke fürs Zuhören, Frau Hausmann.«

Dann wies er auf das vor ihnen liegende Papier. »Schauen Sie, die Kalkhölzl Angelika, die hat mir der Dr. Hellmann auch noch in meinen Stammbaumausschnitt reingemalt. Aber von der geht kein Strich weg. Denn mit der ist dann Schluss, keine Nachkommen. Eine ganze Dynastie von Kiesgrubenbesitzern – aus die Maus. Das war's dann.« Er wies auf die Zeichnung und rieb sich die Nase. »Hätte sie mich akzeptiert, gäb's wenigstens einen Erben. Aber was sollte ausgerechnet ich mit Kies?«

»Hellmann, Dr. Günther Hellmann? Sie kennen ihn?« Franziska hatte sich gerade hingesetzt und fixierte ihr Gegenüber.

»Ja.« Meinrad nickte. »Die Martha hat ihn aufgetan. Wirklich bewundernswert, was er da auf die Beine stellt. Wissen Sie, der erforscht nämlich die Geschichte des Vilstals. Im Rahmen dieser Forschung hat er wohl auch alle Verwandtschaftsverhältnisse in einem riesigen Stammbaum festgehalten. Der ist angeblich so groß, dass alle vier Wände seines Arbeitszimmers damit überzogen sind.«

»Angeblich? Sie haben ihn also noch nicht gesehen?«

»Nein. Und so wie ich ihn verstanden habe, zeigt er ihn auch besser niemandem.«

»Warum nicht?«

»Zu brisant. Schauen Sie mal.« Meinrad wies auf die Kopie aus dem Tagebuch der Hebamme seiner Mutter. »Bis ungefähr 1850 hat er sich nur an die Kirchenbücher und die Aufzeichnungen aus der Gemeinde halten können. Aber dann sind ihm immer mal wieder Aufzeichnungen von Hebammen in die Hände gefallen. Weil er der Bibliothekar ist, sind die Dinger halt bei ihm gelandet. Er hat gleich gewusst, was für einen Schatz er da in Händen hält. Dadurch wird sein Gläsernes Vilstal noch durchsichtiger. ›Sie können sich nicht vorstellen‹, hat er mal gesagt, ›was für ein Pulverfass das ist. Damit muss man ganz vorsichtig sein.‹ Deshalb hat er auch nur auf Anfrage Informationen weitergegeben, andernfalls könnt es Mord und Totschlag geben, so, wie da die Erbfolgen durcheinandergeraten. Ein toller Typ ist das, der Hellmann Günther. Wenn der nicht wär, hätt ich die Malwine nie kennengelernt.«

»Na endlich, was höre ich denn da! Den Namen Günther Hellmann! Jetzt kommt ihr also doch zur Sache. Waren Sie auch bei der Jagd?« Bruno Kleinschmidt hatte beim Betreten des Büros Meinrads letzten Satz gehört und baute sich jetzt vor ihm auf. Der Hund knurrte leise.

»Dieser unsägliche Bürgermeister hatte mich tatsächlich als Treiber eingeladen«, erwiderte Meinrad Hiendlmayr kopfschüttelnd. »Aber ich bin natürlich nicht hingegangen. Ich hab ihm gesagt, dass Malwine meine Tante ist und dass ich jetzt da oben im Brunnerhof wohn, und schon ist er so komisch freundlich geworden und hat was von Gemeinde und Zusammenhalt geredet und dann von dieser Jagdgesellschaft. Dass ich zu der nun auch dazugehören würde.«

»Also wissen Sie noch nicht, was passiert ist?«, hakte Bruno nach.

»Nein, wieso?« Meinrad wirkte etwas erschrocken.

»Dr. Günther Hellmann ist Samstagabend erschossen worden«, erklärte Franziska. »Mitten in Kleinöd. Direkt vor dem Haus seiner Verlobten.«

Meinrad wurde blass und starrte sie an. »Das kann nicht sein. Ich kann das nicht glauben.«

»So ist es aber.« Bruno ließ sich in seinen Schreibtischsessel fallen und holte tief Luft. Franziska roch, dass er draußen vor der Tür mindestens zwei Zigaretten geraucht hatte. Immer wenn sie diese Witterung aufnahm, hatte sie ein schlechtes Gewissen. Bruno hatte genau zu der Zeit mit dem Rauchen begonnen, als sie damit aufhörte. Später hieß es dann, sie sei in der Phase so finster drauf gewesen, dass es eigentlich niemand mehr mit ihr aushalten konnte. Vermutlich hatte sich Bruno vor ihr in die Nikotinsucht geflüchtet. Immer wenn er vom Rauchen kam, musste sie daran denken. Und immer hatte sie ein schlechtes Gewissen.

»Wann haben Sie Günther Hellmann denn zuletzt gesehen?« Franziskas Kollege schien sich auf die Rolle des bösen Polizisten einzuschießen. Dabei passte das gar nicht zu ihm. Dazu war er viel zu elegant und gesittet.

»Das ist schon lange her«, antwortete Meinrad höflich. »Irgendwann im Frühsommer. Noch bevor ich zur Malwine gezogen bin. Wissen Sie, ich wollte mir wirklich ganz sicher sein. Nicht dass ich mein Haus verkaufe, mich auf dem Brunnerhof wohlfühle, und dann muss ich doch wieder weg. Ich bin nun mal ein vorsichtiger Mensch.«

Er beugte sich hinunter und streichelte den Hund.

Als Meinrad und Joschi gegangen waren, gab Franziska ihrem Kollegen eine Kurzfassung des Gesprächs und berichtete ihm vom Projekt des Gläsernen Vilstals. Nachdenklich suchte Bruno in der Brusttasche seines dunkelbraunen Lederjacketts erneut nach den Zigaretten, klopfte eine von ihnen profihaft gegen seinen Handrücken, vielleicht um den Tabak darin in Form zu bringen, und stellte dann klar: »Dir ist schon bewusst, dass mit diesen Informationen die Halber Gertraud ins Spiel kommt, oder? Denn sie könnte schuldig am Tod ihres Verlobten sein, selbst wenn sie nicht selbst die Waffe in der Hand gehalten hat.«

»Du spinnst doch.« Franziska tippte sich demonstrativ gegen die Stirn.

»Jetzt hör mir doch mal zu. Wenn jemand das Organigramm, oder wie immer du es nennen willst, des Gläsernen Vilstals nebst all seinen kryptischen Blutsbanden an der Wand des Herrn Dr. Hellmann gesehen hat, dann ist das die Halber Gertraud. Oder willst du mir etwa erzählen, dass die sich zwar seit einem knappen Jahr kennen, sie aber noch nie in seiner Wohnung war? Und wenn sie in seiner Wohnung war, dann hat sie das Wandgemälde besichtigt und sofort ihre Schlüsse gezogen.«

»Das ist aber reichlich weit hergeholt – und was für

Schlüsse sollen das denn sein? Mir hat sie gesagt, dass immer er nach Kleinöd gekommen sei. Für mich hörte es sich so an, als sei sie nie in seiner Wohnung gewesen. Aber direkt danach gefragt habe ich sie natürlich nicht.« Franziska blieb skeptisch. »Nur weil sie dir nicht sympathisch ist, muss sie nicht gleich eine hinterhältige Verräterin sein.«

»Frauen!« Bruno schüttelte den Kopf. »Mein Urteil, wie du es nennst, hat nichts mit Sympathie oder Antipathie zu tun, sondern baut auf logischem und kriminalistischem Denken auf.«

»Aha, und was sagt dir dein logischer und glasklarer Verstand?«

»Schau mal, die Gertraud und ihre Tante Charlotte, die kennen doch alle aus dem Ort, ach was, aus der ganzen Region. Und deine Gertraud hat zusätzlich auch noch bei der Zeitung gearbeitet. Da ist es doch nicht abwegig, dass möglicherweise beide die Informationen von Hellmanns Gläsernem Vilstal nutzen, um jemanden zu erpressen. Ich meine, einen Feind hat doch jeder, oder?« Er lachte. »Nein, im Ernst: Wer hat schon gern jemand Fremden an seiner Seite, mit dem er dann auch noch sein Erbe teilen muss? Einen, der aus dem Nichts kommt und dann absahnt. Um das zu verhindern, investiert man doch gern mal ein Scheinchen ...« Er hielt kurz inne. »Sag mal, Franziska, gab's da nicht schon mal einen Erpressungsfall in Kleinöd?«

Sie sah ihn lange an. »Ja, da erinnerst du mich an was. Es war bei unserem ersten Fall, oder? Aber Erpressung konnte man das eigentlich nicht nennen, eher einige mit Absendern versehene Aufforderungen, ein paar Euro von A nach B zu verschieben. Damals hatte einer aus dem Dorf in einem Fernsehquiz ziemlich abgesahnt und erhielt dann von seinen Nachbarn freundliche Briefe, in denen ihm versichert wurde, niemand würde über seinen Gewinn reden, wenn er ein paar Scheine rüberwachsen ließe. Wir sind eher zufällig darauf gestoßen. Nein, das war keine Erpressung. Für mich war das eher ein Witz. Außerdem gab es keine Strafanzeige, und die Gewinnerfamilie ist kurz darauf weggezogen.«

»Und was ist, wenn sich unsere Gertraud als Erpresserin erweist?« Er sah sie herausfordernd an.

Sie schüttelte den Kopf. »Glaub mir, da war eine derart abgrundtiefe Trauer. Die hat den wirklich geliebt. Die wollte mit ihm glücklich sein. Nichts anderes. Was wir halt alle wollen. Unsere kleine heile und geschützte Welt, bestehend aus Vater, Mutter, Kind.«

»Dabei wissen wir alle, dass es die nicht gibt«, murmelte Bruno und steckte sich endlich die Zigarette in den Mund, mit der er schon die ganze Zeit gespielt hatte. »Ich geh mal kurz rauchen. Bis gleich.«

Ägidius Alberti bestrich sich gerade zwei Scheiben Vollkornbrot dick mit Butter und Camembert und legte sie zu einem Doppeldecker zusammen, als Martha zu ihm an den Tisch trat und demütig von ihrem Gast wissen wollte: »Wie darf ich Sie denn anreden?«

»Wie ich's mit Ihrem Bruder besprochen habe«, antwortete der junge Priester wortkarg, und Martha verspürte so was wie Empörung in sich heranwachsen. Dachte der etwa, sie hätte das Frühstücksgespräch der beiden Herren belauscht? Sie schluckte ihre Entrüstung herunter. Außerdem: So leise, wie die zwei miteinander gesprochen hatten, war es unmöglich gewesen, auch nur ein einziges Wort zu verstehen. Und sie würde jede Wette eingehen, dass ihr Bruder absichtlich in diesen Flüsterton verfallen war.

»Wie Sie wissen, bin ich Mitglied eines Ordens, und alle Ordensmitglieder reden sich mit ›Bruder‹ an. Nennen Sie mich einfach Bruder Ägidius.«

»Wie Sie wünschen.« Das sollte ein wenig von oben herab klingen, aber sie wusste nicht genau, ob sie den richtigen Ton getroffen hatte. Dieser Bruder Ägidius jedenfalls ließ sich nichts anmerken und erhob sich mit gemessenen Bewegungen vom Frühstückstisch.

Fast hätte sie ihm nachgerufen: »Sie gehen nun sicher in Ihr Zimmer, um zu beten?«, verzichtete aber lieber – denn wenn er darauf geantwortet hätte, wäre sein Wortkontingent möglicherweise schon zur Unzeit geschrumpft.

Eigentlich, dachte sie später bei der Hausarbeit, wäre es gar nicht so schlecht, wenn jedem Menschen pro Tag nur eine bestimmte Menge an Worten zur Verfügung stünde. Seelsorger, beispielsweise wie ihr Bruder, oder Lehrer, wie der alte Blumentritt von schräg gegenüber, brauchten naturgemäß mehr Worte als so nichtsnutzige Personen wie die Wirtin vom Blauen Vogel. Dass Bruder Ägidius deren Rindsrouladen gelobt hatte, würde sie weder der Schachner Teres noch dem Koch des Landgasthofs verzeihen.

Wenn man tatsächlich sparsam sein müsste mit dem, was man sagte, würden dann womöglich klügere Gespräche geführt? Sicher gäb's dann weniger Telefone und vielleicht gar keine Handys. Leider konnte sie diesen interessanten Gedanken nicht zu Ende führen, denn ihr Gast war die Treppe heruntergekommen und klopfte an die geöffnete Tür.

»Bruder Ägidius, wir machen heute eine Besichtigungstour zu den Wirkungsstätten der Harbinger Agnes«, erklärte sie. »Ziehen Sie sich am besten bequeme Schuhe an, denn heute gehen wir erst einmal zu Fuß.«

Der junge Mann nickte ergeben.

Während des kurzen Wegs zum Friedhof sprach sie pausenlos auf ihn ein, um ihn nicht in Versuchung zu bringen, etwas sagen zu müssen und so kostbare Teile seines Wortkontingents zu verschwenden.

»Wissen Sie, Bruder Ägidius, es ist inzwischen so, dass fast alle hier bei uns auf dem Land schon die Wundertätigkeit der Agnes am eigenen Leibe erfahren haben. Deswegen dürfen Sie nicht erschreckt sein über das Aussehen von dem Grab da. Sodala, da wären wir auch schon!« Schwungvoll öffnete sie das Friedhofstor und eilte ihm im Stechschritt voraus.

Die letzte Ruhestätte der Harbinger Agnes war übersät mit frischen Blumen und einer Vielzahl pastellfarbener Briefchen. Auf der steinernen Grabumfassung standen mehrere Dutzend dunkelblauer Kerzen, von denen einige brannten.

»Sagen Sie jetzt nichts, Bruder Ägidius«, raunte Martha ihrem Begleiter zu. Sie blieb vor dem Hügelchen mit dem schlichten Kreuz stehen und faltete bewegt die Hände.

»Ist es nicht schön?« Sie sah zu dem Mann an ihrer Seite.

Der nickte nachdenklich, holte eine Digitalkamera aus seiner Tasche und begann zu fotografieren.

»Das können S' gleich dazuschreiben, dass das alles Beweise sind«, unterrichtete Martha ihn. »Die Brieferl da, das sind nämlich Dankesbriefe und Bittbriefe, je nachdem. Wir alle hier haben es erfahren: Wenn man zur heiligen Agnes betet und dabei an die Harbinger Agnes denkt, dann gehen die beiden, also die Heilige und die Harbinger Agnes zu Gott persönlich, und der erfüllt ihnen dann ihre Wünsche, was ja streng genommen unsere irdischen Wünsche sind. Aber dass die Wünsche erfüllt werden, ist ein Zeichen dafür, wie nah sie bei unserem Herrn sind. Alle beide. Und wer so nah beim Herrn ist, der hat ja gar keine Wünsche mehr, oder?«, fügte sie hinzu und sah ihn fragend und erwartungsvoll an.

Doch Bruder Ägidius nickte nicht, schüttelte auch nicht den Kopf, sondern umrundete weiterhin schweigend mit seiner Kamera die Grabstätte.

»Hätten S' vielleicht a bisserl Hunger? Ich hätt für Notfälle fei noch eine Brotzeit dabei.«

»Ja, gern!«

Er verdrückte das Leberwurstbrot mit den Gewürzgurkenscheiben, ging in kleinen Schritten neben ihr her, und sie erklärte ihm ihre Gemeinde, wusste von jedem Haus, wer dort wohnte und welche Wunder sich bereits zugetragen hatten beziehungsweise noch erwartet wurden. Dabei hielt sie ihren Kopf besonders hoch und fragte sich insgeheim, was die Leute nun von ihr denken mochten. Sie, Martha Moosthenninger, Hochwürdens Haushälterin, Bürovorsteherin und Schwester in einer Person, hatte einen jungen Ordensbruder zu Gast, dem sie die Welt erklären durfte und der an ihren Lippen hing.

»Was ist mit ihren Kardinaltugenden?«, fragte Ägidius Alberti seine Begleiterin mit einem Mal.

Martha blieb wie erstarrt stehen. »Was? Muss ich denn auch tugendhaft sein?« Nicht dass sie ihre Tugendhaftigkeit anzweifelte, aber diese Frage war ihrer Meinung nach nun doch etwas zu intim.

Er lächelte – zum ersten Mal, seit sie ihn kannte.

»Nein, keine Angst, ich dachte an die von der Harbinger Agnes.«

»Alles bestens«, beteuerte Martha, ohne nachzudenken. »Da fehlt nichts. Also da müssen Sie sich wirklich keine Sorgen machen.«

Sie hätte jetzt gern wieder einen langen Vortrag gehalten, denn der Ordensbruder stellte immer so komplizierte Fragen, wodurch alles so verzwickt und anstrengend wurde. Zudem wusste sie nicht auf Anhieb, was genau er mit den Kardinaltugenden meinte. Hatte das nicht was mit Glaube, Liebe und Hoffnung zu tun?

Um die Stille zu füllen und ihn am weiteren Fragen zu hindern, stotterte sie los: »Also der Agnes ihr Glaube war unerschütterlich, das könnt man so sagen. Hätt sie auch nur einmal gezweifelt – ich wüsst es. Und geliebt, ja geliebt hat sie sicher auch, wissen Sie ...« Dann fiel ihr ein, dass ihre Aussage natürlich kirchenkonform sein musste. »Also sie hat vor allem die Kirche geliebt und natürlich alle kleinen Viecherl, jede Katz, jeden Hund, jede Maus. Und jeden Sonntag ist sie zur heiligen Messe und auch zur heiligen Kommunion gegangen, das kann Ihnen mein Bruder bestätigen.« Sie hielt kurz inne, sah zu dem hochgewachsenen Mann an ihrer Seite und überschlug in Windeseile, wie sie den Begriff Hoffnung mit der Harbinger Agnes in Verbindung bringen könnte. Das war nicht so einfach. Aber dann plapperte sie erneut drauflos: »Und gehofft hat sie auch, dass es einen richtigen Frieden geben möge in dieser unserer Welt. Ihr ganzes Herzblut hat sie dafür hergegeben.«

Der Mann an ihrer Seite schwieg. Vermutlich musste er das, was sie ihm alles so erzählte, erst einmal verarbeiten. Sie wähnte sich in Sicherheit.

Still schritten sie nebeneinander her, gingen bei den Daxhubers vorbei und erreichten das Haus von Charlotte Rücker und Bernhard Döhring. An allen Fenstern waren die naturholzfarbenen Rollos heruntergelassen. Am helllichten Montag. Als habe das weiß gestrichene Gebäude für sich beschlossen, seine Augen vor dem Unglück der Welt zu verschließen.

»Die hat wahrscheinlich nicht genügend Fürbitten zu unserer Agnes geschickt, die Halber Gertraud. Denn wenn sie unter dem Schutz meiner Freundin gestanden hätte, wäre sicher niemals der ihr Verlobter erschossen worden«, kommentierte Martha Moosthenninger die schrecklichen Ereignisse des vergangenen Samstags und fing sich einen kritischen Blick ihres Begleiters ein. Na gut, vielleicht war diese Bemerkung nicht ganz respektvoll gewesen, aber war das ein Grund, sie dermaßen tadelnd anzusehen? Auch ihr Bruder konnte so gucken. Vielleicht war es überhaupt eine Eigenschaft von Männern, so vorwurfsvoll und schulmeisterlich zu schauen, dass sich die Frauen unter diesem Blick ganz klein und elend fühlten.

Ägidius Alberti seufzte. Er hatte sein Leberwurstbrot gegessen und faltete nun das Einwickelpapier sorgfältig zusammen.

»Könnt ich denn nun mal ein Wunder sehen?«, fragte er ohne großes Interesse und ließ seinen Blick zweifelnd über die leere Dorfstraße schweifen.

»Gleich zwei fallen mir da ein«, entgegnete Martha. »Also zum einen ist sie der Frau vom Bürgermeister im Traum erschienen und hat ihr verkündet, dass sie sich ein Treibhaus zulegen soll.«

»Hm, aha«, kommentierte ihr Begleiter.

»Und zum anderen hat sie oben auf dem Brunnerhof die Existenz einer Quelle geweissagt, aus der ganz heißes Wasser kommt. Heiß und salzig. Der Waldmoser Markus, was unser Bürgermeister ist, hat das Wasser schon prüfen lassen, und der Prüfer hat selbst gesagt: ›Komisch, für mich ist das ein Wunder – das hier ist eine Solequelle, wo es doch sonst hier in der Gegend nur Thermalquellen gibt. Sehr eigenartig.‹« Sie nickte bekräftigend.

»Die möchte ich sehen«, sagte Ägidius mit strenger Stimme. Es klang wie ein Befehl.

In diesem Moment schlug die Kirchturmuhr. »Jessas naa, schon dreiviertel elfe, da muss ich mich aber schicken, dass ich noch ein g'scheites Mittagessen auf den Tisch bring«, meinte Martha mit einem Blick auf ihre Armbanduhr. »Ist es Ihnen recht, wenn ich Ihnen heut Nachmittag die Quelle zeig? Also nach dem Essen?«

Kapitel 11

Während des Mittagessens schwieg der Abgesandte des Bischofs und reagierte auf die höflichen Fragen Wilhelm Moosthenningers lediglich mit Nicken oder Kopfschütteln.

Martha bewunderte ihren Bruder und war gleichermaßen enttäuscht von ihm. Als Pfarrer wusste Wilhelm, wie dieser »Spion des Himmels« – so nannte sie ihn insgeheim – angesprochen werden musste. »Bruder Ägidius«, sagte er artig zu dem dünnen Mann mit dem hungrigen Blick, »Sie haben doch sicher als Erstes den Friedhof und dieses Grab voller Devotionalien und Dankesbriefchen besucht? Es freut mich sehr, dass Sie sich der Sache annehmen und für Klarheit sorgen.«

Ägidius Alberti nickte und lud sich Kartoffeln und Gemüse auf den Teller, offenbar dankbar darüber, dass er sich mit dem Nicken ein Wort seines begrenzten Kontingents ersparen konnte.

In seiner Eigenschaft als Hochwürden kann er so schön reden, dachte die Moosthenningerin und warf ihrem Bruder einen missmutigen Blick zu, jeden deppterten Schwachsinn erzählte er ihr, aber dass ein so besonderer Gast wie dieser Herr Bruder Ägidius mit seinen Worten haushalten musste, hatte er ihr verheimlicht. Sogar das Tischgebet war schweigend vollzogen worden. Sie hatte es genau registriert.

»Ich persönlich halt ja nix von dieser Heiligenverehrung, noch bevor die Kirche ihren Segen dazu gegeben hat«, fuhr Wilhelm Moosthenninger fort, »aber die Frauen, verstehen Sie, es sind ja durchweg Frauen – die brauchen halt jemanden im Jenseits, dem sie ihre Sorgen anvertrauen und mit dem sie ihre Kümmernisse besprechen können. Dabei wird das Gleiche oftmals um einiges besser mit einem guten Beichtgespräch geleistet und wäre damit ganz im Sinne der Kirche, oder?«

Ägidius Alberti nickte mit vollem Mund.

Martha war davon überzeugt, dass auch Männer am Grab ihrer Agnes gestanden und ihre Bittbrieflein hinterlassen hatten. Hatte sich nicht einiges im Dorf getan? War nicht der Dr. Maronna dort aus der Neubausiedlung von einer schlimmen Krankheit genesen? Das hatte sogar ihr Bruder Wilhelm feststellen müssen, der regelmäßig mit dem Doktor und Ingenieur Schafkopf spielte. »Für uns alle ist das wie ein Wunder. Jetzt sitzt er wieder da, hält seine Karten wie immer und sucht die Schellensau wie nix. Dabei hatt ich schon die letzte Ölung für ihn herrichten müssen!« Und fuhren nicht einige Jugendliche aus dem Ort nun regelmäßig mit dem ersten Bus um sechs Uhr neunundfünfzig zu ihren Ausbildungsplätzen, obwohl es geheißen hatte, in der Region sei absoluter Lehrstellenmangel?

Das alles hätte sie gern angeführt, aber es waren Informationen, auf die der Spion des Himmels nicht allein mit einer Kopfbewegung reagieren konnte. Wer so etwas behauptete, musste mit Nachfragen rechnen.

Martha seufzte und fuhr die Nachspeise auf. Sechs wunderbar aufgegangene Dampfnudeln mit heißer Vanillesoße. Ägidius Alberti aß vier davon. Dann zog er sich für ein Stündchen zurück, und Hochwürden Moosthenninger nahm seinen täglichen Mittagsschlaf, während Martha ihren hausfraulichen Pflichten nachging und sich wieder einmal fragte, warum sie nicht als Mann auf die Welt gekommen war. Vom Tisch aufstehen und sich aufs Sofa legen. Das wär's.

Graue Wolken hatten die winzigen Sonnenflecken am Himmel verdrängt, und es sah nach baldigem Regen aus, als Martha Moosthenninger ihren Gast eine Stunde später fragte: »Nehmen wir Ihr Auto oder meins?« und augenblicklich rot wurde. Es hatte mal eine Fernsehwerbung gegeben, in der der junge Mann die junge Frau fragte: Zu dir oder zu mir? Und eines war dabei offensichtlich – wo immer sie auch landen würden, dies wäre ein Ort, an dem Unaussprechliches geschah.

Glücklicherweise schien es im Kloster weder Fernsehgeräte noch Werbespots zu geben, denn Ägidius gab mit keiner Regung zu erkennen, dass dieser Satz irgendwelche anstößigen Assoziationen in ihm weckte. Während er seinen kurzen schwarzen Mantel überzog, hatte sich Martha auf ihre »Ja-nein-Taktik« besonnen und fragte: »Ist es Ihnen recht, wenn wir meinen Wagen nehmen?«

Er nickte.

»Ist auch nicht besonders weit«, beruhigte sie ihn, während sie den Motor startete und ruckelnd den ersten Gang einlegte. »Oder haben S' etwa Angst, wenn eine Frau fährt?«

Wieder dieses so überaus ernste Kopfschütteln. Sie beschloss, den armen Mann ein wenig aufzumuntern, und plapperte los. Sie erzählte in aller Ausführlichkeit, wie sie damals mithilfe der Wissensseite im Landauer Anzeiger die merkwürdigen Zahlen als Koordinaten entschlüsselt und so maßgeblich zur Entdeckung der Quelle beigetragen hatte.

»Als ich das mit den Koordinaten herausgekriegt hatte, bin ich an Wilhelm seinen Computer und habe mir übers Internet einen Geometer besorgt, weil da in der Zeitung stand, dass Geometer sich mit diesen Zahlen auskennen und gleich wissen, wo der Punkt zu finden ist. Und mit dem bin ich hoch zum Brunnerhof, und wir haben auch quasi sofort die Quelle gefunden.«

Ihr Beifahrer verzog während ihrer gesamten Erzählung keine Miene. Martha nahm an, dass er sich diese Ausdruckslosigkeit in seinem Kloster und beim ständigen Herumhungern angewöhnt hatte.

»Und dass dieser Geometer dann auch noch die Gicht haben musste, ausgerechnet der ... ich sag Ihnen was, auch da hat die Agnes ihren Einfluss ausgeübt. Garantiert! Die gute Agnes.« Martha seufzte ergriffen. »Stellen Sie sich das einmal vor: Der Geometer macht sein Koordinatenkreuzerl und bohrt dann am Schnittpunkt von dem Kreuzerl ein wenig in der Erde herum. Und schwuppdiwupp, hat der heißes Wasser in der Hand. Und wie er sich noch so wundert, wo denn wohl die Quelle herkommen tät, schon tun ihm die Finger nicht mehr weh. Haben Sie vielleicht auch Gicht?« Fragend sah sie ihn an.

Ägidius Alberti schüttelte den Kopf.

»Schade, denn sonst wären Sie garantiert gleich geheilt gewesen und hätten der Agnes ihre Wundertätigkeit direkt am eigenen Leibe erfahren.«

Der Ordensbruder sah aus dem Seitenfenster und seufzte tief. Gegen die Frontscheibe des Wagens platzten mit einem Mal dicke Regentropfen. Der Himmel war fast schwarz. Martha beugte sich vor und umklammerte mit beiden Händen das Lenkrad. Laut schickte sie ein Stoßgebet zum Himmel: »Liebe Agnes da oben bei all den Heiligen Gottes, lass das mit dem Regen sein, zumindest in der nächsten halben Stunde, verstehst, denn wie soll ich dem Bruder Ägidius bei einem derartigen Sauwetter deine Quelle zeigen?«

Schwungvoll schaltete sie in den zweiten Gang zurück, setzte den Blinker und bog auf die Einfahrt des Hofs ein.

»Mei o mei, Agnes, nun stell halt mal schnell den Regen ab, bittschön«, schoss es aus ihr heraus, und aus den Augenwinkeln registrierte sie den missbilligenden Blick ihres Begleiters. Garantiert empfand er eine derartige Fürbitte als profan. Das passt zu ihm, schoss es Martha durch den Kopf. So einer wie der, der bittet nur um ganz große

Wunder, nicht um alltägliche Kleinigkeiten wie Regen oder Sonne oder dass die Dampfnudeln gut aufgehen. Dabei wurde die Welt doch nicht durch einmalige Riesenwunder verbessert, sondern durch die vielen kleinen Mysterien des Alltags. Aber weil die wieder zu profan waren, um als Wunder zu gelten, wurden sie als Zufall abgehakt.

»So, da wären mir«, sagte Martha und parkte den Wagen.

In diesem Moment hörte es auf zu regnen.

Die beiden stiegen aus. Hinter einem Fenster des Wohnhauses hörte man einen Hund bellen.

»Das ist der Joschi«, stellte Martha klar. »Der Malwine ihr Hund. Er war ihr vorhergesagt worden und hat im Tierheim von Passbrunn auf sie gewartet. Und seit sie ihn dort abgeholt hat, sind die zwei ein Herz und eine Seele gewesen.« Sie ging auf das Fenster zu und redete beruhigend auf das Tier ein. »Ja, so ein gutes Hunderl, bist heut ganz allein daheim. Armer kleiner Joschi, gell.«

Sie sah sich nach ihrem Begleiter um, aber der war nicht mehr zu sehen. Martha Moosthenninger kniff mehrmals die Augen zusammen und schüttelte ratlos den Kopf. Schließlich entdeckte sie ihn. Er war unter das Zelt des Bohrlochs gekrochen. Einzig seine langen dünnen Beine in den schwarzen Röhrenhosen und die Schöße des kurzen schwarzen Mantels schauten hervor.

»Was machen Sie denn da?«, fragte Martha und formulierte ihre Frage augenblicklich so um, dass er sie mit Ja oder Nein beantworten konnte: »Ach, ich weiß schon, Sie überprüfen dieses großartige Wunder der Agnes.«

Bruder Ägidius robbte zurück, stieß mit dem Kopf an die Visitenkarte des Bürgermeisters und nickte stumm. Dann blieb er breitbeinig neben dem Zelt stehen und begann, in sein Notizbuch zu schreiben.

Sie wartete. Sie hatte Zeit. Solange er schwieg und keine komplizierten Fragen stellte, war ihre Welt in Ordnung.

Aus den Augenwinkeln heraus nahm sie wahr, wie das mit zwei Büroklammern an die Zeltplane geheftete Kärtchen zu Boden fiel. Sie hob es auf und las laut vor, was dort in Druckbuchstaben stand: »Eigentum der Gemeinde Kleinöd. Missbrauch wird strafrechtlich verfolgt.« Dann drehte sie die Karte um. Sie trug das Dorfwappen der Gemeinde und den Namen des Bürgermeisters: Markus Waldmoser.

Es stimmte also, was man im Dorf so hörte.

Ägidius Alberti setzte unbeirrt seine Notizen fort. In Martha Moosthenninger brodelte es nun so sehr, dass sie nicht mehr an sich halten konnte und ihrem Unmut Luft machen musste: »Ja, hundsverrückt könnt man werden mit diesem Bürgermeister! Um jeden Schmarrn kümmert der sich und grad genau um die Dinge, die ihn nix angehn. Ihm g'hört doch nix von dem Grund und Boden da. So wie ich das weiß, hat der gar kein Recht, irgendwelche Verbote und Gesetze auszusprechen, was das Gelände von der Malwine betrifft. Aber schaun S', da ist der also auch schon hier g'wesen, der Waldmoser!« Wie zum Beweis hielt sie Ägidius Alberti das weiße Kärtchen entgegen.

Der hob gelassen die Schultern und schrieb beharrlich weiter in sein Büchlein.

»Wissen Sie, g'hört hab ich ja schon davon, aber geglaubt hab ich es ned«, sprudelte es aus Martha heraus. Dass ihr gar niemand widersprach und all die Worte einfach so aus ihr herausfließen konnten, war neu für sie, und sie lauschte verwundert ihren eigenen Ausführungen.

»Ich geh ja ned in den Blauen Vogel, aber die Frau, die mir einmal die Woch beim Kirchputz hilft, deren Mann ist da ziemlich oft und sitzt dann wohl auch beim Waldmoser Markus am Tisch. Und da hat der Bürgermeister neulich erzählt, dass er hier in Kleinöd, da oben auf dem Hof der Brunnerin, über ein Wellnesscenter nachdenkt, denn wenn er hier einen Kurbetrieb hinsetzt mit allem Drum und Dran, dann können mir uns vielleicht in Zukunft ›Bad Kleinöd‹ nennen. Also wenn Sie mich fragen, ich bin dagegen. Und auch die Agnes wär dagegen g'wesen. Denn die hat uns hier eine wunder- und heiltätige Quelle hingesetzt, damit die Leute im Namen des Glaubens geheilt und von ihren Sünden reingewaschen werden und nicht dafür, dass ein jeder Depp hier Urlaub macht und im heiligen Wasser rumplanscht und womöglich auch noch seine dreckigen Hände darin waschen will.«

Sie seufzte ausgiebig. Das hatte gutgetan, und es musste ja auch mal gesagt werden. »Was wir brauchen ist eine Stätte des Glaubens, wir brauchen Kerzen, Heiligenbilder und geweihte Gefäße. Nicht so ein großkotziges Spa, womöglich noch mit Sauna, wo die dann alle nackert drin rumhüpfen. Manderl und Weiberl durcheinand.« Sie schüttelte sich. »So eine Sauerei aber auch!«

»Was wir brauchen, ist eine Basilika«, sagte Ägidius Alberti und wandte sich erneut seinem Notizbuch zu.

Martha Moosthenninger starrte ihn mit offenem Mund an.

Während ihrer Ausführungen hatte sie gar nicht wahrgenommen, dass die Haustür auf- und zugegangen war. Als Meinrad und der Beagle Joschi plötzlich neben ihr standen, zuckte sie zusammen.

»Ja, wo kommst du denn jetzt her?«

Meinrad Hiendlmayr reichte ihr die Hand. »Ich komm aus dem Haus. Ich hab heut frei.«

Sie nickte voller Anteilnahme. »Wegen dem Todesfall, gell?« Dann wandte sie sich an Ägidius Alberti. »Das ist der Neffe von der grad verstorbenen Malwine, aber auch der Neffe von meiner Agnes, nur dass er die leider nicht mehr hat kennenlernen dürfen. Als ich den Meinrad g'funden hab, war die Agnes nämlich schon da oben und hat mir von dort aus beim Suchen geholfen. Und eigentlich ist das auch schon ein Wunder gewesen.« Sie wies auf den Abgesandten des Bischofs.»Wir dokumentieren gerade der Agnes ihr Wirken.«

Meinrad schluckte.»Kann ich euch vielleicht einen Kaffee anbieten? Ein paar Kekse müsst ich auch noch haben. Ist schon arg einsam in dem großen Haus ohne die Malwine. Weißt, Martha, ich frag mich, wie das alles weitergehn soll. Und ich weiß auch nicht, wohin mit meiner Trauer.« Er wirkte eigenartig hilflos.

»Die Agnes wird's richten«, behauptete Martha voller Zuversicht.»Mach dir keine Sorgen, alles wird gut.«

»Gern«, kam es aus dem Mund von Ägidius Alberti und Martha Moosthenninger übersetzte das einsilbige Wort simultan in:»Ja, einen Kaffee, das tät uns jetzt gut bei dem Wetter.«

»Wir nannten es nur das ›Loch des Anstoßes‹, erzählte Meinrad, als sie wenig später in der Küche um den gedeckten Tisch saßen. Er lächelte wehmütig und wandte sich an Ägidius Alberti.»Ich habe übrigens gesehen, wie Sie das Objekt von allen Seiten fotografiert haben. Das sind dann sicher Dokumente für Ihren Bericht.«

Der Abgesandte des Bischofs nickte.

»Wenn Sie wollen, stell ich Ihnen meinen Computer zur Verfügung. Dann können Sie die Bilder gleich einlesen und eventuell schon bearbeiten.«

Der Abgesandte des Bischofs schüttelte den Kopf.

»Dann haben Sie sicher selbst einen Rechner dabei und außerdem schon auf Ihrem Display gesehen, dass die Fotos in Ordnung sind.«

Der Abgesandte des Bischofs nickte und nahm sich einen Keks.

Martha Moosthenninger, der dieses Schweigen zu unheimlich wurde, wandte sich an Meinrad.»Hast heut sicher einen langen Spaziergang mit dem Joschi gemacht, weil du doch frei hast.«

»Wir waren in der Stadt.«

»In Landau?«

»Ja, die Kommissarin hatte mich zu sich bestellt, und da ist der Joschi mitgekommen.«

Der Hund spitzte die Ohren.

»Und?« Martha beugte sich vor.

»Ich musste ihr beweisen, dass ich wirklich Malwines Neffe bin.«

»Da hätt sie nur mich fragen brauchen«, verkündete Martha. »Ich hätt das sofort bestätigt.«

»Das glaub ich dir.« Er legte dankbar seine Hand auf die ihre. »Aber Frau Hausmann wollte die Papiere sehen, weißt schon, den Auszug vom Stammbaum und die Kopie aus dem Hebammenbuch. Und als ich ihr das alles gezeigt habe, hat sie mir schon geglaubt, dass ich der bin, der ich bin. Und damit ein richtig handfester Beweis vorliegt, sind mir noch ins Krankenhaus gefahren, und der Dr. Wiener hat mir ein bisschen Blut abgenommen. Da macht er nun einen DNA-Abgleich mit dem Blut von der Malwine. Und dann haben wir alles schwarz auf weiß!«

»Das ist sicher nicht falsch«, murmelte Martha und schenkte sich Kaffee nach.

»Und weißt, was ich dabei erfahren hab?«, sagte Meinrad zur Schwester des Pfarrers, und seine Stimme kippte. Respektvoll wandte er sich an Bruder Ägidius. »Verzeihen Sie bitte, ich weiß, dass das für Sie nicht so interessant ist, aber stell dir vor, Martha, die haben in dem Blut von der Malwine ungewöhnliche Substanzen gefunden.«

»Nein!« Martha sprang auf. Der Bürgermeister hatte zwar auch von Unregelmäßigkeiten gesprochen und sich in dem Gespräch mit ihrem Bruder über die Verzögerung der Bestattung aufgeregt – aber der Waldmoser redete viel, wenn der Tag lang war. Ungewöhnliche Substanzen im Blut. Was konnte das nur bedeuten? Martha starrte auf den Hund, als könne der eine Erklärung liefern.

»Doch, leider.« Meinrad nickte. »Der Herr Wiener hat es mir gesagt, beim Blutabnehmen, denn bei dem liegt die nun, die Malwine, nachdem der Staatsanwalt einer Überführung zugestimmt hat. Ich hab ja gleich gewusst, dass da was nicht stimmt. Aber als ich noch einmal die Malwine anschauen wollt, hat der Wiener gemeint, ich soll sie lieber so in Erinnerung behalten, wie sie war.«

»Dann gehört das alles also Ihnen?«, unterbrach Ägidius Alberti das Gespräch.

Meinrad nickte. »Sieht ganz so aus.«

»Bisher sagen die doch alle, dass es ein Kreislaufkollaps war«, gab Martha kopfschüttelnd zu bedenken. »Und jetzt sagst du, dass da was nicht stimmt. Vielleicht eine Tablettenvergiftung? Warum erzählen die dann so einen Schmarrn? Die wird sich doch nicht das Leben genommen haben. Die Malwine? Nein, das glaub ich nicht.«

Meinrad Hiendlmayr ging nicht auf sie ein. »Also das will ich auf jeden Fall noch geklärt haben. Vorher lass ich sie nicht begraben. Das bin ich ihr schuldig. Und was für Substanzen könnten das denn überhaupt sein?« Er kämpfte mit den Tränen.

»Recht hast«, bestärkte ihn Martha. »Mein Gott, wer tut denn nur so was!« Sie faltete die Hände. »Hast du eigentlich schon von dem Unglück mit dem Hellmann Günther gehört?«

Er nickte. »Ja, die Kommissarin hat davon erzählt. Die sehen da möglicherweise einen Zusammenhang zwischen den beiden Todesfällen.«

Martha seufzte. »Es stimmt schon, ein Unglück kommt selten allein.«

Ganz kurz schoss ihr durch den Kopf, dass sie sich nun eigentlich auch des jungen Hiendlmayr annehmen müsse. Immerhin war er der Neffe ihrer wundertätigen Agnes und ein leibhaftiger Verwandter. Aber dann fiel ihr Wilhelms Reaktion auf Ägidius Alberti ein, und sie verwarf diesen herzensguten Gedanken. Noch einen Gast würde der in ihrem Haus nicht dulden.

»Übrigens bin ich, gleich nachdem ich aus Landau gekommen bin, auch noch beim Schmiedinger Adolf vorbeigefahren«, berichtete Meinrad. »Und der Polizeiobermeister hat mir bestätigt, dass auch er beim Tod von der Malwine gleich so ein komisches Gefühl gehabt hat. Deshalb hat er gegen den anfänglichen Willen des Staatsanwalts eine Privatobduktion angeordnet. Da wusste der ja noch nicht, dass es einen Verwandten gibt. Also, das hätt ich dem gar nicht zugetraut. Dass der sich so einsetzt. Der Schmiedinger hat echt befürchtet, wenn Malwines Leichnam erst mal in der Obhut der Gemeinde sei, würde der Bürgermeister sie sofort in Vilshofen verbrennen lassen. Ruck, zuck machen die das da, hat der Schmiedinger gesagt.«

»Ich glaub's nicht.« Martha riss die Augen auf.

»Natürlich kriegt er das Geld von mir wieder«, versicherte Meinrad ihr. »Ich hab ihm gleich gesagt, dass ich die Rechnung für die Autopsie bezahlen werde. Mei, wenn der nicht so vorsorglich mitgedacht hätte ...« Er beugte sich vor und griff nach einem Keks. »Die hat übrigens die Malwine gebacken. Sie sagt, dass die eigentlich nur aus Haferflocken, Honig, gedörrten Himbeeren und ihrem ganz speziellen Geheimnis bestehen. Ich finde sie besonders gut.«

Ägidius Alberti nickte anerkennend und mit vollem Mund.

Sie schwiegen eine lange Minute und in diesen sechzig Sekunden begriff Martha Moosthenninger, dass ein mit einem Schweigegelübde verbundenes Klosterleben für sie die Hölle wäre. Sie hatte oft mit ihrem Schicksal gehadert und gemeint, sie hätte in einen Orden eintreten sollen, anstatt für ihren Bruder zu sorgen. Jetzt und in dieser Sekunde wusste sie, dass sie genau das Leben führte, das ihr bestimmt war. Sie war ausersehen als Dokumentarin der Wundertätigkeit der Agnes Harbinger und als Initiatorin ihrer Selig- und Heiligsprechung.

Zufrieden nahm sie den letzten Keks aus der Porzellanschale und begann, von Malwine zu schwärmen. Meinrad hing an ihren Lippen, und alles, was sie sagte, war insgeheim auch eine Botschaft an Bruder Alberti, den Spion des Himmels.

»Weißt, ich bin immer nach dem Frühstück zur Agnes und zur Malwine hochgefahren, weil die Agnes von zehn bis zwölf und von fünfzehn bis siebzehn Uhr ihre Sprechstunden abgehalten hat. Jeden Tag vier Stunden lang, außer sonntags, da ist sie ja in die Kirche gegangen, wie es sich für einen echten Christenmenschen gehört.« Sie warf einen Kontrollblick auf Ägidius Alberti und wandte sich erneut an Meinrad. »Verstehst, ich muss ja dabei sein, wenn die Leut zu ihr kamen, vor allem um die wundertätigen Heilungen und die Weissagungen der Agnes zu dokumentieren. Alles hab ich aufg'schrieben. Hier drin!« Sie zog ein in lilafarbenes Leder gebundenes Notizbüchlein aus der Handtasche und hielt es hoch. »Und die Malwine war so gut und hat dann gleich für den Wilhelm und mich mit gekocht, sodass ich das Essen im Pfarrhaus nur noch in den Ofen stellen musste ... sonst hätt ich diese Doppelbelastung überhaupt nicht packen können.«

Auf die Stichworte Essen und Ofen folgte ein lautes Knurren. Martha und Meinrad sahen besorgt auf den Hund. Der aber lag friedlich zu Meinrads Füßen unter dem Kaffeetisch.

Ein Blick auf die leere Keksschale ließ Martha Schreckliches vermuten: »Sie haben noch Hunger?«

Ägidius Alberti sah sie an und wurde rot.

»Dann war das Ihr Magen, der eben so geknurrt hat?«

Er nickte verschämt.

Meinrad sprang auf. »Entschuldigen Sie, ich bin ja wirklich ein schlechter Gastgeber, warten Sie einen Moment, ach, ich bin es einfach nicht gewöhnt, Besuch zu haben.« Völlig konfus verschwand er in der Küche und kam kurz darauf mit einer großen Keksdose zurück.

Er warf einen besorgten Blick auf Ägidius Alberti. »Sie leiden wohl an Unterzucker und müssen deshalb regelmäßig essen?« Dann kippte er den Inhalt der Dose in die Porzellanschale. »Greifen Sie zu. Oder hätten S' lieber was Salziges?«

Ägidius Alberti schüttelte den Kopf und stopfte wortlos ein paar Zwetschgenwürfel in sich hinein.

Meinrad betrachtete ihn nachdenklich und murmelte wehmütig: »Ach, die Malwine hat jeden Tag gekocht. Mittags und abends, und alles, was da so übrig blieb, hat dann ihr Hausschwein gekriegt.« Seufzend fügte er dann hinzu: »Allein koch ich mir natürlich nichts. Und die Fanny werd ich dann wohl schlachten lassen.«

»Die Sau hat einen Namen?« Martha staunte.

»Ja, und weil sie einen Namen hat, kann sie die Fanny auch nicht schlachten. Konnte sie sie nicht schlachten«, verbesserte Meinrad sich und seufzte. »Ich werde sie wohl zum Metzger bringen müssen. Sonst verhungert die mir hier noch.«

Nach einer Weile der andächtigen Stille stand Meinrad auf und schenkte Kaffee nach. Seine Augen funkelten, und seine Wangen hatten sich gerötet. Er wirkte anders als früher, so lebendig, fand Martha. Als Gastgeber und voraussichtlich rechtmäßiger Erbe des Brunnerhofs musste er sich nicht mehr hinter Unverbindlichkeiten verstecken. Sie war davon überzeugt, dass er zu sich selbst gefunden hatte, weil er nun wusste, wo er herkam. Er hat seine Wurzeln entdeckt, dachte sie. Er ist geerdet. Und sie war stolz auf sich, weil auch sie mit einem kleinen, aber entscheidenden Beitrag zu dieser Entwicklung beigetragen hatte.

Mit einem Mal kippelte der Tisch, und ein kreidebleicher Ägidius Alberti wollte wissen, wo denn das Bad sei. Meinrad wies Richtung Flur, murmelte was von »zweite Tür rechts«, und der große und dünne Mann schoss aus dem Zimmer. Er übergab sich bei offener Badezimmertür in die Toilettenschüssel. Sein Würgen und Husten hallte durchs Haus. Der Hund Joschi unterm Tisch spitzte die Ohren.

»Was ist denn mit dem los?« Meinrad sah ihm besorgt nach.

»Ach, weißt, der ist gestern zu uns gekommen, um die Seligsprechung deiner Tante Agnes zu überprüfen. Und ich fürcht, ich hab dem zu viel zu essen gegeben. Wenn du mich fragst, so hat der in dem Kloster, wo er hergekommen ist, so was wie Fastenexerzitien gemacht, also gar nix gegessen und nur Wasser getrunken, weil das ja wohl die Erleuchtung befördert. Dass es dem nun so schlecht geht, ist meine Schuld. Da hat mir die Agnes auch leider gar keinen Tipp gegeben. Mei, und vorhin hab ich ihn noch vier Dampfnudeln essen lassen und dann all die Kekse und der Kaffee. Ich sollt ihn heimbringen und mit Kamillentee versorgen.«

Meinrad nickte. »Ja, so dünn wie der ist, ich dacht schon, der ist krank. Aber du wirst ihn schon wieder aufpäppeln.«

Bleich und zitternd ließ sich Bruder Ägidius wenig später von Martha zum Wagen führen und fiel schweißüberströmt und erschöpft auf den Beifahrersitz. Sie warf ihm einen besorgten Blick zu.

»Mei, Bruder Ägidius, das hätten S' mir schon sagen können, dass Sie sich erst wieder ans Essen gewöhnen müssen, ich kenn mich nämlich auch mit der Diätküche aus.«

Der Mann neben ihr atmete flach.

»Ganz ruhig«, sagte sie zu ihm. »Haben Sie Vertrauen. Alles wird gut.«

Dies war natürlich nicht der richtige Moment, um nach dem herrlichen Wort zu fragen, das er neben der Quelle ausgesprochen hatte. Basilika. Es hörte sich wunderbar an. Und es war sicher ganz im Sinne der Harbinger Agnes. In ihrer Phantasie errichtete sie sogleich oberhalb der Quelle ein petersdomähnliches Gebäude und ließ heiliges, heißes und heilendes Wasser in ein gigantisches Taufbecken fließen, gab dem Gotteshaus den Namen »Agnesdom« und versäumte es auch nicht, ihren eigenen Namen in den Grundstein einmeißeln zu lassen.

Sie fuhren an der Polizeistation vorbei, und Adolf Schmiedinger grüßte sie respektvoll.

»Das beispielsweise ist auch ein Wunder«, vertraute Martha ihrem bleichen Beifahrer an, »dass der Schmiedinger Adolf in seinem Alter noch eine Frau gefunden hat. Wetten, dass das auch von unserer Agnes eingefädelt wurde? Und dazu noch so eine nette Frau, diese Frieda. Wissen S', einen Erben hat die dem Polizeiobermeister auch gleich mitbracht, denn der Schmiedinger Adolf und seine Erna waren kinderlos, und dann hat sie ihn auch noch verlassen damals. Ohne ein Wort. Das ist schon hart für einen Mann, was meinen S'?«

Ägidius Alberti würgte ein wenig, und Martha setzte ihren Vortrag fort: »Ja, da haben S' recht, ganz schlecht werden kann's einem, wenn man hört, wie die Leut miteinander umgehn. Und auch deshalb freu ich mich, dass der Adolf nun wieder ein wenig lächeln kann. Pirmin, so heißt der Junge von der Zwacklhuber Frieda übrigens. Komischer Name, gell – und inzwischen ist er auch schon fast zwanzig Jahre alt.«

Sie erwartete weder eine Antwort noch einen Kommentar und fuhr unerschütterlich und missionserfüllt fort: »Wissen Sie, die Zwacklhuber Frieda ist natürlich auch zu meiner Agnes gekommen, weil sie sich solche Sorgen um ihren Buam g'macht hat. Der war oft tagelang weder nüchtern noch ansprechbar. Was der alles in sich reingeschüttet hat. Herrschaftszeiten – ich hätt das nicht überlebt. Und dann passierte das Wunder: Der Pirmin war trocken, also er trank von heut auf morgen nix Alkoholisches mehr und – Sie werden es nicht glauben – jetzt studiert er auch noch Physik. Weil er sich dank der Fürbitte unserer guten Agnes doch nicht um den Verstand gesoffen hat. Und dann verliebt sich der Schmiedinger Adolf auch noch in die Zwacklhuberin. Wenn das keine Fürsorge aus dem Jenseits ist. Ein echtes Wunder eben!« Martha Moosthenninger blickte zum Himmel und seufzte ergriffen und murmelte ein »Dank dir auch schön, danke, Agnes, weil du dich um beide gekümmert hast. Um Mutter und Sohn.«

Bruno Kleinschmidt hatte mit dem Chefredakteur des Landauer Anzeigers zu Mittag gegessen und zu seiner köstlichen Pasta mit Entenbrust, Pinienkernen und gehobeltem Parmesan mindestens zwei Gläser Weißwein getrunken. Den Wein erwähnte er Franziska gegenüber zwar nicht, schwärmte aber von dem großartigen Nudelgericht.

Überdreht und ungewöhnlich euphorisch stand er nun im Büro und machte sich an der Espressomaschine zu schaffen. Franziska sah ihm an, dass er die aktuellen Fälle mit Georg Cannabich durchgenommen und mit ihm eine vielversprechende Strategie entwickelt hatte. Die würde er ihr gleich mit einem perfekten Cappuccino auftischen. Okay, sollte er. Sie selbst hatte augenblicklich keinen rechten Plan.

Kurz bevor ihr Kollege aus der Mittagspause zurückgekommen war, hatte Gustav Wiener bei ihr angerufen und ihr mitgeteilt, dass die geheimnisvolle Substanz, die er im Magen der Malwine Brunner gefunden hatte und die vermutlich die Todesursache war, immer noch nicht identifiziert werden konnte. Er hatte sich verzweifelt und ein wenig bedrückt angehört. »Verstehen Sie, ich habe mit

Kollegen telefoniert, Lehrbücher durchgesehen und im Internet gesucht – das Einzige, was ich halbwegs bestimmen kann, ist, dass es was Pflanzliches sein muss. Aber niemand kennt es, keiner hat genau die Kombination von Symptomen dokumentiert, die ich bisher ermitteln konnte. Schock, Leber- und Nierenschädigung und dann ein derart geballter Angriff aufs Herz, dass es zum Herzstillstand kommt.«

»Vielleicht handelt es sich ja doch um ein geheimnisvolles Gift aus einem Chemielabor, das einem Pflanzengift nachempfunden wurde?«, bot Franziska an.

»Nein. Und überhaupt, wie sollte denn so ein ungewöhnliches Gift nach Kleinöd kommen? Ich bleibe bei meiner pflanzlichen Basis. Wenn ich nur wüsste, wonach ich suchen soll. Geb ich ein Symptom oder eine Verbindung von auffälligen Merkmalen in die Suchmaschine ein, öffnen sich Hunderte von Seiten. Ich bräuchte einen richtigen Verdacht, einen Namen, etwas, wonach ich konkret suchen kann, verstehen Sie, was ich meine?«

Franziska verstand ihn so gut.

»Bittschön«, sagte Bruno und servierte ihr formvollendet den Cappuccino.

»Danke! Und jetzt erzähl mal, was habt ihr denn besprochen?«

»Georg Cannabich meint, wir sollten alle Gewehre auf fremde Fingerabdrücke untersuchen. Da die Flinten eh noch in der Kriminaltechnik sind und der gute Schmiedinger in seinem Übereifer nicht nur Waffen und Waffenscheine konfisziert, sondern uns auch mit den Fingerabdrücken aller Waffenbesitzer beliefert hat, müsste es durch ein Ausschlussverfahren möglich sein, genau das Gewehr zu bestimmen, an dem fremde Fingerabdrücke sind.«

»Du gehst also davon aus, dass jeder Jäger nur sein eigenes Gewehr berührt?«

Bruno nickte. »So ein Jagdgewehr hat in dieser Region

den gleichen Stellenwert wie ein Auto, ein Füllfederhalter oder die eigene Frau.«

»Na, grad beim Letzteren kennst *du* dich ja besonders gut aus!« Diese Zwischenbemerkung konnte sich Franziska beim besten Willen nicht verkneifen.

Ungerührt setzte Bruno seinen Vortrag fort: »Und dann geht es eigentlich nur noch darum, diesen fremden Fingerabdruck zu identifizieren. Es könnte übrigens auch eine Frau geschossen haben.«

»Mag sein, aber Gertraud kann es nicht gewesen sein.«

»Stimmt. Leider.« Bruno seufzte demonstrativ.

Sie beobachtete ihn. War er wirklich so nachtragend? Vor vielen Jahren einmal hatte Gertraud ein Tête-à-tête zwischen ihm und einem Freund gestört, indem sie sich in einem Restaurant an den Tisch der beiden gesetzt und mit beiden Herren heftig geflirtet hatte. Seitdem traute Bruno ihr alles zu.

»Du bist also einverstanden mit diesem Vorgehen?« fragte er jetzt.

Sie nickte.

»Und wer sagt's den Jungs von der KTU?«, wollte Bruno wissen.

»Immer der, der fragt.«

»Na gut, dann mach ich mich mal auf den Weg in die Kriminaltechnik.«

Kaum war er weg, läutete das Telefon auf Franziskas Schreibtisch. Die Nummer auf dem Display zeigte einen Anruf aus Kleinöd an – es war aber nicht die Dienststelle des Polizeiobermeisters Schmiedinger. Dessen Anschluss kannte sie inzwischen auswendig.

Sie meldete sich. »Hauptkommissarin Hausmann.«

Gertrauds Stimme klang hektisch: »Frau Hausmann, ich hab gestern ganz vergessen, Ihnen zu sagen, dass der Günther ja noch einen Bruder hat. Als ich zu Ihnen gesagt hab, dass der niemanden mehr hat und bei uns ein neues

Zuhause gefunden hat, da hab ich von dem seine Eltern gesprochen. Die sind nämlich beide bei einem Autounfall ums Leben gekommen, und das ist auch der Auslöser gewesen für dem Günther sei Ahnenforschung. So hat er mir das erklärt.«

»Einen Bruder? Kennen Sie den?«

»Nein«, murmelte Gertraud.

»Aber Sie wissen, wie der mit Vornamen heißt?«

»Auch nicht.«

»Und wo er wohnt?«

»Keine Ahnung.«

»Das heißt, der Bruder Ihres Verlobten weiß noch gar nicht, dass Günther Hellmann verstorben ist?«

»So ist es.« Ihre Stimme klang kleinlaut. »Täten Sie ihm das bitte sagen? Sie kennen sich da sicher besser aus. Sie wissen, wie man so was macht.«

Franziska seufzte. »Wir werden uns darum kümmern.

Kapitel 12

Eigentlich hatten sie schon am Vormittag die Wohnung des Toten aufsuchen wollen, es dann aber wegen Meinrads Besuch auf den frühen Nachmittag verschoben. Und dann hatte Bruno noch in der Kriminaltechnik zu tun gehabt.

Inzwischen war es kurz vor drei. Der Himmel hatte sich zugezogen, und mit einem Mal begann es heftig zu regnen.

Franziska zog sich die Kapuze ihrer Regenjacke über und versuchte, mit Bruno Schritt zu halten.

»Was sagt die KTU?«

»Ich hab mit ihnen vereinbart, dass sie alles stehen und liegen lassen und sofort in die Hellmann-Wohnung kommen, falls wir sie da brauchen. Hast du den Wohnungsschlüssel?«

Franziska zeigte ihm den Hellmannschen Schlüsselbund.

»Gut!« Bruno spielte den coolen Ermittler und legte einen Gang zu. Franziska stolperte hinter ihm her. Erneut fiel ihr auf, dass er außerhalb des Büros nicht mehr er selbst war, sondern in eine Rolle schlüpfte. Als stünden an allen Straßenrändern und hinter allen Fenstern imaginäre Zuschauer, die seine schauspielerische Leistung als Kommissar in einem brisanten Fall zu beurteilen hätten. Im heutigen Stück war er der Hauptermittler und Franziska Hausmann seine rechte Hand, seine Schlüsselträgerin und dienstbeflissene Protokollantin.

Die Wohnung lag im obersten Stock eines Dreifamilienhauses. In dem Moment, als sie vor dem Haus standen, ließ der Regen schlagartig nach. Franziska kniff die Augen zusammen und schob sich die Kapuze zurück.

Gerade machte Bruno sich an der schmiedeeisernen Haustür mit dem Buntglasmosaik zu schaffen, da wurde diese auch schon von innen aufgerissen.

»Was machen Sie denn da an meinem Hauseingang?« Vor ihnen stand eine kleine drahtige Mittfünfzigerin mit ungewöhnlich großem grauem Haarschopf.

»Kriminalpolizei Landau«, schoss Bruno hervor und hielt ihr seinen Ausweis unter die Nase.

»Ja, und?«

»Wir müssen in die Wohnung des Herrn Hellmann.«

»Der Herr Dr. Hellmann ist nicht da. Der arbeitet um diese Zeit in der Bibliothek. Am besten gehen Sie da gleich diese Straße runter und dann die übernächste rechts, dann sehn Sie's schon.« Resolut wies sie ihnen den Weg.

»Wir wollen aber in die Wohnung des Herrn Hellmann, nicht in die Bibliothek.«

»Das hab ich durchaus verstanden, mein Herr. Aber der

soll sie reinlassen. Da kann ja ein jeder kommen. Dies ist ein ordentliches Haus, und das Haus ist auch deshalb so ordentlich, weil ich darauf achte. Meine Mieter können sich auf mich verlassen. Wo haben Sie denn den Schlüssel her?«

»Seit wann ist denn der Herr Hellmann schon Ihr Mieter?«, fragte Franziska und sah, dass die kleine Frau Brunos Blick suchte und verbindlich lächelte, bevor sie ausschließlich ihm antwortete: »Bestimmt schon zehn, fünfzehn Jahre. Da müsst ich nachschaun. So ein seriöser Mann. Raucht nicht, trinkt nicht, kann sogar selber kochen.«

Sie sah aus, als würde sie ihn jederzeit gegen ihren Ehemann eintauschen wollen.

»Und Damenbesuch?«

Wieder erhielt Bruno die Antwort auf Franziskas Frage. »Damenbesuch? Nein. Das hätt ich g'wiss gemerkt. ›Wissen Sie, irgendwann‹, hab ich immer zu ihm gesagt, ›irgendwann finden Sie schon die Richtige. Jede Frau mag einen Mann, der gut kocht.‹«

Sie stutzte plötzlich und schien erst jetzt den Zusammenhang zu kapieren. »Sie sind von der Polizei?«

»Ja.«

»Ist was passiert?«

Franziska nickte. »Können wir reinkommen?«

Sie murmelte ein »Ja« und sah Bruno erwartungsvoll an. Der schlüpfte in die Rolle des Schlechte-Nachrichten-Übermittlers, unterlegte seine Stimme mit einem betroffenen Ton und sagte, was zu sagen war: »Herr Dr. Hellmann ist tot.«

Die kleine Frau schüttelte so vehement den Kopf, dass ihr Haar nach allen Seiten stob. »Das kann nicht sein. Ich hab ihn Samstag noch gesehn. Pfeifend ist er die Treppe heruntergekommen und hat mich freundlich gegrüßt. Vermutlich wollte er auf den Markt und frisches Gemüse einkaufen.«

»Herr Hellmann ist am Samstagabend einem Gewaltverbrechen zum Opfer gefallen«, teilte Franziska ihr mit und nahm den kleinen Hausflur in Augenschein.

Die Frau wurde blass und schwankte leicht.

Bruno fing sie auf. Ohne Umschweife war er in die Rolle des rettenden Engels geschlüpft.

»Geht's?« Er stellte die Hausbesitzerin wieder auf ihre eigenen Beine.

Die nickte.

»Also, wo ist die Wohnung?«

Sie ging ihnen voran.

»Würden Sie dann bitte aufschließen?«, fragte die Hauseigentümerin, als sie vor Hellmanns Wohnungstür standen, und sah Bruno so anerkennend an, als setze er mit diesem Schlüsselumdrehen sein Leben aufs Spiel.

»Danke, wir machen das allein«, stellte Franziska klar, als ihr Kollege aufgesperrt hatte, und schob Brunos Verehrerin etwas resoluter als nötig zur Seite.

»Ja aber ...«, wandte die Hausbesitzerin ein.

»Passt schon.« Bruno verbeugte sich leicht. »Sollen wir bei Ihnen klingeln, wenn wir fertig sind?«

»Wie Sie meinen.« Beleidigt zog sie von dannen.

Bruno suchte den Lichtschalter. Von einem dunklen Flur gingen fünf Türen ab. Zwei rechts, zwei links und eine am Kopfende. An der Garderobe hingen eine Schaffelljacke und ein dunkelblauer Schal. Auf einem Regal standen vier Paar blitzblank geputzte Schuhe und ein Paar Filzpantoffeln. Es war kalt. Vermutlich hatte Herr Dr. Hellmann alle Heizkörper heruntergedreht.

»Scheint jedenfalls nicht so, als sei hier eingebrochen worden«, stellte Bruno fest.

Franziska nickte.

»Eigentlich sieht es sogar ganz ordentlich aus«, meinte sie nach einer Weile. Sie hatten inzwischen das geputzte Bad, die aufgeräumte Küche und das kühle Schlafzimmer besichtigt.« Er hätte Gertraud problemlos mit herbringen können. Da hätte sie gleich gesehen, dass ihr Zukünftiger ein ordentlicher Hausmann war.«

»Jawohl, Frau Hausmann.« Bruno lächelte und öffnete die nächste Tür. Es war Günthers Arbeitszimmer. Dort standen ein großer gläserner Schreibtisch, zwei Aktenschränke und ein Schreibtischstuhl. Auf dem Schreibtisch ein Karton mit Günthers Visitenkarten sowie eine Rolodex aus jener Zeit, in der es noch keine Computer gab und Visitenkarten alphabetisch in die stählerne Halterung einer Rollkartei eingehängt wurden.

Franziska blätterte sie durch. Unter H waren nur zwei Einträge. Halber Gertraud, verziert mit einem im Rahmen langer Telefonate mehrfach übermalten roten Herzchen, und Hellmann Edwin. Das musste der Bruder sein. Sie notierte sich dessen Anschrift und Telefonnummer. Die Wände des Hellmannschen Privatbüros waren bis zur Decke mit Bücherregalen gepflastert, in denen sich vor allem dicke Wälzer mit dunklen Lederrücken und Hefte und Notizbücher befanden. Gebündelte Briefstapel schienen einer Auswertung entgegenzusehen. »Material für das Gläserne Vilstal«, vermutete Franziska.

Bruno griff wahllos nach einem der Notizbücher und schlug es auf. »Um Gottes Willen, da muss man ja Schriftsachverständiger sein, um das lesen zu können.«

»Ich glaube, man muss besessen sein«, murmelte Franziska, »oder sehr viel Zeit haben. Aber was ist mit dem Gläsernen Vilstal, vom dem die Halber Gertraud und auch der Hiendlmayr sprachen? Wie gesagt, sie haben nur darüber gesprochen, gesehen haben sie es nicht. Angeblich ist es ja in dieser Wohnung.«

»Wir waren noch nicht im Wohnzimmer.« Bruno ging ihr voran.

Das Wohnzimmer war ein großer leerer Raum mit weißen Wänden und einem Holzfußboden. Es gab kein einziges Möbelstück. Weiße Leinenvorhänge filterten das Tageslicht. Bruno drückte auf den Lichtschalter. Die Deckenstrahler ließen sich mittels eines Dimmers regeln, und er drehte sie bis zur höchsten Stufe auf.

Dann sahen sie es: Die weiß gestrichenen Wände waren mit Buchstaben, Zahlen und Zeichen versehen. Für Geburtstage stand ein Stern, die Eheschließung war durch zwei miteinander verbundene Ringlein gekennzeichnet, ein Kreuz wies das Sterbedatum aus. Den Kommissaren eröffnete sich ein Geflecht von Schicksalen, reduziert auf wesentliche Lebensdaten wie Geburt, Heirat, Nachwuchs, Tod. Die Aufzeichnungen reichten bis ins Jahr 1067 zurück. Alle legalen Verbindungen waren mit schwarzem Filzstift gezeichnet, darüber aber hatte Günther Hellmann in Rot die Informationen aus den nachgelassenen Hebammennotizen, Tagebüchern und Briefen eingetragen. Dieses Netz war fast ebenso dicht gewoben wie das der offiziellen Nachkommen.

»Donnerwetter.« Bruno staunte.

»Was für eine Fleißarbeit!« Mit ausgestrecktem Zeigefinger suchte Franziska nach den Lebensdaten der Brunner- und der Harbingerlinien und fand sie nach etwa vier Minuten. Tatsächlich, da waren sie alle vermerkt: Malwine, Hannes und Hermann Brunner, die ehe- und kinderlose Agnes Harbinger und die beiden Harbingerbrüder, von denen der eine den Hof übernommen hatte und kinderlos geblieben war, während der andere, Andreas, die Kalkhölzl geheiratet hatte. Mit der Hiendlmayr Beate allerdings war er durch ein rotes Band verknüpft, das wiederum auf Meinrad verwies.

Beeindruckt wandte Franziska sich an Bruno. »Deine Erpressungstheorie ist in der Tat nicht von der Hand zu weisen.«

»Sag ich doch.«

»Aber der hat nie jemanden in die Wohnung gelassen.

Und zwar deshalb.« Sie wies auf die Wandzeichnungen. »Gertraud beispielsweise wusste nicht einmal, wo genau er wohnte, hat ihm in Zeiten des Internets vermutlich nie einen richtigen Brief schreiben wollen. Und ich glaube ihr und vor allem ihm. Hätte ich eine solche Infobombe an meiner Wand – ich wäre auch sehr, sehr vorsichtig.«

Bruno schob sich eine Lesebrille auf die Nase, die er sich nicht wegen seiner Augen, sondern wegen des Designs gekauft hatte und die ihm wirklich ungewöhnlich gut stand, und ging ganz nah an die Wand heran.

»Hör mal, was für wunderbare Namen: Handgrödinger, Warmprechtshammer, Oberholzhäuser, Popfinger ...« Plötzlich hielt er inne. »Sag mal, meinst du, da gibt's auch einen Kleinschmidt? Meine Vorfahren sind zwar erst um 1830 hier eingewandert – aber man weiß ja nie.«

»Und was machst du, wenn du ein Bankert bist?«

»Dann such ich meinen Vater – so wie es auch der Hiendlmayr gemacht hat.«

Sie biss sich nachdenklich auf die Lippen. »Eigentlich müsste er so was wie ein Register angelegt haben, unterteilt in Planquadrate wie bei Landkarten. Sonst findet man ja nichts wieder. Möglicherweise aber hat er auch alles im Kopf gehabt.« Sie stutzte. »Hast du eigentlich so was wie einen Computer gesehen?«

Bruno schüttelte den Kopf. »Wir haben allerdings noch nicht die Aktenschränke geöffnet. Da könnte durchaus ein Laptop drin sein.« Neugierig suchte er weiter nach Namen auf der Wand und pfiff plötzlich erstaunt. »Du, schau mal, was ist das denn?«

Franziska trat näher.

Anstelle einer dicken roten Linie waren einige Namen mit dünnen und unterbrochenen Rötelstiftstrichen verbunden.

»Sieht ganz so aus, als sei er sich hier noch nicht sicher gewesen und müsste noch nachrecherchieren. Schau mal, mit rotem Filzstift hat er offensichtlich nur die Linien nachgezogen, für die er definitiv Beweise hat und die nicht mehr wegradiert werden müssen.«

Bruno nickte. »Interessant. Lass uns doch mal schauen, ob wir ein paar Bekannte finden. Schau mal hier, die Linie der Daxhubers.«

»Dass Eduard und Ottilie eine Tochter haben, wissen wir doch.«

»Ja, und diese Corinna hat wiederum einen Sohn namens Paul, was wir auch wissen. Aber was wir bisher noch nicht geahnt haben, ist, dass von dem aus eine gestrichelte Linie direkt ins Nest der Waldmosers führt.«

»Was? Ich glaub's nicht.« Neugierig trat Franziska näher an die Stammbaumwand. »Du weißt aber schon, dass diese Corinna in München lebt?«

»Und der Sohn des Bürgermeisters studiert in München – und zwar Jura, wenn mich nicht alles täuscht. Die haben halt Heimweh gehabt und sich gegenseitig getröstet.« Bruno grinste.

»Heimweh nach Kleinöd – das glaubst du doch selber nicht.« Franziska schüttelte den Kopf. »Weißt du was, wir sollten alle gestrichelten Bereiche durchsehen. Wer von den Lebenden könnte Angst um sein Erbe, um seinen Besitz haben? Und zwar so viel Angst, dass er den Einzigen, der die wahren Blutsbande kennt, vernichten muss?«

»Stimmt. Und falls er was von diesem Zimmer weiß, wird er auch das vernichten müssen.«

»Wir werden den Zugang zu diesem Raum versiegeln.«

Franziska holte ihr Diktiergerät hervor und sprach alle Namen, von denen gestrichelte Linien abgingen, aufs Band.

Als sie eine gute Stunde später im Erdgeschoss läuteten, hatte die Hausbesitzerin die Zeit genutzt und sich dezent geschminkt. Mit tragischen und kajalumflorten Augen nahm sie es hin, dass die obere Wohnung noch eine Zeit lang unbenutzt und ein Raum versiegelt bleiben würde und sie daher mit Renovierung und Neuvermietung noch warten müsse.

Mit wichtigtuerischer Miene bat sie Bruno um einen polizeilichen Rat. Nur er könne ihr helfen. Sie tat so geheimnisvoll, als habe sie eine Leiche entdeckt oder ein Depot möglicher Mordwaffen – wie Franziska später erfuhr, ging es jedoch einzig und allein um eine Strafe wegen Falschparkens.

Während Bruno sich mit der Dame herumschlug, ging Franziska zu Fuß ins Büro zurück und telefonierte mit der Fahrbereitschaft. »Ich brauch einen Wagen mit Navigationssystem.«

»Wenn Sie wollen, hätten wir auch einen Chauffeur für Sie.«

Franziska dachte kurz nach. Sie fuhr nicht gern Auto, was alle Kollegen wussten. Andererseits: Der Bruder von Günther Hellmann wohnte in Dingolfing. Das war nicht wirklich weit weg, und mit dem Navi würde sie auch problemlos die richtige Straße finden.

»Nein, danke, ich fahre selbst.«

Während sie die Hauptstraße überquerte, nahm sie aus den Augenwinkeln ihren Kollegen Bruno wahr. Der Ärmste hatte sich tatsächlich mehr als eine halbe Stunde mit den Sorgen und Problemen der kleinen Frau mit dem riesigen Haarschopf befassen müssen.

Er hielt den Hellmannschen Laptop, der in einer schwarzen Ledertasche ordentlich hinter dem Schreibtisch gestanden hatte, in der linken Hand, führte mit der rechten eine Zigarette an die Lippen und begab sich mit federnden Schritten und sehr zielbewusst Richtung Dienststelle. Sie wusste: Dort würde er bei einem gepflegten Espresso seiner Lieblingsbeschäftigung nachgehen und den Computer des Opfers analysieren.

Die sonore Frauenstimme des Navigationssystems führte Franziska Hausmann in eine nicht weit vom Stadtkern entfernte Neubausiedlung. Hier wohnte die Familie Edwin Hellmann in einer dreigeschossigen schmucken Doppelhaushälfte mit kleinem Vorgarten, seitlichen Gemüse- und Kräuterbeeten und einer im Südwesten gelegenen rot gefliesten Terrasse, die von Rasenflächen eingefasst war.

Franziska klingelte, und ein etwa achtjähriges Mädchen öffnete ihr die Tür.

»Hallo, sind deine Eltern da?«

Das Kind nickte verschüchtert. »Nur die Mama.«

»Kann ich die bitte mal sprechen?«

In diesem Augenblick kam Frau Hellmann mit einem Baby auf dem Arm zur Tür und wurde kreidebleich, als Franziska ihr den Dienstausweis zeigte.

»Kann ich bitte reinkommen?«

»Ist was passiert? Ist was mit meinem Mann?«

»Nein. Ich komme nicht wegen Ihres Mannes. Es geht um den Bruder Ihres Mannes, um Günther Hellmann.«

»Den kenn ich kaum. Ehrlich gesagt, hab ich ihn nur flüchtig bei unserer Hochzeit gesehen. Was hat er angestellt?«

»Es tut mir sehr leid, Ihnen das mitteilen zu müssen. Ihr Schwager ist verstorben. Und deshalb bin ich hier.«

Die Frau nickte und griff zum Telefon, auf dem sie eine Kurzwahltaste drückte. Während sich der Anruf aufbaute, betrachtete sie das Baby in ihrem Arm so verwundert, als wisse sie nicht, wo es herkomme und was sie damit zu tun habe. Endlich meldete sich jemand. »Edwin, bist du's? Komm sofort heim, dein Bruder ist tot.«

Am anderen Ende der Leitung baute sich ein Wortschwall auf.

»Ja, weiß ich doch auch nicht, da ist grad eine Frau ...«

Sie nahm Franziskas Kärtchen in die Hand und las vor: »... Hauptkommissarin Hausmann aus Landau gekommen. Und zwar wegen deinem Bruder. Ich kann dazu ja nun wirklich nix sagen.«

Wieder schien der Mann am anderen Ende ungewöhnlich viel zu sagen. Die Frau hörte ihm andächtig zu. Dann wurde es plötzlich still, und Frau Hellmann legte das Telefon zur Seite.

»Er kommt sofort – ich schätze, dass er in einer Viertelstunde hier ist.«

Sie bat Franziska, Platz zu nehmen, und verließ ohne ein Wort der Erklärung das Zimmer.

Franziska saß allein auf der Sofakante und wartete. Als die Standuhr fünf nach fünf zeigte, ahnte die Kommissarin, dass sie hier auf Herrn Hellmann zu warten hatte, und zwar allein. Vielleicht waren das die Befehle gewesen, die er ins Telefon gebrüllt hatte und an die seine Frau sich nun auch hielt.

Sie stellte sich hinter das mit rosa blühenden Orchideen bestückte Blumenfenster. Von hier aus hatte man einen wunderbaren Blick auf die Altstadt und den Turm der Sankt-Johannes-Kirche.

Um die Zeit zu nutzen, rief sie Bruno an. »Ich bin's. Gibt's was Neues?«

»Einen Superrechner hat der da gehabt. Echt. Und beste Qualität – wenn ich mal wieder Kohle hab, dann kauf ich mir auch so ein Teil. Und auch mit einem Zwanzig-Zoll-Bildschirm.«

»Hör mal, das will ich nicht wissen. Wie weit bist du?«

»Das Ding ist leider passwortgeschützt. Ich bin noch nicht drin. Dabei hat er sich selbst eine Eselsbrücke gebaut – für den Fall, dass er es vergisst. Hier steht es: Kennworthinweis.«

»Lies vor, was steht in dem Hinweis?«

»Zweiter Name vom Zweitliebsten«, zitierte Bruno und fügte hinzu: »Ich könnte mir vorstellen, dass das Vilstal seine zweitliebste Beschäftigung ist. Vielleicht auch Gertraud oder deren Tochter mit dem unsäglichen Namen Eulalia. Aber mit all diesen Begriffen bin ich nicht reingekommen.«

Franziska unterbrach ihn. »Die Tochter heißt Eulalia-Sophie. Gib doch mal ›Sophie‹ ein, bitte.«

Sie hörte, wie er das Telefon zur Seite legte und sechs Buchstaben tippte. Stille. Dann ein erleichterter Seufzer. »Ich hab's, super. Ich bin drin, und du bist spitze.«

»Danke. Das hör ich gern. Endlich mal ein Lob von dir. Übrigens, wenn du was Interessantes findest, ruf mich bitte auf dem Handy an. Sonst sehen wir uns morgen. Ich bin sicher noch ein Stündchen hier bei den Hellmanns und fahre dann gleich heim.«

»Genau. Ich schau mir kurz die Dateien an, und dann werd ich auch bald Schluss machen. Morgen ist auch noch ein Tag.«

Sie sah auf ihre Uhr und dann wieder aus dem Fenster.

Um genau siebzehn Uhr fünfundzwanzig parkte Edwin Hellmann sein silbergraues Auto der Premiumklasse in seinem exklusiven Carport aus wetterfestem Holz. Mit mehrfachen Anläufen manövrierte er es unter die Bedachung, als sei es ein schwer zu steuerndes Schiff.

Dem Wagen entstieg ein Mann im Nadelstreifenanzug, mit weißem Hemd und roter Krawatte. Soviel sie wusste, arbeitete er in einer Bank – seinem Outfit nach zu urteilen auf einer höheren Ebene. Auf den ersten Blick schätzte sie ihn als jemanden ein, der es gewohnt war, Befehle zu erteilen. Zu Hause und im Büro.

Sie hörte, wie er die Haustür aufschloss und, ohne Frau und Kinder zu begrüßen, direkt zu ihr ins Wohnzimmer stürzte.

»Ich hab nicht viel Zeit. Was ist denn nun mit Günther?« Er blieb ein bisschen zu dicht vor ihr stehen. Sie wich einen Schritt zurück.

»Herr Hellmann, wollen Sie sich nicht setzen?«

Er schüttelte den Kopf.

»Es tut mir leid, Ihnen das mitteilen zu müssen. Ihr Bruder ist einem Gewaltverbrechen zum Opfer gefallen.«

Er kniff die Augen zusammen. »Geht's auch etwas klarer?«

Franziska schwieg ihn fünf Sekunden lang an, in denen ihr klar wurde, dass sie ihn nicht mochte. Also zwang sie sich, besonders professionell zu sein.

»Selbstverständlich. Ihr Bruder wurde am Samstag gegen neunzehn Uhr mit einer Schrotflinte erschossen.«

»Was, am Samstag schon, und da kommen Sie erst jetzt zu mir?« Wieder dieser vorwurfsvolle und aggressive Blick. Vermutlich hatten all seine Mitarbeiter Angst vor ihm.

Franziska bemühte sich, ihre Stimme nicht nach Rechtfertigung klingen zu lassen: »Ich habe erst heute erfahren, dass der Verstorbene einen Bruder hat. Bislang hieß es, es gebe keine Verwandten.«

»Von wem?« Edwin Hellmann zog die Stirn kraus.

»Von seiner Verlobten.«

Zum ersten Mal zeigte ihr Gegenüber so etwas wie Überraschung. »Nee, das glaub ich nicht.«

»Doch, so ist es aber. Er ist übrigens vor dem Haus dieser Verlobten erschossen worden.«

Edwin Hellmann ließ sich in einen Sessel fallen und sah kurz zu ihr auf. Dann sagte er: »Setzen Sie sich.« Es klang wie ein Befehl.

Sie nahm einen der schwarzen Lehnstühle und setzte sich in einem Winkel von neunzig Grad zu ihm. Eigentlich hätten sie sich Auge in Auge gegenübersitzen müssen. Nur dann hätte sie auch die kleinsten Irritationen in seinem Gesicht registriert, aber erstens war dieser Mann kein Verdächtiger, und zweitens ging von ihm eine unangenehme Unruhe aus, gepaart mit Verachtung, der sie sich nicht frontal aussetzen wollte.

Edwin Hellmann starrte nun auf seine Hände. »Glauben Sie, das war ein Nebenbuhler? Eine Eifersuchtstat?« Er war zum ersten Mal gesprächsbereit.

Franziska hob die Schultern, dann fragte sie: »Wann haben Sie Ihren Bruder zuletzt gesehen?«

Er faltete seine Hände und dachte nach: »Auf unserer Hochzeit, glaube ich. Das ist aber auch schon zehn Jahre her, mindestens. Die Kleine wird ja schon bald neun.«

Kopfschüttelnd sah sie ihn an: »Wollen Sie etwa damit sagen, dass Ihr Bruder zu keinem Ihrer Familienfeste kam, bei keinem Ihrer Kinder Pate ist?«

»Ja, so ist es.« Er seufzte. »Das hört sich in dieser Situation vielleicht albern an, aber jetzt tut es mir irgendwie leid. Mein Bruder Günther hatte nie Zeit. Und ich auch nicht. Scheint in der Familie zu liegen. Außerdem: Meine Frau und ich waren uns sicher, dass ihm die Bücher lieber waren als Menschen. Es gibt nun mal sach- und personenorientierte Lebensentwürfe. Sein Entwurf war absolut buchorientiert. Der ist Bibliothekar geworden, um sich seine Berufung zum Beruf zu machen. Bis vor einigen Jahren haben wir ungefähr einmal im Monat telefoniert, aber das hat sich dann auch gegeben. Damals hat er sich ein neues Projekt zugelegt, das seine ganze Freizeit fraß. Er nannte es ›meine große Recherche‹ – und mit der war er Tag und Nacht beschäftigt. Ich nehme an, es hatte was mit Archäologie zu tun, denn einmal hat er stolz gesagt, dass nach seinen Erkenntnissen die Geschichte des Vilstals umgeschrieben werden müsse. Also wirklich, wen interessiert denn so was! Da sehen Sie mal, wie weltfremd und verrückt der war. Meine Frau wollte lieber handfeste Paten für unsere Kinder. Nicht so g'spinnerte Leute. Echte Vorbilder halt.« Er seufzte und sah auf seine Armbanduhr.

»Sie wussten also gar nicht, dass er verlobt war?«

»Nein, ich dachte, der interessiert sich nur für Bücher.«

»Ihr Bruder hat sich für Bücher und Genealogie interessiert.« Sie reichte ihm eine der Visitenkarten, die bei Günther Hellmann auf dem Schreibtisch gelegen hatten. »Das war seine Forschung. Erbenermittlung und Stammbaumrecherche.«

Edwin Hellmann wippte ungeduldig mit dem Fuß. »Also gut, und warum genau sind Sie hier? Was kann ich für Sie tun? Ich muss noch mal zurück ins Büro. Wir haben eine Abendsitzung. Verstehen Sie, mein Bruder und ich waren uns fremd. Wir sind nicht aus dem gleichen Holz geschnitzt, wie man so schön sagt.«

»Gut, dann machen wir es kurz. Wir haben heute einen Raum in der Wohnung Ihres Bruders versiegelt. Sie können da erst rein, wenn ich Ihnen Bescheid gebe.«

Er sah sie fragend an. »Was hab ich denn damit zu tun?«

»Sie sind der rechtmäßige Erbe.«

Gereizt winkte er ab. »Ach, bei dem ist doch eh nichts zu holen. Nichts als Bücher und alte Handschriften, vermutlich nicht mal ordentliche Möbel. Verstehen Sie, ich wäre heilfroh, wenn Sie mich aus dem Ganzen raushalten könnten, ich hab grad so viel Stress, da brauche ich nicht auch noch das Vermächtnis meines Bruders. Ehrlich nicht.«

»Okay, dann kriegen Sie Bescheid, sobald die Wohnung frei wird.«

»Lassen Sie sich ruhig Zeit.« Er stand auf und ging Richtung Tür.

Sie folgte ihm.

»Da wäre noch der Wagen Ihres Bruders. Der ist schon freigegeben. Sie können ihn bei uns abholen. Hier ist die Adresse.«

Er steckte das Kärtchen ein, blieb kurz stehen und zog die Stirn kraus. »Was ist denn das für ein Auto?«

»Ein Honda, etwa sechs Jahre alt, auberginefarben.«

»Ein Honda? Nee, so was kommt mir nicht ins Haus. Also meinetwegen kann die Verlobte den haben.« Er zögerte kurz, als überprüfe er eine Idee. »Allerdings nur, wenn sie auch die Wohnung leer räumt.«

Franziska sah ihn nachdenklich an. »Ich weiß nicht, ob die Verlobte das will. Aber da sag ich Ihnen Bescheid. Möglicherweise müssen Sie all Ihre Ansprüche schriftlich auf sie übertragen.«

»Ich unterschreib Ihnen alles, wenn Sie mich nur da raushalten.«

Franziska stellte sich ihm in den Weg. »Sie müssten Ihren Bruder außerdem noch identifizieren.«

»Kann das nicht auch die Verlobte machen?« Er zwängte sich an ihr vorbei.

Sie folgte ihm. »Ich weiß nicht, ob sie sich dazu in der Lage sieht. Die Frau steht unter Schock.«

Er stand bereits in der geöffneten Eingangstür. »Die wird sich schon wieder beruhigen. Die Toten wandern schnell, glauben Sie mir. Ich weiß das von unseren Eltern. Wenn's geht, soll sie sich auch um die Bestattung und den ganzen Kram kümmern. Vielleicht will sie ihn ja auf ihrem Friedhof haben, dann kann sie ihn täglich besuchen. Ist mir alles recht. Fragen Sie sie einfach. Die Begräbniskosten übernehme selbstverständlich ich. Aber für alles andere hab ich nun mal keine Zeit. Bankenkrise, Geldkrise, Währungskrise. Für Otto Normalverbraucher gibt es keine Rettungsschirme. So, und jetzt muss ich wirklich gehen.«

Er sprang in sein Auto und verließ mit quietschenden Reifen sein Grundstück.

Franziska schüttelte sich verdutzt. Hatte der sie da gerade zu seiner Assistentin gemacht? Sie voll gepackt mit einer Unmenge von Aufgaben? Vermutlich besaß er auch noch die Frechheit, morgen bei ihr anzurufen und nachzufragen, ob sie schon alles erledigt habe. Das traute sie ihm zu.

Frau Hellmann ließ sich nicht blicken, als Franziska nach ihrer Jacke griff und das Haus verließ. Erst als sie den

Wagen gewendet hatte und auf dem Weg nach Landau erneut an der Doppelhaushälfte vorbeifuhr, sah sie sie mit dem Baby auf dem Arm hinter einem der erleuchteten Fenster stehen. Sie wirkte nicht so resolut, als könne sie sich ihrem Mann widersetzen oder gar darüber bestimmen, wer Pate ihrer Kinder würde.

Franziska gab die Adresse ihrer Wohnung in den Navigator ein und ließ sich von der Stimme führen. Auf dem Heimweg durch das Industriegebiet kam sie an einem geöffneten Supermarkt vorbei und verspürte plötzlich einen irrsinnigen Hunger. Und wie immer, wenn sie in diesem Zustand einkaufte, griff sie maßlos zu. Für sich, für ihren Mann und für den Kater Schiely. Bepackt mit einer Kiste frischem Gemüse und gut abgehangenem Suppenfleisch, Tüten voller Katzenfutter für den Kater und Süßigkeiten aus den Aktionsregalen für ihren Mann, kam sie heim und machte sich gleich ans Kochen.

Die Vorfreude auf einen frischen Eintopf ließ ihr das Wasser im Mund zusammenlaufen. Sie schnitt das Gemüse und dachte wie so oft, dass die Zubereitung von Mahlzeiten eine ebenso meditative wie kreative Beschäftigung war und äußerst beruhigend wirkte. Zumindest auf sie.

Als ihr beim Würfeln der Zwiebeln Tränen in die Augen schossen, musste sie an Günther Hellmann denken, dessen Angehörigen sein Tod ja offensichtlich völlig egal war. Es hatte sogar den Anschein, als empfinde die Familie Edwin Hellmann den Mord als unliebsame Belästigung, die ihren gut eingespielten Alltag durcheinanderbrachte. Die kleine Tochter hatte den Bruder ihres Vaters offensichtlich noch nie gesehen.

Franziska seufzte. Vermutlich wäre es vernünftig, Gertraud und ihrer Tante Charlotte alle anstehenden Bestattungsrituale zu überlassen. Würdevoller als Edwin bekämen die das allemal hin. Sie beschloss, mit Gertraud zu sprechen. Sollte die sich einverstanden erklären, würde

Edwin sich vom Nachlassgericht den Erbberechtigungsschein ausstellen lassen müssen, und erst dann könnte er alles per Verfügung auf die Verlobte umschreiben lassen.

Wie wäre es wohl bei ihr, wenn sie plötzlich stürbe? Würde Christian trauern, oder empfände er ihren Tod eher als eine lästige Unterbrechung seines so gut organisierten Alltags? Würde er sich davor drücken, die Beerdigung zu organisieren? Sie wollte verbrannt werden. Das musste sie ihm noch sagen. In Vilshofen ging das ganz schnell, hatte der Schmiedinger Adolf behauptet.

Maunzend saß der Kater zu ihren Füßen und sie verwöhnte ihn mit extragroßen Knuspertaschen für Katzensenioren. Vermutlich würde Schiely vor ihr sterben – und wenn nicht, würde er sein Frauchen vor allem deshalb vermissen, weil die ihn zwischendurch mit Leckereien verwöhnt hatte, während Christian sich streng an feste Frühstücks- und Abendmahlzeiten für Katzen hielt und überhaupt fand, dass Schiely zu viel Dosenfutter auf den Rippen hatte.

Das Suppenfleisch duftete verführerisch, und sie würfelte voller Inbrunst Kohlrabi, Kartoffeln und Möhren. So ein Eintopf gab dem Leben wieder Sinn. Insgeheim ahnte sie, dass es ihr bei diesem Ritual auch darum ging, sich ihr eigenes Süppchen zu kochen, sich nicht von Edwin Hellmann instrumentalisieren zu lassen.

Angelockt vom Essensduft kam Christian aus seinem Arbeitszimmer.

»Frau Hausmann als Hausfrau?«

Sie lächelte und gab ihm einen Kuss. »Du siehst ziemlich müde aus.«

»Nur im Gesicht«, antwortete er grinsend und rieb sich die Augen.

»Komm, mach für heute Schluss, ich habe auch Feierabend.«

»Das ist der beste Vorschlag seit Langem.« Er hockte

sich zu ihr an den Küchentisch und sah ihr zu. »Ich mag das, wenn du kochst. Leider viel zu selten.«

Sie nickte. »Das stimmt. Wie war dein Tag?«

Er berichtete ihr von seiner Übersetzung, von Formulierungsschwierigkeiten, von der Unendlichkeit unseres Heimatuniversums und der Unvorstellbarkeit eines Multiversums. »Vielleicht bin ich zu alt. Es macht mir richtiggehend Angst, mich in diese Modelle hineinzudenken. Die Universen sind so groß – und wir sind so klein. Aber das allein ist es nicht. Mich bedrückt die Vorstellung, dass wir – zumindest laut den Theorien meines derzeitigen Buches – immer wieder die gleichen Handlungen vollziehen und dass wir uns, sobald wir dieses Leben einigermaßen gemeistert haben, in einem nächsten Universum erneut darauf einlassen müssen. Das Leben als Endlosschleife, wo wir doch grad so vernünftig geworden sind, uns von der Unsterblichkeit zu verabschieden. Und jetzt kommen Physiker und Philosophen mit der Unendlichkeit des Lebens daher.«

Franziska gab ihm recht. »Das ist ja gruselig.«

Sie schluckte. Das hieße, millionenfach den toten Günther Hellmann, millionenfach den gleichgültigen Bruder, millionenfach die verwitwete Verlobte. Sie suchte nach einem Satz, der die Lage entspanntte: »Wenn ich diesen einen Fall jetzt löse, wird er dann millionenfach geklärt sein? In sämtlichen Universen?«

»Ich wünsche es dir. Aber sicher bin ich mir nicht.« Christian öffnete eine Flasche Wein und stellte zwei Gläser auf den Tisch.

»Und, was war bei dir? Gibt es was Neues von der Front?«

Sie sah ihn lange an, und ihr wurde plötzlich klar, dass sonst immer sie es war, die über ihn herfiel und ihr Tagesgeschäft vor ihm ausbreitete. Egal, ob er es hören wollte oder nicht.

»Wir suchen noch. Gustav Wiener hat geheimnisvolle Substanzen im Magen von Malwine Brunner entdeckt, die er nicht zuordnen kann. Er ist davon überzeugt, dass es sich um ein einheimisches und pflanzliches Gift handelt. Aber wenn er die Symptome nachschaut oder in eine Suchmaschine eingibt, öffnen sich fast so viele Seiten, wie es Paralleluniversen gibt.« Sie lachte und beschloss, die Geschichte mit Edwin Hellmann nicht zu erzählen. Sie würde sich nur noch einmal aufregen.

»Weißt du, was ich an deiner Stelle tun würde? Ich würd mir einen Heimatpfleger suchen und den bitten, mir ein Verzeichnis aller giftigen Bäume, Sträucher und Pflanzen des Vilstals zu erstellen. Vermutlich gibt es so ein Verzeichnis sogar schon.«

»Wenn nicht in diesem, dann in einem anderen Universum«, bemerkte Franziska und brach in ein befreiendes Lachen aus.

Kapitel 13

Sie betrat das Büro, hängte ihre Windjacke über einen Bügel und sah sofort, dass Bruno den Laptop mit nach Hause genommen haben musste, was eigentlich gar nicht erlaubt war. Sein Schreibtisch war leer bis auf das verwaist herumliegende Anschlusskabel zu einem zweiten Bildschirm und den USB-Connector zum fest installierten Drucker.

Dann konnte er es also doch nicht lassen, der Gute, und sammelt mal wieder illegal unbezahlte Überstunden an, dachte Franziska.

Aber vielleicht hatte er sich ja auch nur gelangweilt und war froh, sich zu Hause und in Gesellschaft eines Glases

Rotwein mit Günthers Rechner befassen zu können. Ihr war das eigentlich nur recht. Je mehr Informationen sie hatten, desto schneller könnte der Fall gelöst werden.

Möglicherweise gab es ja doch irgendeine bisher unbekannte Verbindung zwischen Günther und Malwine? Die Tatsache, dass über den Genealogen der Kontakt zwischen Meinrad Hiendlmayr und Malwine hergestellt worden war, konnte doch wohl nicht so einen Hass auslösen, dass Dr. Hellmann erschossen werden musste? Und warum war Malwine vergiftet worden? Und womit?

Franziska warf die Espressomaschine an.

Gerade als ihr Cappuccino in die bereitgestellte Tasse lief, klingelte ihr Telefon.

Es war Edwin Hellmann, und er kam gleich zur Sache.

»Hören Sie, ich war heut früh auf dem Amtsgericht und hab mir den Erbschein besorgt. Damit wir die Sache schnell über die Bühne bringen: Die Vollmachten hat meine Sekretärin auch gleich vorbereitet. Was ich jetzt von Ihnen brauche, ist der Name der Verlobten, am besten gleich alles: Name, Geburtsdatum und Adresse. Ihre Adresse habe ich ja. Unser Bote bringt Ihnen dann heut Vormittag noch die Papiere vorbei und ...«

Franziska schüttelte den Kopf. Sie fasste es nicht. Der konnte es ja kaum erwarten, seinen toten Bruder loszuwerden, und anstatt alles einem Bestattungsunternehmen zu übertragen, wollte er – wegen der persönlichen Note oder aus was für welchen Gründen auch immer –, dass die verwitwete Verlobte die Dinge regelte.

»Herr Hellmann, sorry«, unterbrach sie ihn. »Aber ich habe noch gar nicht mit der jungen Frau gesprochen.«

Mit befehlsgewohnter Stimme stellte er klar: »Gut, dann sprechen Sie jetzt mit ihr und rufen mich zurück, sobald alles klar ist. Ich kann die Vollmachten nämlich erst unterschreiben, wenn sie ausgedruckt sind – und ausdrucken lassen kann ich sie erst, wenn Namen und Daten korrekt eingetragen sind. Am besten geben Sie die Informationen direkt an meine Sekretärin«, er diktierte ihr eine Telefonnummer, die sie absichtlich nicht mitschrieb, und fuhr fort: »Meine Frau und ich wünschen, dass die Verlobte meines Bruders den ganzen Kram abwickelt. Dafür erhält sie den Wagen, und sie sollte auch die Wohnung leer ...« Er stutzte kurz. »Das war doch eine Mietwohnung, oder?«

Franziska nickte, und obwohl er es nicht sehen konnte, tat er so, als habe sie ihm zugestimmt. »Sie sollte auch die Wohnung leer räumen. Genau. Und Sie vermitteln ihr das – irgendwie.«

Die Kommissarin unterstellte ihm, dass er bei einer eventuellen Eigentumswohnung nicht so großzügig gewesen wäre. Die hätte er sich garantiert unter den Nagel gerissen – als Kapitalanlage oder als Zukunftssicherung für seine Kinder. Und die hätte er dann auch selbst leer geräumt, um ihren Wert richtig einschätzen zu können.

»Wie heißt die eigentlich?«

»Wer?«

»Die Freundin meines Bruders.«

Franziska seufzte. So einfach ging es ja nun auch nicht. Sachlich stellte sie klar: »Verstehen Sie, ich möchte zunächst einmal selbst mit ihr sprechen. Und erst wenn sie einverstanden ist und sich auch der Konsequenzen dieses Einverständnisses bewusst ist, gebe ich Ihnen alles durch.«

»Datenschutz, oder?« Er lachte komplizenhaft. »Ja, ja, ehe man sichs versieht, hat man dagegen verstoßen. Ich kenne das Problem. Wir hören uns?« Und schon ertönte das Freizeichen.

Sie knallte den Hörer auf die Gabel. »So ein arrogantes Miststück aber auch! Unglaublich, was bildet der sich bloß ein!«

In diesem Moment betrat Bruno den Raum. »Telefonat mit dem Chef?« Er feixte.

»Schlimmer. Das war der Bruder von Herrn Dr. Hellmann.«
»Und, was will er?«
»Mir was anschaffen.«

Komisch, er hatte doch ziemlich selten bei ihr übernachtet, wollte immer wieder zurück an seinen Schreibtisch und an seine Arbeit. Aber jetzt, da sie wusste, dass er niemals wiederkommen würde, spürte sie die Leere in ihrem Leben und in ihrem Bett.

Am liebsten wäre sie Günther gefolgt. Ihm hinterhergelaufen in das Land des Nichts. Ob der Mann ihrer Tante sie erschießen würde, wenn sie ihn freundlich darum bat? Bernhard Döhring hatte einen Jagdschein, eine Schrotflinte und möglicherweise sogar Verständnis für ihre Lage. Sie würde ihm ihr Sparbuch überschreiben, und dann sähe man ja schon, ob Tante Lotti recht hatte, wenn sie an schlechten Tagen über ihren Mann schimpfte und klagte: »Für Bares tut der alles.«

Ja, der alte Onkel, Onkel Alt, wie Eulalia-Sophie ihn nannte, würde sie erlösen, sodass sie in das Land des netten Onkels überlaufen könne. Und die Kleine würde von Charlotte großgezogen werden. Bei der ging es ihr eh besser.

Sie stellte sich eine Doppelbeerdigung vor. Sie an der Seite ihres geliebten Günther. Gab es eigentlich extrabreite Särge für zwei Personen? So wie es Doppelbetten gab? Doppelsarg und Doppelbett? Über jeden Quatsch standen lange Artikel in der Zeitung – aber derart essenzielle Dinge wurden nicht erwähnt.

Gertraud seufzte und putzte sich lautstark die Nase.

»Gut, dass du schon wach bist.« Nach einem resoluten Klopfen kam Tante Charlotte mit dem Schnurlostelefon ins Zimmer und reichte es ihrer Nichte. »Die Frau Kommissarin will dich sprechen.« Unmittelbar darauf beugte sie sich über das Gitterbettchen: »Ach, da ist ja mein kleines Prinzesschen! Na, wie haben wir denn geschlafen? Und Hunger haben wir auch schon wieder – und sicher brauchen wir auch ein sauberes Windelchen, oder? Na, dann komm mal zu deiner Tante.« Sie nahm das Kind auf.

Eulalia-Sophie strampelte ein wenig und sagte sehr deutlich: »Hallo, Lotti.«

»Ja, grüß Gott?«, meldete sich Gertraud währenddessen am Telefon. In ihr keimte die absurde Hoffnung, Günther wäre nur in ein Koma gefallen, alle Diagnosen und offensichtlichen Fakten wären falsch gewesen, und er wäre ganz plötzlich wieder aufgewacht. Im Moment seines Aufwachens hätte er ihren Namen geflüstert, und Frau Hausmann hatte allein deshalb angerufen, um ihr diese gute Nachricht zu überbringen.

»Hab ich Sie geweckt?«

»Nein, nein. Was gibt's?« Gertraud hatte das Empfinden, ihre Stimme wäre über Nacht ganz schwach geworden.

»Ich wollt einfach mal schauen, wie es Ihnen geht.«

»Ich weiß nicht. Mein Leben ist so leer. Ich hab keine Ahnung, was ich tun soll.« Mit jedem Wort schien ihre Stimme weiter zu schrumpfen. Sie schniefte.

»Ja, ich verstehe Sie gut.« Franziska schwieg. Die Erinnerung an ihren ersten Mann, Jochen, tauchte auf. Er war während eines Routineeinsatzes erschossen worden. Sinnlos abgeknallt auf einer Autobahnraststätte. Sie hatten gerade die schlimmste ihrer Ehekrisen überwunden, seine Geliebte war wieder in die Arme ihres eigenen starken Mannes zurückgekehrt, und zu Hause standen gepackte Koffer: für eine Reise in den Neuanfang. Und dann war mit einem Schlag alles vorbei gewesen.

Damals hatte sie sich geschworen, sich nie wieder mit einem Kollegen einzulassen, ja, nie wieder einen anderen Menschen zu lieben. Es war zu gefährlich, und es tat zu weh. Monatelang hatte sie nur noch funktioniert und nichts gespürt, außer dass in ihr ein großes und dunkles Gespinst heranwuchs, das sie besetzte, sie bis in die Fingerspitzen hinein mit Dunkelheit füllte und für nichts anderes mehr Raum ließ.

»Ich wünsch mir so, dass er noch lebt«, sagte Gertraud ins Schweigen hinein. »Manchmal geschehen doch Wunder. Warum nicht auch bei mir? Sogar die Harbinger Agnes hab ich schon deswegen angerufen.«

Franziska schluckte. Es gab keinen Trost. Sie wusste es. »Frau Halber«, sagte sie dann. »Ich rufe auch an, weil ich gestern mit dem Bruder Ihres Verlobten gesprochen habe.«

»Ja?«

Die Kommissarin überlegte kurz. Wenn sie die richtigen Worte fand, wäre Gertraud ihre Ansprechpartnerin in Sachen Nachlass und Wohnung, und alles wäre um einiges einfacher, als mit Edwin Hellmann zu verhandeln. Sie gab sich einen Ruck. »Es ist so, Edwin Hellmann hat vorgeschlagen, die Bestattung und alle damit zusammenhängenden Formalitäten in Ihre Hände zu legen. Sie, so sagte er, würden Günther am besten kennen und daher am ehesten wissen, was im Sinne des Verstorbenen sei. Wissen Sie«, meinte sie dann und hielt kurz inne, »ich weiß aus eigener Erfahrung, dass auch das eine Form der Trauerarbeit sein kann, es kann helfen, diesen schweren Verlust zu begreifen. Ich weiß nicht, was Sie davon halten, aber ich dachte, ich unterbreite Ihnen einfach mal sein Angebot.«

»Ja, aber ...« Gertraud verstummte.

»Es stimmt, das ist ein eigenartiger Vorschlag. Die Brüder standen sich wohl nicht sehr nahe. Herr Hellmann lässt Ihnen ausrichten, dass natürlich er alle Kosten trägt. Unabhängig davon bittet er Sie, auch den persönlichen Besitz seines Bruders durchzusehen. So können Sie die

Dinge, die Ihnen wichtig sind, behalten. Alles andere soll weggegeben werden. An die Caritas oder an ein Unternehmen, das auf Wohnungsauflösungen spezialisiert ist. Davon stehen ja genug in den Kleinanzeigen vom Vilstalboten. Edwin Hellmann kann sich nicht darum kümmern. Er wäre Ihnen sehr verbunden.« Franziska schwieg. Sie fragte sich, wie sie an Gertrauds Stelle reagieren würde.

»Echt? Das passt dem wohl grad nicht in seine Lebensplanung, dass der Bruder einfach so stirbt. Und wissen Sie was, in meine Lebensplanung passt es erst recht nicht. Lebendig hätten wir ihn gebraucht. Ich und meine Tochter.« Gertraud schluchzte. Sie klang verbittert. »Sollten wir die Einzigen gewesen sein, die ihn lieb hatten und nun um ihn trauern?«

»Sie müssen das nicht machen«, sagte Franziska stattdessen. »Es ist die Aufgabe des Erbberechtigten, also die Aufgabe von Edwin Hellmann.«

»Ach, der wird es doch auch nicht machen, sondern höchstens an ein Institut weitergeben«, murmelte Gertraud. »Und das hat mein Günther wirklich nicht verdient, so lieblos und nach Schema F bestattet zu werden. Nein, ist schon okay, ich werde mich um alles kümmern. So bin ich ihm noch ein wenig nah.«

»Da haben Sie recht«, meinte Franziska. »Dann werde ich also Herrn Hellmann ausrichten, dass er die Vollmachten für die gesamte Abwicklung auf Ihren Namen ausstellen kann?« Franziska kam sich ein wenig herzlos vor, dieses doch vertrauliche Gespräch mit einer derart pragmatischen Frage abzuschließen, aber die Dinge mussten vorangetrieben werden. Aus den Augenwinkeln heraus nahm sie wahr, dass Bruno angespannt und fassungslos an seinem Schreibtisch saß. Dem schien es offensichtlich gar nicht zu passen, dass Gertraud statt Edwin Hellmann ihre Kontaktperson sein würde.

»Ja bitte«, sagte Gertraud. »Tun Sie das. Ich kann ja

nicht nur hier herumsitzen und weinen. Tante Lotti hat auch schon gesagt, wenn ich so weitermache, wird Eulalia-Sophie später depressiv.«

Wenn das so ist, müsste ich eigentlich schwer depressiv sein, dachte Franziska. Sie war als kleines Mädchen ständig hinter ihrer grundlos traurigen Mutter hergelaufen und hatte versucht, sie zu trösten. Es war ihr nie gelungen. Nicht ein einziges Mal. Sie seufzte. »Da ist aber noch was. Sie müssten den Toten offiziell identifizieren.«

»Dann ist er also wirklich gestorben?« Gertrauds Stimme zitterte. Sie schien immer noch auf das Unmögliche zu hoffen.

»Ja, leider.«

»Na gut, dann übernehme ich das mit dem Identifizieren.«

»Können Sie reinkommen? Oder soll ich Sie abholen lassen?«

»Nein, nein, ich komme zu Ihnen. Die Tante versorgt das Kind. Bis später.« Und damit war das Gespräch beendet.

»Ich fass es nicht.« Bruno suchte in seinem Jackett nach der Zigarettenschachtel. »Du weißt, was ich von ihr halte, und trotzdem lässt du zu, dass ausgerechnet die Halber alle notwendigen Vollmachten vom Bruder des Toten bekommt, um ihre ganz persönliche Trauerfeier zu inszenieren und – falls wir die Wohnungsversiegelung aufheben müssen – auch noch die Wohnungsschlüssel kriegt. Das heißt, wir müssen sie immer fragen, wenn wir da reinwollen, um uns das Gläserne Vilstal an der Wohnzimmerwand anzuschauen. Und außerdem besteht die Gefahr, dass sie sich dann diesen allumfassenden Stammbaum reinzieht. Die nämlich wird sich als Erbberechtigte garantiert nicht an unser dann eh ungültiges polizeiliches Siegel halten! Bist du wahnsinnig geworden? Die Daten sind zwar auch in seinem Computer, aber an der Wand, da ist halt die große Übersicht, und außerdem kennt die Halber Gott und die Welt, zumindest was das beschauliche Vilstal betrifft.«

Er steckte sich eine Zigarette zwischen die gepflegten Lippen. Franziska war aufgefallen, dass er seit Kurzem ständig Tabak und Feuerzeug bei sich trug und es somit billigend in Kauf nahm, mit ausgebeulten Jackett- oder Hosentaschen aufzutreten – ein Verstoß gegen seinen Anspruch auf Perfektion, den er früher niemals zugelassen hätte. Es sah ganz so aus, als habe die Nikotinsucht ihn bereits völlig im Griff.

»Glaub mir, würdest du den Bruder des Toten kennen, so wüsstest du, dass wir mit Frau Halber tausendmal besser fahren.«

Kopfschüttelnd verließ Bruno den Raum. Sie sah ihm nach und lächelte. Der würde sich schon wieder einkriegen. Schon allein aus Angst vor Sorgenfalten.

Franziska hörte, wie vorsichtig an die Tür geklopft wurde. Sollte das schon Gertraud sein? Sie sah auf ihre Uhr. Nein, selbst wenn die sofort losgefahren wäre, könnte sie noch nicht hier sein.

Auf ihr »Herein!« betrat eine resolute Dame mittleren Alters das Büro und stürzte im Stechschritt auf sie zu. Es war die Schreibkraft ihres Chefs, auf die sie bei ihrer Arbeit manchmal zurückgreifen durfte.

»Ich hab Ihnen die Sachen gleich rübergemailt – und hier ist Ihr Band.« Die rechte Faust der Besucherin schoss mit solcher Wucht vor, dass Franziska erschrocken zurückwich.

»Also, so ein komisches Band aber auch. Etwas so Eigenartiges hab ich ja noch niemals tippen müssen.« In Erwartung eines Lobes blieb die Schreibkraft vor der Kommissarin stehen. »Wissen S', da ist ja überhaupt keine Aussage drin, kein Geständnis, kein Verdacht, nix. Nur

Daten und dann so verrückte Namen. Rettenbeck, Siebengartner, Loipfinger, Waldmoser, Rammelsberger, Lehrhuber, Lattenhammer, Daxhuber, Hölzlwimmer und so weiter und so fort. Wirklich g'spaßig ist das. Was wollen S' denn damit? Sammeln S' wohl die lustigsten Familiennamen hier bei uns, gell? Da kann ich Ihnen gern weiterhelfen, wissen S', da, wo ich herkomm, also da wohnen Leut, naa, die nennen sich ...«

Franziska unterbrach ihren Redeschwall mit einem eiskalten »Danke für Ihre Mühe und für das Band« und legte Letzteres demonstrativ in ihr Diktiergerät zurück.

Sie suchte in ihren Mails nach dem Eingang des Manuskriptes, fand es, fixierte die energisch nickende Frau und fügte hinzu: »Genau, da ist es ja. Gut, dann brauche ich Sie nicht mehr.«

Ihr Gegenüber presste die Lippen aufeinander, warf den Kopf in den Nacken und stolzierte davon.

Franziska widmete sich dem Manuskript und starrte auf jene siebzehn Namen, die in Günther Hellmanns Gläsernem Vilstal mit Rötelstrichen verbunden gewesen waren. Siebzehn Schicksale, zu denen er recherchiert hatte – hinter all diesen Namen verbargen sich Menschen, und einem davon schienen die Aktivitäten des Ahnenforschers gar nicht recht gewesen zu sein.

»Was hast Du denn mit der angestellt?« Bruno kam herein und setzte sich feixend vor Günthers Computer.

Franziska hob die Augenbrauen. »Mit wem?«

»Mit der Schreibkraft vom Chef. Die stand vor unserer Tür und schimpfte laut vor sich hin.«

»Ich habe ihr wohl zu wenig Aufmerksamkeit geschenkt.«

»Das war unklug«, belehrte er sie. »Ich musste mit ihr flirten, um sie wieder zu beruhigen. Denn wenn die's der Chefsekretärin steckt, und das macht die garantiert, dann werden wir in Zukunft unsere Bänder wieder selbst abtippen können. Wo wir es doch grad erst durchgesetzt haben, ab und zu mal eine Audiodatei rübermailen zu dürfen. Außerdem tippen die beiden Damen viel schneller als ich.«

Franziska hörte gar nicht richtig hin. »Es soll schon Computer geben, die auf Zuruf schreiben, hat mein Mann neulich gesagt. Möchte nicht wissen, was für ein Quatsch dabei rauskommt!«

»Außerdem könnten die uns richtig kontrollieren, von wegen Dienstbeginn und so«, baute Bruno seine Befürchtungen aus.

»So ein Schmarrn.« Sie schüttelte den Kopf. »Wir werden für unseren Verstand bezahlt – nicht dafür, dass wir zu festen Zeiten unseren Hintern auf einen Bürostuhl setzen. Außerdem bin ich so gut wie immer um halb acht an meinem Schreibtisch. Was man von dir ja nicht gerade behaupten kann.«

»Man wird sehen.« Er seufzte und sah auf den Hellmannschen Computer, der inzwischen hochgefahren war. »Ich hab übrigens auf diesem Rechner ein supertolles Genealogieprogramm gefunden. Das hat unser Ahnenforscher wohl selbst entwickelt. Am liebsten würde ich es klauen und patentieren lassen.« Er bemerkte Franziskas missbilligenden Blick. »Keine Angst! Also oben rechts ist ein Suchfeld, und wenn du da einen Familiennamen eingibst, zack, hast du den ganzen Stammbaum dazu. Praktisch, oder? Im Grunde genommen kannst du dir mit dieser Software die ganze Grafik, die der sich an seine Zimmerwand gemalt hat, in Ausschnitten wieder ranzoomen. An der Wand ist halt die eigentliche Übersicht. Dafür haben wir hier eine in Abschnitten gegliederte Kopie des Stammbaums seit Anno 1067.«

Er bearbeitete die Tastatur des Computers und meinte dann: »Schau mal, wenn ich Kleinschmidt eingebe, taucht als Erstes mein Ururgroßvater auf, ein Küfermeister, der sich hier um 1830 ein Haus gekauft und die gute Maishuber Augusta aus Neuölling geheiratet hat. Die beiden haben dann dafür gesorgt, dass der Stamm der Kleinschmidts gewachsen ist und sich entfaltet hat.«

»Und wie viele seid ihr jetzt?«

Bruno zählte eine Zeit lang. »Wenn ich nach dem hier gehe, gibt es dreiundzwanzig lebende Kleinschmidts im Vilstal. Und weißt du was, ich kenne höchstens die Hälfte. Du weißt schon, das sind die üblichen Angehörigen, die man auf Beerdigungen trifft.«

»Das glaub ich dir gern.« Sie steckte sich einen Bleistift hinters Ohr und zog die Stirn kraus. »Stell dir doch mal vor, da käme jemand zu dir oder zu deinen Verwandten, würde seinen Laptop aufklappen, das wunderbare Wort ›Kleinschmidt‹ eintippen, und du siehst plötzlich fremde Menschen, die mit dir verwandt sein sollen und außerdem lauter Linien definitiver und möglicher Blutsverwandter fragwürdiger Herkunft ...«

»Ja und? Das wär mir egal. Bei mir ist eh nix zu holen. Aber stimmt schon, wenn ich Haus und Hof hätte und nach einem Erben suchen würde – oder aber ich hätte den Neffen X als einzigen Erben, wär aber mit dem nicht glücklich, weil ich wüsste, dass der alles gegen die Wand fährt ... Und dann präsentiert mir der Herr Dr. Hellmann den Supervorzeigeneffen Y ... Ja, das könnte schon zu Konflikten führen. Vor allem Erbe X fände das garantiert suboptimal.«

»Die Frage ist nur, warum will Erbe X den Stammbaumforscher aus dem Weg haben? Einen wirklichen Gewinn hätte er doch nur, wenn Y von der Bildfläche verschwände. Oder?«

»Und was ist, wenn nur X von Y weiß und befürchtet, dass der Stammbaumforscher demnächst mit diesem Wissen hausieren geht?«

»Das wär's: Dann wäre X der Unbekannte in unserer

Gleichung. Wie in der Mathematik.« Franziska seufzte. »Ich hab hier eine Liste von Kandidaten, die wir uns mal genauer ansehen sollten. Würdest du das übernehmen? Ich muss mit meiner Zeugin in die Gerichtsmedizin.« Sie legte ihm den Ausdruck des frisch gelieferten Manuskripts auf den Tisch.

Er nickte. »Mach ich. Hast du eigentlich schon die Vollmachten von diesem Edwin Hellmann? Darum ging es doch in dem Gespräch mit der Halber, oder?«

»Du wirst es nicht glauben. Ich hab Gertrauds Namen und Geburtsdatum durchgegeben, und bereits eine halbe Stunde später stand der Kurier in der Zentrale. Alles bestens.« Sie hielt einen Umschlag hoch.

»Dann bleib ich heute im Büro und am Rechner?« vergewisserte Bruno sich, und sie sah ihm an, dass ihm diese Arbeitsteilung besonders gelegen kam.

»Ja, das wäre gut. Such mir doch bitte auch die Adressen und Telefonnummern von den Leuten raus, die auf der Liste stehen.«

Sie war mit dem Auto gefahren und hatte sich extra viel Zeit genommen. Sie ahnte, dass sie schon sehr bald das Unabweisliche seines Todes akzeptieren müsste. So lange sie seinen aufgebahrten Leichnam nicht gesehen hatte, konnte sie sich in einem letzten und verborgenen Winkel ihres Herzens noch vorstellen, dass das alles nicht wahr wäre, dass er nur schwer verwundet in der Einfahrt gelegen hätte, dass die Wunde verheilt wäre und er in diesem Augenblick neben ihr sitzen und mit ihr sprechen könnte.

Sie wäre so gern ein Teil seiner Ahnentafel geworden, gestand sie ihm, hätte sich und Eulalia in seinen Stammbaum integriert und denselben zum Blühen gebracht. Einen würdevollen Abschied versprach sie ihm, bei dem es seinen Freunden an nichts mangeln solle.

Freunde? Mit Erschrecken wurde ihr klar, dass sie keinen einzigen seiner Freunde kannte, ebenso, wie er niemanden aus ihrem Bekanntenkreis kennengelernt hatte. »Wir waren uns selbst genug«, flüsterte sie und spürte erneut den barbarischen Verlust. Nie wieder würde sie jemandem so nah sein können wie ihm. Jetzt war sie gewarnt. Es tat einfach zu weh, und sie wusste, noch so einen Schmerz würde sie nicht überleben.

Um genau zehn nach elf an diesem Vormittag stellte sie ihren Wagen vor der Landauer Polizeistation ab.

»Ich brauche nur ein Ja oder Nein von Ihnen. Ist das Günther Hellmann?«

Gustav Wiener zog das hellgrüne Tuch zur Seite, damit Gertraud einen Blick auf das Gesicht des Verstorbenen werfen konnte. Sie nickte und schluckte. Der Rechtsmediziner deckte den Leichnam so langsam und vorsichtig wieder zu, als habe er Angst, ihn zu wecken.

Die beiden Frauen verließen den weiß gekachelten Raum im Untergeschoss des Krankenhauses. An der Türschwelle drehte Gertraud sich noch einmal um. »Seine Nase ist so spitz, und er ist so furchtbar blass«, murmelte sie und sah Franziska fragend an. »Aber das ist er. Oder muss ich jetzt sagen, das war er? Er liegt so da, als würde er etwas Schönes träumen.« Ihre Augen waren rot und entzündet.

Franziska hätte gern Gertrauds Hand genommen oder ein Wort des Trostes gesagt. Aber es ging nicht. Sie fühlte sich selbst wie gelähmt.

Schweigend ging sie mit der jungen Frau über das Krankenhausgelände. Zwei Eichhörnchen spielten in den Grünanlagen der Klinik Verfolgungsjagd. Ihr buschiges kastanienrotes Fell glänzte in der Sonne.

»Kaffee?«, fragte die Kommissarin. »Ich lad Sie ein.«

Gertraud nickte.

Schweigend stiegen sie in Franziskas Wagen und fuhren in die Innenstadt. Sie entschieden sich für Kerstins Café mit Blick auf Arbeitsamt und Landratsamt, und während Gertraud ausgiebig die Speisenkarte studierte, um letztendlich doch nur eine Apfelschorle zu bestellen, legte Franziska den Umschlag mit sämtlichen Vollmachten auf den Tisch, alle in doppelter Ausfertigung.

Gertraud las sie durch, unterschrieb die Dokumente und gab jeweils einen der signierten Verträge an Franziska zurück.

»Und jetzt?«, fragte sie dann.

»Jetzt liegen alle Entscheidungen bei Ihnen. Wenn es Ihnen recht ist, würd ich gern mit Ihnen in die Wohnung fahren. Hier sind die Schlüssel.«

»Ja bitte, kommen Sie mit. Ich war noch nie bei ihm zu Hause. Er hat immer gesagt, dass er dort nicht lebt, sondern nur arbeitet.«

Franziska beugte sich vor und suchte Gertrauds Blick. »Nun, da Sie alles regeln und alle Rechte haben, wird jeder meinen, dass Sie die Witwe sind.«

»Die bin ich ja auch, wir wollten heiraten«, schluchzte Gertraud und stand auf. »Jetzt wird Eulalia als Engelchen an seinem Grab stehen und Blumen streuen. Dabei sollte sie das an unserer Hochzeit tun. Wir hatten uns schon so darauf gefreut.«

»Gab's denn schon einen Termin?«

»Ja, den siebzehnten Mai. Wir wollten am selben Tag heiraten wie der Waldmoser Johann, der Sohn vom Bürgermeister. Das war vielleicht ein Zufall! Wir hatten schon den Blauen Vogel gebucht, und dann kam er zu uns und wollte, dass wir unsere Hochzeit verschieben. Aber das haben wir natürlich nicht gemacht. Nur weil der da seine adlige Langnase heiratet, sollen wir zurückstecken? Naa. Da hat er angefangen zu jammern, seine Mutter würd extra für diesen Tag ganz besonders duftende Lilien züchten in ihrem Glashaus. Die würden grad an diesem Tag in voller Blüte stehen, und das müsse ich doch einsehen. Bei uns würd ja nix anbrennen, das Kind sei ja eh schon da. Eine Unverschämtheit.« Sie klang jetzt noch ärgerlich.

»Der heiratet also in den Adelsstand hinein«, konstatierte Franziska, die diese Information bisher eher für ein Gerücht gehalten hatte.

»Ja, und zwar die Enkelin vom Grafen Narco von Landau. Die hat acht verschiedene Vornamen, aber man darf sie beim ersten nennen. Und der ist Selma. Die ham sich beim Studieren kennengelernt. Jura. Der Johann will den Namen seiner Frau annehmen und seinen Vornamen auf Johann-Theodor umschreiben lassen. Als Jurist hört sich das ja auch viel besser an.« Sie schwieg einen Augenblick und fügte nachdenklich hinzu: »Sie würden doch auch lieber zu einem Anwalt gehen, der Johann-Theodor Graf von Landau heißt, als zu einem, der nur Waldmoser Johann in seinem Briefkopf stehen hat, oder?«

Franziska versuchte ein Lächeln und dachte an die gestrichelten und durchgezogenen roten Linien im Wohnzimmer des Ahnenforschers. Der Stamm der Grafen von Landau war dort prominent vertreten. Vermutlich gab es da auch ein paar rote Linien. Gut, dass der Raum noch versiegelt war.

In ihrer Phantasie sah sie den unehelichen Sohn des jungen Waldmoser, den kleinen Daxhuber Paul, salutierend und im Matrosenanzug vor dem gräflichen Brautpaar stehen. Das gäbe einen schönen Skandal. Denn garantiert hatte der Jurastudent nicht einmal seinen Eltern von der Existenz dieses Kindes erzählt, geschweige denn seiner zukünftigen Frau. Sie fragte sich, wie Günther Hellmann das herausgefunden haben mochte. Selbst Paulchens Großeltern, Ottilie und Eduard Daxhuber, wussten offensichtlich nicht, wer der Vater ihres Enkels war.

Die Kommissarin erinnerte sich, dass sich um dessen Herkunft die abenteuerlichsten Gerüchte rankten. Angefangen vom Ministerpräsidenten bis hin zu einem gefeierten Popstar kam jeder, der Rang und Namen hatte, als Paulchens Vater infrage. Und dann war es doch nur dieses charakterlose Waldmoser-Bürscherl gewesen. Und wer würde dafür sorgen, dass die rote Linie, die den Waldmoser Johann mit der Daxhuber Corinna verband und die zu dem gemeinsamen Kind Paul führte, nicht in den Stammbaum der Grafen von Landau einging? Sie schüttelte den Kopf. Sehr eigenartig, das Ganze.

»Also, ich für meinen Teil glaub ja, dass so ein Adliger auch heutzutag schon noch mehr Respekt bekommt als die ganz normalen Leut«, fuhr Gertraud fort. »Und die Grafen von Landau, wissen Sie, schön sind die ja nicht. Haben alle so ein kleines und spitzes Gesicht und ein fliehendes Kinn und eine solchene Nasen.« Sie legte den Kopf in den Nacken und verlängerte mit dem Zeigefinger den Schwung ihrer Nase, als ginge es darum, einen liegenden Halbmond zu beschreiben. »Vermutlich holt sich die Selma deshalb den Waldmoser ins Bett, um ihre Nachkommen ein wenig attraktiver werden zu lassen. Die Tante Lotti sagt jedes Mal, wenn sie das Waldmoser-Bürscherl sieht: Das kann nicht der Sohn vom Bürgermeister sein. Dazu ist er zu schön und zu klug.«

Sie seufzte und griff nach ihrer Jacke. »Aber was weiß ich. Dann fahren wir also jetzt in seine Wohnung?«

Franziska nickte. »Es ist eine Dreizimmerwohnung. Den Wohnraum haben wir allerdings versiegeln lassen. Da muss die Spurensicherung noch mal rein. Wir sind uns nicht sicher, ob sich da nicht doch ein Fremder aufgehalten hat. Aber alle anderen Räume stehen Ihnen zur Verfügung.«

»Sie glauben also, dass der Mensch, der ihm das angetan hat, auch in seiner Wohnung war?«

Franziska hob die Schultern. »Wir schließen nichts aus.«

Vermutlich war die kleine schmallippige Frau gerade einkaufen oder bejammerte mit ihren Freundinnen den Verlust eines solventen Mieters, denn als die Kommissarin mit ihrer Begleiterin die Haustür aufschloss, kam niemand aus der unteren Wohnung hervorgeschossen.

Schweigend gingen sie die Treppe hoch. Erst jetzt registrierte Franziska, dass Gertraud ganz in Schwarz gekleidet war: von den Schuhen bis zu dem Band, mit dem sie sich die Haare hochgebunden hatte. Jeder, der sie sah, würde ihr sofort den frischen Witwenstand abnehmen.

»Haben Sie hier aufgeräumt?«, wollte Gertraud wissen, als sie im Flur der Hellmannschen Wohnung standen.

»Nein, weder wir noch die Vermieterin. Wir haben alles genau so vorgefunden. Günther Hellmann scheint ein sehr ordentlicher und vor allem gut durchorganisierter Mann gewesen zu sein.«

»Ja.« Gertraud putzte sich die Nase. »Eulalia und ich, wir hätten es sicher gut bei ihm gehabt.«

Sie ging ins Arbeitszimmer und setzte sich an seinen Schreibtisch. »Er hat so viel gearbeitet und so wenig gelebt. Und jetzt darf er gar nicht mehr leben. Scheiße!«, schrie sie plötzlich und hieb mit der Faust auf die Schreibtischplatte. »Scheiße, Scheiße, Scheiße!«

Franziska lehnte sich in die Türöffnung und wartete. Sie sah sich selbst wieder, damals, als Jochen erschossen worden war. Sie hatte genauso geflucht, gejammert und getobt. »Lassen Sie es raus«, sagte sie zu Gertraud. »Schreien Sie einfach drauflos.«

Eigenartigerweise schienen gerade diese Sätze Gertraud zu beruhigen. »Es hilft ja nichts. Was meinen Sie, wie ich schreien würd, wenn ich ihn damit zurückbekäm! Alles würd ich tun. Alles. Aber das Weinen tut gut. Vor dem Kind reiß ich mich halt immer zusammen.«

Neugierig drehte sie die Adresskärtchen der Rollkartei. Viele waren es nicht.

»Wir haben schon einen Blick darauf geworfen«, sagte Franziska. »Es sieht so aus, als seien das seine privaten Kontakte gewesen. Diese Personen sollten über die Trauerfeier informiert werden.«

Gertraud nickte und blätterte weiter bis zum H. Dort entdeckte sie ihren Namen, Halber Gertraud, die Kleinöder Adresse und ihre Handynummer. Das Kärtchen war mit einem roten Herz umrahmt. Hektisch wandte sie ein Blatt nach dem anderen um, doch ihr Name war der einzige, der so geschmückt war. »Ich war sein Ein und Alles«, stellte sie fest und schluckte.

Erst gegen vierzehn Uhr kehrte Franziska in ihr Büro zurück. Gertraud war wieder heimgefahren. Sie hatte die Rolodex von Günthers Schreibtisch eingepackt und einen dicken dunkelroten Pullover aus seinem Kleiderschrank genommen. »Der riecht nach ihm«, war ihre Begründung gewesen. »Wenn ich den trage, ist es so, als wär er ganz nah bei mir. Als würd er mich festhalten. Er wird in Kleinöd beerdigt werden. Da hat er sich wohlgefühlt. Da sind Eulalia und ich. Da ist er jetzt daheim. Ich werd mit dem Moosthenninger reden. Er soll die Beisetzung auf Samstag legen. Samstags haben die meisten Leute Zeit. Kommen Sie auch?«

Die Kommissarin nickte. »Ich werd's versuchen.«

Bruno machte sich gerade einen Cappuccino und unterhielt sich angeregt mit einer rundlichen, etwa siebzigjährigen rotwangigen und grauhaarigen Frau, die aussah, als habe sie in einem Märchenspiel die Rolle der guten Großmutter übernommen.

»Da ist sie ja!«, rief er erfreut, als Franziska die Tür öffnete und wollte gleich wissen: »Magst auch einen Kaffee?«

Die Kommissarin nickte.

Stolz verkündete ihr Mitarbeiter: »Weißt, ich hab gleich die Frau Jaumann für dich herbestellt. Wo wir uns doch heut früh noch über einheimische Heil- und Giftpflanzen unterhalten haben. Da hab ich einfach kurz den Georg vom Landauer Anzeiger angerufen, und der hat gesagt, dass die Frau Jaumann unsere Expertin ist.« Er schenkte der Besucherin ein strahlendes Lächeln und wandte sich erneut an Franziska. »Die Frau Jaumann schreibt nämlich grad ein Buch zu deinen Fragen. Wie soll es noch mal heißen?« Wieder dieses wunderbare Lächeln für Frau Jaumann, die sichtlich dahinschmolz. »›Gottes Apotheke und Teufels Küche‹, gell?«

Elfi Jaumann nickte. Zu einem grauen Faltenrock trug sie einen beigen Pullover und darüber eine offensichtlich selbst gestrickte hellblaue Jacke. Um den Hals hing eine Kette mit schweren und – wie Franziska vermutete – Heil bringenden Steinen. Die Besucherin verströmte einen Duft von Bratäpfeln.

»Frau Jaumann?« Die Kommissarin nahm ihren Cappuccino in Empfang. »Ihr Name kommt mir so bekannt vor.«

»Nun ja, ich schreibe halt für den Landauer Anzeiger«, gestand die ältere Dame nicht ohne Stolz. »Und dort bin ich für die Bereiche Kind und Küche zuständig.«

Jetzt erinnerte sich Franziska. Diese Rubrik war die allwöchentliche Lachnummer für sie und ihren Mann und an Weltfremdheit kaum noch zu überbieten. Elfi Jaumann schrieb ihre Artikel, als seien immer noch alle Kindheiten in der Nachkriegszeit angesiedelt, in der sie offenbar selbst aufgewachsen war. Die Zielgruppe, die sie mit ihren Ratschlägen und Tipps ansprach, besaß weder einen Fernseher noch einen Computer – ganz zu schweigen von Spielkonsole, Handy, iPhone und was es inzwischen alles gab.

Franziska reichte der Besucherin die Hand und schwindelte: »Das ist ja toll, dass ich Sie kennenlerne. Von Ihnen kommen also diese wunderbaren Tipps und Rezepte.«

Elfi Jaumann wurde rot. »Das stimmt, aber jetzt schreib ich halt *das* Standardwerk über unsere heimischen Heil- und Giftpflanzen, damit das ganze alte Wissen nicht verloren geht. Vom Ackerschachtelhalm bis zur Zypresse.« Sie hielt kurz inne. »Ihr Kollege hat gesagt, Sie hätten da ein paar Fragen?«

Franziska überlegte. Wenn die Jaumann bei der Zeitung arbeitete, war es klug, ihr keine Details zu nennen und vor allen Dingen nichts anzudeuten, was mit Malwines noch ungeklärter Todesursache zusammenhing. Daher formulierte sie ihre Frage so genau wie möglich: »Gibt es hier im Vilstal eine Pflanze, deren Blätter, Blüten, Wurzeln oder Früchte zu Kreislaufstörungen, Fieber und Koliken sowie letztlich zum Herzstillstand führen?«

»Sie meinen, wenn man sie isst?«, fragte die Jaumann nach.

»Egal, isst oder trinkt.«

»Wir haben sogar Giftpflanzen, die man nicht einmal *anfassen* sollte«, betonte die Expertin, und es hatte den Anschein, als sei sie stolz darüber. »Gefährlich sind die, ganz gefährlich. Vor allem für Kinder und kleine Tiere, wissen Sie, mir ist da neulich ...«

»Lassen Sie uns erst einmal über die Pflanzengifte reden, die oral eingenommen werden«, unterbrach Franziska sie. »Also?«

»Hm, spontan fallen mir da die Engelstrompete und das Maiglöckchen ein, außerdem Seidelbast und Stechapfel, aber das weiß ja jedes Kind. Dann gibt es da noch Fingerhut und Pfaffenhütchen und die Herbstzeitlose. Ich kann aber gern noch mal zu Hause in meiner Kartei nachschauen, da hab ich nämlich die Wirkungen von diesem Teufelszeug aus Luzifers Giftschrank genau beschrieben.«

»Sie werden es doch wohl nicht selbst ausprobiert haben?«, fragte Bruno besorgt, und sie sonnte sich in seiner Anteilnahme.

»Naa, ich hab in Bibliotheken drüber geforscht«, gab sie stolz bekannt. »Auch in der vom Vatikan.«

»Ja, dann schicken Sie mir doch bitte eine Liste aller Giftpflanzen, die für Kreislaufschwäche und Herzversagen bekannt sind.« Franziska reichte ihr ihre Karte. »Das wäre uns wirklich eine große Hilfe.«

Während des Gesprächs mit Elfi Jaumann tippte sie die soeben gehörten Pflanzennamen in ihren Rechner und schickte die Liste an Gustav Wiener. Vielleicht kam er ja so schon ein bisschen weiter.

Kapitel 14

Hochwürden Wilhelm Moosthenninger kam aus seinem Arbeitszimmer, ging in die Küche und rümpfte erneut und auf die gleiche abfällige Art die Nase, wie er es schon am Vortag getan hatte. »Was kochst denn da?«

Betont langsam drehte sich seine Schwester Martha nach ihm um und antwortete gereizt: »Mittagessen. Was denn sonst?«

»Es riecht so komisch.«

»Es riecht nicht komisch, es riecht gesund«, belehrte sie ihn. »Der Bruder Ägidius ist immer noch krank, und da müssen mir halt mal ein wenig Rücksicht nehmen. Deshalb koche ich Diät. Das wird dir auch nicht schaden. So eine Gemüsesuppe ist immer noch besser als Blut- und Leberwurst oder fette Kässpatzen, die du allerweil in dich reinstopfst.«

Ihr Bruder seufzte. »Gestern hat's auch schon nix als

Schleimsuppe gegeben. Wird Zeit, dass Bruder Ägidius wieder g'sund wird, sonst werd ich noch krank.«

»Mir ham eine feste Arbeitsteilung«, stellte sie klar und sah ihn streng an. »Du hast in deiner Kirche was zum sagen und ich in meiner Küche. Und dass du es weißt: So lange, wie mein Mitarbeiter krank ist, koch ich akkurat so, dass er ganz schnell wieder g'sund wird. Verstanden?«

Fassungslos schnappte Wilhelm Moosthenninger nach Luft. »Dein Mitarbeiter? Du spinnst wohl!«

Sie hob den Kopf und straffte die Schultern. »Wie du weißt, kümmern wir uns gemeinsam um die Seligsprechung meiner einzigen und besten Freundin, der Agnes.«

»Seligsprechung, Schleimsuppen, schlimmer kann's ja wohl nicht mehr kommen«, brummte er. »Dann geh ich heut auf d'Nacht zum Essen in den Blauen Vogel. Ich muss da eh noch was klären mit den Sargträgern.«

»Mit was für Sargträgern denn?« Sie horchte auf.

»Mir ham am Samstag gleich zwei Beerdigungen. Eine um zehn und eine um zwölf. Da muss ich noch die Reden schreiben und mit den Hinterbliebenen sprechen, wie denn alles genau ablaufen soll. Und der Teres sag ich da besser auch gleich Bescheid – manchmal vergessen die Erben ja, das Essen zu organisieren, und dann sitzt die Trauergemeinde bei der im Gasthaus und muss hungern oder kriegt was vorgesetzt, was die gar nicht essen will. So wie ich.«

Ihre Neugierde war größer als der Drang, sich zu rechtfertigen. »Und wer wird begraben?«

Er betrachtete sie lange und schüttelte den Kopf über ein derartiges Ausmaß an Unwissenheit. »Das weißt du doch, die Malwine ist gestorben und der Verlobte von der Halber Gertraud. Grad hat mich der einzige Verwandte von der Malwine angerufen und gesagt, dass er seine Tante nun doch bestatten darf. Ja, so ein netter Mann, und so überaus höflich. Weißt, ich bin wirklich froh, dass der noch rechtzeitig gekommen ist – sonst wär das ganze Brunnersche Anwesen an den Freistaat gefallen. Die Malwine wird übrigens um zwölf Uhr mittags bestattet. Kannst dir schon mal vormerken«, fügte er spöttisch hinzu. »Sie ist ja immerhin die Schwester deiner allerbesten wunderwirksamen Freundin.«

«Und um zehn? Was ist da für eine Bestattung?«

»Ach, das hast du gar nicht mitgekriegt. Der hab ich selbst die Tür geöffnet, weil du immer in der Küch umeinandwirbelst. Weißt, die Halber Gertraud war grad bei mir und hat gefragt, ob's denn auf unserm Friedhof noch ein Platzerl für ihren ehemals zukünftigen, aber jetzt leider verstorbenen Mann geben tät. Dann wär er ihr nah. Und dass er eh nach Kleinöd hat ziehen wollen, hat sie gesagt ...«

»Auf unsern Friedhof soll der? Mir kennen den doch gar ned. Schlimm g'nug schon, dass der bei uns da im Dorf gestorben ist.«

Moosthenninger zog die Stirn kraus und sah sie streng an: »Du glaubst doch wohl nicht, dass ich einem gottesfürchtigen Menschen seine letzte Ruhestatt verweigere?«

»Gottesfürchtig?«, fragte sie demonstrativ nach. »Hat der denn jemals bei dir gebeichtet oder am Sonntag die heilige Messe besucht?«

Wilhelm Moosthenninger entschied, dass er darauf keine Antwort geben musste. Das alles fiel sowieso in den Bereich des Beichtgeheimnisses – und überhaupt hatte er schon wieder viel zu viel geredet. Es war doch immer das Gleiche. Wie oft schon hatte er nach den Gesprächen mit seiner Schwester gedacht: Schweigen ist Gold, weil nämlich das Reden mit ihr keinen Silberling wert ist.

Kopfschüttelnd ging er in sein Arbeitszimmer und fuhr den Computer hoch, um sich was Gutes zu gönnen und im Internet die Speisenkarte des Landgasthauses Blauer Vogel zu studieren. Schon beim Lesen lief ihm das Wasser im Munde zusammen. Zumindest für heute Abend gab es einen Lichtblick: Er würde essen gehen und der Martha mit ihrem Kurienbürscherl großzügig den ganzen Kessel Gemüsebrei überlassen.

»Doppelbestattung«, murmelte Martha und pürierte hingebungsvoll gekochte Kartoffeln, Möhren und Kohlrabi. Zwei an einem Tag. Wann hatte es das zuletzt gegeben in Kleinöd? Noch vor wenigen Wochen wäre es fast zu einem Streit gekommen, weil sich zwei Brautpaare am gleichen Tag trauen lassen wollten. Bei ihrem Bruder ging's mittlerweile zu wie am Fließband, dabei waren sowohl Trauungen als auch Beerdigungen höchst individuelle Angelegenheiten und mussten mit Fingerspitzengefühl vorbereitet und sorgsam zelebriert werden. Der arme Wilhelm hatte ja richtig viel zu tun in diesen Tagen. Sie hätte ruhig ein bisschen netter zu ihm sein können! Sobald ihr Gast wieder einigermaßen beieinander war, würde sie für ihn wieder etwas Richtiges kochen.
»Also wird aus der Doppelhochzeit ja nun eh nix mehr«, sagte sie jetzt zu sich selbst. »Die eine Hochzeitsfeier wird sowieso schon bombastisch genug werden. Das flotte Bürgermeisterbürscherl und die nicht ganz so flotte Enkelin des Grafen. Wenn die nicht so geldig wär, würd die fei nie einen Mann finden.«
Das Leben war schon ungerecht. Wären sie und ihr Bruder im Wohlstand aufgewachsen und zusätzlich mit Adelstitel und eigenem Wappen gesegnet gewesen, so hätte auch Martha Moosthenninger einen Mann gefunden. Andererseits war das schon alles gut und richtig, wie es war. Komisch, das dachte sie in letzter Zeit immer öfter.
Und überhaupt, diese Selma von Landau hatte es ja auch nicht leicht gehabt. Die Eltern waren bei einem Schiffsunglück ums Leben gekommen, als die Selma noch so klein war, dass sie weder laufen noch schwimmen

konnte und mit ihrem knapp sechs Wochen alten Bruder beim Kinderfräulein und dem übrigen Personal im Schloss zurückgelassen werden musste, was – im Nachhinein gesehen – dann ja auch wiederum ihr Glück war, denn sonst wäre die ja auch gestorben, und der Waldmoser Johann hätte keine Braut gehabt.

Martha fragte sich, ob sie den Meinrad doch noch anrufen sollte. Nicht auszudenken, wenn der auf die Idee käme, seine Tante Malwine zu deren Schwester Agnes ins Grab zu legen. Nicht dass sie befürchtete, Agnes' Wundertaten könnten nachlassen, wenn sie neben ihrer Schwester läge – viel hatten die im Leben eh nicht miteinander geredet. Aber falls die Gebeine der demnächst seligen und später dann heiligen Agnes eines Tages in die auf dem Brunnerhof errichtete Basilika überführt würden, um dort direkt neben der heiligen Quelle erneut bestattet zu werden, so bestünde im Falle von zwei nebeneinanderliegenden Särgen die große Gefahr, dass aus Versehen die Falsche umgebettet würde. Nicht auszudenken! Meine Güte, um alles musste man sich selbst kümmern. Zwei Mannsbilder im Haus – und wer hatte alles im Blick? Nur sie.

Martha betrat den Flur und ging Richtung Telefon, als Ägidius Alberti bleich und wacklig die Treppe herunterschwankte. Der graue Anzug schlotterte um seinen dürren Leib. Die dunklen Bartschatten auf den Wangen ließen ihn hohlwangig erscheinen.

»Geht's uns schon besser?«, fragte Martha leutselig und bemühte sich, ihre Besorgnis nicht ganz so offensichtlich zu zeigen.

Er nickte.

»Sie müssen sich noch ein wenig stärken, bevor Sie wieder unters Volk gehen«, meinte sie tröstend. »Das wird schon wieder. Außerdem kann ich Ihnen heute Nachmittag mein Bücherl zeigen, in dem sind nämlich alle Mysterien, Heilungen und zutreffenden Vorhersagen der Agnes verzeichnet. Mit Ort und Datum und Erfüllungsfaktor.«

Er sah sie nur an. Vermutlich war dies ein Tag, an dem er gar nichts sagen wollte. Martha frohlockte. So konnte er ihr auch nicht widersprechen.

Bereitwillig ließ er sich von ihr in die Küche bugsieren, nahm am Esstisch Platz, und während sie ihm einen Teller Gemüsecremesuppe hinstellte, begann sie mit ihrem Vortrag über die nach oben offene Erfüllungsfaktorskala.

»Das ist wie bei den Erdbeben, verstehen Sie? Da gibt's ja die nach oben offene Richterskala, weil man vermutlich immer mit noch was Größerem und Schlimmerem rechnet, als eh grad schon passiert. Und so eine Skala hab ich auch für die Wunder der Agnes angelegt. Von eins bis nun schon neun. Neun, wissen Sie, Nummer neun, das ist die Quelle mit dem heißen Wasser, das den Leuten die Gicht aus den Gliedern nimmt.«

Brav löffelte er sein Süppchen und ließ sie ausreden. Was für ein wunderbarer Mensch.

Als Meinrad die Telefonnummer in sein Handy tippte, wäre er fast abgerutscht, so feucht waren seine Hände. So kannte er sich nicht. So nervös. Aber noch nie zuvor in seinem Leben hatte so viel auf dem Spiel gestanden. Seine ganze Existenz könnte sich als Irrtum erweisen, wenn der, den er anrief, eine andere Auskunft gab als die, die er erwartete.

Es dauerte eine Zeit, bis sich jemand meldete.

»Wiener, Rechtsmedizin Landau?«

Meinrad schluckte. »Ich war vorgestern bei Ihnen, wegen der Blutprobe. Sie wollten checken, ob ich wirklich mit der Brunner Malwine verwandt bin.«

»Ja, Moment, die Ergebnisse sind schon da.«

Meinrad hörte es im Hintergrund klappern.

»Ich weiß ja jetzt nicht, was Sie hören wollen«, meinte

Dr. Wiener, »aber das Resultat ist positiv. Es gibt ungewöhnlich viele Übereinstimmungen in der DNA.«

Meinrad Hiendlmayr schluckte. Ihm fiel ein Stein vom Herzen, und er konnte sich selbst nicht erklären, wieso und warum er sich im gleichen Maße traurig und stolz und selbstbewusst fühlte. Und wieder fiel ihm Malwine ein. Die hatte es gewusst und ihm schon bei ihrer ersten Begegnung prophezeit: »Wenn du weißt, wer du bist, musst du dich nicht mehr verstecken und kannst sein, wie du bist. Und dass du es weißt: Du bist ein schöner und kluger und stolzer Mann.« Dabei hatte sie ihn so angesehen, dass er ahnte: Er war das Beste, was ihr in den letzten Jahren begegnet war. Zumindest das Zweitbeste, denn an erster Stelle stand immer noch ihr Hund Joschi.

Jetzt war er der Letzte seines Stammes. Ein Gedanke, der ihm Angst machte, zugleich aber verlieh ihm diese Position neue Verantwortung und große Bedeutung, denn als Erbe des Brunneranwesens würde er einer der größten Grundbesitzer der Gemeinde sein.

Mit einer ihm neuen und energischen Stimme rief er Hochwürden Moosthenninger an und besprach mit ihm die Dinge, die besprochen werden mussten. Anschließend reichte er für den nächsten Samstag einen Urlaubstag ein.

An diesem Nachmittag regelte er von seiner Arbeitsstelle aus viele private Dinge. Wie selbstverständlich stand er hinter der Theke mit seinem Computer und führte Telefonate. Noch vor einer Woche hätte er sich das nicht getraut, und ein bisschen erschrak er nun über sich selbst und seine Souveränität. Seitdem er sich insgeheim nicht mehr Hiendlmayr, sondern Harbinger nannte, denn so hätte er geheißen, wenn sein Vater sich zu ihm bekannt hätte, war er auch ein anderer Mensch geworden. Ein Großgrundbesitzer, einer, der was zu sagen hatte.

Dann stand noch eine Nummer auf seiner Liste, bei der anzurufen ihm besonders schwerfiel. Er sprach sich immer wieder Mut zu und sagte sich, dass Malwine es genauso gewollt hätte und dass auch Martha ihn sicher verstehen würde.

Sobald er alles geklärt und aufgelegt hatte, wählte er Marthas Nummer. Sie klang, wie so oft, gehetzt und atemlos.

»Der Bruder Agidius und ich essen grad zu Mittag. Ich wollt dich auch schon anrufen wegen der Bestattung von der Malwine am Samstag. Du, die Malwine kommt dann schon zu ihrem Mann und ihrem Sohn in denen ihr Familiengrab, oder? Mit dem Sohn war sie nämlich ganz inniglich verbunden.«

»Natürlich soll sie bei dem Hannes und dem Hermann liegen, das ist doch eh klar.«

»Da bin ich aber froh. Und du? Warum rufst du an? Ist was passiert?«

»Nein, nichts. Ich wollt nur wissen, ob du eine Kühltruhe hast.«

»Eine Kühltruhe, ja freilich, warum?«

»Das Schwein wird geschlachtet!«

»Um Gottes willen, Junge, versündige dich nicht.« Sie schnaufte und sah Hilfe suchend zu Ägidius Alberti. Vielleicht konnte der kraft seiner Gedanken das befürchtete Unheil abwenden.

»Welches Schwein?«, fragte sie dann leise nach.

»Die Fanny halt. Malwines Fanny. Grad hab ich mit dem Metzger gesprochen, und der hat gesagt, dass er sie morgen abholen könnte. Ich kann da oben keine Tiere halten und füttern, wo ich mir selbst doch nix koch. Außerdem muss ich jeden Tag auf die Arbeit. Jetzt weiß ich bloß nicht, wohin mit dem ganzen Fleisch.«

»Die Fanny, ach so!« Martha klang jetzt ungemein erleichtert. »Ja, für einen Schweinsbraten und ein paar Würschtel hab ich immer Platz. Dann kriegst du jedes Mal, wenn du vorbeikommst, eine schöne Brotzeit.«

»Nein«, murmelte Meinrad. »Von der Fanny kann ich nix essen. Ich hab sie doch auch gemocht.«

»Aber vielleicht ein paar Knochen für den Joschi – dem ist das eh wurscht, der sieht das ned so eng«, schlug Martha vor. »Und wenn du willst, kannst den Joschi auch gern tagsüber bei mir abliefern. Ich geh dann mit ihm spazieren – allerdings erst, wenn meine Mission erfüllt ist, gell?«

Dabei sah sie aufmunternd zu ihrem Gast, der sich gerade eine vierte Portion Suppe in seinen Teller füllte.

»Es gibt Neuigkeiten aus der Kriminaltechnik.« Bruno klopfte mit seinem Bleistift rhythmisch auf die Schreibtischplatte.

»Augenblick.« Franziska griff zum Telefon, wählte eine Nummer und sagte betont sachlich: »Ich hab Ihnen grad eine Liste mit sieben heimischen Giftpflanzen geschickt. Schauen Sie sich die doch mal durch. Vielleicht kommen Sie damit Ihrem Verdacht ein bisschen näher. Die Untersuchungsergebnisse interessieren mich brennend.«

Sie legte auf und sah Bruno an. »Erzähl!«

»Also, die haben am Gewehr vom Waldmoser einen Fingerabdruck gefunden, der dem Waldmoser nicht zuzuordnen ist.«

Franziska hob die Augenbrauen. »Und, schon mit unseren Jägern abgeglichen?«

»Logisch! Keine Übereinstimmung.«

»Gut. Oder besser: Nicht so gut.« Sie seufzte. »Dann müssen auch alle Treiber überprüft werden. Und falls wir da nicht weiterkommen, die ganze Dorfbevölkerung. Am besten klär ich das gleich mit der Staatsanwaltschaft.«

»Gut.« Er wirkte eigenartig geistesabwesend.

»Ist sonst noch was?« Sie sah ihn fragend an.

»Ja, dein Freund Schmiedinger hat angerufen und mir einen Vortrag über schlecht erzogene Kinder gehalten. Ich hab ihn einfach reden lassen und dann gesagt, er soll das alles nicht so wichtig nehmen. Aber jetzt denk ich mir ...«

»Was denkst du?«

»Dass das vielleicht doch mit unserem Fall zu tun hat.«

»Meine Güte, nun lass dir doch nicht alles aus der Nase ziehen! Was war denn nun schon wieder los in Kleinöd?«

»So wie ich den Schmiedinger verstanden habe, sind die Kinder von der Neubausiedlung auf das Grundstück der Binder und haben dort Verstecken gespielt. Dabei haben sie Unmengen dieser kleinen Plastikzylinder gefunden. Spaßeshalber haben sie sich die leeren Hülsen auf die Finger gesteckt und sind mit diesen Hexenfingern durchs Dorf marschiert, direkt in den Daxhuber hinein. Der hat sich wohl ziemlich aufgeregt und das dem Schmiedinger gemeldet, weil er sich erstens fragt, wo die ganzen Hülsen herkommen, und zweitens, warum die ausgerechnet im Binderschen Skulpturenpark rumliegen. Und dein bester Mitarbeiter vor Ort wiederum wollte dich sofort informieren. Am liebsten hätte er wohl, du würdest augenblicklich zu ihm rausfahren.«

»Plastikzylinder?« Sie sah ihn fragend an.

»Ja, solche, aus denen Schrotkugeln verschossen werden. Die Spusi hat doch am letzten Samstag das ganze Dorf danach durchsucht.«

Sie winkte ungeduldig ab. »Die haben auch auf dem Grundstück der Binder gesucht, aber nichts gefunden. Und gejagt wurde seitdem auch nicht mehr. Da stellt sich doch die Frage: Wer hat da wann die leeren Hülsen verteilt und warum?«

Sie griff zum Telefon. »Schmiedinger? Haben Sie eine Ahnung, wer da die Hülsen ausgestreut haben könnte? – Was, der Reschreiter Luck? Warum das denn? – Okay, wir kommen nachher noch mal raus und reden mit ihm. Das ist ja nicht zu fassen!«

»Du willst da noch mal raus? Heute?«, fragte Bruno, sobald Franziska das Gespräch beendet hatte.

»Ja, stell dir vor! Der Reschreiter hat zugegeben, dort auf Geheiß einer bestimmten Person die Patronen ausgestreut zu haben. Und zwar nicht nur die der Marke Frankonia, die wir in der letzten Woche mitgenommen haben, sondern auch noch Patronenhülsen mit den Firmennamen Dynamit Nobel und Waidmannsheil.«

Bruno horchte auf. »Interessant. Und wer ist diese Person? Und hat sie ihm vielleicht auch gesagt, warum?«

Franziska hob die Schultern. »Er hat angeblich geschworen, ihren Namen nicht zu nennen. So ein Schwachsinn! Ich will, dass alle Kinder, die heute früh dort gespielt haben, um Punkt fünfzehn Uhr bei der Binder auf dem Hof stehen und die Patronenhülsen abgeben. Die müssen dann gleich in die Kriminaltechnik. Und du kommst bitte mit, wenn wir anschließend den treuen und loyalen Herrn Reschreiter besuchen.«

Bruno seufzte und schüttelte den Kopf: »Muss das sein? Ich bin eigentlich schon verabredet und müsste vorher heim. Außerdem wissen wir doch, dass der Reschreiter, wenn er überhaupt auf jemanden hört, dann nur auf seinen Chef und Bürgermeister, den Waldmoser.«

»Genau, das hab ich mir auch schon gedacht. Aber wir brauchen Gewissheit. Apropos Gewissheit. Wenn ich mir das Waldmoser-Bürscherl so anschau, drängt sich mir der Verdacht auf, dass das nicht der Sohn vom Bürgermeister sein kann. Der sieht dem ja nun überhaupt nicht ähnlich! Schau doch mal nach, ob das Gläserne Vilstal im Hellmannschen Computer auch dazu etwas zu sagen hat.«

Bruno grinste. »Ich weiß nicht, ob wir für solche Recherchen noch Zeit haben«, sagte er, fuhr aber den Computer hoch. »Da schwebt ein Fragezeichen über dem Namen von Elise Waldmoser, aber sonst? Nein, sieht nicht so aus.«

»Vielleicht hat er grad dran gearbeitet«, gab Franziska zu bedenken. »Warum sonst das Fragezeichen?«

Bruno stand auf und nahm ein Papier aus dem Drucker. »Das sind übrigens die Namen und Adressen der bewussten Personen aus dem Gläsernen Vilstal. Ich hab mich dabei auf die noch Lebenden konzentriert. Interessant für dich könnte das Fettgedruckte sein: Dabei handelt es sich ausschließlich um reiche Höfe mit viel Erbgut, wenn du verstehst, was ich meine – und alles in der unmittelbaren Umgebung von Kleinöd.«

Sie sah sich die Liste an. »Danke, die nehmen wir dann am besten auch gleich mit.«

Während der zwanzigminütigen Fahrt von Landau nach Kleinöd rauchte Bruno zwei Zigaretten. Dafür fuhr er nicht ganz so halsbrecherisch wie sonst. Franziska hustete demonstrativ, aber er schien das nicht mit seinem Rauchen in Verbindung zu bringen. Sie sagte nichts, denn in früheren Zeiten war es genau umgekehrt gewesen: Sie hatte geraucht, und er hatte hustend neben ihr gesessen. Auf eine verrückte Art war das Leben eben doch manchmal gerecht.

Als sie das verwaiste Anwesen der Bildhauerin erreichten, standen die Kinder still und verschüchtert neben ihren flüsternden Müttern, Vätern, Großeltern oder älteren Geschwistern. Alle verfolgten die Aktionen der erneut angereisten Spurensicherer, die mit spitzen und behandschuhten Fingern Patronenhülsen, Zigaretten- und Zigarrenkippen und sonstiges verdächtiges Material einsammelten und in ihren Plastikbeuteln verstauten.

Schmiedinger nahm sie in Empfang.

»Grüß Gott, Frau Hausmann. Na, das ist ja eine G'schicht, gell? Gut, dass Sie so schnell gekommen sind.«

»Das ist wirklich seltsam. Am Samstag lagen hier keine Patronen«, stellte Franziska klar. Ihre Stimme ließ keinen

Widerspruch zu. »Nicht eine einzige. Meine Leute hätten die doch gefunden. Die schauen sorgfältig hin.«

»Das stimmt. Ich hab ja selber mitgesucht«, bestätigte der Polizeiobermeister.

»Aber was sollte Reschreiters Aktion dann?« Sie sah ihn fragend an.

Adolf Schmiedinger holte Luft. »Ich habe lang drüber nachgedacht und auch mit dem Leopold g'redet, der ja immer noch da drüben bei der Binder im Gartenhaus wohnt. Der Poldi ist ja schließlich mein Cousin. Und außerdem passt er auf alles auf, sagt er. Und deshalb darf er in der Binder ihrem Gartenhaus wohnen, mitsamt seinen Wellensittichen. Von dort aus soll er vor allem diese riesige grausliche Frauenfigur da bewachen, hat er mir verzählt – dass das seine Aufgabe ist. Aber vermutlich hat er wieder zu tief ins Glas einig'schaut.« Besorgt schüttelte der Polizeiobermeister den Kopf. »Wissen Sie, des macht er in letzter Zeit immer öfter.« Dann besann er sich auf das, was er eigentlich sagen wollte: »Jedenfalls hat der Poldi g'sehn, wie der Reschreiter Luck schon am Sonntag hier rumgestiefelt ist und so getan hat, als wär er ein Sämann.«

»Ein was?«

»Als würd er Rasen ansäen oder Blumen oder was weiß ich. Solche Bewegungen waren das, sagt der Poldi. Aber der Poldi ist dann nicht aus seiner Hütten raus, weil er sich irgendwie vor dem Reschreiter seinem Hund fürchtet und an dem Tag sowieso besonders furchtsam gewesen ist.«

»Sie haben über das Motiv des Patronenverstreuens nachgedacht«, erinnerte die Kommissarin ihn.

»Genau. Da gibt's doch dieses Sprichwort von dem Wald und den vielen Bäumen. Vielleicht ist hier ja tatsächlich eine Patrone verschossen worden, und grad die haben Ihre Leut am letzten Samstag nicht gefunden …«, und mit einem Seitenblick auf Franziska fügte er hinzu: »Auch wenn ich mir das eigentlich nicht vorstellen kann. Aber die könnt ja so gut versteckt gewesen sein, dass selbst der Mörder die nicht mehr gefunden hat. Und deshalb hat er ganz viele zusätzliche Hülsen verteilt – verstehn S', um akkurat die eine in der Menge zu verstecken.«

Franziska sah ihn an und lächelte. »Respekt, Herr Kollege. Das ist ein interessanter Gedanke. Den sollten wir weiterverfolgen.«

Er wurde rot. »Ich mein natürlich, verteilen lassen von dem Reschreiter Luck.«

»Dann müssen wir nur noch wissen, wer ihm das angeschafft hat.«

»Das sagt er aber nicht. Bevor der seinen Schwur bricht, fällt der lieber tot um. Das hat er gesagt. Ich kenn den.« Adolf Schmiedinger kratzte sich am Kopf.

»Soweit ich weiß, hört er auf den Bürgermeister. Wenn der ihn also von seinem Schwur entbindet ... Sozusagen im Namen des Gesetzes?« Franziska sah ihn fragend an.

Er schüttelte den Kopf. »Das hab ich auch schon vorgeschlagen. Dass wir den Waldmoser einschalten. Und wissen S', was der Luck geantwortet hat?«

Sie schüttelte den Kopf.

»Der Luck hat gesagt, dass er den Schwur als Privatmensch geleistet hat. Und als Privatmensch hält er den Mund und bleibt bei seinem Versprechen. So ist der nun mal, der Luck. Hätt er den Schwur als Angestellter vom Bürgermeister gegeben, so könnt der Bürgermeister ihn davon entbinden. Aber so ... Des is ein Sturkopf, da werden mir keine Chance ham!«

»Wir werden mit ihm reden«, sagte Franziska und sah sich suchend nach ihrem Kollegen Bruno um.

Der stand neben Eduard Daxhuber, und die zwei führten offensichtlich ein Expertengespräch. Franziska nahm an, dass es nicht um Schrotpatronen, sondern um Autos ging, denn als ein silbergraues BMW Cabrio mit lauter

Musik über die Dorfstraße fuhr, nickten sie bestätigend und wiesen sich auf die Besonderheiten gerade dieses Wagens hin.

»Ja, das Waldmoser-Bürscherl«, schimpfte Schmiedinger beim Anblick des edlen Schlittens und schnaufte ärgerlich. »Möcht mal wissen, wann der eigentlich studiert. Seine adlige Verlobte hat er auch schon wieder neben sich sitzen. Dabei lernt die doch angeblich auch auf die Juristerei. Mei, vielleicht braucht er keine guten Noten, wenn er eh so reich heiratet. Mein Pirmin dagegen, der hockt dauernd hinter seinen Büchern und schafft alles aus eigener Kraft.«

Franziska sah ihm an, wie stolz er auf seinen Ziehsohn war. »Ja, der Pirmin«, bestätigte sie ihm nun. »Der ist wirklich was Besonderes. Aus dem wird noch mal was. Da bin ich mir ganz sicher. Grüßen Sie ihn von mir.«

Polizeiobermeister Adolf Schmiedinger strahlte.

»Herr Reschreiter, Sie sind dabei beobachtet worden, wie Sie am vergangenen Sonntag im Vorgarten der Bildhauerin leere Patronenhülsen verteilt haben.« Franziskas Stimme klang streng. »Sie sagen mir jetzt sofort, wer Ihnen diese Arbeit angeschafft hat.«

Lukas Reschreiter hob nur unmerklich die Schultern. Die Kommissarin war mit ihrem Kollegen erst im Wohnhaus der Reschreiters gewesen und dort von einer mürrischen Frau mit blassblauen Augen griesgrämig gemustert worden. Nachdem Franziska der abweisenden Gattin des Wildhüters zweimal ihre Polizeimarke unter die Nase gehalten hatte, hatte diese gleichmütig verkündet: »Der Mann ist in seiner Werkstatt« und war schnaufend und ohne weitere Kommentare die Treppe in den ersten Stock hinaufgestiegen.

Im Hof hatten sie nur dem Bellen von Dackel Lumpi folgen müssen und standen nun in dem, was der Luck selber großspurig als sein »Laboratorium« zu bezeichnen pflegte. Es war eine Werkstatt mit vielen Holzbänken und einem Stahltisch, an dem er gerade arbeitete.

»Vorgarten nennen Sie das?« Lukas Reschreiter zischte verächtlich, ohne sich zu seinen Besuchern zu drehen. »Sie selbst nennt es ›mein Schaufenster‹, aber der Bürgermeister sagt dazu: ›die Schande unseres Dorfes‹ – und recht hat er.«

»Mir ist es völlig wurscht, wer es wie nennt, aber offensichtlich reden wir von ein und demselben Stück Erde. Also, was haben Sie dort am letzten Sonntag verteilt – und warum?« Franziskas Stimme klang ungeduldig.

»Hexenfinger!« Er kicherte. Noch immer hatte er seinen Besuchern den Rücken zugekehrt und arbeitete konzentriert vor sich hin.

Die Kommissarin trat neben ihn. »Hey, ich rede mit Ihnen, schauen Sie mich an!«

»Das geht grad nicht.«

Schwungvoll zog er ein schwarz-weißes Fell über das vor ihm stehende Gebilde aus Ton und Stroh, stopfte es geschickt und mit ungewöhnlich schnellen und gezielten Bewegungen an einigen Stellen aus und befestigte das Ganze mit groben Klammern.

»So, jetzt. Erster Schritt geschafft. Das ist nämlich der Langrieger Luise ihre Minnie. Die ist kürzlich gestorben, und die Luise wünscht sich, dass die Minnie nun immer mit ihr beim Fernsehen sitzt. Gell, Minnie, dich machen mir besonders schön. Und bequem haben sollst du es auch.« Die noch nicht ganz fertig ausgestopfte Katze saß auf ihren Hinterbeinen, hatte die Vorderpfötchen zierlich gekreuzt und den Kopf kokett zur Seite geneigt. Das schwarz-weiße Fell wirkte stumpf.

Jetzt erst drehte sich Lukas Reschreiter zu seinen Besuchern um.

»Hexenfinger?«, wiederholte Franziska und sah ihn fragend an.

»So haben mir das als Kinder genannt«, erklärte er. »Wenn mir nach der Jagd durch den Wald gegangen sind und die Patronenhülsen aufgesammelt haben. Damals waren die Dinger noch aus Pappe, die haben nicht so schön geklappert wie heute, wo sie aus Plastik sind.«

»Und Sie haben diese Dinger am Sonntag im Garten der Bildhauerin verteilt?«

Er nickte.

Franziska zog die Stirn kraus. »Und wo kommen die her?«

»Ja mei, wenn ich nach so einer Jagd durch unsern Wald geh, sammel ich die halt immer ein. Nicht dass eins von den Viecherln das Plastikzeug frisst und dann noch Bauchweh bekommt.«

»Aha, Sie sammeln die also ein – und dann?«

Lukas Reschreiter schien ihre Fragen nicht nachvollziehen zu können. Ungeduldig stellte er klar: »Dann kommen die in den gelben Sack. Plastikmüll. Wohin sonst?«

»Sehr vernünftig.« Die Kommissarin bedachte ihn mit einem nachdenklichen Blick. »Diesmal sind die aber nicht im Plastikmüll gelandet, sondern im Binderschen Schaufenster.«

Er nickte und schien sich zu fragen, warum sie ihn weiterhin von seiner Arbeit abhielt, wo sie doch sowieso schon alles wusste.

»Warum?« Franziska sah ihn streng an.

»Mir dachten, die Kinder täten ganz gern damit spielen, wissen Sie, die Kleinen aus dem Neubaugebiet. In den Wald lassen die Eltern die ja heutzutag ned mehr, weshalb die auch nicht mehr selbst nach Hexenfingern suchen und Räuber und Gendarm spielen können. Also unsere Kindheit war da schon schöner – aber heut haben s' halt alle ein Handy und ein iPod und Fernseher im eigenen Zimmer. Nur, ob das eine schönere Kindheit ist?«

»Stopp, stopp, stopp!« Franziska unterbrach ihn. »Wen

meinen Sie mit ›wir‹? Sie und noch jemand? Wer ist dieser andere?«

»Das sag ich nicht.«

»Sie machen sich strafbar. Wegen Behinderung von polizeilichen Ermittlungen.«

»Diese Plastikdinger ham doch nix mit der Polizei zu tun!«, widersprach er augenblicklich.

»O doch!« Jetzt mischte Bruno sich ein. Blass stand er zwischen Regalen mit ausgestopften Ratten, weißen Frettchen und Iltissen, deren Glasaugen böse zu funkeln schienen. Zu seinen Füßen lag ein präpariertes Wildschwein. »Wir gehen davon aus, dass die Patronenhülsen zur Verdeckung einer Straftat verteilt wurden. Und wenn das so ist, haben Sie sich zum Mittäter gemacht.«

»Ich weiß von nix, und gesagt hat sie mir auch nix.«

»Sie?« Franziska horchte auf.

Er fuchtelte hektisch mit den Armen: »Na, nicht sie – die halt, die anderen. Aber jetzt sag ich nix mehr. Ich muss Ihnen nix sagen, gar nix. Überhaupt nicht.« Und nach diesem Satz presste der Reschreiter Luck ganz fest seine Lippen aufeinander.

Kapitel 15

Es war nicht zu fassen. Sie hatten tatsächlich kein Wort mehr aus diesem Reschreiter herausbekommen! Stoisch hatte der weiter die Katze präpariert und dabei demonstrativ die Lippen zusammengekniffen, vielleicht auch, um dem stechenden Geruch des Aluminiumsulfats auszuweichen, der immer noch in Minnies präpariertem Fell hing. Sie hatten noch weitere zwanzig Minuten neben ihm gestanden, flach geatmet, mit einer Vorladung gedroht und dann eingesehen, dass es keinen Sinn hatte. Zumindest heute nicht mehr.

»Wir werden den Reschreiter vorladen und ihn von der Polizei vorführen lassen, dann werden wir ja sehen, ob er weiter schweigt«, meinte Franziska wütend, während Bruno den Wagen auf die B 20 einfädelte und Richtung Landau lenkte. Er war außergewöhnlich gut gelaunt.

»Dann schaff ich es vielleicht doch noch heute Abend mit meiner Verabredung«, verkündete er erleichtert, sah demonstrativ auf die Armbanduhr und zündete sich eine Zigarette an. Es war achtzehn Uhr zehn.

Sie fragte ihn nicht, mit wem er sich verabredet hatte. Es war garantiert ein kultivierter, gut situierter und überaus eleganter Mann, der sich nicht nur bestens mit Rot- und Weißweinen, sondern auch mit guten Restaurants und der feinen Lebensart auskannte und der Bruno zu einem Fünf-Gänge-Menü einladen würde. Ein Wunder, dass der nicht zunahm. Das Leben war ungerecht.

»Bringst du mich heim?«, murmelte sie schlecht gelaunt. »Mir reicht's für heute.«

»Mir noch nicht. Jetzt leg ich erst richtig los.« Er gab Gas.

»So, Bruder Ägidius«, begann Martha Moosthenninger ihren gut vorbereiteten Vortrag. »Jetzt, wo wir mal unter uns sind: Das allererste Wunder, allerdings in einer ziemlich niedrigen Kategorie, ist ja schon, dass der Wilhelm heute Abend außer Haus ist und wir deshalb in aller Ruhe über die gute Agnes sprechen können. Nein, essen Sie lieber noch nicht so viel von dem frisch gebackenen Brot. Ich hab's doch grad erst aus dem Ofen geholt, ist ja noch ganz warm. Sie müssen schon ein wenig Ihren Magen schonen. Warten Sie, ich koch Ihnen einen Kamillentee. Oder lieber Fenchel? Hernach les ich Ihnen dann die Weissagungen der Agnes vor, die sich nachprüfbar erfüllt haben.«

Ägidius Alberti lächelte gequält und zeigte dabei seine gelblichen Zähne. Er schlug die Beine übereinander und beugte sich dem duftenden Brot entgegen, das wie eine Verheißung mitten auf dem Küchentisch lag.

Geschäftig erhob Martha Moosthenninger sich vom Küchentisch und wandte sich dem Herd zu. Sie spürte ein Kribbeln im Bauch. Nie zuvor hatte ihr jemand so uneingeschränkt zugehört. Sie hoffte in diesem Augenblick, eines Tages an einem Rednerpult zu stehen und einem großen Auditorium die Wundertaten ihrer Agnes verkünden zu können. Insofern war es gut, das dann zu haltende Referat bei ihrem jetzigen und einzigen Zuhörer schon mal zu testen.

Aus Gründen der Dramaturgie überging sie die Wunder der Kategorien eins bis sechs und konzentrierte sich nur auf die Highlights, also jene in Erfüllung gegangenen Prophezeiungen, die sie in ihrer nach oben offenen Wunderskala mit den Benotungen sieben und mehr ausgezeichnet hatte.

Da sie die Bedeutung der Harbinger-Weissagungen jedoch immer erst im Nachhinein einschätzen konnte, blieb es nicht aus, dass sie in ihrem lilafarbenen Büchlein ständig hin und her blättern musste. Gelegentlich unterbrach sie ihren eigenen Redefluss voller Entzücken ob ihrer treffenden Formulierungen und stellte mit ungebrochener Begeisterung gewisse Sätze in unsichtbare Anführungszeichen.

Währenddessen verspeiste ihr schweigender Gast fast das ganze frisch gebackene Brot.

»Was meinen denn Sie?«, führte Martha nun aus. »Glauben Sie etwa, der Herr Maronna wär so schnell wieder gesund geworden, wenn nicht ich – zusätzlich zu den Fürbitten meines Bruders – ein Brieferl auf das Grab der Agnes gelegt hätte, damit sie dem Herrn Doktor wieder auf die Beine hilft? Oder diese Geschichte mit dem Zwacklhuber Pirmin. Wenn da die Agnes ned eine Fürbitte ausgesprochen hätt, so hätt der g'wiss nie auf den rechten Weg zurückgefunden.«

Sie seufzte in Erinnerung an dieses Drama und lächelte dann siegesgewiss. »Und als Dreingabe hat sie auch noch dafür gesorgt, dass sich der Schmiedinger Adolf in die Zwacklhuberin verliebt, denn«, und hier beugte sie sich vertraulich vor, »nicht jeder Mensch ist dazu geschaffen, allein durchs Leben zu gehen wie ich.«

Sie holte tief Luft und blätterte weiter in ihrem Büchlein. »Hier, sehen Sie mal: Die Halber Gertraud beispielsweise, für die hat die Agnes auch Wunder gewirkt. Glauben Sie mir, der ihr Doktor, den sie ja jetzt leider erschossen ham, der wär wohl kaum bei ihr geblieben, wenn die Halberin nicht auch die Agnes da oben um Beistand und um einen Vater für ihr vaterloses Kind gebeten hätte! Im Übrigen hätte sie den Herrn Dr. Hellmann niemals kennengelernt, wenn nicht meine Agnes mich zu dem geschickt hätte. Mich!« Stolz wies sie mit ausgestrecktem Zeigefinger auf sich selbst. »Weil, die sehen da oben natürlich viele Sinnzusammenhänge und Vernetzungen, die wir hier unten gar nicht verstehen. So viel hab ich schon begriffen.«

Sie lächelte kokett. »Nur, dass dieser grundgütige Hellmann sterben musste, wo er der Malwine auf meine Fürbitte hin doch noch schnell einen Verwandten zur Seite gestellt hat – da hätt sie schon mal aufpassen können, die gute Agnes. Dass der hinterrücks erschossen wurde, darin nämlich seh ich keinen Sinn. Gar keinen. Ist doch schon fast, als würd der hier unten ned mehr gebraucht! Aber vielleicht hatte sie grad zu der Zeit was anderes zum tun und konnte nicht auf uns hier in Kleinöd aufpassen.«

Bruder Ägidius zeigte sich ungerührt, und Martha registrierte, dass von ihrem frisch gebackenen Brotlaib so gut wie nichts mehr übrig war. Dieser permanent hungrige Gast würde schon wissen, was er tat. Wenn er das Brot aß, vertrug er es wohl auch. Ergeben betrachtete sie das fast leere Holzbrett in der Mitte des Küchentischs und lächelte ihn an. War es nicht auch eine zutiefst heilige Handlung, das Brot miteinander zu teilen?, schoss es ihr dann durch den Kopf. Nicht nur Brot, sondern auch Wein? Beherzt griff sie nach dem vorletzten Stück des Weißbrotes, legte es neben ihr lilafarbenes Notizheft und holte eine Flasche Wein aus der Kredenz.

»Wir brechen miteinander das Brot und trinken den Wein, denn dies ist ein Akt, in dem wir uns zusammentun zur Seligsprechung unserer Agnes«, stellte sie dann klar und entkorkte die Flasche.

»Da bin ich mir nicht sicher«, sagte der Abgesandte des Bischofs und griff zu seinem Glas. »Aber Wein trink ich gern.«

Mit offenem Mund starrte sie ihn an.

»Sie meinen also, dass das alles noch keine Wunder sind? Für Sie ist das alles ganz normal, alltäglich sozusagen?«

Er zögerte kurz, vermutlich suchte er nach der bündigsten aller Formulierungen. »Es genügt nicht«, diagnostizierte er schließlich und nahm einen kräftigen Schluck Rotwein.

Sie blätterte ihr Notizbuch vor ihm auf, hielt es ihm demonstrativ unter die Nase: Fast hundert eng beschriebene Seiten mit den unterschiedlichsten Noten versehen. »Das alles genügt nicht?«

Halb nickte er, halb schüttelte er mit dem Kopf.

Fassungslos ließ sie sich auf ihren Stuhl fallen und griff nach dem Glas. Sollten all ihre Anstrengungen umsonst gewesen sein?

»Und die Quelle?« Ihre Stimme klang fast flehend.

Mit einem angedeuteten Lächeln zog er die Stirn kraus und seufzte. Möglicherweise hieß das »vielleicht«. Aber sie wusste es nicht und spürte, wie ihr Tränen in die Augen schossen.

Das brauchte er nun wirklich nicht zu sehen. Sie trat ans Fenster, wandte ihm den Rücken zu und putzte sich ausgiebig die Nase. Die Kirche und das Gasthaus waren angestrahlt. Zwei Baudenkmäler. Sankt Konrad und der Blaue Vogel. Und mit einem Mal wusste sie, wie sie ihn überzeugen konnte, und schöpfte wieder Hoffnung. Es gab ja immer noch den anschaulichsten aller Beweise. An den hätte sie fast nicht mehr gedacht. Und sie erkannte: Es war Agnes, die ihr in diesem Augenblick die richtige Eingebung geschickt hatte.

Nach dem Gang durch die Stadt hatte Gertraud lange in Günthers Bad gestanden und sich in seinem Spiegel betrachtet. Dieser Spiegel hatte ihr Gesicht noch nie zuvor gesehen, und nie wieder würde er Günthers Gesicht sehen können. Gertraud fragte sich, warum Spiegel kein Gedächtnis hatten. Ginge es nach ihr, so müssten sie alle Gesichter, alle Grimassen, alle Bilder, die jemals in sie hineingehalten und ihnen zu irgendeiner Zeit präsentiert worden waren, speichern und abrufbar machen. Wäre es so, könnte sie immer wieder Günthers Gesicht sehen, Günther beim Rasieren, beim Zähneputzen, beim Haare kämmen. Günther, wie er sich anlächelt, wenn er ihren Namen nennt. *Gertraud.* Niemand sonst konnte diese zwei Silben so wunderbar vertraut aussprechen. Alles wäre um so viel einfacher, wäre jeder Spiegel auch ein Speichermedium.

Ob der, der hier eingebrochen war und vermutlich auch mit dem Gewehr auf Günther geschossen hatte, ebenfalls im Bad gewesen war? Gertraud glaubte, fremde Schwingungen in der Luft zu spüren. Sie fror. Der Spiegel zeigte nur ihr eigenes blasses Gesicht mit den rotgeränderten Augen.

Das Wohnzimmer war, wie Frau Hausmann ihr erzählt hatte, noch versiegelt. Blaubarts Zimmer, dachte Gertraud. Ob der Einbrecher das Gemälde des Gläsernen Vilstals von der Wand gerissen hatte? Günthers Lebenswerk! Zerstört und zerstückelt, so wie Blaubart das mit seinen Frauen getan hatte? Ob die Kommissarin sie nur schonen wollte? Gertraud versuchte, durchs Schlüsselloch zu blicken. Sie entdeckte einen leeren Raum, keine Verwüstung, keine Papierfetzen auf dem Boden, keinen Tisch und keinen Stuhl.

Er hatte ihr viel zu wenig von seiner Arbeit erzählt. Wie oft hatte sie nachgefragt und Interesse gezeigt. Aber er hatte dann gelächelt und sich hinter geheimnisvollen Andeutungen verschanzt. Ja, auch hier, auch in Kleinöd, müsse er noch einige Dinge zu Ende recherchieren. Sie hatte wissen wollen, was und bei wem. Aber das wollte er nicht sagen, sie aber durfte raten. Was für ein Ratespiel! Es hatte ihr Spaß gemacht, denn sie hatte Heimvorteil. So viele Namen mit Stammbaumoptionen gab es ja nicht in Kleinöd.

Also zählte sie auf: Blumentritt, Langrieger, Schmiedinger. Beim Wort Daxhuber hatte er geschluckt, und auch beim Namen Waldmoser, aber als sie weiter nachhakte, verschloss er ihr den Mund mit einem Kuss.

Bis eben gerade hatte sie seinen Nachlass geordnet. Sein Leben war genauso gläsern wie das Gläserne Vilstal, an dem er gearbeitet hatte. Alles war nachprüfbar, und alles war dokumentiert und in all seiner Vielfältigkeit auf eine gespenstische Art banal. Sie fand den Ordner mit den Abrechnungen seiner Ahnenforschung. Die Forderungen waren ordentlich durchnummeriert, der Mehrwertsteuersatz ausgewiesen. Keine der Abrechnungen war so hoch, dass sie für Ärger hätten sorgen können. Kopfschüttelnd hatte sie gedacht: Sobald wir verheiratet sind, werd ich dafür sorgen, dass er seinen Stundensatz erhöht, das macht er viel zu billig, der Mann. Mit einem Mal war ihr wieder eingefallen, warum sie hier und jetzt in seiner Wohnung war. Es gab keinen Günther mehr, und sie würden nicht heiraten. Da musste sie erneut weinen.

Sein Laptop war verschwunden. Sie suchte ihn überall. Erst als sie den Verlust der Kommissarin melden wollte, erinnerte sie sich, dass irgendjemand gesagt hatte, der Computer sei noch in der kriminaltechnischen Untersuchung. Sie würde ihn bekommen, sobald die Datenanalyse abgeschlossen sei.

Charlotte Rücker schlich durchs Haus und warf besorgte Blicke auf ihre am glänzend polierten Rosenholzschreibtisch sitzende Nichte. »Jetzt warst schon den ganzen Nachmittag in der Stadt«, sagte sie schließlich. »Willst du dich nicht ein bisserl ausruhen?«

»Nein«, sagte Gertraud einsilbig und öffnete den Karton mit den schwarz umrandeten Briefumschlägen. Sie nahm einen heraus und prüfte, ob die dazugehörige Karte hineinpasste. Perfekt. Aber es freute sie nicht.

Als Mitarbeiterin des Landauer Anzeigers wurde sie bevorzugt behandelt und hatte schon heute die Traueranzeigen aus der Druckerei abholen können. Dreiundvierzig Stück hatte sie auflegen lassen. Eine für jedes seiner viel zu wenigen Lebensjahre.

»Die Kleine schläft noch ein wenig vor dem Abendbrot«, sagte Charlotte und verlieh ihrer Stimme einen besonders fürsorglichen Klang. »Soll ich dir vielleicht doch ein bisschen helfen?«

Gertraud füllte schwarze Tintenpatronen in ihren Mont Blanc, mit dem sie eigentlich die Einladungen zu ihrer Hochzeit hatte unterschreiben wollen. »Nein, das muss ich alleine machen.«

Die Tante holte tief Luft. »Aber du kennst die doch gar nicht, die du da einlädst. Wildfremde Leute.«

»Lotti. Sie kannten Günther«, belehrte Gertraud sie. »Es sind seine Freunde.«

Charlotte Rücker schob sich die Brille zurecht. »Bist du dir sicher?«

Gertraud nickte trotzig. »Ja.« Aber ganz sicher war sie sich nicht. Dazu kannte sie Günther zu wenig. Sie hatten ihn nie im Alltag erlebt. Was sie miteinander geteilt hatten, waren Wochenenden, Sonn- und Feiertage. Nur die Sahnehäubchen des Lebens. Einmal eine Woche Wanderurlaub auf Madeira. Ohne Kind. Er war ein Sonntagsmann. Genau, so würde sie es ihrer Tochter sagen, wenn Eulalia-Sophie jemals nach dem »netten Onkel« fragen sollte.

Jetzt aber fragte sie sich, ob Günther jemand war, der die Adresskärtchen jener, mit denen er nichts mehr zu tun haben wollte, einfach wegwarf? Oder hatte er womöglich irgendwo noch eine kleine Schachtel mit den Visitenkarten ausgemusterter Freunde? Gertraud hatte nichts dergleichen gefunden, und sie hatten nie über seine Freunde gesprochen.

Sie hatte beschlossen, alle einzuladen. Es waren eh nicht so viele, die nach Privatkontakten aussahen.

»Was wissen wir schon von denen, die wir lieben?«, merkte die Tante nun kryptisch an.

Gertraud schrieb unbeirrt weiter. Charlotte wich nicht von ihrer Seite.

»Wenn tatsächlich ein Feind dabei sein sollte, dann ist spätestens jetzt der Augenblick der Versöhnung gekommen«, merkte Gertraud weise an und klebte eine Briefmarke auf den noch tintenfeuchten Briefumschlag.

»Aber einer muss ihn so sehr gehasst haben, dass er ihn getötet hat«, warf Lotti besorgt ein. »Dass du den bloß nicht einlädst, auch nicht aus Versehen. Stell dir vor, der kommt und entführt dein Kind. Ich will gar nicht daran denken!«

»Jetzt mach sie doch nicht völlig verrückt«, mischte Bernhard Döhring sich ein – er, der sonst nie etwas sagte. Erstaunt hob Gertraud den Kopf.

»Der Bruder zahlt die Beerdigung«, fuhr der Baulöwe fort. »Und der soll uns nicht so billig davonkommen. Ich habe mir alle seine Verfügungen und Überschreibungen angesehen. Die Verträge sind bombensicher. Und wenn der sich aus dieser Sache heraushalten will, dann soll er dafür zahlen. Lad ruhig alle ein, Gertraud, und berechne am besten noch einen Stundenlohn. Freikaufen will der sich, der Hund. Und das soll ihn teuer zu stehen kommen.«

»Jessas nein!« Tante Charlotte studierte die Traueranzeige und schnappte nach Luft. »Der Bruder zahlt alles, und du hast ihn nicht einmal mit auf die Karte setzen lassen? Nur dich und das Kind! Was hast du dir denn dabei gedacht? Die gehören doch auch dahin. Hat dich denn niemand beraten? Wie konntest du den einfach weglassen?«

»Weil der nicht trauert«, sagte Gertraud bestimmt und schrieb weiter.

»Im Vertrag steht's auch nicht«, ergänzte Bernhard Döhring. »Wenn er mit auf die Karte gewollt hätte, hätte er es reingeschrieben. Also ich hätt das ja gemacht, denn dann ist die ganze Geschichte steuerlich besser absetzbar – aber der wird schon wissen, wie er das mit seinem Finanzamt regelt. Die Gertraud hat schon recht.« Dann schlurfte er vom Wohnzimmer in die Küche und setzte sich mit der Zeitung an den Esstisch.

»Lädst du auch welche aus dem Ort ein?«, fragte Charlotte, bevor sie in die Küche ging, um das Abendbrot vorzubereiten.

»Ich dachte an all eure Nachbarn«, antwortete Gertraud. »Es sind ja nicht mehr so viele. Und Günthers Bruder mit Familie lad ich natürlich auch ein, aber die kommen bestimmt nicht. Sonst hätt der sich ja gleich um alles kümmern können.«

»So, jetzt kommen Sie mal mit ins Wohnzimmer. Und dann nehmen Sie bittschön Platz.« Martha Moosthenninger schob Bruder Ägidius durch eine prachtvolle Kassettentür in einen Raum mit zwei ausladenden Sitzgruppen, alten Teppichen und einem offenen Kamin. »Wir sind hier fast nie«, gestand sie. »Essen tun wir in der Küche oder im Speisezimmer, arbeiten tut der Wilhelm in seinem Arbeitszimmer, und ich hab ja im oberen Stock meine eigene Stube, und erst wenn ich da bin, dann ist für mich richtig Feierabend. Dann erst ist mein Tagwerk vollbracht.« Sie seufzte demonstrativ. »Aber hier steht der DVD-Player. Können Sie so ein Ding bedienen?«

Er nickte.

»Ach, da bin ich aber froh, denn so richtig kenn ich mich ned damit aus. Das ist eigentlich die Aufgabe vom Wilhelm.«

Da sie inzwischen gelernt hatte, dass sie ihren Mitstreiter in Sachen Seligsprechung mit Essensangeboten bei der Stange halten konnte, nahm sie eine Bleiglas-Etagere aus dem massiven Eichenschrank und füllte sie mit salzigem Knabbergebäck. Er griff sofort zu.

Währenddessen holte sie einen Stapel beschreibbarer CD-ROMs hervor, die sie um sich herum auffächerte. Dabei handelte es sich hauptsächlich um Mitschnitte päpstlicher Konzerte und Hochämter. Der Abgesandte des Bischofs verdrehte die Augen und schenkte sich Rotwein nach. Er schien mit dem Schlimmsten zu rechnen.

»Letzten Sommer«, erklärte Martha, während sie die silbern glänzenden Scheiben zu verschiedenen Häuflein stapelte, »haben wir den Dachboden aufgeräumt, der Wilhelm und ich. Na ja, er hat ja kaum Zeit, aber ich hab gesagt: Was sein muss, muss sein. Wir haben sehr viel weggeworfen – man kann ja nicht alles aufheben, gell? Zum Glück haben wir aber auch das hier gefunden.« Sie hielt eine CD-ROM hoch, schüttelte den Kopf und stellte mit leuchtenden Augen klar: »Wenn ich noch einmal so einen Fund machen könnte, ich würd zwanzig Dachböden freiwillig leer räumen, ach was, Hunderte – selbst im heißesten Hochsommer. Aber so was gibt's vermutlich nur ein einziges Mal auf dieser Welt.«

Ägidius sah sie zweifelnd an, doch bevor er einen Laut von sich geben konnte, wischte sie mit einer Handbewegung all seine Zweifel fort. »Eigentlich war es ein Doppel-Acht-Film, genauer gesagt, die Kopie davon. Das Original hat nämlich der Herr Krafthueber, was der Vorgänger von uns, von dem Wilhelm und mir, gewesen ist, an Ihren Bischof geschickt. Mit einem langen Brief, auf den der ja wohl nie geantwortet hat.« Der Vorwurf in ihrer Stimme war nicht zu überhören. »Und wissen Sie, was in dem Brief stand und was auf dem Film zu sehen ist?«

Ägidius Alberti schüttelte den Kopf.

»Womöglich ist das Schreiben gar nicht bis zum Bischof vorgedrungen«, bot sie als Entschuldigung an. »Immerhin hat der gute Krafthueber damals, als sich die Zeichen häuften, einen Fachmann aus der Filmbranche aufgetan. Das war durchaus weitsichtig. Und der hat die erste Wundertat der kleinen Agnes gefilmt, woraufhin er das Ganze mit einem Brief nach Regensburg geschickt hat. Vielleicht hat er auch deshalb keine Antwort bekommen, weil der Bischof keinen Filmprojektor hatte – oder keine Zeit. Als ich den Brief gelesen hab, da hab ich gleich g'wusst, dass ich damit *den* Beweis in meinen Händen hielt. Denn wissen S', was da drin stand?«

Wieder schüttelte der Abgesandte des Bischofs den Kopf.

Martha stellte sich aufrecht hin und verkündete: »Dass der Film eine Dokumentation ist von der kleinen Harbinger Agnes, die über die Fähigkeit verfügt, während des Hochamts Wunder zu vollbringen. Und das schauen wir uns jetzt an. Als der Film gedreht wurde, war die Agnes neun Jahre alt und hatte gerade das Sakrament der Erstkommunion empfangen. Und wie sie da so in der Kirche in der ersten Reihe sitzt, da sieht sie den Kelch mit den Hostien und verwandelt die vor Hochwürdens Augen in weiße Schmetterlinge. Und zwar bei jedem Hochamt. Jeden Sonntag.«

»Nein«, sagte Ägidius Alberti.

»Doch«, sagte Martha Moosthenninger. »Ich hab dann diese komische Filmrolle in eine große Plastiktüte gepackt und bin gleich am nächsten Tag mit dem Ding nach München gefahren. Dort hab ich eine Kopieranstalt gefunden, und die ham mir den Film auf diese kleine Scheibe hier gebrannt. Ich hab gleich ein Dutzend davon machen lassen. Man weiß ja nie. Sogar der Wilhelm war sprachlos, als ich ihm das vorgeführt hab, und die Agnes, als wir der das hier auf dem Bildschirm gezeigt haben, die konnte sich kaum noch an dieses Wunder erinnern. So bescheiden ist sie. Aber als sie dann den Film sah, fiel ihr alles wieder ein. Sodala, und jetzt müssen wir nur noch den Rekorder zum Laufen bringen.«

Etwa zehn Minuten später stellte Bruder Ägidius seinen bis dahin unermüdlichen Konsum von Salzstangen und Erdnüssen ein und starrte vornübergebeugt auf den Fernsehschirm. Kopfschüttelnd murmelte er »Nein« und riss die Augen auf. Und zum zweiten Mal an diesem Abend sagte Martha, jetzt allerdings mit triumphierendem Unterton: »Doch.«

Der Film währte genau sechs Minuten und vierundzwanzig Sekunden. Schauplatz war das Innere der Sankt-Konrad-Kirche während einer heiligen Messe. Kerzen brannten, in den Bänken des Mittelschiffs waren die Gläubigen versammelt, links die Frauen, rechts die Männer. Viele Kinder.

Zu Beginn des Films betritt der erste Messdiener mit der Hostienschale den Altarteppich. Kameraschwenk. Das Kind Agnes springt auf, drängt seine Kameradinnen beiseite, verlässt seine Gebetsbank und stellt sich in die Mitte des Mittelgangs. Es hinkt ein wenig. Großaufnahme des

Kindergesichts. Das Mädchen reißt die Augen auf und faltet seine Hände zum Gebet. Dann fokussiert das Aufnahmegerät Hochwürden Krafthueber in seinem goldbestickten Messgewand, wie er den Kelch mit den Hostien in beiden Händen hält. Auf einmal erheben sich aus dem Kelch blütenweiße Schmetterlinge, flattern mit zögernden Flügelschlägen um den Altar und über die Gläubigen hinweg, werfen filigrane Schatten und versammeln sich dann am Rand des Kelches, um sich in diesem wieder als weiße Hostien zu manifestieren. Das Kind schließt die Augen, senkt sein Haupt und geht in die Bank zurück. Als sei nichts gewesen.

»Donnerwetter«, war das Einzige, was Ägidius Alberti dazu sagte. Dann holte er sein Büchlein hervor und begann wie wild darin herumzuschreiben.

Kapitel 16

Adolf Schmiedinger konnte es nicht fassen: Dieser Reschreiter Luck schwieg weiterhin bockig vor sich hin. Ein alter störrischer Esel. Da halfen weder Bitten und Flehen noch finsterste Drohungen. Als hätte ihm jemand den Mund zugenäht.

Auch Frau Reschreiter wusste keinen Rat. »Sonst redet er von morgens bis abends auf mich ein – aber jetzt, ich weiß nicht, was mit dem los ist. Man könnt fast meinen, dem wär der Teufel über den Weg gelaufen. Nicht einmal an seinen Hund richtet er ein nettes Wort. Gell, Lumpi? Dein Herrchen spinnt. Wenn ich nur wüsst, was ihm so die Sprache verschlagen hat.«

Hilflos griff der Polizeiobermeister zu seinem Diensttelefon und rief bei Franziska Hausmann in Landau an.

»Guten Morgen, Herr Kollege«, meldete die sich. »Na, wer war's? Wer hat den Reschreiter dazu angestiftet, die Patronenhülsen zu verteilen? Sie haben ihn doch bestimmt zum Sprechen bringen können.«

»Der sagt nix.«

Franziska seufzte. »Was meinen Sie, warum schweigt der nur so hartnäckig?«

»Der hat sicher einen Schwur getan«, brummte Adolf Schmiedinger, und ihm drängte sich der ungeheuerliche Verdacht auf, dass die Mafia Niederbayern erobert haben könnte und der arme Luck unversehens und wie immer völlig ahnungslos in ein hinterhältiges Komplott hineingeraten war. Fast tat ihm der Reschreiter leid. Andererseits war Adolf Schmiedinger in seiner Funktion als Polizeiobermeister dazu verpflichtet, die Wahrheit ans Licht zu bringen. Um die Brisanz der augenblicklichen Lage in all ihrer Dramatik nach Landau zu übermitteln, fügte er hinzu: »Wenn er sein Wort bricht, fallen ihm womöglich drei Finger ab, oder er hat plötzlich eine Kugel im Bauch. Zwengs dem ist der so still. So ein Eid ist halt a leidige Sach. Außerdem rechnet der Luck immer mit dem Schlimmsten.« Die neben ihm stehende Rita Reschreiter gab zustimmende Laute von sich.

»Und nun?« Die Kommissarin seufzte ratlos.

»Also auf mich hört der ned«, stellte Adolf Schmiedinger klar. »Wenn er auf einen hört, dann auf den Bürgermeister. Dann müssten S' halt mal mit dem reden, dass der seinen guten Einfluss geltend macht. Wenn Sie da als Amtsperson zu dem Waldmoser gehn ...«

Franziska lehnte sich in ihrem Schreibtischstuhl zurück und zog die Stirn kraus. »Was wollen Sie damit sagen?«

»Dass Sie den Waldmoser unter Druck setzen müssen, damit der den Luck zum Reden bringt. Sie oder Ihr junger Kollege. Seine Frau meint übrigens auch, dass des der einzige Weg wär, sie würd nämlich auch gern wissen, wer ihrem Mann so den Mund verschlossen hat.«

»Okay, ich komm dann raus zu Ihnen.«

Sie hatte sowieso vorgehabt, mit dem Bürgermeister noch einmal über die Liste der Treiber zu sprechen. Irgendwas stimmte da nicht. Von den offiziellen Jägern, also den Herren mit Waffenschein, kam nach Auskunft der kriminaltechnischen Untersuchung niemand infrage, somit konnte sich eigentlich nur jemand von den Treibern die Waffe gegriffen haben. Aber wer und warum? Und gab es da eine Verbindung zu Günther Hellmann?

»Wenn Sie kommen, wird alles gut«, verkündete Adolf im Brustton der Überzeugung.

Kaum hatte sie aufgelegt, klingelte es erneut. Sie sah auf dem Display, dass es Brunos Handy war.

»Na, verschlafen?«

»Nein.« Er zögerte kurz. »Du, Franziska, hör mal. Ich glaub, ich hab da eine heiße Spur. Also, gestern Abend hab ich mich mit Georg vom Landauer Anzeiger getroffen, und wie wir da so sitzen und über den Fall reden ...« Offenbar nahm er ihr verärgertes Schnaufen wahr und fügte schnell und mit beruhigendem Unterton hinzu: »Alles vertraulich, keine Angst, der wird erst darüber schreiben, wenn du ihm grünes Licht gibst, du weißt doch, auf Georg ist Verlass. Also wie wir da so reden, da ist uns beiden plötzlich im selben Moment derselbe Gedanke gekommen. Und das ist eine so unglaubliche Spur, also der muss ich heute nachgehen – und das kann ein paar Stunden dauern.«

»Was? Ich brauch dich aber jetzt, wir müssen nach Kleinöd und dort den Bürgermeister unter Druck setzen, damit der wiederum den Reschreiter in die Mangel nimmt. Dieser sture Bock schweigt wie das sprichwörtliche Grab.«

»Das schaffst du schon allein.«

»Das sagt sich so leicht. Also gut, wenn es unbedingt

sein muss, mach ich mich halt allein auf den Weg. Oder noch besser, ich werd den guten Schmiedinger um Amtshilfe bitten. Vorher will ich aber wissen, was du da so Wichtiges recherchieren musst.«

Er druckste herum: »Nein, das geht nicht. Du weißt doch, je weniger die Menschen glauben, desto abergläubischer sind sie. Und ich glaub an gar nichts. Dafür hör ich aber auf meine Intuition, und die sagt mir: Wenn ich jetzt drüber rede, ist die Spur falsch. Nur wenn ich die Klappe halte, dann ... dann könnten wir uns alle wundern. Bitte gib mir vierundzwanzig Stunden Zeit.«

»Du bist ja noch schlimmer als der Reschreiter mit seinem törichten Schweigegelübde! Und schon allein deshalb sollte ich dich zum Mitkommen zwingen. Vielleicht könntest du sein Schweigen knacken, weil du genauso verschroben tickst. Männer! Manchmal versteh ich euch nicht!«

»Ach, das schaffst du schon. Sobald ich auf dem richtigen Weg bin, melde ich mich bei dir, okay?«

Sie war immer noch nicht so recht überzeugt. »Und wo kann ich dich notfalls erreichen?«

»Über mein Handy, da geht die Mailbox ran, oder schick mir doch einfach eine SMS.«

»Ich will dich nicht benachrichtigen, ich will dich erreichen«, klagte sie.

Aber da hatte er schon aufgelegt.

Das Haus war zu groß und zu leer für ihn. Er hatte nicht gewusst, dass Stille so angsteinflößend sein konnte. Ging der Hund im Erdgeschoss unruhig über den gefliesten Flur, erzeugte er ein eigenartig kratzendes Geräusch, bei dem Meinrad zusammenzuckte. Es fühlte sich an, als scharre jemand an seiner Seele, die inzwischen schon ganz wund war.

Übermorgen würde Malwine beerdigt, und dann war sie

wirklich und endgültig und für immer fort. Vielleicht wäre es besser gewesen, sie wären sich niemals begegnet? Ein Glück zu haben und es dann wieder zu verlieren, war furchtbar. In diesen Stunden begriff er mit erschreckender Klarsicht, wie es seiner Mutter ergangen sein musste. Und er verstand auch, warum all seine damaligen kindlichen Versuche, die Mama mit selbst gepflückten Blumensträußen, guten Noten und kleinen Geschenken aufzuheitern, zum Scheitern verurteilt gewesen waren. Sie musste sich selbst nüchtern in einem solchen Zustand der Verzweiflung befunden haben, in dem sie das alles nicht wahrnehmen konnte. Vermutlich hatte sie ihren Sohn Zeit ihres Lebens so gesehen, wie er jetzt Malwines Hund sah, als ein Wesen, das gefüttert und versorgt werden musste, mit dem er aber eigentlich nichts zu tun hatte.

Er starrte auf seine Hände, die untätig vor ihm auf der rot-weiß karierten Decke des Küchentischs lagen. Nutzlos.

Erbarmungslos laut klingelte das Telefon in diese Stille hinein. Er zuckte zusammen.

Es war Martha Moosthenninger. Schnell, geschäftig, wichtig. Meinrad beneidete sie ein wenig. Deren Tage waren angefüllt mit Bedeutung und Sinn.

»Also, Meinrad, nur dass du es weißt, es hat sich ja eh schon rumgesprochen hier im Ort, aber ich hab jetzt noch mal meine Putzhilfe, die mir in der Kirche immer hilft, zu allen Bekannten und Freunden der Malwine geschickt, dass die denen Bescheid sagt wegen der Beerdigung. Gell, am Samstag um zwölf. Hast schon Sterbebildchen drucken lassen?«

Meinrad grummelte ein »Ja« und erinnerte sich an die eigenartigen Gefühle, die ihn beschlichen hatten, als er Malwines Fotoalben durchgesehen hatte. Eine beklemmende Reise in die Vergangenheit, während der er ihr und sein eigenes Leben zueinander in Beziehung gesetzt hatte: Als er grad anderthalb Jahre alt gewesen war und zu laufen begann, hatte sie ihr Baby bekommen. Es war das erste Foto, auf dem er sie lächeln sah.

Er hatte seine Lebensdaten mit den Jahreszahlen ihrer Alben verglichen: So also hatte sie geschaut, als er in die Schule kam, so, als er sein Abitur gemacht und sein Diplom abgelegt hatte. Nur auf den wenigsten Bildern lächelte sie. Freude und so etwas wie Zufriedenheit hatte sich erst in den letzten zehn Jahren in ihren Zügen gezeigt. Er hatte für das Sterbebildchen ein Farbfoto herausgesucht, auf dem sie ihren Hund Joschi im Arm hielt und fast ein wenig glücklich wirkte.

»Wie viele?«, fragte Martha Moosthenninger jetzt.

»Wie viele was?« Er wusste plötzlich nicht mehr, wovon sie sprach.

»Wie viele hast du drucken lassen?«

»Zweihundert. Wie du gesagt hast.«

»Das ist gut. Weißt, früher hatten die ja noch den Hofladen mit all dem selbst gemachten Zeug. Die aus dem Neubauviertel waren ganz verrückt danach. Damals war bio grad in. Insofern kann es schon sein, dass noch viele Kunden von damals kommen. Und die Bildchen, weißt du, die gibst du dann dem ersten Messdiener, der ist meistens ein bisserl älter als die anderen, gehst vor dem Trauergottesdienst in die Sakristei und drückst ihm die zwei Stapel in die Hand, dass der die auch ordentlich vorn am Altarteppich auf ein Tischchen legt. Von selbst denken die nämlich nie dran, die Saubären.«

»Ja, mach ich.«

Er sagte ihr nicht, dass das bei seiner Mutter ganz anders gewesen war. Keine Bildchen, keine Freunde, Bekannte oder Kunden, keine Mittrauernden. Zynisch hatte er beim Wegräumen der leeren Wein- und Schnapsflaschen überlegt, ob er zur Bestattung der Hiendlmayr Beate den Geschäftsführer des örtlichen Supermarktes einladen sollte. Immerhin hatte seine Mutter dafür gesorgt, dass der Umsatz mit hochprozentigen Getränken auf gleichbleibend hohem Niveau blieb. Aber Meinrad wollte keine große Trauergemeinde haben. Und so war es dann ja auch gewesen: Nur er selbst, die Totengräber und der Pfarrer hatten am offenen Grab gestanden, sie hatten gemeinsam ein Vaterunser gebetet und waren dann wieder ihrer Wege gegangen. Als sei nichts gewesen.

»Und vorher ist ja noch die Beerdigung von dem Dr. Hellmann aus Landau. Wirklich tragisch, so ein netter Mann. Da geh ich fei auch hin. Das ist schon um zehn. Kommst mit?«

»Ich weiß nicht, erst nach Landau und dann wieder zurück nach Kleinöd? Nein, ich fürcht mich eh schon vor dem Samstag. Da bleib ich besser hier. Zwei Beerdigungen an einem Tag, das ist wirklich zu viel für einen wie mich.«

»Wieso Landau? Nein, der Hellmann kommt auf unseren Gottesacker. Ganz in die Nähe von Malwine. Quasi in deren direkte Nachbarschaft. Die ham sich ja schließlich auch gekannt. Mein Wilhelm hat es mir so gesagt, und der muss es ja wissen. Dem sein Grab wird schon ausgehoben.«

»Bei euch?«, hakte Meinrad nach, obwohl es ihn nicht wirklich interessierte.

»Ja, weil das der Verlobte von der Halber Gertraud war und die will, dass er immer bei ihr und dem Kind in der Nähe ist.«

»Und wer ist Gertraud Halber?«

Fassungslos schien sie nach Luft zu schnappen und stellte dann vorwurfsvoll fest: »Meinrad, du weißt ja gar nichts! Ist ja auch egal, aber stell dir vor, die hat überhaupt keine Sterbebildchen drucken lassen. Nicht ein einziges. Nur vierzig Trauerkarten mit einem Bild von dem Verblichenen. Vierzig, damit kriegt sie ja nicht mal die halbe Kirche voll. Was meinst du, kann das sein, dass die nicht will, dass da mehr Leute kommen? Aber so einer, der doch ein

Doktor ist und auch noch forschend tätig war, der kennt doch einen Haufen Leut, die von ihm Abschied nehmen müssen.«

Er hörte ihr nicht richtig zu, andererseits wollte er irgendwie das Gespräch in Gang halten. Solange Martha mit ihm redete, war das große Haus nicht ganz so beängstigend. »Wo wohnt die denn?«

»Hier bei uns in Kleinöd, direkt gegenüber von den Blumentritts, weißt schon, von dem Herrn Lehrer mit der italienischen Frau. Rücker und Döhring steht am Briefkasten. Die Gertraud aber heißt Halber. Willst sie vielleicht mal besuchen? Geteiltes Leid ist halbes Leid. Außerdem kannst du ihr das mit den Sterbebildchen noch mal sagen. Vielleicht hört sie ja auf dich. Na gut, dann sehn mir uns halt am Samstag um zehn Uhr auf dem Friedhof. Bis dann.«

Dann legte sie auf, ohne sich seiner Zustimmung zu vergewissern.

Das Wort Basilika spukte seit Montag in ihrem Kopf herum. Sobald sie vor das Pfarrhaus trat oder sich in ihrem Zimmer ans Fenster stellte, vermeinte sie, die Kirche drüben am Brunnerhof zu erkennen. Gleißend im Sonnenlicht. War es die selige Agnes, die ihr diesen Blick in die Zukunft gewährte?

Es würde ein einzigartiger Prachtbau sein, mit weißen Marmorsäulen, einem atemberaubenden Triumphbogen und bunten Bleiglasfenstern. Wer sich in dem Gebäude aufhielt, würde von den Bildmotiven der Fenster verzaubert werden und anhand der farbigen Mosaike die Lebensgeschichte der heiligen Agnes nachvollziehen können. Morgens, wenn die Sonne durch die Ostfenster schien, würde man im rechten unteren Drittel des mittleren Fensters ein Porträt der Moosthenninger Martha entdecken können, klein und bescheiden, wie die Martha ja nun auch war, und die Besucher würden während ihres andächtigen Rundgangs den ausliegenden Handzetteln entnehmen können, dass es dieses wunderbare Gebäude, diesen Ort der Kraft und der Genesung, ohne Marthas Initiative nie gegeben hätte – ebenso wenig wie die heilende und wundertätige Quelle.

Sie seufzte ergriffen und räumte das Frühstück vom Tisch. So würde sie, Martha, in die Geschichte eingehen.

Bruder Ägidius hatte zum Frühstück nur vier Semmeln und zwei Eier im Glas gegessen und war, nachdem er die letzte Tasse Kaffee getrunken hatte, vom Tisch aufgestanden und in seinem Gästezimmer verschwunden.

Vorhin war sie an seiner Tür vorbeigegangen, die nur angelehnt gewesen war, und hatte beobachtet, wie er konzentriert auf seinem kleinen Computer tippte. Er hatte sein Gesicht dem Fenster zugewandt und saß mit dem Rücken zum Flur. Neben ihm lag ein Notizheft. Er arbeitete angespannt und mit hochgezogenen Schultern und schien die Sätze, die er in die Tastatur hackte, zunächst murmelnd auszusprechen, als müsse er sie erst abschmecken. Leider murmelte er so leise, dass sie nichts verstand.

Dennoch: Sie frohlockte. Bald würde ihrer Freundin Agnes Gerechtigkeit und Anerkennung widerfahren, und auch ihr eigenes Leben würde nicht völlig umsonst gewesen sein.

Später, als sie Kartoffeln schälte und Rosenkohl putzte, kam er die Treppe herunter. Sein grauer und offensichtlich viel zu großer Anzug umflatterte ihn wie eine Fahne. Er fragte, ob er sich zu ihr an den Küchentisch setzen könne. Es gäbe etwas zu besprechen. Beinahe reflexartig stellte sie Zwieback und ein Körbchen mit Walnüssen aus dem vergangenen Jahr vor ihn hin. In der Küchenschublade fand sie den Nussknacker. Er bediente sich.

Es fiel ihr schwer, ihre Aufregung zu verbergen. Krampfhaft suchte sie nach einem unverfänglichen Thema, doch sie fand keins. Sollte sie ihm etwa erzählen, was es zum Mittagessen geben würde – nein, das war wirklich zu profan. Da saß er vor ihr, knackte Nüsse, zermahlte sie zwischen seinen gelblichen Zähnen und blickte angestrengt aus dem Fenster auf den Friedhof. Was wollte er, und warum war er zu ihr in die Küche gekommen?

Als das Schweigen kaum noch auszuhalten war, raschelte er ein wenig, setzte sich sehr gerade hin und stellte mit strenger Stimme klar: »So eine Seligsprechung geht nicht von heut auf morgen.«

Martha nickte. »Ich weiß, meinen ersten Brief hab ich ja auch schon vor fünf Monaten an den Herrn Bischof geschrieben. Das ist wirklich eine lange Zeit.« Mit gesenktem Haupt schälte sie weiter ihre Kartoffeln und wartete demütig auf seine nächsten Worte.

Ägidius Alberti nickte bestätigend und legte sein Notizbuch auf den Küchentisch. »Verstehen Sie, bevor wir überhaupt über eine Seligsprechung nachdenken können, müssen wir uns mit dem Seligsprechungsprozess befassen. Und um den einzuleiten bin ich hier. Aber das wissen Sie ja schon.«

Sie staunte. Drei ganze Sätze hintereinander.

»Um es kurz zu machen, ich bin hier, um die Lebensführung dieser Agnes zu überprüfen und um zumindest eines ihrer Wunder zu beglaubigen. Der Film, den Sie mir gestern gezeigt haben, hat mich sehr beeindruckt – aber ich fürchte, er wird nicht in dem Maße anerkannt werden, wie wir beide uns das erhoffen. Wir wissen ja, dass Bilder, also auch Filmbilder, heutzutage manipuliert werden können.«

Martha hielt im Kartoffelschälen inne, sah ihn lange an und schüttelte ungläubig den Kopf. »Wollen Sie etwa damit sagen, dass ich was mit dem Film gemacht haben könnte? Ich weiß gar nicht, wie so was geht. Glauben Sie mir, das von der Agnes hat alles gestimmt. Der Film ist ja auch schon sehr alt. Hochwürden Krafthueber hat damals extra jemanden aus Straubing kommen lassen, um das Hostienwunder der Agnes zu dokumentieren.«

»Es waren noch keine Hostien, es handelte sich lediglich um noch ungeweihte Oblaten, wenn ich die Aufnahmen richtig interpretiere«, berichtigte Ägidius Alberti sie beiläufig und mit betont sanfter Stimme.

»Die Agnes hat ein Wunder gewirkt«, beharrte Martha und legte ihr Kartoffelschälmesser zur Seite.

»Kann schon sein«, gab er ihr recht, »aber Fälschungen sind möglich. Kommen wir als Nächstes zur Quelle: Hier bräuchte ich naturgemäß jemanden, dem gleich mehrere Ärzte Gicht, schweres Rheuma oder chronische Arthritis attestieren. Und unter Aufsicht genau dieser Ärzte müsste er sich dann zur Quelle begeben, um dort geheilt zu werden. Am besten direkt an Ort und Stelle. Anschließend muss dieser Heilungsprozess medizinisch beglaubigt werden. Bevorzugt mit einem Arztprotokoll. Wenn das möglich wäre, dann hätten wir's.«

Martha hob den Kopf und sagte kleinlaut: »Verstehe.«

»Dann ist ja gut.« Er nickte und blätterte weiter in seinen Notizen. »Kirchenrechtlich gesehen darf ein Prozess zur Seligsprechung einer Person frühestens fünf Jahre nach deren Tod eröffnet werden.«

»Jede Regel hat ihre Ausnahmen«, warf sie furchtlos ein. »Dann muss der Papst bei meiner Agnes eben mal spontan handeln.«

»Der Papst muss gar nichts«, korrigierte er sie und blickte streng.

Sie schluckte.

»Allerdings kann der Papst unter Umständen von dieser Regel abweichen, was er in jüngster Zeit auch schon gemacht hat, ich erwähne nur Mutter Teresa und Johannes Paul II. Seiner Seligsprechung steht nichts mehr im Wege.« Die Stimme des Bruders Ägidius Alberti hatte einen triumphierenden Unterton, als er hinzufügte: »Aber hier gab es ja auch nachweisbare Wunder.«

»Bei meiner Agnes ebenso!« In Martha erwachte der Kampfgeist. »Und außerdem: Vor Gott sind alle gleich, der schaut nicht auf Stand und Vermögen. So hab ich es gelernt, und das Gleiche sagt mein Bruder.«

Der Abgesandte des Bischofs wippte ungeduldig auf seinem Stuhl und sah gierig auf den geputzten Rosenkohl. Sie nahm es wahr und verschwieg ihm mit Absicht den heutigen Speiseplan.

»Dann besorgen Sie uns einen gichtkranken Probanden, damit wir die Sache vorantreiben können. Das ist mein Vorschlag.«

Er erhob sich und verließ die Küche.

Meinrad zog den schwarzen Parka an, stülpte sich eine dunkle Wollmütze über das glatte, braune Haar und griff nach der Hundeleine.

»Komm, Joschi, wir gehen spazieren. Schlimmer als hier kann es woanders auch nicht sein.«

Der Beagle sprang an ihm hoch.

Meinrad Hiendlmayr wurde bewusst, dass er fast zwei Tage lang nicht mehr an der Luft gewesen war. Wenn der Hund raus wollte, hatte er ihm schweigend die Haustür geöffnet und ihn wieder hereingelassen, wenn er Einlass begehrte.

Jetzt atmete er tief durch und ging mit Joschi den Hügel hinab. Rote Äpfel hingen an den Bäumen. Die ersten Birnen hatten sie gemeinsam vor einer Woche eingelagert. Sollte er etwa allein das ganze Obst ernten, und wenn ja, wohin damit? Malwine hatte vom Dörren, vom Einkochen und von Marmeladen gesprochen, sie hatte die Gefriertruhe abgetaut, ausgewaschen und für sämtliche Vorräte vorbereitet. Von ihren Senffrüchten hatte sie ihm vorgeschwärmt und von köstlichem Apfelmus. »Das wird ein leckerer Winter«, hatte sie versprochen, und ihm war das Wasser im Mund zusammengelaufen. Es war unfair, dass ausgerechnet jetzt alles reif war. Als wolle der Garten ihn verhöhnen.

Die frische Luft tat gut. Meinrad erreichte nach kurzer Zeit die ersten Häuser des Kleinöder Dorfrandes. Weit sichtbar glitzerten im Mittagslicht das gläserne Treibhaus der Bürgermeistersgattin und die Solaranlagen auf den Haus- und Scheunendächern. Er dachte an Elise Waldmoser, die sicher auch ihre Ernte konservieren würde, und schüttelte sich. Es würde garantiert scheußlich schmecken, wie bisher ihre ganze Produktion ungenießbar gewesen war.

Wie liebevoll die Hausbesitzer in ihren gepflegten Vorgärten werkelten, Rasen mähten, Unkraut zupften und verwelkte Blüten abschnitten. Jeder Garten ein Miniaturpark mit eigener Geometrie und individueller Architektur. Als gäbe es kein Zeitvergehen und kein Unglück, als sei es möglich, sich mit der Ordnung des eigenen Gartens gegen drohendes Unheil zu wappnen.

Er, Meinrad wusste es besser. Und dennoch sagte er die Worte vor sich hin, die Malwine ihm beigebracht hatte: Herbstastern, Anemonen, Gladiolen, Chrysanthemen, Knöterich, Tagetes und Sonnenhut. Er begrüßte die Pflanzen, nannte sie beim Namen und beschloss, sie dann wieder zu vergessen.

Er ging über die Dorfstraße und näherte sich der Kirche und dem Friedhof. Hier würde Malwine ihre letzte Ruhe finden. Wer hier lag, hatte nichts mehr zu befürchten. Seltsamerweise empfand er diesen Gedanken als wenig tröstlich.

»Der Doktor kommt da drüben hin, und die Malwine hier zu ihren Leut«, hörte Meinrad plötzlich jemanden sagen und zuckte zusammen. »Kannst schon mal graben und mit grüner Rasenfolie auslegen. Was wir haben, das haben wir, und wer weiß, ob morgen auch so schönes Wetter ist.« Jemand klopfte ihm auf die Schulter. »Das sehen wir aber gar nicht gern. Hunde auf dem Friedhof. Dass der sich nur ordentlich benimmt.« Meinrad drehte sich um und stand dem Pfarrer gegenüber. »Ach, Sie sind es.« Moosthenninger reichte ihm die Hand, bückte sich und strich Joschi über den Kopf. »In diesem Fall mache ich eine Ausnahme. Der Hund ist ja Teil der Trauergemeinde.«

Moosthenninger blickte Meinrad an. »Sie sind ja ganz blass, mein Lieber! So gefallen Sie mir ja gar nicht. Essen Sie mal was Ordentliches, sonst kann der da auch schon bald für Sie tätig werden.«

Er wies auf den Totengräber.

»Der Herr Doktor?«, fragte Meinrad nach. »Ist das der Günther Hellmann?«

Hochwürden Moosthenninger nickte und war sichtlich froh, das Thema wechseln zu können. »Ja, kennen Sie ihn?«

»Er hat mich mit Malwine zusammengeführt. Wäre er nicht gewesen, wüsste ich nicht einmal, dass ich eine Verwandte hab und wer mein Vater war.«

»Ja, die Wege des Herrn sind nicht immer leicht zu verstehen. Und die arme Gertraud Halber hat ja selbst kein richtiges Zuhause und muss bei ihrer Tante wohnen, was man so hört, und dann wird ihr der Verlobte genommen. Aus der Mitte des Lebens heraus. Auch das ist ein Zeichen, dass wir jeden Tag so leben sollten, als wär es unser letzter.«

Mit gefalteten Händen sah der Pfarrer dem Totengräber zu, der dicke Lehmbrocken aus der Grube schaufelte. »Aus der Erde kommen wir, und zu Staub werden wir. Und dieser letzte Weg bleibt niemandem erspart.« Er seufzte und blickte nachdenklich über seinen Friedhof.

Meinrad starrte auf den Grabstein vor sich. Der Friedhofsgärtner stöhnte und schwitzte und stieß seinen Spaten rhythmisch in den fetten Lehmboden. Da unten lagen Hannes und Hermann Brunner. Vater und Sohn. Und nun würde Malwine hinzukommen.

Meinrad fragte sich, ob er dort auch unterkommen könnte. Das Grab seines unbekannten Vaters gefiel ihm nicht. Es lag in der nordöstlichsten Ecke des Friedhofs, und die Kalkhölzl hatte es mit Kieselsteinen aus ihren Kiesgruben bedecken lassen. Große marmorierte und schwere Steine, als müsste sie um jeden Preis verhindern, dass er diesen Platz jemals wieder verlassen könne.

Meinrads Überlegungen, wie er gerade jetzt und heute seinen Wunsch nach einer eigenen letzten Ruhestätte am klügsten formulieren könnte, wurden vom plötzlichen Rufen und Winken des Pfarrers unterbrochen. Außerhalb der schmiedeeisernen Friedhofsmauern schob eine untersetzte und schwarz gekleidete Frau einen Kinderwagen vor sich her.

Hochwürden Moosthenninger rief ihr zu: »Hallo Gertraud, du hast ja gestern zu mir gemeint, du kennst keinen von den Freunden deines Verlobten. Hier hab ich einen. Der kann dir sicher einiges über ihn erzählen. Meinrad heißt der. Nun komm halt mal her.«

Als die Fremde aufblickte, entdeckte Meinrad in ihren umschatteten Augen den gleichen lodernden Schmerz, den auch er seit einigen Tagen mit sich trug.

Es war genau elf Uhr fünfundvierzig, als Franziska vor Adolf Schmiedingers Polizeiwache in Kleinöd parkte. In den Gärten des kleinen Weilers entfaltete sich herbstliche Blütenpracht, und wie so oft träumte Franziska auch jetzt davon, sich später, wenn sie mal nicht mehr arbeiten würde, einen Garten zuzulegen. Nur noch einmal, aber dann zum allerletzten Mal umziehen: in ein mittelgroßes Haus mit einer von Beeten umrahmten Rasenfläche und einem Wintergarten, um dort gelassen zuzuschauen, wie

Pflanzen keimten, wuchsen, aufblühten und verwelkten. Wäre man da nicht viel näher am Leben, an den Jahreszeiten und an den wirklich wichtigen Dingen? Auch ihrem Mann täte das gut. Er säße dann nicht von morgens bis abends hinter dem Schreibtisch, um sich mit abstrakten Gedanken und komplizierten Formulierungen herumzuschlagen. Und der Kater erst! Schiely würde im Zickzack über die Wiese laufen und sich seines Lebens freuen.

Mit einem Apfel in der Hand und voller Tatendrang trat in diesem Augenblick der Polizeiobermeister auf die Straße und verschloss sorgfältig die Tür seiner Dienststelle.

»Jetzt soll der Bürgermeister mal beweisen, dass er seine Leut gut im Griff hat, oder?«, meinte er und schien sich auf die Konfrontation zu freuen.

Franziska lächelte kryptisch. »Wenn er nicht selbst was damit zu tun hat.«

Adolf Schmiedinger riss die Augen auf. »Des meinen Sie doch ned im Ernst!«

»Kann man in die Leute hineinsehen?«, erwiderte Franziska.

»Da haben S' auch wieder recht. Ich hab den Waldmoser extra ned vorgewarnt. Dann schaun mir doch amal. Jetzt ist der eh ned mehr in seinem Rathaus – fahren wir am besten gleich zu seinem Haus.«

Er stieg zur Kommissarin ins Auto und schnallte sich umständlich an.

Elise Waldmoser trug einen schwarzen Samtrock, eine rote Seidenbluse und eine blütenweiße Schürze. Beunruhigt stand sie in der geöffneten Eingangstür und begrüßte die beiden Besucher mit hochroten Wangen und einem vehementen Kopfschütteln. Schweißperlchen standen auf ihrer Stirn.

»Wir sind fei grad am Mittagessen, das geht jetzt wirklich ned.« Sie schien ihren Besuchern die Tür vor der Nase zuschlagen zu wollen.

»Kein Problem. Wir können warten. Wir bräuchten halt mal wieder dringend die Hilfe Ihres Mannes«, meinte Franziska lächelnd und sah sich in der mit blassrosa Marmor gefliesten Diele des Bürgermeisters um. Rosenquarzfarbener Marmor in Niederbayern! Hier wurden tatsächlich alle Phantasien von der Wirklichkeit übertroffen. Vermutlich war der Fußboden ein sogenanntes Schnäppchen des Baulöwen Döhring gewesen, der sich im Gegenzug dafür Vorteile vonseiten des Bürgermeisters erwarten durfte. Der ganze Raum war mit schwarz gebeiztem Holz getäfelt und erinnerte in seiner Düsternis an mittelalterliche Rathaussäle.

»Wie Sie meinen.« Elise Waldmoser hob die Schultern, ließ die zwei Besucher ein und verschwand mit hochgezogenen Schultern in den Tiefen des Flurs.

»Die haben sicher hohen Besuch, so wie die angezogen ist«, stellte Schmiedinger mit Kennerblick fest, und Franziska sah ihm an, dass er nun nicht mehr ganz so mutig war wie vor noch knapp zehn Minuten.

»Wir wollen den Waldmoser ja nicht festnehmen. Wir wollen doch nur, dass der dem Reschreiter ins Gewissen redet. Bei der Aktion verliert niemand sein Gesicht«, beruhigte sie ihn. Ihre Augen hatten sich inzwischen an das Halbdunkel gewöhnt, und sie sah sich in dem großen Raum um.

Frau Waldmoser war durch einen Rundbogengang in den angrenzenden Flur verschwunden. Der Zugang zum Flur war von Geweihen umrahmt, an den Wänden der ansonsten kahlen Diele hockten auf Ästen und künstlichen Felsvorsprüngen ausgestopfte Hasen, graue und weiße Frettchen, Iltisse und Rebhühner.

Es roch nach überbackenem Käse, Bratäpfeln und etwas, was Franziska nicht benennen konnte, vermutlich ein

Wildgericht. Aus den Tiefen des Hauses drang das Geräusch von klappernden Tellern und leisen Gesprächen zu ihnen.

Nachdenklich betrachtete die Kommissarin die ausgestopften Tiere. Sie wirkten, als könnten sie jederzeit davonhuschen, und ihre Glasaugen schienen eigenartig hinterhältig und tückisch zu blinzeln.

»Das kann er, der Luck«, stellte Adolf Schmiedinger fest. »Das muss man ihm lassen. Dafür hat er auch schon Preise gekriegt und der alte Graf Narco von Landau, was ja der Großvater von der Freundin von dem Bürgermeister seinem Sohn ist, der hat seinen Lieblingshund und einen Bären vom Reschreiter ausstopfen lassen. Natürlich erst, als die beiden schon tot waren.« Er lachte.

In diesem Moment kam der Bürgermeister. Er wischte sich mit einer Stoffserviette den Mund ab. »Kaffee?«, wollte er wissen und ging ihnen voraus in den Salon.

Mit einer großzügigen Geste stellte er die Anwesenden vor: »Die Kommissarin aus Landau, Frau Hausmann, wenn ich mich nicht irre, mein Sohn Johann-Theodor und seine Verlobte, Gräfin Selma von Landau, meine Gattin, und das hier ist der Schmiedinger Adolf, unser Dorfpolizist.«

»Polizeiobermeister«, stellte Franziskas Begleiter klar und gab als einziger der Verlobten des Bürgermeistersohns die Hand.

»Also, wo brennt's? Wieder mal eine kleine Leiche im Keller?« Markus Waldmoser lachte ein wenig zu laut. »Wenn schon extra die Polizei aus Landau kommt. Aber einen kleinen Kaffee können wir doch vor unseren Ermittlungen noch trinken, oder? Elise, nun mach schon.«

Die Gattin verschwand in der Küche. Sehr steif und sehr gerade saß das knochige adlige Fräulein auf dem beigen Ledersofa und suchte den Blick ihres zukünftigen Mannes.

Der fragte von oben herab: »Und was gibt's?«

Franziska fragte sich, seit wann dieses geschniegelte Bürschlein sein Gutsherrengehabe schon drauf haben mochte. Verliebt war er eindeutig nicht in seine Zukünftige, dafür schmachtete die ihn umso mehr an.

»Wir bräuchten Amtshilfe beim Verhören vom Reschreiter Luck«, erklärte Schmiedinger.

»Dieser sture Bock«, pflichtete der Bürgermeister ihm bei. »Wenn der nicht will, dann will er nun mal nicht. Was hat er denn jetzt verbrochen?«

»Irgendwer hat ihm ang'schafft, die Hexenfinger zu verteilen, Sie wissen schon, die Patronenhülsen von den Schrotkugeln. Und wer das war, das will der uns ums Verrecken ned erzählen«, beklagte sich Adolf Schmiedinger.

Mit zitternden Händen stellte Elise Waldmoser das Kaffeegeschirr auf den Tisch. Das Porzellan klingelte gefährlich, und aus dem Milchkännchen tropfte Flüssigkeit auf die Tischdecke.

Franziska nahm das Ehepaar Waldmoser in den Blick und war sich sicher, dass deren hübscher und offensichtlich intelligenter Sohn keinesfalls aufgrund einer Vereinigung dieser beiden ins Leben gekommen sein konnte. Er hatte weder das Laute und Plumpe seines Vaters noch das Verdruckste und Schiefe seiner Mutter. Herr und Frau Waldmoser hatten auffallend schlechte Zähne, unregelmäßige Gesichtszüge, befremdend runde Gesichter und ungewöhnlich große Ohren. Ihr gemeinsames Kind jedoch, Johann-Theodor, hätte, ebenso wie Franziskas Kollege Bruno Kleinschmidt, als Model durchgehen können. Ein Mann wie aus dem Versandkatalog. Mit gerader, leicht römischer Nase und gleichmäßigen, mittelgroßen, eng anliegenden Ohren. Die Kommissarin dachte an das Gläserne Vilstal und an das kleine rote Fragezeichen über Elises Namen. Vermutlich hatte Günther mit seiner Vermutung recht gehabt. Bei der Entstehung des kleinen Johann, der sich nun großspurig Johann-Theodor nannte und bald in den Adelsstand aufsteigen würde, waren eindeutig nicht nur Waldmosergene im Spiel gewesen.

Der attraktive junge Mann hätte jede haben können, und es schien Franziska recht offensichtlich, dass er die Gräfin wegen ihres Titels und ihres Geldes ehelichte. Und Selma wiederum würde mit seinen Genen vielleicht die wenig schmeichelhaften äußeren Kennzeichen der Grafen von Landau neutralisieren: ein kleines, spitzes Gesicht mit hervortretenden blassen Augen, ein fliehendes Kinn und eine ungewöhnlich lange und dünne Nase.

»Den schnapp ich mir aber«, verkündete der Bürgermeister mit lauter Stimme. »Der Luck hat vermutlich grad mal wieder seinen g'spinnerten Tag und hält sich für einen begnadeten Künstler. Soll erst mal wieder auf den Boden der Tatsachen zurückkommen. Mir verschweigt der nix. Der nicht. Kommen Sie mit?«

Kapitel 17

Hingebungsvoll bürstete Luck Reschreiter das Fell der frisch ausgestopften Minnie. Alles an ihr stimmte, nur die Augenfarbe nicht. Er hatte auf die Schnelle keine grünbraunen Glasaugen bekommen können, deshalb würde Minnie nun mit halb geschlossenen hellblauen Augen und übergroßen Pupillen auf ihr Frauchen oder in den Fernseher blicken – je nachdem.

Obwohl die Schritte des Bürgermeisters unüberhörbar waren, tat er so, als nähme er sie nicht wahr, und kümmerte sich um die tote Katze. »Gell, Minnie, heut darfst wieder heim zu deiner Luise, und da wirst dann nie wieder weglaufen.«

Er sprühte sie mit einem Insektizid ein.

»Reschreiter«, polterte Waldmoser los. »Du sagst uns jetzt sofort, wer dir die Sache mit den Patronenhülsen angeschafft hat.«

Lukas Reschreiter räusperte sich. »Gar nix sag ich.«

Markus Waldmoser blieb wie vom Donner gerührt stehen. Das hatte er offensichtlich nicht erwartet. Und das Ganze auch noch von seinem Angestellten und vor Publikum. Vielleicht hatte er sich ja verhört.

»Hä?«

»Gar nix sag ich«, wiederholte sein Wildhüter.

Hilfe suchend blickte der Bürgermeister sich um.

»Eben«, sagte Franziska. »Uns hat er nichts erzählt, und Ihnen sagt er auch nichts.«

»Und nun?«, wollte Waldmoser wissen.

»Aus ihm rausprügeln werden Sie's nicht können«, stellte Schmiedinger klar.

»Das wollen wir doch mal sehen.« Markus Waldmoser schnappte nach Luft und drohte seinem Mitarbeiter: »Wenn du mir nicht augenblicklich sagst, was diese Vorstellung mit den Hexenfingern da sollte, hab ich kein Vertrauen mehr zu dir, und einen, zu dem ich kein Vertrauen mehr hab, kann ich auch nicht weiterbeschäftigen.«

Der Tierpräparator blieb ungerührt, besprühte erneut die ausgestopfte Katze und kreuzte gelassen beide Hände vor seinem weißen Kittel. Es waren ungewöhnlich große und rote Hände. Franziska musste husten und hielt sich ein Taschentuch vor die Nase.

»Also? Ich höre.« Waldmoser blieb vor Reschreiter stehen. Dieser jedoch presste demonstrativ seine Lippen aufeinander. »Nun sag's schon, Luck. Ist doch nichts dabei. Ist doch nichts Schlimmes, für die Kinder ein paar Hexenfinger zu verteilen und in einem Garten auszulegen. Dafür sperrn wir dich ned gleich ein.« Das Gemeindeoberhaupt schlug zur Abwechslung einen sanften und versöhnlichen Ton an.

Doch sein Wildhüter blieb stumm.

»Wir sind davon überzeugt, dass die Patronenhülsen eine Straftat verdecken sollen«, mischte Franziska sich nun ein. »Also, derjenige, der Sie dazu angestiftet hat, die Hexenfinger zu verteilen, weiß, wer den tödlichen Schuss auf Herrn Hellmann abgegeben hat. Er war es möglicherweise sogar selbst. Und das wiederum heißt, dass Sie den Mörder kennen. Sie machen sich strafbar, wenn Sie nicht aussagen.«

»So ein Schmarrn!« Reschreiter blieb gelassen.

»Gut, wenn Sie es nicht anders wollen ...« Franziska reichte ihm ihre Karte und stellte klar: »Dies ist eine Vorladung. Ich seh Sie morgen früh um neun in meinem Büro. Sollten Sie nicht erscheinen, werden Sie von meinen Kollegen abgeholt und dem zuständigen Richter vorgeführt. Ich bin sicher, dass der eine Beugehaft erwirken wird. Da wollen wir doch mal sehen, wer hier den längeren Atem hat. So geht es ja nun auch nicht.«

Stumm sah Reschreiter an ihr vorbei auf seine Wandregale, als erwarte er von den dort erstarrt hockenden Tieren so etwas wie eine Solidaritätsbekundung. Eine Elster schien verschwörerisch mit ihren blaugeränderten Schwungfedern zu rascheln. Aber wahrscheinlich war das nur ein Luftzug.

»Kommen Sie!«, sagte die Kommissarin an den Bürgermeister gewandt. »Es gibt noch andere Baustellen.«

»Allerdings.« Dennoch konnte es sich der Bürgermeister nicht verkneifen, erneut laut und vernehmlich klarzustellen: »Das Ganze wird ein Nachspiel haben, das ist g'wiss.«

Adolf Schmiedinger ließ sich vom Bürgermeister vor seiner Dienststelle absetzen. Beim Aussteigen bemerkte er mit einem Blick auf die Kommissarin: »Der Reschreiter ist jetzt also Ihre Sache, gell? Ebenso wie die Brunner Malwine. Ich geh dann mal an mein Tagesgeschäft. Vor lauter Mordermittlungen kommt man ja hier zu nichts.«

»Ist gut, Kollege, ich melde mich später bei Ihnen.« Franziska gab ihm die Hand. Die Bezeichnung »Kollege« schien Schmiedinger zu schmeicheln, er reckte die Brust und stolzierte in seine Amtsstube, um den erwähnten Tagesgeschäften nachzugehen.

Franziska Hausmann blieb neben dem Bürgermeister in dessen dunkelgrüner Limousine sitzen, die er sich garantiert passend zu seiner Jagdausrüstung gekauft hatte, und meinte: »Wir sollten noch mal über Ihre Jagd am vergangenen Samstag reden. Die Jäger haben wir schon überprüft, was mich jetzt noch interessiert, sind die Treiber.«

»Aber darüber hab ich doch schon mit Ihrem Kollegen gesprochen.« Waldmoser klang ungeduldig.

»Ja, ich weiß. Verstehen Sie, ich hab mir das Gespräch angehört und das Band auch transkribieren lassen, und dabei ist mir eine Ungereimtheit aufgefallen. Die würd ich halt gern mit Ihnen klären. Jetzt, da ich grad hier bin.«

»Alles klar, kein Problem.«

Auf dem Weg zum Rathaus grüßte er aus seinem Auto heraus zwei einsame Spaziergänger und jeden entgegenkommenden Wagen. Franziska hätte sich nicht gewundert, wenn er zusätzlich alle Hunde und Katzen namentlich begrüßt hätte. Dies war sein Reich, und alle, die sich darin bewegten, waren seine Untertanen.

Als er die Tür zu seinen Amtszimmern öffnete, sprang Olga Oblomov auf. Dabei fielen ein Buch und ihr Headset zu Boden.

»Ja, machst du denn gar keine Mittagspause?«, fragte Markus Waldmoser besorgt und tätschelte seiner engsten Mitarbeiterin die Schulter. »Du solltest mal an die frische Luft gehen. Der Winter wird noch lang genug sein! Manchmal mein ich, ich kann ihn schon riechen.«

Sie wurde rot und bückte sich. Franziska sah, dass die

Oblomov sich mit einem Selbstlernkurs beschäftigt hatte: »Bulgarisch für Kaufleute«. Die dazugehörige CD steckte noch in ihrem Rechner.

»Es gibt ja immer mehr Erntearbeiter aus dem Osten«, erklärte der Bürgermeister seiner Besucherin die Weiterbildungsmaßnahme seiner Assistentin, während Olga in der kleinen Teeküche zwei Cappuccini zubereitete. »Da bin ich gottfroh, dass ich meine Olga hab. Die spricht nicht nur deutsch, sondern auch polnisch und rumänisch, und wenn demnächst dann die Bulgaren kommen, kann sie mit denen auch verhandeln, deswegen lernt die jetzt so viel. Muss ja alles vertraglich geregelt sein. Ohne Vertrag pflücken die keine Gurke und stechen die nicht einen einzigen Spargelstängel. Und dann das G'schiss mit den blöden Aufenthaltsgenehmigungen und Versicherungen, ach, besser, wir reden gar nicht darüber.« Er seufzte.

»Können wir noch mal über Ihre Treiber sprechen?« Franziska zückte ihren Notizblock.

»Ja, logisch – Olga? Sei so gut und druck noch mal die Einladungslisten vom letzten Samstag aus.«

»Die von der Jagd?«

»Akkurat die.«

Franziska fragte sich, ob der Bürgermeister bei den Dienstleistungen seiner Sekretärin ordentlich zwischen amtlich und privat unterschied, ahnte aber, dass ausnahmslos alles, was Olga für ihren Chef erledigte, vom Steuerzahler vergütet wurde.

Abgesehen von dem riesigen wuchtigen Schreibtisch und dem Ledersessel war Waldmosers Amtsstube wie ein Wohnzimmer eingerichtet und mit persönlichen Dingen vollgestellt.

Markus Waldmoser war schon seit Ewigkeiten Bürgermeister, wie sein Vater es bereits gewesen war und sein Großvater, und vermutlich könnte Waldmosers Sohn problemlos in die Fußstapfen seines Vaters treten, wenn er wollte. Ein geradezu monarchisches Prinzip. So war der Lauf der Dinge, wenn man jener Partei angehörte, die hier immer die Mehrheit hatte.

Die Kommissarin ging an den holzvertäfelten Wänden entlang und betrachtete die in die Kassetten eingelassenen Bilder. Sie erzählten die Geschichte der Gemeinde, aber auch die Biografie der Familie Waldmoser. Dabei entdeckte sie das Hochzeitsbild von Markus und Elise. Es steckte in einem ovalen Passepartout und war mit dem Datum der Eheschließung versehen. Erneut studierte sie die Gesichtszüge des jungen Paares auf der Suche nach Gemeinsamkeiten mit ihrem Sohn, wurde aber nicht fündig. Ebenso wenig wie bei den Großeltern und Urgroßeltern des jungen Waldmosers. Keiner von ihnen hatte die feingeschnittenen Züge von Johann.

»Sie haben nur diesen einen Sohn?«, wandte sie sich an den Bürgermeister.

Der nickte. »Leider. Von der Sorte könnte die Welt durchaus mehr gebrauchen. Aber es hat schon ewig gedauert, bis meine Elise endlich schwanger wurde. Extra zur Kur geschickt hab ich sie noch, nicht nur wegen ihrem Arm und ihrer Schulter, sondern auch wegen den Geschichten da unten. Na ja, Sie als Frau wissen ja vielleicht, was ich meine.« Er bellte ein heiseres Lachen.

Franziska wusste zwar nicht genau, was er damit meinte, nickte aber nachdenklich. Hauptsache, er ersparte ihr Details.

»Nach Bad Kissingen habe ich sie geschickt. Weil da ja auch immer die Sisi war, die Kaiserin von Österreich-Ungarn. Für meine Elise war mir nichts zu teuer. Ich hab sie immer schon auf Händen getragen. Und weil es mitten im Winter war, durfte sie jeden Tag zwanzig Mark in der Spielbank verspielen – damit sie sich nicht langweilt, denn zum Spazierengehen war es zu kalt. Damals, vor siebenundzwanzig Jahren, waren zwanzig Mark noch echt viel

Geld. Die Kur hat ihr gutgetan, richtig aufgeblüht ist meine Elise, und wissen Sie, kaum war sie zurück, da trug sie endlich unseren ersehnten Buben unter dem Herzen.«

Wieder nickte die Kommissarin und musste an das Fragezeichen über Elises Namen denken. Es sah so aus, als habe Günther da etwas herausgefunden, was nicht einmal der Bürgermeister wusste.

Olga Oblomov stellte zwei Tassen Cappuccino auf den kleinen Besuchertisch und sagte mit entschuldigendem Unterton: »Die Liste bring ich dann auch sofort.«

»Ja, ja, ist schon gut.« Offensichtlich schien ihr Arbeitgeber lieber über seinen Sohn als über die Jagd zu sprechen. »Er kam genau einen Tag nach meinem Geburtstag auf die Welt. Dabei hat die Elise sich so angestrengt, dass er vielleicht doch schon ein paar Stündchen früher kommt. Gepresst wie der Teufel. Aber der Bub hat nun mal seinen eigenen Kopf. Von Anfang an. Und jetzt wird er auch noch vom alten Grafen adoptiert, damit dem sein Adelstitel nicht verloren geht. Denn stellen Sie sich das einmal vor: Der Bruder von der Selma ist Priester geworden. Katholisch. Und die kriegen ja keine Kinder oder dürfen zumindest nicht. Insofern hat mein Johann echt Glück gehabt. Hoffentlich schenken die uns bald viele Enkelkinder.«

»Bad Kissingen ...«, sprach Franziska in den Raum hinein und nippte versonnen an ihrem Kaffee.

»Kennen Sie es?«

»Ja.«

Markus Waldmoser seufzte. »Also den Tag, als ich meine Elise zurückholte, werde ich nie vergessen. Ich war so glücklich, sie endlich wieder bei mir zu haben und in Amerika hatte sich dieses schreckliche Unglück ereignet. Es ist so schrecklich, wie nah Freud und Leid oft beieinanderliegen.«

Franziska zog die Stirn kraus. »Was für ein Unglück?«

»Da ist doch die Raumfähre explodiert, die Challenger«,

sagte er, als habe sich diese Katastrophe für immer in ihrer aller Gedächtnis eingeprägt. »Mit sieben Astronauten – alle tot. Von einer Sekunde auf die andere. So was vergisst man nie. Niemals.«

Er sah nicht, dass Franziska sich diese Daten notierte. Der Milchschaum des Kaffees hatte auf seiner Oberlippe einen kleinen weißen Schnurrbart hinterlassen.

»Wissen Sie, wenn man so plötzlich vom Tod hört, und das Autoradio hat die ganze Zeit nichts anderes gebracht, dann ...« Er verstummte und sah beschämt zu Boden.

Sie nickte und sah glasklar vor sich, was an jenem Nachmittag passiert sein musste. Der gute Waldmoser, damals noch schlank und rank wie auf dem Hochzeitsbild, hatte es nicht bis zu seinem Ehebett abwarten können, sondern war bereits auf der Heimfahrt über seine durchaus bereitwillige Gattin hergefallen.

»Na ja«, murmelte er nun mit einem verlegenen Grinsen vor sich hin. »Und damals ist der Johann entstanden. Mein Bub. Auf der Heimfahrt von der Kur.«

Der Kommissarin war in diesem Augenblick klar, dass er niemals auch nur auf den Gedanken gekommen war, seine biologische Vaterschaft infrage zu stellen.

Viel später erst an diesem Tag würde sie nachrechnen und ihren Verdacht bestätigt finden. Wenn das Kind am 28. Januar, dem Tag des Challenger-Unglücks gezeugt worden war, so hätte es Ende Oktober zur Welt kommen müssen. Sein Geburtstag war aber der 8. Oktober, einen Tag nach dem seines Vaters.

Entweder war Johann-Theodor, wie er sich nun nannte, zu früh geboren, oder Elise Waldmoser hatte sich als junge und verheiratete Frau im winterlichen Bad Kissingen einen ziemlich gut aussehenden Kurschatten geleistet. Nur: Wie um alles in der Welt war Günther Hellmann auf diese Information gekommen? Sie konnte ihn nicht mehr fragen.

Der selbstgerechte Bürgermeister jedenfalls schien von diesem Kuckucksei nichts zu ahnen. Und noch weniger schien er zu wissen, dass auch sein Sprössling bereits einen Nachkommen hatte. Im Lauf ihrer Ermittlungen hatte sie immer wieder feststellen können, dass Menschen ganz vertraut miteinander lebten und dennoch die wirklich wichtigen Dinge nicht voneinander wussten. Na ja, eigentlich ging sie das ja auch nichts an. Ihre Aufgabe war es, die Morde an Malwine und an Günther zu klären.

Franziska nahm die von Olga ausgedruckte Liste zur Hand und ging mit Waldmoser noch mal alle Treiber durch.

»Dieser Mann hier«, sagte sie schließlich und wies auf einen Namen im unteren Bereich der Aufstellung, »hat offensichtlich kein Alibi für die Zeit um neunzehn Uhr. Er sagt, er weiß nicht, wo genau er war, und dass er sich grundsätzlich nicht mehr so klar an diesen Tag erinnert. Er sagt aber auch, dass er keine Uhr besitzt.«

»Ach, du meine Güte.« Kopfschüttelnd stand Waldmoser auf und machte sich an seinem Computer zu schaffen. »Die haben dem einfach zu viel Zielwasser eingeflößt. Das ist der junge Perbinger. Schauen Sie, der war dabei, als wir die Strecke ausgelegt haben.« Er lud die Fotos seiner Jagdgesellschaft hoch. »Sehen Sie, da steht er. Vertragen halt nix mehr, die jungen Leut. Das Bild wurde übrigens genau um achtzehn Uhr fünfundfünfzig geschossen.« Er wies auf das Feld mit den Dateieigenschaften.

Der junge Mann wirkte in der Tat so, als begreife er nichts mehr von dem, was um ihn herum geschah. Mit halb offenem Mund, krampfhaft aufgerissenen Augen und gefurchter Stirn starrte er auf die Strecke von Hasen und Rebhühnern und schien sich gleich übergeben zu müssen. Unaufgefordert klickte Markus Waldmoser das nächste Bild an. »Sehen Sie, da hat er dann speiben müssen, der Bua, also ich in dem Alter ...«

»Ja, danke.« Sie erhob sich, bevor er ihr darlegen konnte, was für ein Held er mit sechzehn Jahren gewesen war.

»Nicht dass wir jetzt weiter sind, aber den Herrn Perbinger können wir ja wohl offensichtlich ausschließen.«

»So seh ich das auch.«

»Sind Sie sich eigentlich ganz sicher, dass Ihre Waffe von niemandem außer Ihnen selbst angefasst wurde?«, fragte Franziska betont beiläufig. Der Bürgermeister schien ernsthaft nachzudenken.

»Kann sein«, meinte er dann, »dass meine Elise sie in den Schrank geschlossen hat – warum?«

»An Ihrer Waffe haben wir Fingerabdrücke einer anderen Person gefunden. Die werde ich dann mal gelegentlich mit denen Ihrer Frau abgleichen.«

»Ja, tun Sie das.« Er lachte. »Das wird die Elise freuen, wenn sie erkennungsdienstlich erfasst wird.

Seitdem die neue Telefonanlage installiert worden war, meinte Franziska bereits am Blinken des Anrufbeantworters die Qualität der dort hinterlegten Botschaften erkennen zu können. So war es auch heute. Sie wusste schon jetzt, dass sie sich ärgern würde.

Logisch. Und Bruno war natürlich auch nicht an seinem Platz. Sie sah auf die große weiße Wanduhr zwischen den beiden Fenstern, und ihr war klar, dass er heute nicht mehr kommen würde.

Verstimmt hängte sie ihre Jacke in den Schrank und warf den Wasserkocher an. Erst einmal eine Tasse Tee.

Die erste Nachricht war von ihrem Mann. Er müsse noch mal weg, und es könne sehr spät werden – sie solle besser nicht auf ihn warten.

»Wo musst du denn hin?«, murmelte sie zwischen zusammengebissenen Zähnen. »Ich dachte, bei dir passiert alles im Kopf oder auf dem Bildschirm des Computers. Hast du nicht gesagt, du genießt es, gar nicht mehr vor die

Tür zu müssen? Und jetzt diese blöde Ich-bin-dann-mal-weg-Nummer. So was sagen doch nur Ehemänner in schlechten Romanen, und dann gehen sie für immer. Scheiße!« Sie stützte beide Ellenbogen auf die Tischplatte und starrte das Telefon an.

Sie hasste es, heimzukommen und niemanden vorzufinden. Eigenartigerweise wurde ihr erst jetzt bewusst, dass sie vermutlich deshalb einen Hausmann geheiratet hatte: Christian hieß nicht nur Hausmann, er war auch fast immer daheim, nahezu verwachsen mit seinem großen gläsernen Schreibtisch, den er jeden Tag polierte und in dessen Fläche sich der Bildschirm seines Computers spiegelte. Das alles war gut, so wie es war. Sie brauchte das. War sie zu lange allein mit dem Kater in der großen Wohnung, neigte sie dazu, sich in Krisen hineinzusteigern und sich Katastrophen vorzustellen. Wie so oft, beschloss sie auch jetzt, dieses Muster einmal zu durchbrechen und ausnahmsweise gelassen zu bleiben.

Da war noch eine Nachricht. Sie war sich nicht sicher, ob sie die jetzt noch hören wollte, drückte dann aber doch auf den Wiedergabeknopf.

Es war Gustav Wiener.

Eigenartig zurückhaltend und mit unendlich vielen Konjunktiven hatte der Gerichtsmediziner mit seiner schüchternen Stimme auf ihr Band gesprochen. Er habe sich erlaubt, der Sache nachzugehen, und möglicherweise sei an seiner Theorie mit den einheimischen Giftpflanzen doch was dran, man dürfe die Natur keinesfalls unterschätzen. Außerdem: Je mehr er sich auf die Sache einlasse, desto eher neige er zu der Vermutung, dass das Opfer durch die leuchtend roten Früchte des gemeinen Pfaffenhütchens ums Leben gekommen sein könnte. Ob er denn dieser Sache nachgehen solle.

Franziska verdrehte die Augen. Brauchte er etwa von ihr die Erlaubnis, einem bestimmten Verdacht nachgehen zu dürfen? Sie schloss beide Hände um ihre Teetasse und zwang sich zur Ruhe. Dann rief sie ihn zurück.

Natürlich war er schon aktiv geworden, hatte sich aus seinem Keller in den herbstlichen Nachmittag herausgewagt und Früchte von den Ziergehölzen im Krankenhausgarten gepflückt, um deren Zusammensetzung mit den Substanzen aus Malwines Magen zu vergleichen.

»Hochinteressant, Sie werden es nicht glauben«, begann er, und Franziska sah auf die Uhr. Das würde ein langes Gespräch werden. Spontan fragte sie ihn, ob er nicht Lust habe, mit ihr zu Abend zu essen, und verspürte eine große Erleichterung, als er zögernd zusagte.

Ungeduldig riss Martha Moosthenninger die Schublade aus dem Nachtschränkchen und leerte deren Inhalt auf das soeben gemachte Bett. Es war ein Wust an gefalteten Papieren. Seit Jahr und Tag schon lag sie ihrem Bruder in den Ohren, dass sie einen eigenen Computer brauchte, aber Wilhelm hatte einfach kein Einsehen. Hätte sie einen eigenen Rechner, wäre sie nicht auf diese Zettelwirtschaft angewiesen. Aber nein: An dem Punkt blieb ihr Bruder hart. Das hieß, sie musste weiterhin von all ihren Aktionen Ausdrucke machen und im Anschluss daran alle privat verwendeten Daten löschen, damit kein kirchlicher Revisor auf die Idee käme, der Rechner im Pfarrhaus Sankt Konrad stünde weltlichen Zwecken zur Verfügung.

Was für eine Papierverschwendung! Und nirgendwo sonst ließen sich die Dinge so gut ordnen wie im kirchlichen Computer.

Jetzt suchte sie den Ausdruck ihrer E-Mail-Korrespondenz mit dem Geometer und ordnete die auseinandergefalteten Papiere auf ihrem glatt gestrichenen Oberbett. Endlich fand sie die Rechnung, die eigentlich in die Unterabteilung »Rechnungen« des Agnes-Ordners gehört hätte, aber Martha Moosthenninger hatte in letzter Zeit einfach zu viel zu tun gehabt. Nachdenklich betrachtete sie das glatt gestrichene Papier. Der Betrag, den dieser Experte von ihr verlangt hatte, war so niedrig gewesen, dass sie ihn damals gleich angerufen und gefragt hatte, ob das die erste Rate sei und mit wie vielen Ratenzahlungen sie noch zu rechnen habe.

Sein Lachen klang ihr noch jetzt im Ohr. »Gute Frau, nachdem ich mit meinen Händen in Ihrem Schlamm gewühlt habe, hatte ich tatsächlich ein paar Tage lang kein Feuer mehr in den Gelenken. Zu Ihrer Beruhigung: Nein, mehr Rechnungen kommen nicht.«

Dieser Mann hatte schon damals von einem Wunder gesprochen. Er war der Richtige. Während sie seine Nummer wählte, erinnerte sie sich an den kleinen und untersetzten Geometer. Er humpelte ein wenig, fast so wie die Harbinger Agnes, allerdings hatte die nur ihr linkes Bein nachgezogen, der Geometer dagegen schien beide Beine wie eine Last hinter sich herzuschleppen und dabei jeweils über seine Zehen zu stolpern – wenn so etwas überhaupt möglich war. Und dann die roten und geschwollenen Hände. Während er mit seinen Messgeräten hantierte, hatte er still vor sich hin geflucht, weil all seine Bewegungen mit Schmerzen verbunden waren.

Er war der ideale Kandidat.

»Ich könnt Sie fei von Ihren Schmerzen befreien«, eröffnete sie das Gespräch.

»Das wäre schön. Wunderbar wäre das. Mit wem spreche ich denn?«

»Sie erinnern sich bestimmt an mich: Martha Moosthenninger aus Kleinöd. Wir haben gemeinsam die Quelle auf dem Brunnerhof entdeckt. Die mit dem heißen Salzwasser. Sie wussten halt, wie das mit dem Koordinatenkreuz zu machen ist, und dann hatten Sie ja auch noch die sechs Tanten dabei.«

»Ach, Sie meinen den Sextanten«, er lachte. »Ja, ich erinnere mich. Wie sieht's denn nun aus? Ist noch mehr Wasser aus der Quelle gekommen, und haben Sie das weiter untersuchen lassen?«

Sie kam gleich zur Sache: »Ich brauch Sie für eine Untersuchung.«

»Mich?«

»Ja, Sie haben doch damals selber gesagt, dass das wie ein Wunder ist. Weil Ihre Finger auf einmal nicht mehr so wehtaten.«

»Das stimmt. Hat sogar ein paar Tage angehalten, die Linderung. Ganz ungewöhnlich. Dass ich da nicht noch mal hingegangen bin ...«

Vorsichtig hakte sie nach: »Und Sie haben auch wirklich und wahrhaftig Gicht?«

»Bei Gott, ich wär froh, wenn ich die nicht hätte.«

Es war Martha peinlich, aber sie musste sichergehen. »Kann man das auch schriftlich haben?«

»Das mit meiner Gicht?«

»Genau.«

»Na ja, die letzten Laborbefunde kann ich schon mal raussuchen. Experten sehen dann gleich, was Sache ist.«

Sie seufzte erleichtert. »Wenn Sie dann so nett sein würden.«

»Aber was soll das Ganze?«

»Ich brauch Sie halt ganz dringend, um an Ihnen ein Wunder nachzuweisen. Damit der Gesandte des Bischofs mit eigenen Augen sehen kann, wie schnell und wie ganz Sie geheilt werden. Verstehen Sie, der glaubt mir halt immer noch nicht, dass meine Agnes so wunderbare Dinge bewirken kann. Von ihrem Platz aus, da im Himmel. Vermutlich sitzt sie direkt neben dem Herrn.« Ergriffen hielt sie einen Moment lang inne. »Verstehen Sie, als ich ihm das mit den Schmetterlingen gezeigt habe, war er natürlich auch schon beeindruckt, aber er sagt halt, dass das nicht ausreicht. Ist ja eigentlich auch in Ordnung, wenn die da so genau sind. Weil, sonst könnt ja ein jeder kommen und seliggesprochen werden wollen. Aber meine Agnes, sehen Sie, die ist wirklich und ganz wahrhaftig selig. Und das werden die Leut von der Kongregation schon einsehen, wenn der Bruder Ägidius zuguckt, wie Ihre Gicht verschwindet. Außerdem werde ich noch zwei Ärzte dazubestellen, die das alles beglaubigen, weil der Abgesandte des Bischofs das so haben will.« Sie war in Fahrt geraten. »Also kommen Sie?«

»Und was passiert dann?«

Sie schluckte und gestand mit demütiger Stimme: »Stellen Sie sich das mal vor: Dann wird direkt über der Quelle eine Basilika gebaut, und alle, die sich mit dem heiligen Wasser bekreuzigen und so ihren Glauben an die heilige Kirche und an die selige Agnes bekunden, werden quasi zur Belohnung auf einen Schlag gesund.«

»Donnerwetter!« Es hörte sich an, als amüsiere er sich köstlich. »Also diesem Sakralbau will und kann ich keinesfalls im Wege stehen. Wann und wo soll ich antreten?«

»Vielleicht Samstagnachmittag, wenn S' so nett wärn. Vormittags hab ich nämlich zwei Beerdigungen, aber nachmittags ginge es, und samstags haben die Doktoren ja auch meistens Zeit – ich dacht nur, ich frag als Erstes bei Ihnen an, denn Sie sind ja der Proband.«

»Aha.« Jetzt lachte er laut.

Sie ließ sich nicht erschüttern. »Meinen Sie, das geht?«

Er schien in seinem Kalender zu blättern.

»Na, also den Spaß lass ich mir nicht entgehen. Ich könnte um vier direkt an der Quelle sein.«

»Aber dass Sie mir nicht vorher die Hände da reintunken. Das Wunder muss vor Zeugen passieren. Und bringen Sie Ihren Gichtausweis mit.«

Belustigt bestätigte er: »Ja, ja, meinen Gichtausweis. Den hab ich dann dabei.«

»Wenn was dazwischenkommt, meld ich mich noch

mal. Aber die Doktoren werden schon können. Wissen S', meine Agnes ist ja schließlich auch an der Sache interessiert und wird schon dafür sorgen, dass alle Zeit haben.«

»Gut, ich freu mich.« Der Mann am anderen Ende der Leitung kicherte leise vor sich hin.

Martha nickte sehr ernst und legte nachdenklich auf. »Der wird sich noch wundern, der alberne Gockel!«

»Das ist schon die zweite Einladung an diesem Tag«, sagte Gustav Wiener und räusperte sich. »Übrigens auch die zweite in diesem Jahr.«

»Was?« Franziska sah ihn ungläubig an. »Wir haben schon September.«

»Eben.« Er griff zur Speisenkarte.

Sie hatten sich im Gattopardo verabredet. Jetzt um neunzehn Uhr war es noch ruhig, später würden Familienväter vorbestellte Riesenpizzen holen, und es würden weitere Gäste eintreffen. Doch noch waren sie die Einzigen.

Obwohl sie es besser wusste, fragte sie lächelnd nach: »Das heißt, dass sonst immer Sie die Einladungen aussprechen?«

Er sah auf und schüttelte den Kopf. »Schön wär's.«

Franziska, die sich auf der Fahrt von Kleinöd nach Landau nur eine belegte Semmel gegönnt hatte, merkte, dass ihr bereits das erste Glas Rotwein zu Kopf stieg. Sie griff nach einem Stück Brot und sah ihn an. »Und wer war Nummer zwei? Selbstbewusst geh ich mal davon aus, dass ich die Erste war.«

»So ist es auch.«

»Und das Rendezvous hätte heute stattfinden sollen?«

»Nein, es wird am Samstag sein. So kann ich beide wahrnehmen.« Er grinste geheimnisvoll. »Es handelt sich in diesem Fall um die Schwester des Kleinöder Pfarrers.«

»Ist die nicht etwas zu alt für Sie?« Franziska fixierte ihn mit gespielter Besorgnis.

»Es muss ja nicht gleich bis zum Äußersten kommen«, konterte er geschickt.

Das erste Glas Wein schien ihm ebenso sehr zu Kopf gestiegen zu sein wie ihr.

Sie lehnte sich entspannt zurück.

Seit mehr als zehn Jahren arbeiteten sie zusammen und waren sich bis jetzt hauptsächlich an seinem Seziertisch begegnet, niemals privat.

Nun aber stand ein normaler Tisch zwischen ihnen – mit weißer Tischdecke, Servietten und brennender Kerze, und im Hintergrund sangen Lucio Dalla und Fabrizio De André über Liebe, Freundschaft und Nostalgia. Der Rechtsmediziner trug keinen hellgrünen OP-Kittel und keinen Mundschutz wie sonst, sondern einen kamelhaarfarbenen Strickpullover mit Knopfleiste. Er sah so jung aus – oder war sie schon so alt? Sie schätzte ihn auf Anfang vierzig, und ihr war klar, dass sie seine Mutter sein könnte.

Daheim, in der leeren Wohnung, wäre sie nun schon in eine Depression versunken. So aber hatte sie sich selbst ausgetrickst und fühlte sich wohl. Sie lächelte ihr Gegenüber an. »Ehrlich? Ist die Schwester des Pfarrers etwa immer noch in Sachen Seligsprechung unterwegs?«

»Ach, davon wusste ich nichts. Aber klar, das erklärt einiges.«

Fragend sah sie ihn an und zog die Stirn kraus.

»Ich hab mich nämlich schon gefragt, warum ich ausgerechnet an einem Bohrloch erscheinen soll, dessen Lage sie mir übrigens lang und breit beschrieben hat. Fast wie ein konspirativer Treff. Aber da ich am Samstag eh nichts vorhabe, kann ich da ja mal hingehen. Ich hab zugesagt.«

Gustav Wiener lächelte. Ihr fiel auf, dass er ganz anders aussah, wenn er lächelte. Viel lebendiger. Er sollte nicht so viel allein sein und auch nicht so viel arbeiten. Andererseits verstand sie gut, dass er sich vor der leeren Wohnung fürchtete. Ihr ging es da ja auch nicht besser. Gerade als sie ihm davon erzählen wollte, sagte er: »Außerdem hat sie den Probanden auch dahin bestellt, sowie einen Abgesandten der Kurie.«

»Mein lieber Schwan, da werden ja die heftigsten Geschütze aufgefahren.«

Er nickte und grinste verschwörerisch: »Ich soll das dort stattfindende medizinische Wunder beglaubigen. Allerdings nur, wenn es auch tatsächlich passiert. Die Moosthenninger Martha jedoch zweifelt nicht eine Sekunde daran. Die organisiert ihre Sache generalstabsmäßig. Ich musste versprechen, meinen Arztkoffer mitzubringen. Gleich an Ort und Stelle soll ich in Anwesenheit von Zeugen dem Probanden vor und nach dem Wunder Blut abnehmen und was sonst noch so ansteht – lachen Sie nicht, ich zitiere nur Hochwürden Moosthenningers Schwester.«

Franziska hob belustigt ihr Glas. »Sorry, aber ich finde das wirklich komisch. ›Was sonst noch so ansteht?‹ Was könnte sie damit gemeint haben? Vielleicht Erste Hilfe?«

»Ich hoffe nicht. Aber da es sich um einen Gichtpatienten handelt, werd ich wohl auch die Harnsäure checken müssen. Das lass ich mir nicht entgehen – ich spiele das Spiel vom Anfang bis zum bitteren Ende mit. Schließlich wird das die amüsanteste Untersuchung seit Langem sein. Und dann auch noch am lebenden Objekt.« Er schenkte ihr und sich Wein nach.

Vermutlich weil beide an diesem Abend der Tristesse ihrer jeweils leeren Wohnung entfliehen konnten, waren sie auf angenehme Weise albern und lachten wie Kinder über jede Zweideutigkeit, über jedes falsch verstandene Wort. Junge und überaus ernst schauende Menschen an den Nachbartischen warfen ihnen verständnislose Blicke zu. Das machte die Situation noch komischer. Nachdem sie die zweite Flasche Wein bestellt hatten, zog Gustav einen Zettel aus seiner Hosentasche und sagte: »Damit wir nicht vergessen, warum wir hier sind: Der Tipp mit dem Pfaffenhütchen war goldrichtig. Malwine Brunner ist systematisch vergiftet worden.«

Kapitel 18

Als sich an diesem Freitagvormittag um neun Uhr die Tür zu ihrem Büro öffnete und Reschreiters Dackel Lumpi in die Amtsstube hoppelte, sein Herrchen wie eine beschwerliche Last hinter sich herziehend, musste Franziska lächeln. Das war diese Woche schon der zweite Hund in ihrem Büro. Was würde als Nächstes kommen? Eine Katze, ein Pferd? Oder gar ein Dinosaurier aus einer der vielen Parallelwelten, mit denen sich ihr Mann zurzeit befasste?

Unwillig murmelte der Reschreiter Lukas ein »da bin ich« und vermied den Blickkontakt mit der Kommissarin. Wortlos ließ er sich auf den Besucherstuhl vor ihrem Schreibtisch fallen und starrte auf seine Hände.

Franziska fuhr ihren Rechner hoch, öffnete das Protokollformular, schrieb Angaben zur Person und zum Gegenstand der Befragung in die blinkenden Felder der Tabelle und nickte ihrem Besucher aufmunternd zu: »So, und nun erzählen Sie mal.«

Der sah nicht einmal hoch. »Ich sag nix.«

Sie verschränkte beide Arme vor der Brust und schwieg ebenfalls – in der Hoffnung, er möge zu jenen Menschen gehören, die sich während eines längeren Schweigens unwohl fühlten und dann doch zu reden begannen.

Der Luck allerdings erwies sich als resistent und begutachtete nun überaus kritisch seine blitzblank geputzten Schuhe.

Auf der Tastatur ihres Computers, direkt über der Escape-Taste, lag die rote Kapsel einer Pfaffenhütchenfrucht, die aufgrund ihrer Form und Farbe tatsächlich an ein Birett denken ließ. Franziska hatte sie heute früh auf ihrem Weg ins Büro aus einem Vorgarten mitgehen lassen.

Während Reschreiter weiterhin sein Schuhwerk fixierte, betrachtete die Kommissarin die rote Frucht mit der leuchtend gelben Samenkapsel und fragte sich, ob Malwine sich womöglich systematisch selbst vergiftet haben könnte. Denn die Pfaffenhütchen waren so auffällig, dass man sie weder aus Versehen zu sich nehmen noch als tödliche Beigabe im morgendlichen Müsli übersehen konnte. Aber warum hätte Malwine nicht mehr leben wollen? Irgendwas stimmte da nicht.

Jetzt hatte der Luck seinen Blick eine Etage höher geholt und starrte auf seine roten und ungewöhnlich großen Hände. Franziska erinnerte sich, wie geschickt er mit diesen Händen Tiere präparierte. Ob Luise Langrieger sich über ihre ausgestopfte Katze gefreut hatte? Auch wenn deren Augen nun für immer blau waren?

Nein, sie, Franziska, würde ihren Kater, wenn es eines Tages so weit war, nicht konservieren lassen. Sie würde ihn begraben und lebendig in Erinnerung behalten.

Auf Reschreiters Stirn hatten sich Schweißperlen gebildet. Er räusperte sich. Sie sah ihn streng an und stellte eine etwas unverfänglichere Frage: »Haben Sie die Brunner Malwine in den letzten Wochen gesehen?«

Er nickte.

»Auch mit ihr gesprochen?«

Er nickte erneut.

»Was für einen Eindruck machte sie auf Sie?«

»Normal. Wie immer«, sagte der Reschreiter Luck und sah immer noch nicht hoch.

»Wirkte sie vielleicht traurig oder irgendwie bedrückt?«

Jetzt schüttelte er vehement den Kopf. »Nein, sie ging jeden Nachmittag mit ihrem Hund spazieren und kam dann eben auch mal bei mir vorbei, also an unserem Haus halt. Aber mein Lumpi kann der ihren Joschi nun mal nicht leiden. Weil der so verwöhnt ist und sogar bei der Malwine mit im Bett schlafen darf, sagt meine Frau. Und dann standen die Viecherl sich gegenüber und haben sich jedes Mal über den Zaun hinweg angekläfft. Da hat die Malwine gelacht.«

Franziska nickte nachdenklich. Das hörte sich wirklich nicht nach schwerster Depression an.

Auf einmal begann Reschreiters Lumpi zu knurren, und noch bevor sein Besitzer irgendetwas sagen konnte, öffnete sich die Tür, und Bruno Kleinschmidt trat schwungvoll ein. Sein Auftritt war beeindruckend. Als gehöre ihm die Welt oder zumindest die örtliche Polizeistation Landau an der Isar. Heute trug er eine bordeauxrote Cordhose, dazu ein Seidenhemd und ein Jackett in derselben Farbe. Auch seine handgenähten Lederschuhe schienen rötlich zu schimmern. Rot, dachte Franziska, die Farbe der Liebe.

»Hey, du wirst es nicht glauben ...«, begann er und entdeckte erst dann ihren Besucher.

Der Dackel bellte.

Der Reschreiter Luck blickte nur kurz auf, um sich dann erneut seinen Schuhspitzen zu widmen.

Bruno stellte sich hinter Waldmosers Wildhüter und signalisierte in Zeichensprache die Frage: Denkst du, er war es?

»Ich habe Herrn Reschreiter als Zeugen vorgeladen«, klärte Franziska ihn auf. »Leider weiß ich immer noch nicht, warum er die Patronenhülsen auf dem Binderschen Grundstück verteilt hat und wer ihm das angeschafft hat.«

Ihr Zeuge rührte sich nicht.

»Wenn er sich weiter so unkooperativ erweist, sollten

wir mit dem Richter sprechen und eine Beugehaft erwirken.«

»Lass nur.« Bruno unterbrach sie mit der Ausstrahlung jener Unverwundbarkeit, über die nur Frischverliebte verfügen. Souverän baute er sich vor Reschreiter auf.

»Sind Sie eigentlich auch im Schützenverein von Kleinöd?«

Der Wildhüter nickte.

»Schießen da nur Männer?«

»Naa. Natürlich nicht.« Lukas Reschreiter schüttelte den Kopf.

»Wird auch schon mal eine Frau Schützenkönigin?«

Der Luck nickte.

»Und wer war am häufigsten Schützenkönigin?«

»Die Waldmoser Elise.«

Bruno nickte triumphierend, ballte die rechte Hand zur Faust und wies mit dem Daumen in die Luft.

Franziska wurde bleich. »Ich fass es nicht.« Sie fixierte ihren Besucher und stellte kopfschüttelnd fest: »*Die* also hat Ihnen die Sache mit den Hexenfingern angeschafft.«

Er nickte heftig und stammelte zitternd: »Ich sag aber nix, ich sag nix, ich hab nix gesagt.«

Bruno legte ihm seine überaus gepflegte Hand auf die Schulter. »Das stimmt. Sie haben nichts gesagt.«

Fanny ahnte nicht, dass dies ein Tag war, dessen Sonnenuntergang sie nicht mehr erleben sollte. Sie begrüßte Meinrad mit einem erfreuten Grunzen und hob ihren mächtigen Kopf. Gestern hatte er es irgendwie geschafft, sie auf die Sackwaage zu locken, und dabei herausgefunden, dass sie über zweihundertdreißig Kilo wog, Malwine hatte sie nicht umsonst »unsere Wuchtbrumme« genannt.

Zum Abschied hatte er eine letzte Portion Pellkartoffeln für sie gekocht und kippte den lauwarmen Brei nun in ihren Trog. In einem Anflug von Sentimentalität hatte er sogar noch Petersiliensträußchen daruntergemischt. Er schalt sich einen sentimentalen Deppen und wechselte die Streu. Fanny sollte denken, dass dies ein Tag wie jeder andere war. Gleich würde der Metzger kommen. »Vielleicht trefft ihr euch dann da oben, später«, versuchte er sich selbst zu trösten. Fanny schmatzte.

Er war froh, dass Martha Moosthenninger ihm ein Viertel des Schlachtfleisches abnahm. Am Rest hatte sich der Koch des Blauen Vogels interessiert gezeigt.

Voller Hingabe fraß die Sau ihre Henkersmahlzeit, und er strich ihr freundlich über den borstigen Kopf, als sein Handy klingelte.

»Du, morgen ist es so weit, endlich!« Marthas Stimme klang triumphierend.

Meinrad zuckte zusammen. Nachdrücklich stellte er klar: »Morgen wird Malwine beerdigt.«

»Ach ja. Das stimmt.« Beschämt über die Taktlosigkeit ihrer jubelnden Ansage schwieg Martha einen Moment. »Genau, und bei der Beerdigung sehen wir uns dann ja auch, aber weißt ...« Und schon war sie wieder in ihre hoffnungsfrohe Stimmung abgetaucht und gab frohlockend kund: »Nachmittags um vier, da kommt dann der Geometer, weißt schon, der mit den Gichtfingern, und zwei Doktoren, und dann wird an deiner Quelle endlich das Wunder vollzogen. Und zwar unter Zeugen. Anschließend wird dann die Agnes seliggesprochen. Ganz bestimmt. Deine leibeigene Tante. Mei o mei, dass wir das noch erleben dürfen.«

Meinrad merkte, dass ihm das ziemlich egal war.

»Und dann bauen die eine Basilika direkt über der Agnes ihrer Quelle und wenn wir Glück haben, kommt sogar der Papst vorbei, denn der ist ja ein Landsmann von der seligen Agnes, quasi ein Nachbar. Aber weißt du, ich ruf jetzt auch nur an«, fuhr Martha fort, »weil ich dich bitten wollt, das Zelt da vom Bürgermeister abzubauen. Es sieht doch ziemlich blöd aus, wenn da über unserer Quelle eine Plane steht mit dem Schildchen dran, dass alles der Gemeinde gehört. Reiß es ab. Wegen der Neutralität. Weißt schon.«

»Der Bürgermeister hat halt damals geglaubt, dass ihm der Grund gehört«, murmelte Meinrad schwach.

»Glauben ist nicht Wissen«, unterbrach Martha ihn.

Meinrad dachte, dass das eine ziemlich gewagte Aussage war für eine, deren Bruder doch vom Glauben in Lohn und Brot gehalten wurde. Aber eigentlich ging ihn das alles nichts an. »Mach ich.«

»Super!« Da hatte sie auch schon wieder aufgelegt.

Sie hatten den Reschreiter Luck mit seinem Dackel wieder gehen lassen, allerdings mit der Auflage, sich nicht außer Landes zu bewegen. Der Luck hatte sie dabei total verständnislos angeguckt. Tatsächlich hatte er die Grenzen seines Landes noch niemals überschritten. Schon eine Fahrt nach München war für ihn eine größere Reise. Außerdem sprachen die Leute in der Stadt so merkwürdig und unverständlich, das würde im Ausland natürlich noch viel schlimmer sein.

Jetzt stieg Franziska zu ihrem rot gekleideten Kollegen in den Wagen. Mit ihrer grauen Flanellhose und dem hellgrauen Rolli fühlte sie sich neben ihm wie das berühmte Aschenputtel. Es würde Brunos Tag werden. Nun denn: Warum auch nicht? Ihr Kollege war so souverän und selbstbewusst, er sollte ruhig seinen Auftritt haben.

Bruno fuhr sehr schnell.

»Ras nicht so, die läuft uns schon nicht weg«, sagte Franziska und schüttelte den Kopf. »Also darauf hätte ich ja auch kommen können, alle Kleinöder Schützenlisten der letzten zwanzig Jahre durchzugucken.«

Er grinste. »Es war Georgs Idee. Zum Glück haben die

da in der Zeitung inzwischen alles digitalisiert. Das hat er übrigens in der Justizvollzugsanstalt machen lassen, nur so als Tipp, falls wir auch mal was erfassen müssen. Alle Vernehmungsprotokolle hingeben, einscannen lassen, mit Stichworten markieren. Eine Schweinearbeit und ein genialer Gedanke. Aber wir haben ja den Datenschutz. Wäre der Landauer Anzeiger nicht digitalisiert, hätten wir uns dumm und dämlich gesucht. Manchmal hat die Technik auch was Gutes.«

Franziska hörte nicht richtig zu. »Meinst du, der Luck warnt sie vor?«

Er hob die Schultern. »Ist ihm zuzutrauen. Aber wenn wir sie mit unserem Verdacht konfrontieren, wird sie schwerlich auskommen.«

Sie seufzte. »Was war nur mit uns los, dass wir das nicht sehen wollten? Der erste Hinweis steckte ja schon im Gläsernen Vilstal. Warum waren wir auf dem Auge so blind? Hast du sie jemals gefragt, ob sie den Hellmann gekannt hat?«

»Nein.« Er schaltete in den fünften Gang. »Ich hab so gut wie nie mit ihr gesprochen. Du etwa?«

Franziska schüttelte den Kopf.

Elise Waldmoser stand in der Tür ihres Gewächshauses und hielt eine weiße Lilie in der Hand. Helmgleich und mit Haarspray fixiert lag das dauergewellte Haar um ihren Kopf. Auf ihren Wangen leuchteten rote Flecken. Sie trug einen pinkfarbenen Rollkragenpullover, eine schwarze Trainingshose und eine grüne Gärtnerschürze. Ihre Füße steckten in Gummistiefeln.

Als sich ihre Blicke begegneten, erkannte Franziska intuitiv, dass die Frau mit der Blume in der Hand ahnte, dass sie und Bruno die Wahrheit wussten. Sie war allein. Eine schwarz-weiße Katze strich um ihre Beine.

»Frau Waldmoser, Sie wissen, warum wir hier sind?«

Bruno bemühte sich, seiner Stimme einen sonoren Klang zu verleihen.

Sie nickte und hatte dabei die Zähne so fest aufeinandergepresst, dass die Kieferknochen hervortraten. Ihr spitzes Kinn zitterte.

»Sie haben Günther Hellmann erschossen«, behauptete Bruno scharf und fixierte sie. Ihre Abwehrbewegung war so plötzlich, dass die Lilie zu Boden fiel.

Bruno ließ sich nicht beirren. Er fragte: »Warum?«

Franziska sah, dass die Frau des Bürgermeisters nun am ganzen Körper zitterte.

Stress-Tremor, ausgelöst durch große psychische Belastung, schoss es ihr durch den Kopf. Ein Fall wie aus dem klinischen Wörterbuch. Sie fragte sich, in welcher Region ihres Hirns sie dieses Wissen gespeichert haben mochte. Und während sie noch dachte: Hoffentlich bricht die uns nicht zusammen, murmelte Elise Waldmoser: »Ich kann doch nicht zulassen, dass der meine Ehe und das Glück von meinem einzigen Kind zerstört. Das geht doch nicht.«

Franziska ging auf Frau Waldmoser zu und führte sie zu einer Gartenbank an der Südseite des Treibhauses. Die beiden setzten sich. Bruno baute sich vor ihnen auf, als sei er ihr Leibwächter. Er hatte die zu Boden gefallene Blume aufgehoben, und Franziska dachte, dass er so, wie er mit der Lilie in der Hand dastand, wie ein Operettentenor wirkte. Sie hatte keine Ahnung, warum ihr mit einem Mal alles so unwirklich erschien, schüttelte verdutzt den Kopf und wandte sich an die neben ihr Sitzende: »Nun erzählen Sie mal von vorn. Eins nach dem anderen. Herr Hellmann hat Sie also besucht?«

»Ja.« Sie nickte. Bruno wippte ungeduldig von einem Bein aufs andere und fischte in der Innentasche seines roten Jacketts genervt nach Zigaretten und Feuerzeug.

Elise Waldmoser sah hoch. »Krieg ich auch eine?«

Sie hustete beim ersten Zug. »Vor vier Wochen war der

hier. Der Herr Hellmann. Vom Sehen kannt ich den schon, weil der oft hier vorbeispaziert ist mit der Halber Gertraud und dem Kinderwagen. Meinen Mann hat der immer so herzlich gegrüßt, dass ich dachte: Die kennen sich. Und dann stand er mit einem Mal hier vor der Tür.«

»Und dann? Was wollte er?«

»Ich dachte, dass er mich fragen will, wie das wär, wenn er nach Kleinöd zieht und ob er vielleicht bei uns in der Gemeinde eine Arbeit kriegt, auf dem Rathaus. Und dass ich deshalb ein gutes Wort für den einlegen soll bei meinem Mann. Das alles habe ich halt so gedacht ...« Sie verstummte.

Die Kommissarin nickte. »Verstehe.«

Elise Waldmoser schniefte. »Und wie wir so reden, da sagt der doch, dass noch ein paar Fragen offen sind in seinem Projekt, und ob ich mir das nicht mal anschauen mag. Weil, es ist sein Lebenswerk.« Sie schluchzte auf. »Was ist das für ein Lebenswerk von einem, wenn er damit das Lebensglück anderer Leute kaputtmacht?«

»Was war dann?« Franziska blieb ganz ruhig.

»Dann«, sagte Elise und drückte die Zigarette aus, »dann holte der so ein Papier aus der Tasche. Ich hab mir immer noch nix dabei gedacht. Aber da stand alles von uns drauf. *Alles!* Aber was geht den unsere Familie an? Rein gar nix!« Zornesröte überzog ihr Gesicht. Franziska schwieg und wartete.

Die Waldmoserin seufzte aus tiefster Seele. »Das Geburtsdatum von meinem Mann und von meinem Sohn und von mir und meinen Eltern und Schwiegereltern ... und von jedem auch noch der Beruf.«

»Und dann?«, fragte Bruno streng.

Elise Waldmoser schluckte und murmelte kleinlaut: »Und über meinem Namen eine gestrichelte Linie mit einem Fragezeichen. Da hab ich schon gewusst, was das heißt.«

»Und?«, preschte Bruno vor und erntete dafür einen strengen Blick seiner Kollegin.

»Von meinem Sohn, da ging eine Linie ab zur Daxhuber Corinna und von da zu der ihrem Sohn, dem Paul. Dabei kenn ich den gar nicht, hab nur sein Foto in der Zeitung gesehen, als der mal entführt worden war. Das war vielleicht ein Schock.«

»Die Entführung?«, hakte Bruno nach und sprang unmerklich zurück, als er sah, dass Franziska Anstalten machte, ihm gegen das dunkelrot behoste Schienbein zu treten.

»Ich hab doch ned g'wusst, dass mein Bub mit der Schlampen da ...«, heulte die Waldmoserin auf. »Und wie der mir seine Zettel zeigt ... Ich hab gedacht, der will mich erpressen. Dabei sah der gar nicht so aus. Wirklich nicht. Aber man sieht den Leuten ihre Bosheit ja auch nicht immer an.«

»Also, was wollte er?«, fragte Franziska, obwohl sie es ahnte.

»Die Wahrheit«, antwortete Elise. »Stellen Sie sich das einmal vor. Die Wahrheit. Für was denn, und wem nutzt denn die? Wahrheit, so ein Schmarrn. Wenn dann mein Mann erfahren würd, dass er gar nicht dem Johann sein Vater ist und sich das auch noch im Ort herumspricht – nein, so was mag ich mir gar nicht ausdenken. Und der Graf von Landau erst, wenn der rauskriegt, dass es schon ein Kind gibt von meinem Johann, das wird der nicht wollen. Dann wird er der Selma verbieten, unseren einzigen Sohn zu heiraten, wo ich doch schon grad die ganz besonders weißen Lilien für die Hochzeit gezüchtet hab.«

Franziska schüttelte den Kopf.

»Doch, doch«, sagte Elise Waldmoser. »Weil so ein Bankert wie der Paul, der bringt dem Narco seine Linie durcheinander. Darauf achtet der. Auf seine Linie ist er stolz, hat er immer gesagt. Der wird dann nicht zulassen, dass die

Selma den Johann heiratet, wo die doch so glücklich sind miteinander, die zwei.«

»Was war am Samstag?« Bruno fixierte Elise Waldmoser, die vor sich hin schniefte. »Ich höre!« Die Sonne stand direkt in seinem Rücken. Franziska betrachtete ihn. Er sah so streng aus. Ein biblischer Rächer im Gegenlicht, umrandet von einer Aura aus tanzenden Staubpartikelchen.

»Am Samstag«, begann Elise Waldmoser, »da sind die am Nachmittag wieder hier vorbeigelaufen. Alle drei, die Halber Gertraud, der Hellmann und das Kind. Erst saß die Kleine noch im Wagen. Dann hat er sie herausgeholt und mir gezeigt, und dann fing der Schratz auch noch ein bisschen zu laufen an und hat vor Freude gequiekt. Die Charlotte hat ja schon im Dorf erzählt, dass das ein besonderes Kind ist – aber müssen die denn wirklich hier vorbeikommen und mir das so vorführen? Ein gemeiner und ein absichtlicher Hohn war das. Denn ich wusste in der Sekunde: Wenn der Hellmann sein Wissen weitergibt, krieg ich niemals Enkelkinder. Nie.«

Sie weinte erneut.

Franziska reichte ihr ein Papiertaschentuch.

Bruno rauchte seine zweite Zigarette und sah abwartend auf die sitzenden Frauen.

»Verstehen Sie, da machen die auf heile Familie und haben nichts als die Zerstörung meiner Familie im Kopf.«

Franziska nickte. »Das hat Sie ganz schön wütend gemacht.«

»Ja.«

»Und dann?«

»Ich weiß es alles nicht mehr so genau, ich dachte nur, das darf nicht sein. Gott darf Schicksal spielen, nicht aber dieser Doktor, wohnt hier nicht, hat keine Ahnung und … Das konnt ich doch nicht zulassen. Und so bin ich halt um fünf zum Blauen Vogel rüber, weil sich die Jagdgesellschaft zum Abschluss da treffen wollte.«

»Um mit Ihrem Mann zu sprechen?«, warf Bruno ein.

Sie schüttelte heftig den Kopf. »Ich weiß nicht, warum. Auf jeden Fall seh ich da meinen Mann und hab zu ihm gesagt, gib mir doch schon mal dein Gewehr, ich bring's heim und schließ es in den Schrank, dann hast du beide Hände frei. Der Markus war nämlich grad dabei, das erlegte Wild auf einen Leiterwagen zu packen. Die wollten ja bei uns im Garten ihre Strecke legen.«

Sie schwieg und zog die Stirn kraus.

»Sie haben das Gewehr dann aber nicht heimgebracht und in den Schrank geschlossen«, ergänzte Franziska nun ganz ruhig.

Elise Waldmoser nickte.

»Sondern?« Franziska sah sie fragend an.

»Da ist doch diese große Figur von der Binderin da in der ihrem Vorgarten. Und ich hab mir gedacht, die schaut direkt auf die Halber und den Hellmann. Diese Figur, die hat dem das alles eingeflößt. Die hat ihn so bös gemacht. Und deshalb bin ich mit dem Gewehr in der Hand zu der Figur. Die ist ja so riesig. Und wie ich da so steh, kommt der aus dem Haus raus, der Hellmann. Kommt da raus, als sei nix gewesen, und geht zu dem Auto. Und ich denk plötzlich, der holt da jetzt seine ganze Zettelwirtschaft raus, und dann zeigt er alles der Jagdgesellschaft. Und wie ich das so denk, hab ich auch schon geschrien. Vor Schreck und vor Entsetzen. Auf jeden Fall richtet der sich auf, aber bevor der sich noch umdrehen konnte, hab ich auch schon geschossen, so aus Reflex.«

»Und tödlich getroffen«, ergänzte Franziska.

»Ja«, sagte Elise Waldmoser und fügte leise und fast ein wenig entschuldigend hinzu: »Ich war achtmal Schützenkönigin von Kleinöd.«

»Sie müssen jetzt mit uns kommen. Packen Sie ein paar Sachen zusammen.«

Mord war ein Fall fürs Landgericht, weshalb sie Elise Waldmoser nach Landshut in die Untersuchungshaft bringen mussten. Bruno fuhr diesmal nicht ganz so schnell wie sonst. Franziska saß mit Elise auf der Rückbank des Wagens. Es war ein Dienstfahrzeug, bei dem die rückwärtigen Türen nicht von innen geöffnet werden konnten.

Von unterwegs rief Elise Waldmoser ihren Mann an und bat ihn, ihr eine Anwältin zu besorgen. »Eine, die selber Kinder hat. Sonst versteht die das alles nicht. Frag den Buam. Der wird dir schon die richtigen Namen nennen.«

Die Nachfragen ihres Mannes, was denn eigentlich los sei und was das Ganze zu bedeuten habe, überging sie und wandte sich nach dem Gespräch mit einem Achselzucken an Franziska: »Der weiß nix, gar nix.«

Elise Waldmoser wurde der Untersuchungsrichterin vorgeführt und gestand alles.

Als sie etwa zwei Stunden später wieder allein im Wagen saßen, schüttelte Franziska den Kopf. »Ist es nicht unglaublich, wie der Zufall manchmal wirkt?«

»Zufall heißt doch nur, dass das Schicksal dir etwas zuspielt«, kommentierte Bruno altklug. Er war in absoluter Hochstimmung. Die Untersuchungsrichterin hatte seine Eleganz falsch gedeutet und ihn für Franziskas Vorgesetzten gehalten. Und prompt hatte Bruno sich aufgeführt, als arbeite der ganze niederbayerische Polizeiapparat einzig und allein nach seinen Weisungen.

»Egal, ob zugespielt oder nicht.« Sie seufzte. »Da beginnt unser Günther Hellmann mit seinem Gläsernen-Vilstal-Projekt und holt sich beim Umräumen der Bibliothek in Landau einen Bandscheibenvorfall. Zu viele Bücher geschleppt. Bis dahin alles noch nachvollziehbar. Auch, dass er zur Kur nach Bad Steben geschickt wird ...«

»O Gott«, murmelte Bruno. »Da ist es wirklich ein wenig trostlos. Bis auf die Therme und die Spielbank.«

»Er war weder in dem einen noch in dem anderen, sondern in einer ganz normalen Kurklinik, und da wird dann ein Neuankömmling an seinen Tisch gesetzt, und wie man sich so vorstellt, sagt der: ›Landau? Ja, das hab ich schon mal gehört. Wissen Sie, mein Vater war vor ewig langer Zeit in Bad Kissingen zur Kur und hat dort eine Liebschaft gehabt. Auch wenn meine Mutter es nicht gerne hörte, hat er immer wieder davon erzählt. Von seiner Elise aus Kleinöd bei Landau. Ist das nicht ein lustiger Ortsname?‹ So ist der Dr. Hellmann der Elise auf die Spur gekommen.«

»Woher weißt du das?« Bruno hob auf unnachahmliche Weise seine Augenbrauen.

»Von Gertraud. Sie hat mir das alles erzählt, aber ohne irgendwelche Namen zu nennen. Und ich brauchte dann nur noch eins und eins zusammenzuzählen.«

Franziskas Kollege nickte nachdenklich. »Trotzdem eigenartig. Warum beispielsweise ist das Waldmoser-Bürscherl damals nicht aktiv geworden, als sein Kind entführt wurde? Zumindest im Hintergrund. Ich kann mich nicht erinnern, den auch nur einmal gesehen zu haben.«

»Du wirst es nicht glauben. Aber selbst dafür gibt es eine ganz einfache Erklärung. Der Bub war in genau der Zeit zwölf lange Monate in Kanada. Austauschjahr mit Sprachexamen in Montreal. Du weißt schon, so ein zukünftiger Graf muss sich ja auch auf dem internationalen Parkett gut bewegen können. Entsprechende Diplome hängen in Waldmosers Bürgermeisterbüro hinter Glas.«

Bruno seufzte: »Tja. Jetzt müssen wir nur noch den Mord an deiner Malwine klären.«

»Wenn es überhaupt ein Mord war«, murmelte Franziska nachdenklich. »Ich hab nämlich keine Ahnung, wie jemand der Malwine unbemerkt die giftigen Pfaffenhütchen eingeflößt haben könnte.«

»Ach, du meinst diese hübschen Beeren? Sind die denn tatsächlich so giftig?«

»Ja. Gustav hat mir einen ganzen Vortrag darüber gehalten. Doch das erzähl ich dir morgen. Jetzt will ich erst einmal heim.«

»Gut. Ich setz dich zu Hause ab, und dann schreib ich noch schnell das Protokoll.«

Auf seinem Schreibtisch lag ein offizieller Brief. Er sah nicht aus wie die Ankündigung einer Beförderung oder einer Gehaltserhöhung. Bruno hatte die dumpfe Ahnung, dass der Inhalt des Schreibens unangenehm sein würde.

Er schob ihn beiseite, fuhr seinen Computer hoch und hackte in aller Eile das Vernehmungsprotokoll in den Rechner. Jetzt war es schon fast zweiundzwanzig Uhr. Ein langer Arbeitstag.

Mit einer Zigarette im Mundwinkel verließ er das Büro und öffnete draußen im Raucherreck den Umschlag und ärgerte sich noch mehr, als er befürchtet hatte.

Dann fuhr er heim und öffnete nur für sich eine Flasche Rotwein.

Kapitel 19

Wenn Martha Moosthenninger auf einem Gebiet eine echte Expertin war, dann darin, wie man eine Beerdigung korrekt ausrichtete. Aber man fragte sie ja nicht. Einzig bei der Trauerfeier ihrer Freundin Agnes hatte sie all ihr Wissen einbringen können, und das war in der Tat das schönste Leichenbegängnis seit Langem gewesen – allerdings mit dem bitteren Nachteil, dass Agnes, Marthas beste Freundin, nun nicht mehr unter den Lebenden weilte.

Die Trauerfeier für Dr. Günther Hellmann war nicht korrekt ausgerichtet. Martha stand in der siebten Reihe links vom Mittelgang. Vor ihr die Trauernden, fast lauter fremde Gesichter, von denen sie einzig Gertraud, Charlotte und Bernhard Döhring kannte, und natürlich das heute ausnahmsweise mal nicht rosa gekleidete Kind. Daneben einige bebrillte Büromenschen mit blassen Gesichtern, schmalen Händen und abweisenden Mienen.

Die Kirche war ein Schiff Gottes, das über die Meere des Schicksals in die ewige Seligkeit segelte. Rechts saßen die Männer, links die Frauen. Dass Bernhard Döhring neben Charlotte Rücker auf der linken Seite saß, brachte die vertraute Ordnung durcheinander.

Ganz hinten rechts, auf der richtigen Seite, stand Meinrad Hiendlmayr. Er war also doch gekommen. Sie hatte sich umgedreht und ihm dankbar zugelächelt.

Dann kam die Kommissarin. Typisch. Die hatte natürlich keine Ahnung und stellte sich neben Meinrad. Wo sie doch eigentlich auf die linke Seite gehörte. Martha seufzte und konzentrierte sich auf die Rede ihres Bruders.

Er verfügte über die Fähigkeit, mit barmherzigen Worten die Unvollkommenheit der Trauerfeier und das Fehlen von Sterbebildchen zu überspielen. Alles, was er sagte, glich einer heilenden Salbe für verwundete Seelen, war im wahrsten Sinne des Wortes salbungsvoll. Es wurde viel geweint. Vor allem Gertraud Halber schluchzte so herzerweichend, dass ihr immer so fröhliches Kind ebenfalls zu weinen begann.

Statt zwei Hochzeiten nun zwei Trauerfälle, dachte Martha eigenartig bewegt. Denn war nicht um den Hochzeitstermin von der Halber und dem Hellmann ein Streit mit dem Bürgermeistersohn und dessen Gräfin entbrannt? Ob wohl auch der Bürgermeister kommen würde? Es ging das Gerücht, Elise Waldmoser sei gestern zur Kommissarin und deren Begleiter ins Auto gestiegen. Ach ja, es wurde ja so viel geredet und gemunkelt. Viel zu viel. War Elise Waldmoser etwa eine Kronzeugin? Nein, das konnte sie sich nicht vorstellen.

Martha konzentrierte sich auf ihr Gebet und hielt insgeheim mit Agnes Zwiesprache. »Sieh bloß zu, dass das heute Nachmittag auch wirklich ein Wunder wird! Bitte!«

Der Abgesandte des Bischofs war an diesem Vormittag zwischen einem Berg belegter Semmeln am Küchentisch des Pfarrhauses zurückgelassen worden und schrieb an seinem Dossier. Noch wies alles in Richtung Seligsprechung.

Da sie bei der Zwölf-Uhr-Trauerfeier für Malwine den Hiendlmayr Meinrad in allen grundlegenden Dingen beraten hatte, lief es hier so gut wie perfekt. Schade, dass Gertraud das nicht sehen konnte, weil sie mit ihren Trauergästen im Blauen Vogel war. Hier hätte sie was lernen können. Die Sterbebildchen auf einem kleinen Beistelltischchen vor dem Altarteppich, wie es sich gehörte. Daneben zwei Spendenkörbchen – und vermutlich würde der Ertrag auf der Männerseite wieder mal um einiges höher sein als der auf der linken Seite. Das ganze Dorf nahm an Malwines Beisetzung teil – und auch so gut wie alle Zugereisten aus dem Neubaugebiet. Die hatten dem Brunnerschen Bio-Hofladen damals den Umsatz gebracht, denn die Einheimischen kauften lieber im Supermarkt. Einer der Trauergäste hatte Malwines Neffen besonders lange die Hand gedrückt. Martha erfuhr später, dass das sein Vorgesetzter war.

Ganz allein saß Meinrad in der für die Angehörigen reservierten ersten Bank.

Niemand aus dieser Trauergesellschaft wollte noch in den Blauen Vogel. Fast alle, die um das offene Grab herumgestanden und dann noch eine Handvoll Erde auf Malwines Sarg geworfen hatten, waren heimgegangen. Auch der Bürgermeister. Entgegen seiner sonstigen Gewohnheit hatte er kein einziges Wort gesagt.

Nur Adolf Schmiedinger stand mit seiner Lebensgefährtin noch an Malwines letzter Ruhestätte.

»Jetzt ist sie bei ihrem Mann und bei ihrem Sohn«, murmelte der Polizeiobermeister.

»Ja, aber viel zu früh«, sagte Frieda und fügte hinzu: »Ich geb erst Ruhe, wenn ich weiß, wer ihr das angetan hat.«

»Die Kommissarin wird es herausfinden, ganz g'wiss«, versprach er ihr.

»Aber nur, weil du sie drauf hingewiesen hast«, ergänzte Frieda. »Was für ein Glück, dass du so schnell reagiert hast.«

»Kommen Sie«, sagte Franziska zu Meinrad Hiendlmayr. »Gehen wir.«

»Aber nicht in den Blauen Vogel.«

»Nein, natürlich nicht.« Die Vorstellung, dort Gertraud Halber und ihrer Trauergemeinde zu begegnen, hatte etwas von einem Albtraum. Franziska hatte Gertraud noch nicht gesagt, wer ihren Verlobten erschossen hatte und warum. »Vielleicht gibt es ja ein kleines Restaurant im Nachbarort«, schlug sie vor. »Ich kenne mich hier nicht so gut aus.«

Er putzte sich die Nase. »Wir könnten zu mir fahren. Ich hab Joschi ins Haus gesperrt. Da sitzt der jetzt schon fast drei Stunden. Es muss dem ja nicht auch noch schlecht gehen. Langt ja wohl, wenn ich mich beschissen fühle. Außerdem kommt um vier Besuch.«

»Okay.« Sie stieg in ihr Auto und fuhr hinter ihm her.

In dramatischem Rot leuchteten die Blätter der Ahornbäume rund um das Brunnersche Anwesen. Die Sonne schien auf den betonierten Platz, an dessen südöstlicher Kante sich das »Loch des Anstoßes« befand. Franziska fiel auf, dass es jetzt nicht mehr mit der gemeindeeigenen Plane bedeckt war.

»Ich mach uns einen Kaffee!«, rief Meinrad, als sie auf den Hof fuhr, und verschwand im Haus.

Neben der Eingangstür stand eine hölzerne Bank. Die Kommissarin legte ihre Tasche dort ab und folgte ihm ins Haus. Freudig sprang der Hund an ihr hoch.

Drinnen roch es wunderbar nach frisch gemahlenen Bohnen. Und die Vorstellung, gleich draußen auf der sonnenbeschienenen Bank einen Kaffee zu trinken und eine Kleinigkeit zu essen, versöhnte sie mit dem Tag. Franziska merkte, dass sie Hunger hatte, und sah sich in der Küche um.

Meinrad holte Tassen und Teller aus dem Büfett, stellte alles auf ein Tablett und öffnete die Besteckschublade.

Auf der Eckbank stand, halb verdeckt von Kissen und Zeitungen, eine Keksdose. Franziska griff hinein. »Darf ich?«

»Nein, lassen Sie das lieber«, warnte Meinrad. »Ich hätte die schon längst wegwerfen müssen. Nicht mal Fanny wollte die fressen.«

»Was ist denn damit?«

»Keine Ahnung, aber die sind wohl nicht mehr gut. Neulich war Martha mit ihrem Pater hier, und der hat davon gegessen. Danach wurde dem kotzübel. Hat mir richtig leidgetan, der Mann.«

»Was ist denn das für Gebäck? Hat Malwine das gebacken?«

Er schüttelte den Kopf. »Das komische Kletzenbrot ist von der Bürgermeistersfrau. Der Waldmoser hat ihr das immer vorbeigebracht. Ein Gruß aus ihrer Küche. Ich würd's nicht probieren, ehrlich nicht.«

Franziska sah ihn lange an, und ein schrecklicher Verdacht keimte in ihr auf. Sie lief hinaus zur Bank, öffnete ihre Tasche und zog sich mit zitternden Fingern Latexhandschuhe über. Dann gab sie ein paar Scheiben Früchtebrot in eine Plastiktüte. »Ich lass das mal untersuchen.«

Er nickte und stellte für sie beide eine Brotzeit zusammen.

»Danke«, meinte sie. »Aber ich muss bald wieder weg.« Sie griff zu ihrem Handy.

Die wenigen Male, da sie ihn nicht sofort erreicht hatte, hätte sie an einer Hand aufzählen können. Aber heute war Gustav Wiener definitiv nicht in seinem Keller. Nicht an seinem Arbeitsplatz. Das Telefon klingelte ins Leere. Nicht einmal der Anrufbeantworter war aktiviert. Gut, es war Samstag, aber nutzte er nicht gerade die Wochenenden, um den Papierkram zu erledigen und Berichte zu schreiben? Das hatte er zumindest immer gesagt.

Franziska seufzte, griff zu dem Kaffee, den Meinrad vor sie hingestellt hatte, und wählte die auf ihrem Handy eingespeicherte Mobilnummer des Rechtsmediziners. Hoffentlich war ihm nichts passiert.

»Ja?« An der Art, wie er sich meldete, erkannte sie, dass er nicht oft mit seinem Handy telefonierte, auch hörte es sich so an, als führe er nun an den Straßenrand, um in Ruhe sprechen zu können. Sie wartete.

»Ja, Frau Hausmann?« fragte er erneut.

»Wo stecken Sie?«

»Auf dem Weg nach Kleinöd.«

»Was?«

»Ja, ich muss da doch was bezeugen. Am Brunnerhof. Hab mich halt auf diesen Quatsch eingelassen, hab ja sonst nichts zu tun.« Er schien zu lachen.

»Stimmt, das hatte ich ganz vergessen. Dann warte ich hier auf Sie«, sagte Franziska und beendete das Gespräch.

»Dann mach ich jetzt doch mit Ihnen Brotzeit«, erklärte sie lächelnd.

»Danke«, murmelte Meinrad. »Vielen Dank. Jetzt nicht allein zu sein, hilft mir sehr.«

»Die Moosthenningerin hat den Dr. Wiener hierherbestellt, wussten Sie das?« Lustvoll bestrich Franziska eine Scheibe Brot mit Butter und Leberwurst.

Er nickte. »Ja. Und auch den Dr. Wild und dazu dann auch noch ihren Geometer. Aber den nur deshalb, weil der arme Mann Gicht hat. Um vier soll hier nämlich ein Wunder stattfinden.« Er sagte es so, als seien Wunder für ihn absolut alltäglich.

Franziska sah auf ihre Armbanduhr. Es war genau fünfzehn Uhr zwanzig.

Etwa vier belegte Brote und ebenso viele Tassen Kaffee später sah sie drei Autos die Straße hochkommen und die Abzweigung zum Brunnerhof nehmen. Der graue Passat von Gustav Wiener allerdings war noch nicht dabei.

Dem ersten Wagen entstiegen Martha Moosthenninger und ihr junger Ordensbruder. Die Schwester des Pfarrers winkte der Kommissarin begeistert zu. »Das ist ja wunderbar, dass Sie auch als Zeugin dabei sein wollen. Gell, so ein Wunder kriegt man halt nicht jeden Tag geboten.«

Der junge Mann an ihrer Seite warf einen begehrlichen Blick auf das Brotzeittablett.

»Kommen Sie, stärken Sie sich«, ermunterte Meinrad ihn und fügte mit einem Seitenblick auf Franziska hinzu: »Das hier können Sie guten Gewissens essen. Davon wird Ihnen nicht schlecht.« Ägidius Alberti ließ sich das nicht zweimal sagen und griff herzhaft zu.

Irritiert betrachtete Martha Moosthenninger den ewig Hungrigen. Der hatte doch heute früh schon neun belegte Semmeln verputzt. Gut, dass gerade jetzt nur Auswärtige zugegen waren. Jeder Kleinöder hätte nämlich im Dorf das Gerücht verbreiten können, Martha ließe ihre Gäste verhungern.

Sie wandte sich an den Geometer. »Haben Sie Ihr Attest dabei?«

Der kleine drahtige Mann mit dem Kugelbauch nickte amüsiert. »Klar, Chefin.« Er beugte sich zu seiner Aktentasche auf dem Beifahrersitz. Franziska hatte den Eindruck, dass niemand außer Martha Moosthenninger den erwarteten Wunderbeweis wirklich ernst nahm.

Während er mit knotigen Händen sein Papier entfaltete, verkündete der Geometer laut: »Das eine sag ich Ihnen, wenn meine Schmerzen hier erneut verschwinden, dann will ich eine Dauerkarte für Ihre zukünftige Heilquelle.«

Sie riss ihm das Blatt aus der Hand und stürzte damit zum Fahrer des dritten Wagens. Der war noch nicht einmal richtig ausgestiegen. »Schauen Sie, Herr Dr. Wild, das da sind die Blut- und Harnwerte von meinem Geometer, und seine Finger können Sie sich ruhig auch anschauen, lauter Knoten, wie aus dem Bilderbuch. Ganz dicke Gelenke. Na?«

Sie sah den Landarzt herausfordernd an. Der warf nur einen Blick auf die Diagnose und murmelte: »In der Tat. Katastrophale Blut- und Harnwerte, chronische Arthritis.« Dann blickte er hoch. »Ja, die Gichttophi kann ich schon von hier aus sehen. Und den wollen Sie heilen? Mein lieber Schwan, dem wird wirklich nur ein Wunder helfen.« Er schüttelte zweifelnd den Kopf. »Das kann ja interessant werden.«

»Nicht ich mach das Wunder, das macht die Agnes«, verkündete Martha. Sie wirkte gestresst und blickte hektisch um sich. »Ja endlich, da kommt der Dr. Wiener aus Landau. Der soll sich das auch mal angucken. Der wird mir recht geben.«

»Gute Frau, ich hab Ihnen doch gar nicht widersprochen.«

Anschließend machte sich der etwa fünfzigjährige Dr. Wild mit der Kommissarin bekannt. »Ich weiß wirklich nicht, warum ich mich auf diesen Zirkus eingelassen habe«, sagte er leise.

»Das weiß vermutlich keiner von uns«, pflichtete ihm Franziska bei. Dann winkte sie dem Rechtsmediziner aus Landau zu.

»Herr Wiener, wenn wir das hier hinter uns haben, hätte ich auch noch was zum Durchchecken«, empfing sie ihn. »Stichwort: Pfaffenhütchen. Meinen Sie, das können Sie heute noch untersuchen?«

Er nickte und grinste. »Klar, das hier dauert nicht lang. Entweder es geschieht ein Wunder – was ich nicht glaube –, oder alles bleibt beim Alten. Das wird sich in den nächsten zwanzig Minuten herausstellen, und dann können wir ins Labor fahren.«

Im Stechschritt eilte Martha auf den Abgesandten des Bischofs zu. Der steckte sich gerade die letzte Senfgurke in den Mund.

»Jetzt sind alle da, jetzt können wir beginnen.« Sie wandte sich an den Hofbesitzer: »Meinrad, sperr bitte den Hund weg. Für so eine wichtige Heilung brauchen wir die volle Konzentration von allen, nicht dass uns der Joschi noch dazwischenfährt. Und jetzt stellen Sie sich alle im Kreis um die Quelle rum. Bitte!« Resolut schob sie die sechs Personen an ihre Plätze. »Sodala, Frau Hausmann, kommen Sie, jeder Zeuge zählt. Der Bruder Ägidius soll mal alles mitschreiben in seinem schlauen Bücherl, und vielleicht können Sie es ja dann filmen? Ich hab mir extra vom jungen Blumentritt, der ja Nachwuchsreporter beim Landauer Anzeiger ist, seinen Filmapparat geliehen.« Sie drückte der Kommissarin die Kamera in die Hand und bekam vor Aufregung einen Schluckauf.

Tief atmend warf sie einen Blick auf ihre Zeugen und ihren Probanden. Gustav Wiener und Dr. Wild flüsterten leise miteinander. Vermutlich tauschten sie medizinische Details aus. Meinrad starrte angestrengt und mit hochgezogenen Schultern zu Boden, Ägidius hatte sein Büchlein gezückt. Die Kommissarin hielt die Kamera.

»Und jetzt«, sagte Martha zu ihrem Probanden, »jetzt zeigen Sie uns Ihre Hände mit den Gichtknoten, bitte auch in die Kamera halten, danke! Und nun ab mit den kranken Fingern in die heilende Quelle und so lange drinlassen, bis wir ein Ave Maria gebetet haben.« Sie begann zu beten, Ägidius fiel ein, der auf den Knien liegende Geometer machte unter Wasser Fingerübungen, und Franziska überlegte, ob sie diesen Film bei einem Festival für absurdes Theater einreichen könne – wenn es überhaupt so etwas gab.

Nach etwa zwanzig Sekunden dankte Martha ihrer Freundin Agnes für die wundersame Heilung und bat den Geometer, seine Hände zu heben.

Jetzt hielten doch alle den Atem an.

Franziska kam es vor, als seien im Sucher der Videokamera die Gichtknoten an den Fingern des Geometers verschwunden. Aber das war sicher eine optische Täuschung und auf die reflektierende Feuchtigkeit zurückzuführen.

Der kleine Geometer erhob sich. Er war sehr blass und rieb sich die Hände.

»Und?« Martha starrte ihn erwartungsvoll an. »Wie geht's Ihnen?«

»Es tut nicht mehr weh. Gar nicht mehr!« Er starrte auf seine Finger. Sie waren wieder schmal. Als seien alle Entzündungen aus den Gelenken weggespült worden. Er kniff die Augen zu, riss sie wieder auf. Immer noch keine Veränderung. Seine Stimme zitterte: »Ich glaub's nicht.«

»Doch, Sie müssen es glauben, denn dieses Wunder hat Agnes bewirkt. Sie hat die Heil bringende Quelle hier entspringen lassen, damit sie Ihnen und allen anderen Menschen Linderung bringt.« Martha war von ihren eigenen Worten so ergriffen, dass sie die Hände faltete und sich mit dem Handrücken eine Träne wegwischte. »Meine Agnes«, murmelte sie. »Meine wundertätige Agnes. Dank dir auch schön.«

Triumphierend wandte sie sich an den Abgesandten des Bischofs: »Bruder Ägidius, haben Sie das gesehen? Ich hoffe doch, dass Sie dieses Wunder mitgeschrieben haben?«

Der schmale Pater mit den tiefen Bartschatten auf den Wangen nickte beeindruckt.

»Und Sie, meine Herren?« Herausfordernd sah sie die beiden Ärzte an.

»Ich habe dafür keine Erklärung«, murmelte Dr. Wild und sah fragend zu Gustav Wiener. »Sie vielleicht?«

Der schüttelte den Kopf: »Vielleicht sind wir ja wirklich gerade Zeugen einer Wunderheilung geworden.«

»Was heißt hier vielleicht? Natürlich. Warten Sie.« Martha Moosthenninger öffnete den Kofferraum ihres Autos und hielt eine Flasche Champagner hoch. »Meinrad, hol doch mal Gläser. Die Agnes, was ja deine Tante ist und meine beste Freundin, also unsere wundertätige Agnes Harbinger wird mit dieser ihrer Quelle in Zukunft allen Bedürftigen helfen. Darauf wollen wir trinken.«

Der Abgesandte des Bischofs bestand darauf, dass Dr. Wild eine Blut- und Urinprobe des Probanden nahm, um die neuen Werte mit den alten zu vergleichen. Wären die Zahlen wirklich anders, so könne das als Beweis des Wunders gelten. »Die sind anders«, sagte der Geometer und betrachtete noch immer staunend seine schmerzfreien Hände.

Um achtzehn Uhr zehn hatte Gustav Wiener seine Kletzenbrotanalyse beendet. Seit sie in seinem Labor waren, hatten sie kein Wort über die Wunderheilung des Geometers verloren. Franziska fragte sich, welch eigenartige Scheu sie davon abhielt, darüber zu sprechen. Es war fast, als hätten sie wildfremden Menschen bei unglaublich intimen Dingen zugesehen. Eine Mischung aus Scham und Nicht-glauben-Wollen.

»Mit dem Pfaffenhütchen ist es so«, dozierte Gustav Wiener. »Hier wurden die Samen der Pflanze, die ja besonders giftig sind, in das Kletzenbrot mit hinein gebacken und gingen geschmacklich zwischen getrockneten Äpfeln, Birnen, Quitten, Feigen, Datteln, Zitronat, Orangeat, Sultaninen, Mandeln und Nüssen unter. Dann hab ich zusätzlich noch Substanzen von Nelken, Ingwer, Zimt, Kardamom und Muskat gefunden – also letztendlich alles, was zu einem guten und fruchtigen Kletzenbrot gehört.«

»Bis auf das Gift.«

»Sie sagen es.«

»Und was macht das Gift?«

»Am gefährlichsten ist das Alkaloid Evonin. Sie wissen ja sicher, dass alle Alkaloide direkt auf den tierischen und menschlichen Organismus wirken. Die Einnahme von Evonin hat Übelkeit, Fieber, Durchfall und Koliken zur Folge. Auf mich macht es übrigens den Eindruck, als habe die Tote nur kleine Mengen von dem Zeug zu sich genommen, dennoch wird sie sich zuweilen schwach und matt gefühlt haben. Und an irgendeinem Punkt kam es dann zum Kreislaufkollaps und zum Herzstillstand. Dieser Punkt war wohl im Schwimmbad in Bad Griesbach erreicht. Als sofort tödliche Dosis gelten übrigens dreißig bis vierzig Früchte. Die Giftstoffe schädigen auch in hohem Maße Leber und Niere.«

Franziska hätte jetzt gerne eine Zigarette geraucht. »Und das alles hat Elise Waldmoser der Brunnerin von ihrem Mann als Geschenk überreichen lassen. Verstehen Sie das? Warum nur?«

Seufzend griff sie zum Telefon und wählte Brunos Nummer. Der war ausnahmsweise nicht verreist oder auf Shoppingtour.

»Hol mich ab. Sofort. Wir müssen nach Landshut.«

»Warum?«

»Erzähl ich dir unterwegs. Bitte, komm. Ich mag nicht

selber fahren. Ich kann nicht mehr. Dieser Tag war ein bisschen zu viel für mich. Außerdem brauch ich einen Zeugen für das Verhör mit Elise Waldmoser.«

»Bin schon unterwegs.«

Als man sie ins Besprechungszimmer führte, schien sie zu ahnen, dass es noch um anderes ging als um den Mord an Günther Hellmann. Bereits die eine Nacht im Untersuchungsgefängnis hatte sie mürbe gemacht. Sie hatte keine Kraft mehr zu lügen. Sie war noch nie ohne ihren Mann verreist gewesen, hatte in den letzten zwanzig Jahren nie allein geschlafen und in den vergangenen vierundzwanzig Stunden kein Auge zugetan.

Eigenartigerweise war Franziskas erster Gedanke: Die hat ihr Haarspray vergessen. Hatten die Waldmoserschen Dauerwellenlocken zuvor etwas Helmhaftes und Schützendes gehabt, so wirkte Elises Frisur nun zerfleddert, gerupft und aus den Fugen geraten.

Als sie am Tisch saß und beschämt auf ihre Hände schaute, schob Franziska ihr eine Scheibe Kletzenbrot aus Meinrads Keksdose zu.

»Haben Sie das gebacken?«

Sie wurde noch blasser und nickte.

»Warum?«

»Ich wollte nur, dass es ihr ein bisschen schlecht geht. Dass sie weiß, wie das ist, wenn man krank ist und Hilfe braucht. Sobald sie auf meinen Mann gehört hätte, dann hätt ich ihr die Kekse wieder weggenommen. Sofort. Ehrlich. Aber die hatte ja ihren eigenen Kopf. Im Alter wurde die immer schlimmer.« Elise Waldmoser putzte sich die Nase.

Bruno überprüfte, ob sein Aufnahmegerät ordentlich lief.

Die Frau des Bürgermeisters starrte auf das rote Licht des Diktaphons.

»Malwine sollte auf Ihren Mann hören, auf den Bürgermeister?«, wiederholte Franziska. »Weshalb?«

»Die wollte mit ihm einfach nicht über die Quelle und ein Wellnesscenter reden. Die wollte stur und verbissen, dass alles so bleibt, wie es ist. Grad jetzt geht es mir gut, hat sie immer zu meinem Markus gesagt. Und der kam dann nach Hause und war frustriert und hat geflucht. Ich wollt ihm doch nur helfen.«

»Helfen, ja wie denn?«, fragte Bruno.

»Wenn sie sich krank fühlt, dann hat sie vielleicht nichts mehr gegen ein Altersheim, was der Markus sowieso in Kleinöd bauen lassen muss. Und wenn der Markus ihr einen Freiplatz auf Lebenszeit in dem Altenheim schenken tät, dann könnt sie der Gemeinde doch dafür ihr Haus und ihren Grund überlassen. Die hatte ja keine Erben. Als ich von dem Schmiedinger seiner Frieda gehört habe, dass die alles dem Tierheim überschreiben will, hab ich regelmäßig die Plätzchen und Kletzenbrote gebacken und meinen Markus damit zum Brunnerhof geschickt. Denn so eine wie die Malwine, die hatte nur die Gegenwart im Kopf. Keine Zukunft.«

»Keine Zukunft«, murmelte Franziska. »Da haben Sie verdammt recht. Heute haben wir Malwine begraben.«

»Ich weiß.« Elise Waldmoser weinte. »Glauben Sie mir, das hab ich ned gewollt.«

Glauben – dachte Franziska auf der Heimfahrt. Das Wort hatte sie heute eindeutig ein paarmal zu oft gehört. Erst auf den Trauerfeiern, dann rund um die Quelle des Brunnerhofs und nun auch noch im Untersuchungsgefängnis. Für Glauben schien überall Platz zu sein.

»Du, Franziska«, begann Bruno nun, und sie hoffte, er würde einen Satz bilden, in dem das Wort Glaube nicht vorkam.

»Ja?«

»Es gibt schlechte Nachrichten.«

»Erzähl, mich kann heut nichts mehr erschüttern.«

»Der Dienststellenleiter will, dass ich mich in Zukunft jeden Morgen um acht Uhr bei ihm melde.«

»Das ist wirklich bitter.« Sie warf ihm einen mitfühlenden Blick zu. »Ich hab dich nicht verpetzt. Das weißt du, oder?«

»Klar weiß ich das. Aber wenn du nicht so ungeduldig mit der Schreibkraft gewesen wärst, hätte die nicht nach einer Schwachstelle bei uns gesucht. Und die hat sie ausgerechnet bei mir gefunden.«

»Das war's dann wohl mit dem Ausschlafen? Tut mir leid. Vermutlich heißt das auch, dass du ab sofort jeden Abend früh heim und ins Bett musst?«, fragte Franziska und dachte an Brunos Schönheitsschlaf.

»So ist es.« Er seufzte aus tiefster Seele.

Noch bevor sie ihren Anorak an die Garderobe hängte, sah sie das Einschreiben. Was für ein Tag. Vermutlich eine Mahnung vom Finanzamt. Oder der Dienststellenleiter hatte auch ihr etwas vorzuwerfen. Das hatte ihr gerade noch gefehlt.

Ohne sich die Brille aufzusetzen, riss sie den Brief auf und flüsterte dem Kater zu: »Hey, Schiely, bringen wir es hinter uns. Danach gibt's Rotwein. Hol schon mal den Korkenzieher – morgen ist schließlich Sonntag.«

Christian kam aus dem Arbeitszimmer und nahm ihr den Anorak ab. »Schön, dass du endlich da bist. Du siehst müde aus.«

Sie nickte und entfaltete das Papier. »Ich bin reif für die Wanne, für mindestens einen Rotwein und für diese schlechte Nachricht.«

Es war eine Gewinnbenachrichtigung, die sich auf eine Sofortrente von fünftausend Euro pro Monat bezog, beginnend am 1. Oktober. Irgendwann im Frühjahr hatten ihre Kollegen ihr ein Jahreslos der Aktion Mensch geschenkt, und das war in der Prämienziehung gezogen worden.

»Wir haben einen Platz an der Sonne«, jubelte Franziska. »Und weißt du was, jetzt mach ich erst einmal ein Jahr Pause. Mindestens. Und wir suchen uns ein Haus mit Garten. Ich wollte schon immer einen Sandkasten nur für mich. Schiely wird überglücklich sein. Und wenn du brav bist, Christian, darfst du Rasen mähen. Aber nur samstags.«

Zwei Jahre später

Charlotte Rücker sah Ottilie Daxhuber auf sich zukommen und winkte ihr aufgeregt. »Hast du es schon gehört?«

»Was sollt ich gehört haben?«

»Die Oblomov ist beim Bürgermeister eingezogen. Jetzt ist sie nicht nur seine Assistentin, sondern auch noch ...« Charlotte beugte sich vor, hielt ihrer Großnichte die Ohren zu und vollendete den Satz flüsternd: »... seine Geliebte! Weil niemand weiß, wie lang die Elise noch wegbleiben muss.«

Charlotte sonnte sich in ihrem Wissen, und Eulalia-Sophie rieb sich die Ohren.

»Und woher weißt du das?«

»Von der Moosthenninger Martha. Die war heut Morgen auf dem Amt, um den Bau einer Kapelle über der Heilquelle droben auf dem Brunnerhof einzureichen. Bis die da in ihren Kirchenämtern mit der Seligsprechung fertig sind, da kann ja keiner drauf warten, hat sie gesagt. Und so baut der Meinrad jetzt selbst ein kleines Gotteshaus ...«

»Das hab ich auch schon gehört«, sagte Ottilie und ergänzte: »Stell dir vor, die Teres und ihr Otmar wollen sich an den Kosten beteiligen, weil ja die meisten Heilsuchenden in ihrem Gasthaus übernachten und dort ihre Heilung feiern werden. Sie hat noch nie so viel Champagner lagern müssen wie in den letzten beiden Jahren.«

»Das ist sehr vernünftig.« Charlotte nickte und strich ihrer Großnichte über den Kopf. »Und wenn dann auch noch die vom Fernsehen kommen ...«

»Vom Fernsehen?«

»Die Martha hat den Meinrad angemeldet für ›Bauer sucht Frau‹. Damit's da oben mal wieder Erben gibt.«

»Das ist gut, dann ist hier endlich mal was los. Man könnt ja fast meinen, dass hier in Kleinöd nie was passiert.«

Danksagung

Ich danke meiner klugen »Vorleserin« Angela Wax-Rüdiger, die mich in Sachen Seligsprechung beriet und dafür sorgte, dass ich bei all den verwirrenden Verwandtschaftsverhältnissen den Überblick behielt, sowie Professor Dr. Herbert Seibold, der einen kritischen Blick auf die medizinisch-forensischen Details warf. Besonders aber danke ich meinem Mann Thomas für das geduldige und aufmerksame Lesen und Zuhören und die hilfreichen Anmerkungen. Mein Dank gilt auch Dr. Annika Krummacher für das konstruktive Lektorat und die bedachten Nachfragen.

Wie immer sind die Figuren der Bildhauerin Ilse Binder den Skulpturen der Künstlerin Anne Eisfeld nachempfunden.

Des Weiteren danke ich meinem Bruder Stefan, der mich in jagdlichen Fragen sowie der Handhabung von Schrotflinten beriet und sich sogar bereit erklärte, testweise auf eine Honigmelone zu schießen.

Die Reflexionen zum Thema Multiversum entstanden bei der Lektüre des Buchs »Die verrückte Welt der Paralleluniversen« von Tobias Hürter und Max Rauner, erschienen 2009 im Piper Verlag, München.

Katharina Gerwens

Gerwens & Schröger

Stille Post in Kleinöd
Ein Niederbayern-Krimi.
336 Seiten. Piper Taschenbuch

»Ja Bluatsakrament«, flucht Joseph Langrieger, als er in seiner Odelgrube einen Toten entdeckt. Das Ganze gibt der Polizei im niederbayerischen Kleinöd Rätsel auf. Ein Fall für die Kripo, entscheidet Polizeiobermeister Adolf Schmiedinger, und Kriminalkommissarin Franziska Hausmann muß in ihrem ersten Mord auf dem Land ermitteln. Dabei stellt sich bald heraus, daß der Täter aus Kleinöd stammen muß. Und tatsächlich lauern hinter der scheinbar tadellosen Fassade des hübschen Dorfes jede Menge dunkle Geheimnisse, zerrüttete Ehen, Betrug und Erpressung ...

Spannend und humorvoll beschreibt das Autorenduo Gerwens & Schröger eine nur auf den ersten Blick idyllische Welt.

Gerwens & Schröger

Die Gurkenflieger von Kleinöd
Ein Niederbayern-Krimi.
320 Seiten. Piper Taschenbuch

Das niederbayerische Kleinöd steht kopf: Der vierjährige Paul Daxhuber ist spurlos verschwunden. Die Großeltern, bei denen er aufwächst, seit seine Mutter Corinna ihn dort ablieferte, sind verzweifelt. Auch die polizeilichen Ermittlungen unter der Leitung von Franziska Hausmann werfen zunächst nur weitere Fragen auf: Warum verschwand Corinna damals so plötzlich? Hat sie womöglich ihr eigenes Kind entführt? Und welche Rolle spielen die polnischen Erntehelfer, die mit den Gurkenfliegern auf den Feldern ihre Runden drehen? Hinter der scheinbar idyllischen Fassade des Dorfes lauern ungeahnte Abgründe ...